실학시대의 사상과 문학

책머리에

　학술서는 이루어지는 과정으로 보아 두 가지로 나누어 생각할 수 있다. 한 가지는 개별 논문 없이 쓰고자 하는 주제에 관한 전 체계가 머릿속에서 구상되어 하나의 책으로 나오는 것이다. 다른 한 가지는 개별 논문들을 바탕으로 하여 논문들에서의 논의를 더 심화된 차원에서 통합하여 하나의 완정된 이론체계를 세워 책으로 내는 것이다. 이 밖에 개별 논문들의 단순한 집합이나 소박한 구도로 편집된 제3 형태의 저서가 있으나, 엄밀한 뜻에서 이런 유형은 저서라 하기 어렵다.

　나는 위의 첫째 경우는 불감당이라 생각하고, 최소한 둘째 경우를 의중에 두고 학문을 해 왔다. 그래서 더러 "왜 논문들을 책으로 묶어 내지 않느냐?"고, 말하자면 제3 형태의 저서를 권하거나 촉구하는 이가 있어도 소이부답笑而不答으로 일관해 왔다. 이러는 동안에 저서 한 권 못 내고 어느덧 나의 학문 생애의 막바지에 접어들고 있다. 아하! 진작 나의 한계를 더 분명하게 알았어야 했다. 턱없는 포부를 가지고 항상 젊을 것 같이 살아온 어리석음을 진작 깨쳤어야 했다.

　원인은 나의 전공적 지향에 있었다. 한문학에 대해 우리가 가지는 관계는 중국인이 자기네들의 고전문학에 대해 가지는 관계와는 다르다. 중국인에게는 자국어 문학이고 우리에게는 차용어 문학이다. 따라서 나는 문학 연구임에도 한문학의 언어적 요소나 문학적 장치의 구명은 그 자체로서는 의미가 희박하거나 없고, 어떤 관념이나 사상을 밝히기 위한 작업으로서야 의미를 갖는다고 생각한다. 그래서 나는 한문학을 처음부터 포괄적인 의미의 사상사적 시각을 중심으로 접근해 왔다. 이 시각으로의 접근이 이월가치移越價値를 더 값지게 캘 수 있다고 생각했기 때문이다.

그런데 사상사 분야의 연구 성과를 문학 연구의 밑거름으로 쓰기에는 턱없이 부족하고 마음에 차지 않는 경우가 많았다. 그래서 사상사적 문제에 직접 부딪히게 되었다. 문학사의 문제와 아울러 사상사의 문제를 탐구하는 것이 나에게는 두 가지 별개 분야의 일이 아니라 한 분야의 일로 다가왔다. 두 분야에서 작동하는 문제의식의 뿌리가 근본적으로 같기 때문일 것이다. 더위잡는 것이 허용된다면 퇴계退溪가 스스로에 대해 그렇게 일렀듯이 나 또한 인문입도因文入道했다고 할까.

문학과 사상이라는 역사의 내면 생명의 통시적 얼크러짐은 나로 하여금 어느 한 시기의 문제들만 인위적으로 잘라서 다루는 데 대한 불안감을 가시지 않게 하였다. 그래서 나의 문제의식은 결국 여러 시대에 걸쳐서 그 촉각이 움직이게 되었다. 이에 따라 문학사에서나 사상사에서 해결을 기다리는 문제들이 연쇄적으로 누증累增해 갔다. 그러나 논문을 쓰는 나의 손은 한없이 느렸다. 수공업적으로 한 올 한 올 짜고 있었던 것이다. 이렇게 하여 쓰고 싶은 논문의 과제를 적잖이 남겨 둔 채 여기에 이르렀다.

결국 나의 이런 전공 지향이 내가 그토록 피하고 싶었던 제3 형태의 저서를 내게 하였다. 한 편이라도 더 썼으면 하는 아쉬움을 남긴 채로. 그동안 주로 실학實學과 도학道學, 그리고 도학이 수용되기 이전 시대 — 나는 이를 고전시대古典時代라 부른다 — 의 문제를 다루어 왔다. 따라서 논문들은 자연스럽게 '실학시대'와 '도학시대', 그리고 '고전시대'의 사상과 문학의 세 권의 책으로 엮어졌다.

논문들은 집필의 선후에 관계없이 대체로 문제가 귀속하는 시기의 선후에 따라 배열되었다. 그러고 나니 매우 엉성한 편년 체계를 갖춘 셈이 되었다. 독자들의 지적知的 상상력이 여기 모인 논문들을 근거로 내가 당초 의중에 두었던 앞의 둘째 경우의 저서가 어떤 체계와 논리로 전개될까를 미루어 상상해 주었으면 하는 바람을 가진다.

나는 그동안 나를 지도해 주신 은사님들을 회억回憶하지 않을 수 없다. 먼저 나의 조부님(諱 錫載)과 성낙훈成樂熏·조규철曺圭喆 두 선생님은 나에게 국학의 기본 능량인 한문을 가르쳐주셨고, 김춘동金春東 선생님은 옛날의 경화京華 문화를 가르쳐주셨다. 그리고 조지훈趙芝薰 선생님으로부터는 박학博學의 효용을 배웠고, 김종길金宗吉 선생님으로부터는 시詩를 보는 안목을 일깨움 받았으며, 이상은李相殷 선생님으로부터는 유학에 대한 이론적 안목을 넓혔다. 학문적으로 가장 많은 은혜는 이우성李佑成 선생님에게서 입었다. 선생님은 특히 역사에 대한 감각과 논리, 그리고 그 이상의 가르침을 받았다. 이렇게 여러 선생님들로부터 자양분을 취했으면서도 나의 학문적 키는 과연 얼마나 될지, 이미 고인이 되셨거나 생존해 계신 선생님에 대해 부끄럽고 송구하기 그지없다.

책을 내어준 지식산업사 김경희 사장에게 깊이 감사드린다. 원고에 문제는 없는지 꼼꼼히 살펴가며 교정을 보아준 편집부 여러분에게도 깊은 사의를 표한다. 그리고 논문집뿐 아니라 이 책 저 책에 흩어져 있는 논문들을 수집·입력·교정 등의 일에 애쓴 김영진·송혁기·이상하 군을 비롯한 여러 제자들의 노고에 감사한다.

2006년 3월
서울 종암 장대산방長對山房에서 저자 씀.

차 례

실학시대의 사상과 문학

이동환 지음

지식산업사

실학시대의 사상과 문학

초판 제 1쇄 발행 2006. 5. 9.
초판 제 3쇄 발행 2009. 10. 15.

지은이　　이 동 환
펴낸이　　김 경 희
펴낸곳　　(주)지식산업사
　　　　　본사 ● 413-832, 경기도 파주시 교하읍 문발리 520-12
　　　　　　　　전화 (031) 955-4226~7　팩스 (031)955-4228
　　　　　서울사무소 ● 110-040, 서울시 종로구 통의동 35-18
　　　　　　　　전화 (02)734-1978　팩스 (02)720-7200
　　　　　한글문패　지식산업사
　　　　　영문문패　www.jisik.co.kr
　　　　　전자우편　jsp@jisik.co.kr
　　　　　등록번호　1-363
　　　　　등록날짜　1969. 5. 8.

책값은 뒤표지에 있습니다.

ISBN 89-423-4042-3　93810

이 책을 읽고 저자에게 문의하고자 하는 이는
지식산업사 전자우편으로 연락 바랍니다.

홍담헌洪湛軒 세계관의 두 국면

1. 문제 제기

담헌湛軒 홍대용洪大容의 학문적 관심과 문제의식은 매우 포라적包羅的이다. 심성心性·이기理氣 문제에서부터 경학經學·사론史論·산수算數·천문天文·율력律曆·직관職官·전부田賦·교육敎育·용인用人·병제兵制·성제城制·병법兵法 등의 문제에 걸쳐 있다. 입론의 방향에서는 또 거의 대극적對極的이라 할 국면 또는 항項들이 공존하는 모습을 보이고 있다. 매우 도학적이면서도 매우 실학적이고, 과학적 인교人巧를 추구하면서도 한편으로는 도가적 자연주의[素朴主義]에 깊숙이 뿌리를 내리고 있다. 이理의 주재성을 인정하지 않으면서 그것의 가치적 실재성은 극치화해 놓았고, 화리貨利'를 가치의 반열에 올려놓는가 하면, 다른 한편에서는 '주정主靜', '천진天眞'을 강조하고 있다. 이 밖에도 이에 준하는 사례는 얼마든지 있다.

그런데 이렇게 관심과 문제의식의 포라성과 입론 방향이 거의 대극적으로 다른 데도, 사상가 자신의 조직적 진술에 따라 그 사상 총체의 논리가 구조적 연계로 현재화顯在化하지 못하고, 그 구조적 연계의 많은 부분이 문면文面 아래 잠재태潛在態로 남겨진 것이 또 담헌 저작의 전체 측면

에서 갖는 한 특성이기도 하다. 이상의 세 가지 요인이 담헌사상 정체正
體의 정합적인 파악을 어렵게 한다.

아는 바와 같이 담헌사상에 대해서는 그동안 과학·철학·사회·정
치사상 등 여러 부문에서 탐구되었다.[1] 그래서 이 논고가 힘입은 유익한
성과도 적지 않다. 그럼에도 담헌사상의 정체는 아직도 적확的確하게 파
악되지 못하는 것 같다. 그 주된 까닭은, 생각하건대 그동안의 논의가 담
헌사상이 갖는, 사상사적으로 높은 전환적轉換的 복합성에 세심하게 유의
하지 않았거나 못한 데 있는 것이 아닌가 한다. 앞에서 말한바 관심과 문
제의식의 포라성과 입론 방향의 대극적 이질성은, 그의 사상 총체 구조
의 높은 전환적 복합성을 표현한 것에 다름 아니다. 후자의 경우는 특히

---

1) 아래의 논문 목록이 그 다채로운 탐구를 잘 말해 준다.

千寬宇, 〈洪大容의 실학사상〉, 《문리대학보》 제6권 2호, 서울대, 1958.

──, 〈洪大容의 地動說의 再檢討〉, 《조명기박사화갑기념 불교사학논총》, 1965.

閔泳珪, 〈十七世紀 李朝學人의 地動說〉, 《東方學志》 16, 1975.

全相運, 〈湛軒 洪大容의 과학사상〉, 《이을호박사화갑기념 실학논총》, 1975.

小川晴久, 〈18세기의 철학과 과학의 사이―洪大容과 三浦梅園〉, 《東方學志》 20, 1979.

──, 〈地轉(動)說에서 宇宙無限論으로〉, 《東方學志》 21, 1979.

金漢植, 〈湛軒의 정치사상에 나타난 個體性 論理〉, 《한국정치학회보》 13, 1979.

趙珖, 〈洪大容의 정치사상연구〉, 《민족문화연구》 14, 1979.

朴星來, 〈洪大容의 科學思想〉, 《韓國學報》 23, 1981.

유봉학, 〈北學思想의 形成과 그 性格〉, 《韓國史論》 8, 서울대 국사학과, 1982.

金泰俊, 《洪大容과 그의 시대》, 일지사, 1982.

琴章泰, 〈洪大容의 사상과 예술관〉, 《한국 유교의 재조명》, 전망사, 1982.

趙東一, 〈조선후기 人性論과 문학사상〉, 《韓國文化》 11, 서울대 한국문화연구소, 1990.

류인희, 〈洪大容 哲學의 再認識〉, 《東方學志》 73, 1991.

許南進, 〈洪大容의 과학사상과 이기론〉, 《아시아문화》 9, 1994.

宋榮培, 〈洪大容의 상대주의적 思惟와 변혁의 논리〉, 《韓國學報》 74, 1994.

박희병, 〈홍대용 연구의 몇 가지 쟁점에 대한 검토〉, 《湛軒書의 종합적 검토》, 진단학회, 1994.

金文鎔, 〈洪大容의 實學思想에 관한 硏究〉, 고려대 박사논문, 1995.

愼鏞廈, 〈洪大容의 社會身分觀과 사회신분제도 개혁사상〉, 《조선후기 실학파의 사회개혁사상》, 지식산업사, 1997.

김형찬, 〈자연의 도덕성과 근대성의 의미〉, 《東洋哲學》 9, 1998.

그러하다. 그동안의 논의에서, 그의 사상의 한 부분을 고립적으로 이해한 논리를 가지고 쉽사리 전체에 대한 논리로 확대 규정하거나, 전체를 일원적一元的 동질 성향의 사상으로 논리를 조직하고자 하여 다분히 독단론으로 흐른 경우가 적지 않았던 까닭은, 기본적으로 그의 사상의 이러한 특성을 간과한 때문일 것이다.

나는 담헌사상의 정체가 그 전환적 특성에 있다고 보고, 이 논문에서 그 특성을 되도록 그의 사상의 잠재체계의 저부底部에 놓인 근원사유의 측면에서 탐구해 보고자 한다. 세계관 사유는 이 저부의 주요 부위일 터이다. 결론부터 제시하는 셈이지만, 담헌사상의 저부에는 보편통합普遍統合과 다원개체多元個體라는, 서로 역방향성을 가지는 두 지향 국면이 상수적相須的으로 연계되어 하나의 총체를 이루고 있는 형태의 세계관 사유가 놓여 있다. 보편통합 지향의 세계관은 바로 전통적 도학의 그것이기도 하다.

그러나 담헌의 그것은 무중심적無中心的 보편통합 지향이며, 이에서 파생되는 이러저러한 특성을 가졌다는 점에서 전통적 도학의 유중심적有中心的 보편통합 지향 및 이에서 파생되는 이러저러한 특성을 가진 세계관과는 분명히 구분된다. 그러나 세계를 구성하는 근원 존재를 여전히 이기理氣·심성心性으로 사유하고 있는 조건에서 보편통합을 지향한다는 점은 여전히 도학적이다. 이에 대하여 다원개체 지향이라는 다른 한 국면은 이미 도학 범주로부터 벗어나고 있는, 이것과는 범주적 구분이 가능할 만큼의 다른 형태의 세계관 사유라고 할 수 있다. 그리고 이것은 사상사적 시각에서는 실학사상의 범주에서 이해하는 것이 타당하리라 본다. 이렇게 도학적 범주의 세계관 사유와 실학적 범주의 그것이 하나의 총체로 연계된 복합성에서 도학과 실학의 상수적 연계의 양태, 사상사적 전회轉回의 양태를 추요적樞要的으로 파악할 수 있다.

현존하는 자료만으로 그의 사상 발전의 역정歷程을 정확히 파악하기는

12

어렵다. 그러나 분명한 사실은 담헌이 도학을 거쳐서 실학사상으로 넘어
간 것이 아니라 도학의 바탕 위에 실학사상을 열어 갔다는 것이다. 그러
니까 양자 사이가 시간적으로 계기繼起 관계가 아니라 거의 상응적 관계
로 형성되어 갔다는 것이다. 이 문제는 뒤에서 자연히 드러나겠지만, 그
가 학문의 영역을 '의리지학義理之學', '경제지학經濟之學', '사장지학詞章之
學'의 범주로 나누고, 이들의 관계를 상수相須의 그것으로 규정하면서, 특
히 '의리지학'이 다른 두 범주의 근본이 된다고 천명한 사실은,[2] 이 문제
와 관련하여 매우 유력한 증빙이 될 수 있다.

2. 담헌의 사상적 전회轉回의 계기

담헌은 전통적인 도학 본류本流로부터 일탈해 나오지 않으면서 사상적
전회의 지평을 열었다. 먼저 이 전회를 발동시킨 계기부터 살펴보는 것
이 순서일 것이다. 계기는 정正과 부負 두 방향에서 찾을 수 있다.

1) 전회의 부적負的 계기인 당대 도학말류道學末流의 행태

사상의 전회에는 당대의 현실 자체와, 이 현실에 대한 해석·제어制御
역량으로서, 당대에 유력하게 통행되는 지적知的 조직체, 즉 사상이 어떤
형태로든 개입되게 마련이다. 그리고 이 경우 대개 그것이 부負의 방향에
서 작용하는 예가 많다. 담헌사상의 성립에 개입된 당대의 현실과 통행

---

2) 〈燕記〉,《湛軒書外集》권7, "余曰：學有三等, 有義理之學, 有經濟之學, 有詞章之學.
  (중략) 舍義理, 則經濟淪於功利, 而詞章泆於浮藻, 何足以言學. 且無經濟, 則義理無所
  措；無詞章, 則義理無所見. 要之, 三者舍一, 不足以言學, 而義理非其本乎."(이하《湛
  軒書》所載 자료에 한해서는 書名은 생략하고 권차와 제목만 기록함)

사상인 도학의 경우도 여기에 속한다. 말하자면 담헌의 처지에서는 당대 현실도, 도학도 비판의 대상이었다는 말이다. 담헌 시대의 역사적 현실과 그 통행 사상인 도학의 정황에 관해서는 이미 잘 알려진 바이기는 하나, 도학에 대한 담헌의 자세는 그의 사상의 전회 양상을 이해하기 위해 마땅히 검토되어야 할 문제일 것 같다.

당시 도학이 담헌사상의 성립에 부적負的 계기로 작용했다고 해서 이 사실이 곧 도학에 대한 담헌의 부정을 뜻하는 것은 결코 아니다. 담헌은 투철한 실천의식을 바탕으로 하여 도학에 대한 본원적本原的 신복信服의 자세를 가졌다. 무엇보다 그 집대성적 본령인 주희朱熹의 도학에 대해서는 더욱 깊은 신복의 자세를 가졌다. 주희를 '중정무편中正無偏한 공맹정맥孔孟正脈'이라고도 하고, 또는 '후공자後孔子'라고까지 하여 존숭하였다.3) 그러나 그가 무엇보다 도학의 범위 안에서, 주희의 세계관과는 현격히 다른 세계관을 수립한 데에 잘 드러나 있듯이, 주희를 결코 맹종하지는 않았다. 주희에 대한 무비판적 맹종을 그는 '향원지도鄕原之道' 또는 '주자지적朱子之賊'이라고까지 했다.4)

도학에 대한 담헌의 지적 정신적 온축蘊蓄은 특히 필담筆談과 서독書牘을 통해 중국 학인學人들에게 피로披露한 내용으로 짐작할 수 있는데, '수만언數萬言'에 이르도록 '심성지학心性之學'을 논변하기도 하고, '도학서론道學緖論'을 주 내용으로 한, 일봉一封 '사천언四千言'에 가까운 편지를 보내기도 했다.5) 그래서 '주경主敬'과 '양호養浩(호연지기 함양)'를 '오도유본원吾道有本源'이라는 신념으로 중국 학인들에게 권면하기도 하고,6) 《능엄

---

3) 〈乾淨衕筆談續〉, 《外集》 권3, "余曰 : (중략) 惟朱子之學, 則竊以爲中正無偏, 眞是孔孟正脈", "朱子, 後孔也."

4) 위의 글, "此鄕原之道也, 朱子之賊也."

5) 朱文藻, 《日下題襟合集》, '二月初八日, (洪大容)過余邸舍, 心性之學, 幾數萬言, 眞醇儒也", "秋庫得洪大容去秋所寄書及墨函, 致客中, 幾四千言, 多襲道學緖論."

6) 〈寄嚴鐵橋誠〉, 《內集》 권3, "主敬與養浩, 吾道有本源."

14

楞嚴經》을 애독하는 중국의 지우知友에게 다음과 같은 내용으로 간절히
충고하기도 했다.

> 아아! 수요壽夭는 숙명이요 궁달은 시운입니다. 경의·충신에 절로 우리
> 유자의 낙지樂地가 있습니다. 진실로 이것을 잘 실천한다면 사생死生을 하나
> 로 볼 수 있고, 화복을 한 가지로 볼 수 있어서, 즐거워하여 우고憂苦를 잊어
> 늙음이 닥쳐오는 것도 모르게 될 것입니다.7)

경의敬義·충신忠信의 실천으로 자아 주체의 고양과 인아人我 관계의
신뢰에 정신적 복락福樂의 경지를 두고, 여기에서 수요壽夭·궁달窮達과
사생死生·화복禍福의 인간세人間世의 조건이 주는 우고憂苦를 초탈하여
열락悅樂에 이를 수 있다는 이 충고의 내용에서, 우리는 담헌의 도학에
대한 신복이, 역대 유수한 도학자들과 마찬가지로, 거의 종교적인 수준에
이르렀음을 알 수 있다. 중국 학인들이 그의 인격 기상을 두고 "참으로
순유醇儒다", "홍우洪友의 엄기정성嚴氣正性이 우리들에게 약석藥石 구실
을 한다"8)고 품평한 것이 반드시 그들다운 인사치레만은 아닐 듯하다.
그런데 담헌은 당대 도학의 행태에 대해서는 통렬히 비판해 마지않았
다. 그는 자기 시대 도학의 말류적 행태를 다음 세 가지로 인식하여 비판
했다.
먼저는 '층생주각層生註脚'의 행태다. 즉 경서의 (주자학적) 주註·해석
解釋 자체에 대한 논란의 지엽적 쇄말적 치학治學 풍상風尙을 두고서다.
담헌은 이런 것을 두고 공자와 주자의 공자와 주자된 까닭이 도道에 있
지 서書에 있지 않다는 것을 알지 못하는 '사본추말捨本趨末'의 행태라고

---

7) 〈與嚴鐵橋書〉, 《外集》 권1, "嗚呼! 壽夭命也, 窮達時也. 敬義忠信, 吾儒自有樂地. 苟
   能行之, 自可以一死生, 齊禍福, 樂而忘憂, 不知老之將至."
8) 〈乾淨衕筆談〉, 《外集》 권2, "力闇曰 : (중략) 不可無洪友之嚴氣正性, 爲我藥石也."
   아울러 위의 주 5) 참조.

비판해 마지않았다.9)

　다음은 '예설지번문쇄절禮說之繁文瑣節'의 행태다.10) 조선 후기 예설의 대량 산출은 이 시대의 학술사적 특징의 일면으로 떠올라 있거니와, 여기에는 고례古禮로 회복하려는 의식이 크게 작용했다. 그래서 담헌은, '《역易》은 시의時宜를 소중히 여기기 때문에 공자는 주周나라 예를 따르겠다고 했다. 예와 이제의 시의가 다르므로 하우夏禹 · 상탕商湯 · 주문무周文武는 예가 같지 않았다. 지금 시대에 살면서 옛날의 도로 돌아가고자 하니 이 또한 어렵지 않겠는가" 하고11) 비판했다. 그리고 "자기 일생을 넘어 자손 대대에 걸쳐 실오라기처럼 쪼개고 털올처럼 나눈다 해도 신심身心의 치란治亂과 국가의 흥쇠興衰에는 실로 아무 상관이 없다"고12) 하여 '예설지번문쇄절'의 무용성을 통렬히 지적했다.

　그 다음은 '무발전인소미발務發前人所未發'의 행태다. 즉, 일상 윤리는 제대로 실현하지 못하면서 경서를 담론하고 심성을 논설하여 앞 사람들이 미처 밝히지 못한 것을 밝힌다고 표방하고 골몰하는 행태를13) 두고서다. 담헌은 이런 행태를 두고 "극히 통탄스럽고 민망스럽다"고14) 자기 태도를 표명했다. 심지어는 자신과 가족의 생활지침까지 이런 종류의 담론에 대한 경계를 일깨운 바 있다.15)

---

9)〈與人書二首〉,《內集》권3, "蓋著書之功, 於是爲大, 無以加矣. 雖然, 自孔朱以來, 不幸不遇, 道載於書. 搢紳先生, 捨本趨末, 摹畫皮毛, 層生註脚, 紛然疊床, 殊不知孔朱之所以爲孔朱, 在道而不在書也."

10)〈附錄〉. 洪大應,〈從兄湛軒先生遺事〉, '以近世儒者, 禮說之繁文瑣節, 反違制禮本意. 箚錄之穿鑿附會, 多舛經傳本意, 心常病之."

11)〈與人書二首〉《內集》권3, "竊意 : 易貴時義, 聖稱從周. 古今異宜, 三王不同禮. 居今之世, 欲反古之道, 不亦難乎!"

12) 위의 글, "窮年累世, 縷析毫分, 而實無關於身心之治亂, 家國之興衰."

13)〈乾淨衕筆談〉,《外集》권2, "余曰 : 俗者不足說, 自謂好學者, 只是談經說性, 務發前人所未發, 不覺其心界日荒, 於倫理有多少不盡分處."

14) 위의 글, "極可痛悶."

15) 담헌은 자신과 가족의 생활 지침을 정해서 이를〈自警說〉이라는 이름으로 서술해 놓았는데(《內集》권3), 여기에서도 "討論問辨, 必先其人倫日用之務, 身心動靜之間. 若

이와 같이 담헌이 보는 도학 말류적 행태의 세 유형이 가진 공통점은 실천성의 결여와 번쇄한 지식주의知識主義 취향이다. 이 두 가지는 실은 별개가 아니라 서로 표리관계를 이루는 것으로서, 담헌이 장자莊子와 양명陽明의 반지식주의적 사상 출현을 각기 공문孔門과 주문朱門 말류들의 실천이 결여된, 따라서 지식 과잉이 된 지리멸렬한 상황에 대한 반동으로 이해하고, "이 두 사람이 자신의 마음을 잘 대변해 준다"고 한 발언에서16) 이 말류적 행태의 폐해에 대한 그의 인식이 얼마나 심각했는지를 알 수 있다. 여기에서 우리는 담헌의 도학이 도가적 소박주의나 불가적 유심주의 성향을 강하게 띠게 된 이유의 일단을 알게 된다. 그는 나아가 이 지식인 사회의 소지적小智的 번쇄주의에서 역사 현실의 효박성淆薄性을 읽은 듯, 그의 사상이 태고적 천진성天眞性으로 강한 회귀지향성도 갖게 되었다.17) 실은 이것은 그에게서 소박주의적 유심주의의 한 연장 형태에 다름 아니다.

담헌의 비판은 대담하게 당시의 주자주의적 교조주의에까지 미쳤다.

우리 동방 유자들이 주자를 떠받드는 정도는 실로 중국이 미칠 바가 아니다. 그렇기는 하나 떠받듦 자체가 소중한 줄만 알았지 경의經義에 대한 주자 해석의 의심스럽고 이의를 제기함직한 부분에 대해서도 그저 뇌동雷同하여 한결같이 엄호掩護하여 온 세상의 입을 재갈 물리려고 생각한다. 이것은 향원鄕原의 마음가짐으로 주자를 바라봄이다.18)

天地之外, 性命之蘊, 切勿妄想臆度, 騖於虛遠"이라고 規戒해 놓았다.

16) 〈與人書二首〉, 《內集》 권3, "嗚呼! 七十子喪而大義乖, 莊周憤世, 養生齊物 ; 朱門末學, 泪其師說, 陽明嫉俗, 乃致良知. 顧二子之賢, 豈故爲分門, 甘歸於異端哉! 亦其憤嫉之極, 矯枉而過直耳. 如某庸陋, 雖無足言, 賦性狂戇, 不堪媚世, 將古况今, 時有憤嫉, 妄以爲 : '二子橫議, 實獲我心'."

17) 〈毉山問答〉, 《內集》 권4, "邃古之時, 專於氣化, 人物不繁, 鍾稟深厚, 神智淸明, 動止純厖 ; 養生不資於物, 喜怒不萌於心 ; 呼吸吐納, 不飢不渴 ; 無營無欲, 遊戲于于 ; 鳥獸魚鼈, 咸遂其生 ; 草木金石, 各葆其體 ; 天無淫沴之災, 地無崩渴之害, 此人物之本, 眞太和之世也."

앞에서 주희에 대한 담헌의 신복을 언급했거니와, 주희를 맹목적으로
신봉한 데 대한 그의 이러한 비판은 실은 그 신복의 충정衷情의 한 발로
에 다름 아니다. 이러한 신복의 충정을 바탕으로 한, 당시의 지배사상인
주자주의의 금압적 관철에 대해, 이 인용문이 보여 준 강한 저항의식이
결국 그로 하여금 주자에 의해 완성된 도학 본령에서 벗어나지 않으면서
사상의 새로운 지평을 열게 한 동인動因이었을 것이다.

2) 전회의 정적正的 계기인 지구관·우주무한관과 도가사상

담헌의 사상적 전회에 정正의 방향에서 결정적 계기로 작용한 것은 지
구관地球觀과 우주무한관宇宙無限觀이다. 세계의 공간구도에 대한 이 두
관상觀想은 사상사적 새 지평으로서 그의 사상의 논리적 구조 전개의 기
점이다.

동문同門 인사人士들이 모두 도의를 수련하고 성명을 담론하는데, 덕보德
保(담헌의 字)만은 유독 '고육예지학古六藝之學'에 뜻을 두었다. 그래서 상수
명물象數名物과 음악정변音樂正變을 깊이 연구하고 사색하여 신묘하게 이치
에 맞았으며, 천체의 운행 위차位次와 일월의 왕래에 대하여 의기儀器를 제
작하여 절후를 예측함에 조금도 어긋나지 않았다.[19]

이는 김원행金元行 문하인 담헌의 한 동문이 담헌의 학문적 추향과 그

---

18) 〈乾淨錄後語〉,《外集》권3, "東儒之崇奉朱子, 實非中國之所及. 雖然, 惟知崇奉之爲
貴, 而其於經義之可疑可議, 望風雷同, 一味掩護, 思以箝一世之口焉. 是以鄕原之心望
朱子也."
19) 李淞, 〈湛軒洪德保墓表〉, 〈附錄〉, '德保又師事渼湖先生金公元行, 同門士皆磨礪道
義, 談說性命. 德保諸父兄弟, 治博士業, 亦有以文詞著名. 德保獨有志於古六藝之學, 象
數名物, 音樂正變, 硏窮覃思, 妙契神解;天文躔次, 日月來往, 象形制器, 占時測候, 不
爽豪釐.'

역량에 대해서 한 증언이다. 요컨대 담헌은 특히 상수지학象數之學을 전공하였으며 그 방면의 역량이 뛰어났다는 것이다. 당시 김원행 문하에 상수지학이 장려되었다는 보고가 있거니와,[20] 그 가운데서 담헌이 독보적이었음을 알 수 있다.[21]

따라서 그가 지구관을 믿게 되고, 우주무한관에 도달한 것은 꽤 이른 시기, 적어도 그의 《사서문변四書問辨》 가운데 〈맹자문의孟子問疑〉[22]가 이루어지기 이전부터였을 것임은 다음의 〈호연장浩然章〉 해석이 증빙해 주는 바다.

우옹尤翁은 "(호연지기가) 천지 밖도 또한 휩싸지 않음이 없다 운운"했는데, 맹자의 뜻은 다만 (호연지기가) 충색充塞하여 틈이 없음을 말했을 따름이다. 이제 (우옹이) "(호연지기가 충색함이) 천지의 사이에만 (그럴 뿐이) 아니다"고 했은즉, (설명 내용이) 명쾌하지 못하게 되지 않았는가 한다. 그리고 천지의 밖'이라고 이른 것은 더욱 온당치 못하다. 천지에 어찌 밖이 있는가.[23]

---

20) 유봉학, 〈北學思想의 形成과 그 性格〉, 《韓國史論》 8, 서울대 국사학과, 1982 참조. 담헌의 同門 黃胤錫의 다음과 같은 술회는 당시 畿湖學界 일각의 象數之學에 대한 인식을 잘 보여 준다.
"理藪總若干門目, 是余一生精力之所在也. 嗟夫! 余豈樂爲此哉. 太極理氣之說, 總天地之萬理, 而余莫能究之 ; 洪範經世之學, 括河洛之妙機, 而余莫能透之 ; 以至啓蒙曆閏之法, 固古人知來之學, 而顧以余之頑頓不敏, 又莫得以窺測. 是雖俗儒之常轍, 而若或有志於古者, 則豈可以不才自畫, 而不講乎古人之緖論哉. 此余所以無樂乎此, 而强而爲之者也. 蓋以爲不講乎此, 則不足以爲人, 勉勉乎若不及, 而必欲其洞究而後, 吾事始爲終也."(〈理藪新編序〉)
21) 金元行의 문하에서 象數學에 특히 힘을 기울인 사람으로 담헌 말고도 黃胤錫이 있는데, 그는 《理藪新編》을 저술하기까지 했다. 그런데 이 책은 알다시피 실은 《性理大全》에 내용을 보태거나 빼서 재편성한 것이다. 당시 상수학과 《性理大全》의 관계를 잘 알게 하거니와, 담헌이 《性理大全》을 자기 학문의 範本으로 삼았으되 이를 극복한 것과는 차이가 있다.
22) 담헌의 〈孟子問疑〉가 언제쯤 집필되었는지 정확히는 알 수 없다. 그러나 여러 가지 정황으로 보아 적어도 《毉山問答》이 저작되기 훨씬 이전에 저작되었음은 틀림없다.
23) 〈孟子問疑〉, 《內集》 권1, "尤翁謂 : '天地之外, 亦無不包云云'. 孟子之意, 只言充塞無間而已. 今日 : '不但天地之間云', 則恐涉支蔓. 且天地之外云者, 尤未安. 天地豈有外乎!"

"천지에 어찌 밖이 있는가(天地豈有外乎)" 하는 이 단호한 어조는 이 시기 이미 그가 우주무한관을 확신하고 있었음을 뜻한다. 흔히 그가 《의산문답毉山問答》에서 말한 사실만 가지고 무한우주관을 그가 사상적 역정의 늦은 시기, 즉 중국 여행 이후에 가지게 된 견해인 것으로 잘못 이해하기 쉬우나, 보는 바와 같이 전혀 그렇지 않다. 그리고 지구관에 대한 믿음은, 김석문金錫文의 삼대환부공설三大丸浮空說이 이미 있었기도 했지만 담헌이,

> 서양 일역一域은 혜술慧術이 정밀 상세하고 측량이 주도周到, 숙실熟悉해서 '지구지설地球之說'은 더 이상 의심의 여지가 없다.[24]

고 한 데서 잘 드러나 있듯이, 서양 지구설을 받아들인 데서 말미암은 듯하다. 따라서 지구관에 대한 믿음이 담헌 자신의 최초 정립으로 알려져 있는 우주무한관에 견주어 시기적으로 늦었을 가능성은 거의 없다.

이처럼 지구관과 우주무한관은 담헌의 학문적 사상적 역정의 이른 시기부터 그 학문·사상의 방향을 제약하는 주요 동인으로, 즉 사상사적 전회의 계기로 작용해 왔다. 거듭 밝히지만, 이를테면 담헌이 자기대로의 도학적 과제를 마무리한 뒤 지구관과 우주무한관을 접하고서 실학적 세계관으로 전회한 것은 결코 아니라는 말이다.[25] 무엇보다 어떤 특별한 동인 또는 계기 없이는 담헌에게서 보는 바와 같은 도학적 세계관의 수

---

24) 〈毉山問答〉, 《內集》 권4, "西洋一域, 慧術精詳, 測量該悉, 地球之說, 更無餘疑."

25) 담헌의 스승 金元行의 아들 金履安이 "余少讀虞書璣衡之文, 則心悅之. 嘗採註家言, 縛竹爲器, 轉之旋旋如紡車, 賤陋可笑. 然遇朋友可語, 輒出而辨質焉. 洪君弘之, 其一人耳"(〈籠水閣記〉, 《湛軒書》〈附錄〉)라고 한 것도 같은 소식을 전해준다('弘之'는 홍대용의 다른 字다). 즉 담헌이 아주 젊어서부터 象數學의 전문가였음을 말해준다. 박희병도 앞의 논문에서 "상호간에 계속 서로 작용하면서 수정과 심화를 이루어 가며 하나의 종합적 사상과 세계관을 형성해 간 것으로 생각할 여지가 적지 않다"라고 한 바 있는데 나와 비슷한 견해인 것으로 이해된다.

정을 생각하기 어렵고, 그 어떤 특별한 동인 또는 계기가 다름 아닌 지구관과 우주무한관이라고 보기 때문이다.

담헌의 우주무한관 정립 경로에 대해서는 자세히 알 수 있는 직접적 자료가 없다. 다만 근래의 연구에서 김석문의 〈삼대환부공설三大丸浮空說〉의 주제인 지전설地轉說에 관련된 우주·천체의 이해가 이미 우주무한의 관념에 근접해 있어서 담헌이 이를 계승했다고 하는 주장과,[26] 서양 선교사들에 따라 '잘못된' 생각으로 소개되었던, 1600년에 그것 때문에 화형火刑에 처해진 브루노의 무한우주론이 담헌에게는 '올바른' 생각으로 받아들여졌을 가능성에 대한 추측이[27] 나와 있다.

여기서는 담헌의 우주무한관의 소종래가 해명에 필수적인 문제는 아니나, 발상의 원천이 어디인가 하는 문제는, 이 우주관과 유관한 그의 사상의 역사적 성격이나 의의를 규정하는 한 요건이 되기도 한다는 점에서, 앞 두 견해에서 빠진 부분을 제시할 필요를 느낀다. 필자는 담헌의 우주무한관은 원천적으로는 《장자莊子》와 북송北宋 도학의 상수사유象數思惟, 그리고 이를 계승한 서화담徐花潭의 태허관太虛觀으로부터 발상을 얻었지 않았을까 생각한다.

가령 《장자》의 〈천하天下〉에 나오는 혜시惠施가 한 말, "지극히 커서 밖이 없는 것, 그것을 일러 대일大一이라 이른다"[28]는 성계星界에 관한 인식만 부대附帶하게 되면 그대로 우주무한관이 될 수 있는 단서를 가지고 있다. 소옹邵雍의 "천지는 만물의 근본이다. 천지의 관점에서 만물을 보면 만물이 물物이 되지만, 도道의 관점에서 천지를 보면 천지도 또한 만물이 된다"[29]는 말에서의 '도'가 공간 개념으로 전이만 되면 그대로 우

---

26) 小川晴久, 앞의 논문 참조.
27) 朴星來, 앞의 논문 참조.
28) 〈天下〉,《壯子》, '惠施 (중략) 曰 : 至大無外, 謂之大一."
29) 〈觀物內篇〉 권1,《性理大全》 권7,《皇極經世書》 권3, "以天地觀萬物, 則萬物爲物 ; 以道觀天地, 則天地亦爲萬物."

주무한론으로 발전될 계기를 품고 있음을 보게 된다. 그리고 화담의 "기氣의 담일청허淡一淸虛한 것이 미만무외瀰漫無外한 빈 공간에 모여서 큰 것은 천지가 되고, 모여서 작은 것은 만물이 된다"[30]고 한 말은 소옹의 도의 자리에 거기에 상응하는 공간을 대체시켰다는 점에서 진일보했다고 하겠다. 또한 성계星界에 관한 인식과 연결되면 그대로 우주무한관이 될 수 있다. 그리고 화담의 다음과 같은 논설에는 무한우주의 구도가 이미 제시되어 있기조차 하다.

> 정자程子와 장자張子는 "하늘의 크기는 밖이 없다"고 했으니 곧 태허太虛는 밖이 없다는 것이다.…… 소자邵子는 말하기를, "혹은 이르기를 천지의 밖에 따로 천지만물이 있어서 이 천지만물과는 다르다고 한다. 이에 대해 나는 알 수가 없다. 나만 알 수 없을 뿐 아니라 성인도 또한 알 수 없을 것이다"고 했는데 소자의 이 말은 마땅히 다시 깊이 사색해 보아야 하리라.[31]

무한우주의 구도가 제시되어 있다고 하더라도, 화담이 인용한 소옹의 진술은 아직도 다분히 신화적인 상상이다. 이 신화적 상상으로부터 담헌의 다음과 같은, 그 내용의 현실적 구체성과 본인의 신념성이 명쾌하게 표현된 명제에 이르는 사이에, 어쩌면 김석문의 성과와 브루노의 주장이 섭취되었을 법하다.

> 별들 밖에 또 별들이 있다. 공계空界는 무진無盡하고 별들도 무진하다.

> 무량한 경계가 공계空界에 흩어져 있다.[32]

---

30) 徐敬德, 〈鬼神死生論〉, 《花潭集》 권2, "氣之淡一淸虛者, 瀰滿無外之虛, 聚之大者爲天地, 聚之小者爲萬物."
31) 徐敬德, 〈原理氣〉附語錄, 앞의 책, "(先生)曰 : 程張謂 : '天大無外'. 卽太虛無外者也. (중략) 邵子曰 : 或謂 : '天地之外, 別有天地萬物, 異乎此天地萬物. 吾不得以知之也. 非惟吾不得以知之, 聖人亦不得以知之也.' 邵子此語, 更當致思.."

이렇게 그 발상처를 주로 북송 도학의 상수사유 계열에서 찾는 근거는, 담헌을 비롯한 당시 상수학 전공자들에게 가장 중요한 본격적 텍스트가 다름 아닌 《성리대전性理大全》에 실린 소옹의 《황극경세서皇極經世書》, 주희의 《역학계몽易學啓蒙》, 채원정蔡元定의 《율려신서律呂新書》, 채침蔡沈의 《홍범황극내편洪範皇極內篇》 등이었기 때문이다.33) 곧 김원행 문하의 상수학이 실은 《성리대전》에 실린 상수학적 저작을 주된 매개로 해서 궁구되었고, 무엇보다 그 분야에 독보적이었던 소옹의 유관 저작은 그때까지만 해도 《성리대전》을 통해서만 접할 수 있었기 때문이라는 말이다.34)

《성리대전》에서 출발한 담헌의 상수학이 지구관을 믿고 우주무한관에 도달하게 되자, 마침내 종래의 혼개설적渾蓋說的 천지관을 틀로 했던 일원一元 지향, 유중심적有中心的 보편통합 지향의 세계관을 무중심적 보편통합 지향의 세계관으로 수정하도록 하면서 다원개체多元個體 지향의 다른 국면을 형성시켰다.

담헌의 상수학과 《성리대전》의 관계를 말하게 되었지만, 실은 상수학과 관련해서만이 아니라 그의 학문·사상 전체에 대해서 《성리대전》은 그 연관 비중이 매우 크다. 그는 《성리대전》을 그의 학문의 범본範本이자 극복의 대상으로 삼았던 듯하다. 그의 학문적 관심과 문제의식이 그

---

32) 〈毉山問答〉, 《內集》 권4, "況星辰之外, 又有星辰. 空界無盡, 星亦無盡", "無量之界, 散處空界."

33) 象數學은 두루 알듯이 본래 形象과 數量을 가지고 《周易》을 해명하는 한 방법체계였으나 뒤에 여기에 天文·曆法·樂律의 지식이 포함되었다. 이런 유의 상수학을 學人 일반이 《書經》 《虞書》의 '朞三百'과 '璿璣玉衡'의 解說을 통해 접할 수 있기는 해도, 역시 본격적인 것은 《性理大全》에 실린 저작들이다.

34) 湛軒이 중국 여행에서 돌아온 뒤 중국의 知人 潘庭筠에게 보낸 〈與秋庫書〉 別幅에서 "如邵子全書及天文類函兩書, 平生願見, 而諒其卷帙不少, 設或有見此者, 何可遠寄耶?"라고 한 내용으로, 담헌은 그때까지 아직 《邵子全書》를 접하지 못했음을 알 수 있다. 따라서 소옹의 저작을 접할 수 있는 가장 손쉬운 길은 《性理大全》밖에 없었음을 알 수 있다.

토록 포라적이었던 것도 《성리대전》의 지식체계에 도전하고자 한 때문이었을 터다. 뒤에서 논의하겠지만 그의 이理 개념과 관련해서 《성리대전》은 그의 사상에서 또한 중요한 구실을 하게 된다. 그가 순수한 이기·심성만을 문제로 삼아 집착했던 전통적인 도학자들과 이렇게 안목을 달리 할 수 있었던 기틀은 《성리대전》으로부터 다채로운 지적 상상을 축적한 결과로 이해된다.[35]

---

35) 《性理大全》 70권은 두루 알다시피 《四書大全》, 《五經大全》과 함께 永樂 三大全을 이루는 책으로, 이 三大全 편찬의 동기에 明·成祖의 정치적 權謀가 개재해 있고, 또 불과 9개월 만의 완성이라는 拙速에서 오는 문제점도 없지 않으나 그 표방된 이념은 주자학적 패러다임의 완벽한 관철로서의 世界統御이다. 이러한 의도가, 주어진 경전 텍스트에 대응되는 注解釋을 결합시켜 편성하는 앞 두 책보다 내용 체제를 자의로 수립해서 편성하는 《性理大全》에 특히 조직적으로 구현될 수 밖에 없었다. 이런 점에서 그 내용 체제가 《朱子語類》와 비슷하게 짜여진 것도 우연이 아니라고 본다. 자연·사회·역사의 갖가지 事象, 오늘날의 학문 분과적 시각에서 보아 인문·사회·자연·예술 등의 學의 영역에 속할 갖가지 事象들이 가지고 있는 지향·속성·규율·의의까지를 포괄하여 중국 自國의 元代까지 축적된 지식을 媒材로 하여 엮으면서 '性理'라는 주자학적 도덕적 존재 범주의 개념으로 규정한 書名을 가진 이 책은 결국 주자학적 汎存在道德 價値觀의 이념적, 조직적인 구현인 것이다. 그러나 이 책은 그러나 중국에서는 지식인들에게 그다지 환영받지 못했다.
　　우리나라에는 1420년(세종 2) 무렵 중국으로부터 들여왔으나 卷帙이 浩大해서(1질 인쇄에 韓紙 1,089장 쓰임) 자주 간행될 수 없었다. 그래서 1427년에 조정에서 경상 등 여러 道에 명하여 간행하게 한 뒤, 1518년(중종 13) 慶尙監司 金安國이 경상도에서 간행한 적이 있었고, 1665년(현종 6) 咸鏡監司 閔鼎重이 그 지역에 보급하기 위해 《朱子大全》과 함께 多數 印送해 줄 것을 조정에 요청한 적이 있었고, 그리고 1744년(영조 20)에 《性理大全》이 '聖學之根本'임에도 冊板이 희귀하다 하여 完營에서 간행하기를 명하자는 의논이 있었다는 것 정도가 公的 기록을 중심으로 파악되는 보급 관련 사실의 거의 전부다.
　　여기에서 알 수 있듯이 《性理大全》은 우리나라에서도 널리 읽혀지지는 못했다. 그 이유는 두 가지다. 첫째는 권질이 커서 刊印에 비용이 많이 들어 보급에 어려움이 있었기 때문이고, 둘째는 이 책의 象數學 관련 부분이 너무나 어려워 일반 학인들이 접근하기 쉽지 않았기 때문이다. 李退溪가 19세 때 겨우 이 책의 首尾 2권을 얻어 보았다는 사실(《退陶先生言行通綠》 권2, 〈學問〉 참조)이, 더구나 金安國이 慶尙監營에서 이 책을 新刊한 지 불과 1, 2년 뒤임에도 그러하였다는 사실이 전자를 단적으로 입증해 주고, 世宗朝에서는 세종 자신의 주도로, 中宗朝에서는 趙光祖의 주도로 經筵을 매개로 《性理大全》의, 특히 그 象數學 부분의 소화에 특별한 노력을 기울였으나 그 성과 자체는 한계적이었고 그것이 일반화·지속화되는 데까지 나아가지 못한 사실이 후자를 입증해준다.
　　조선 후기에 이르러 담헌과 황윤석 같은 학자의 출현이 전대에 비해 사정이 달라졌음을 알려주기는 하나, 大局이 아주 달라진 것으로 보이지는 않는다(앞의 주 21과 金履安

담헌이 사상적 전회를 하게 된 또 하나의 정적正的 계기인 도가사상은, 앞에서 논급했듯이, 부적負的 계기인 도학 말류의 번쇄한 지식주의의 반동으로서 그 소박주의가 받아들여질[月시]될 요건이 성립되기도 했지만, 지구관과 우주무한관에 따른 혼개설적 천지관의 해체가 '인人'에게 천지의 '중中'이라는 우월적 위격位格을 인정하는 삼재三才사상의 존립 기반을 소멸시킨 시점視點에서도 수용될 여건은 마련된다. 그에게서 '인물균人物均' 명제의 출현이 이 점을 잘 보여 준다. 그 구체적인 내용은 뒤에서 제시되겠거니와, 요컨대 인人과 물物(금수·초목)의 존재론적 위격(담헌에게도 존재론은 곧 가치론이다)을 균등하다고 규정한 것이다.

> 사람의 관점에서 물(금수·초목)을 보면 사람이 존귀하고 물이 비천하지만, 물의 관점에서 사람을 보면 물이 존귀하고 사람이 비천하다. 그런데 천天의 관점에서 보면 사람과 물은 균등하다.[36]

의 〈籠水閣記〉 참조). 그런데 실은 중요한 것은 《性理大全》 가운데 상수학 부분이 學人 일반에게 관심의 대상이 되지 못한 것 그 자체가 아니라 바로 이 사실이 《性理大全》의, 세계의 존재 總體에 대응하고자 한, 理의 包羅的 체계성이 그 자체대로 온전하게 학인들에게 知的 상상력의 기틀로 수용되지 못하고, 체계가 해체되어 斷片化된 채로, 책이라는 실물로서는 全帙보다는 주로 散帙서, 다소 지리멸렬하게 통행된 계기로 작용했다는 점이다. 그래서 결국 理의 인식이 주로 純粹道德的 修己·治人으로의 집중에서 이루어지고, 세계 존재 총체와 관련에서 朱子學 본연의 汎存在道德 價値觀的 차원에서 실제적으로 인식되지 못했다는 것이다.

《性理大全》이야말로 체계적 帝王之學, 즉 '聖學'이다(《英宗實錄》, 20年 3月 癸未, "性理大全爲聖學之根本"). 그런데 退溪의 〈聖學十圖〉와 栗谷의 《聖學輯要》 어디에도 《性理大全》적 범존재도덕 가치관의 비전이 없다. 순수 도덕 범주로의 집약 지향이다. 湛軒의, 理의 범존재도덕가치관적, 포라적 인식(체계의 완성 여부는 별개로 하고)과 선명히 대비되어 서로의 특성을 잘 드러내어준다. 여기서 우리는 理의 인식 자세나 지적 상상에서 퇴계·율곡과 담헌 사이의 현격한 차이를 확인할 수 있다. 이러한 차이를 가져오게 한 데는 물론 시대 현실의 차이가 원천적으로 개재되었겠지만 더 직접적으로는 담헌이 《性理大全》의 包羅性的 理 인식이나 지적 상상을 적극적으로 가질 수 있었던 데 크게 말미암는다고 하겠다.

36) 〈毉山問答〉, 《內集》 권4, "以人視物, 人貴而物賤 ; 以物視人, 物貴而人賤 ; 自天視之, 人與物均也."

담헌의 이 명제는 장자莊子의 다음 명제와 틀림없이 깊은 관련이 있을 것이다.

> 도道의 관점에서 물物들을 보면 물들 사이에 귀천이 없다. 그런데 물들 각자의 관점에서 상대를 보면 자신은 존귀하고 상대는 비천하다.[37]

보다시피 담헌은 장자의 명제에서 '도'의 자리에 '천'을 놓음으로써 자기 사상적 맥락에 근거를 두어 재정립했던 것이다.

이 밖에도 담헌사상에는 도가적 순소淳素 · 천진天眞이 중시되어 있음을 본다. "노자老子 묵자墨子가 비록 교의敎義는 다르지만 그 순소에 대한 표방은 또한 취할 만하다"[38]고 중국의 지인知人에게 시로 표백하기도 하고, 또 사士의 인격 기초는 천진에 두어야 함을 편지로 피력하기도 했다.[39]

담헌은 그의 지적 상상을 소옹의 저작에서 촉발시켜 온 경우가 적지 않아 보인다. 그런데 소옹의 상수학은 도가사상의 수용 위에서 성립된 것이다. 이런 점에서 담헌의 도가사상 수용에도 소옹 저작이 촉매 구실을 한 점이 없잖아 보이기도 한다. 여기에서 우리는 담헌사상에서 도가사상은 단순히 사상적 전회의 계기로서만 그치는 것이 아니라 그 내용의 일부로 깊숙이 끌려 들어가 있음을 보게 된다.

3. 무중심적 보편통합 지향 국면

세계관이 형성 수립되거나 또는 그것을 파악 이해하는 각도는 물론 단

---

37) 〈秋水〉, 《莊子》, '以道觀之, 物無貴賤 ; 以物觀之, 自貴而相賤.'
38) 〈次孫蓉洲有義寄秋庫詩韻, 仍贈容洲〉, 《內集》 권3, "老墨雖異敎, 淳素亦可取."
39) 〈與陸篠飮飛書〉, 《外集》 권1, "惟去色態, 因天眞, 重門洞開, 端倪軒割 ; 如水鏡之監之無不照, 如鍾鼓之扣之無不響者, 乃吾所謂士也."

일하지 않다. 여기서 세계관은 세계 안 존재들 사이의 관계 양태 여하의 각도에서 규정되는 개념이다. 이런 점에서 보면 도학의 세계관은 존재들이 일정한 보편 실재實在 또는 원리原理에 따라 규정되는 내재적內在的 유기관계有機關係를 가지며, 보편의 장場으로 통합을 지향한다는 유형의 것이다. 그런데 종래 도학의 세계관은 존재들의 관계 총체에서 중심의 위격이 강하게 설정된 데 대해 담헌 세계관의 도학적 국면은 이 중심의 위격이 약화되거나 제거된 상태에서 보편통합을 지향하는 것이라는 점에서 서로 그 내포와 성격을 뚜렷이 달리하고 있다.

1) 종래 도학의 유중심적 보편통합 지향 형태

잘 알려진 바지만 도학에서는 세계를 존재들 사이의 강한 유기성을 가진 통합관계라고 선차적先次的으로 규정짓는다. 그 유기성의 근거가 정통 도학의 관점에서는 이理였음도 잘 알려진 바다. 그런데 이 이理에 의한 보편통합 지향에는 그 유기관계 총체에 중심의 위격이 설정되어 있고, 이에서 파생되는 갖가지 특성을 옹유擁有하고 있다. 종래 도학의 세계관의 이러한 특성은 장재張載의 〈서명西銘〉과 이에 대한 주희의 〈해解〉에 잘 드러나 있다.[40] 이제 이를 중심으로 하여 그 밖의 다른 자료를 보완하며 살펴본다.

유중심적 보편통합 지향의 세계관은 혼개설적渾蓋說的 천지관에 수직구조적 삼재관三才觀과 이일분수理一分殊의 존재관이 결합하여 그 골격을 이루고 있다.

송대宋代에는 물론 혼천설渾天說이 일반적인 천지관이었다. 그러나 주

---

40) 〈西銘〉은 본디 張載의 主氣 내지 唯氣 思惟를 기반으로 한 작품인데, 程頤가 그 주제를 理一分殊로 해석, 규정했다. 朱熹가 이를 이어받아 〈西銘解〉를 지어 확정시켜 버렸다.

희가 "(하늘의) 항상 드러나 보이고 숨겨져 있지 않는 부분이 뚜껑[蓋]으로서의 하늘이고, 항상 숨겨져 있고 드러나 보이지 않는 부분이 밑[底]으로서의 하늘이다"[41]고 한 데서 알 수 있듯이, 혼천관渾天觀도 인간과 만물의 존재 공간인 천지간에 대한 인식에서는 개천관蓋天觀과 실질적으로는 다를 것이 없다. 즉 땅 위에 궁륭형穹隆形의 천개天蓋가 덮어씌워진 형국이 그것이다.[42] 그리고 이 공간구도가 각기 그 성정性情인 건乾과 곤坤을 성립시킨다. 서로 교감交感하는 이 하늘[乾]과 땅[坤] 사이에 '가운데[中]'의 위격으로 인간이 존재하고, 따라서 하늘과 땅 사이의 만물들 가운데 가장 존귀하다. 그리고 물物(금수·초목)은 인人에게 부속되어 그 하위에 놓인다. 알다시피 이것이 공간구도적 인식의 삼재관이다.[43]

그런데 이 삼재관에 담헌의 '화이균華夷均'론의 표적이 된 화이관華夷觀이 존재론적 성격으로 전이되어 들어가게 된다. 화이관의 존재론적 성격의 전이를 확실하게 천명한 것은 당唐의 한유韓愈에서 비롯되었지만,[44] 주희는 정호程顥의 "기氣가 한쪽으로 치우치면 '금수禽獸'가 되고 '이적夷狄'이 되지만 중정中正하면 '사람'이 된다"[45]는 규정을 이어받아 여기에 존재론적인 근거를 더욱 결정적으로 결착結着시켰다.

---

41) 朱熹, 〈天地〉下, 《朱子語類》 권2, "有一常見不隱者爲天之蓋, 有一常隱不見者, 爲天之底."

42) 주희가 "嵩山不是天之中, 乃是地之中"[주 41)의 글]이라고 했듯이 天動의 축으로서 南北極이 설정되는 渾天說의 天地間에 대한 정확한 인식에 따르면 '天之中'과 '地之中'은 일치하지 않는다. 그러나 이 불일치가 蓋天觀的 인식과의 유사성을 아주 깨뜨리지는 못했다.

43) 알다시피 《易傳》에서는 "立天之道曰 : 陰與陽 ; 立地之道曰 : 柔與剛 ; 立人之道曰 : 仁與義"(〈說卦傳〉)라 하여 저마다 그 범주를 달리하는 '性命'에 주안점을 둔 삼재관이 제시되었거니와, 이것과는 다소 각도를 달리하는 空間構圖的 인식의 三才觀도 사상사적으로 매우 중요한 因素로 기능했다. 이러한 三才觀은 韓愈의 〈原人〉에 잘 표명되어 있다.

44) 韓愈, 〈原人〉, 《韓昌黎文集》 권1 참조.

45) 宋時烈, 〈中庸〉, 《程書分類》 권9, "明道先生之言曰 : 中之理, 至矣. 獨陰不生, 獨陽不生. 偏則爲禽獸, 爲夷狄, 中則爲人."

혼탁한 존재는 바로 기氣가 혼탁해서다. 그러므로 (해·달의 빛과 같은 천명天命의 성性으로부터) 스스로 폐색蔽塞시키기를 마치 초가지붕 아래이듯이 한 것이다. 그렇지만 사람에게는 폐색해도 통할 수 있는 방도가 있지만 금수는…… 태어나면서부터 폐색이 심하게 되어 있기 때문에 통할 수 있는 곳이 없다.…… '이적夷狄'에 이르러서는 곧 '사람'과 '금수'의 중간에 존재하기 때문에 끝내 (기질의 혼탁을) 고치기 어렵다.46)

이 논거에 따르면, 하늘과 땅 사이의 존재층급存在層級은 '인人 - 이적夷狄 - 금수禽獸 - 초목草木'이 된다. 여기서 '인人'은 결국 천하의 '중中'에 있는 '화華의 인人'만이 인人으로 된다는 논리다.

여기에서 한걸음 더 나아가 인간의 인위적 사회조직까지도 존재론적으로 규정한다. 즉 장재張載는,

> 대군大君은 우리 부모(乾坤)의 종자宗子이고, 그 대신大臣은 종자의 가상家相이다.47)

고 규정지었다. '대군', '가상' 따위는 인위적인 사회조직 단위의 일부에 지나지 않는다. 그런데 이들 조직 단위를 천지간의 고유한 존재로 규정했다. 인간의 사회적 관계에 대한 이러한 존재론적 차등적인 규정의 완벽한 표현은 주희의 〈해解〉 가운데 다음과 같은 논설에서 본다.

> 천지간에 이理는 하나일 따름이다. 그러나 건도乾道는 남男으로 되고 곤도坤道는 여女로 되어 이기二氣가 교감하여 만물을 화생化生시킨즉 그 대소의 분수分數와 친소親疎의 등차等差가 십, 백, 천, 만에 이르므로 가지런할 수가 없다.48)

---

46) 朱熹, 〈人物之性氣質之性〉, 《朱子語類》 권4, "昏濁者是氣昏濁了, 故自蔽塞, 如在茅屋之下. 然在人, 則蔽塞有可通之理. 至於禽獸, (중략) 生得蔽隔之甚, 無可通處. (중략) 得到夷狄, 便在人與獸之間, 所以終難開."
47) 〈西銘〉, "大君者, 吾父母宗子 ; 其大臣, 宗子之家相也."

여기에 이일분수理一分殊라는 존재관이자 윤리관이 수립되는 논리적 거점이 있다. 주희가 불교의 '월인만천月印萬川'의 비유를 빌려와, 본디 일태극一太極이 만물 저마다에 동일태극同一太極으로 갖추어져 있음을 설명한 데 잘 드러나 있듯이, 본래 천지간 최고의 존재원리이자 도덕원리인 '이理'가 있어 만물 각자의 이理는 이 최고의 이理의 체현體現이라는, 세계의 일원적 통합성을 규정한 명제다.

그런데 "만물이 모두 이 이理를 가지고 있고, 그 이理가 모두 함께 일원一原에서 나왔지만 만물의 그 존재하는 위격이 같지 않으니만치 그 이理의 자기실현[用]이 한결같지 않다"[49]는 논거와 아울러서 일원적 통합성의 이면에 만물의 천만부제千萬不齊한 분수와 등차라는 위격적 차별성을 규정짓는 명제로서의 의의 또한 엄연하다.

그리고 이일분수 명제의 논리적 지향점은 본디 개체와 보편자 사이의 절대동등성絶對同等性에 있다. 따라서 '이일'과 '분수'는 상용相容 관계이므로 어디에도 중심의 위격이 설정될 자리가 없다. 그럼에도 이 명제의 사변思辨은 다분히 '중심으로부터의 방출放出'과 그 역逆인 '중심으로의 수렴收斂'의 의상意象에 지배되어 있다. 무엇보다 앞서 말한 주희의 '월인만천'이란 비유나, '만물의 이理가 모두 함께 일원一原에서 나왔다'는 표현이 이 점을 당연한 것으로 인정하게 한다. 더구나 '월인만천'의 비유에서 '월月'은 중심의 위격뿐 아니라 '최고'의 위격까지 동시에 의상意象하고 있다. 이리하여 이 명제의 의상 구도는 '최고 중심 위격인 일원으로부터의 방출'과 그 역인 '일원으로의 수렴'이 되어 혼개설적 천지관의 공간 구도에 아주 적합해진다. 최고 중심으로서의 일원은 당연히 '천'으로 귀속되기 때문이다. 이러한 의상이 하나의 논리로 인식되는 데서[50] 혼개설

---

48) 朱熹, 〈西銘解〉,'論曰 : 天地之間, 理一而已. 然乾道成男, 坤道成女, 二氣交感, 化生萬物, 則大小之分, 親疎之等, 至於十百千萬而不能齊也."
49) 朱熹, 《大學或問》下, "萬物皆有此理, 理皆同出一原. 但所居之位不同, 則理之用不一."

적 천지관을 틀로 한 유중심의 일원적 보편통합성의 세계관은 자신에 적합한 형이상학적 근거를 확실하게 얻게 된 것이다.

이처럼 삼재관과 화이관에 바탕을 둔 존재층급관, 이일분수론에 바탕을 둔 존재차등관이 종래 도학의 유중심적 통합을 지향하는 세계관의 실질 내용을 이루어 왔다. 이것은 '유중심'이란 기본 구도가 가져오는 거의 필연적인 귀결일 것이다.

끝으로 이 세계관이 그 두드러진 성향으로서 당위지향성과 함께 이에 수반하여 규범주의적 성향을 강하게 띠어 왔음을 우리는 익히 알고 있다. 그런데 이 당위지향성의 근본 내력은 두 가지 방향에서 생각할 수 있다. 하나는 이理의 개념으로서 '소이연지고所以然之故'와 함께 '소당연지칙所當然之則'이 규정된 데서 발생하는 요구가 그 동인이 되어서고, 다른 하나는 위에서 살펴본바 차별 질서관의 자기 관철을 위해 요구되는 필연적 방식으로서다. 이 두 가지는 물론 별개로 있는 것이 아니다. 서로 일정한 연환連環 관계를 이루고 있다고 하겠다.

당위지향은 규범에 대한 준수 요구에 다름 아니다. 규범에 대한 준수 요구에는 이념적 전범이 전제되게 마련이니, 그 역사화된 실체가 바로 성인聖人이다. 성인은 즉 천리天理의 합일자合一者로서 당위를 초월한 층차에 존재하고, 그것은 '준극우천峻極于天'51) 즉 하늘에 맞닿는 초인超人으로 의상意象된다. 이러한 성인관은 혼개설적 천지관에 당위 지향의 요구가 결합되어 성립된 것으로 도학의 유중심적 보편통합 지향 세계관의 완결적 국면이다.

---

50) 金元行의 다음 논의는 意象構圖가 그대로 논리로 고착되어 왔음을 분명하게 반증해 준다, "理一分殊, 亦不必分先後, 何也? 盖卽理一而分殊在焉, 卽分殊而理一在焉. 一性渾然而五常之粲然者, 已悉具於其中矣 ; 五常粲然, 而一性之渾然者, 又不出於其外矣."
51)《中庸》제27장, "大哉. 聖人之道! 洋洋乎發育萬物, 峻極于天."

2) 담헌의 무중심적 보편통합 지향 형태

　지구관과 우주무한관에 이른 담헌에게 혼개설적 천지관을 틀로 하여 삼재관·이일분수론 등이 결합해 성립되어 있던 종래 도학의 유중심적 보편통합의 세계관은 그 존립 기반이 해체되면서 함께 해체될 수밖에 없었다. 그러나 보편통합에 대한 지향 그 자체까지 소멸된 것은 아니다.(실은 쉽사리 소멸될 수 있는 것이 아니기도 하다) 중심성中心性의 위격이 약화되거나 소멸되면서 여기에 연계되어 구조화하여 있던 존재들의 층급적 차등적 관계로서의 통합성이 함께 해체되고, 그 관계가 다분히 균등지향 구조로 보편 통합되는 방향으로 바뀌었을 따름이다.

　그런데 존재들 사이의 관계구조가 층급적 차등적이었던 것이 균등적인 것으로 전환되었다는 점에서 사상사적으로 결코 작은 사건이 아니다. 그리고 균등지향 구조로 전환되었음에도, 다시 말하면 일반적으로 존재들의 관계를 통합성보다는 개별성의 방향으로 나아가게 하는 기반으로 기능할 가능성이 높은 균등지향 구조로의 전환에도 불구하고, 존재들의 유기적 통합성이 어떤 점에서는 종래 도학의 그것에 견주어 오히려 더 강화되는 측면을 가지고 나타난 점은, 바로 담헌의 세계관이 도학의 범주 안에서 기존의 세계관에 대한 반성의 결과로 한 하나의 선택임을 입증하는 것이기도 하다. 담헌 세계관의 이러한 도학적 국면의 특성들은 지구와 우주무한의 천지관에, 주로 그의 주기론적主氣論的 사유에 바탕을 둔 심관心觀과 이理의 개념이나 성격의 새로운 조정措定이 결합되어 정립되었다.

(1) 담헌의 천지관天地觀

　먼저 혼개설적 천지관을 대체한 담헌 천지관의 개략을 이해할 필요가 있다.

> 하늘이란 맑고 허한 기氣가 끝없이 가득 찬 것인데, 자그마한 지구계地球
> 界의 기氣의 움직임을 가지고 이 지극히 맑고 지극히 허한 데 견주어 논할
> 수 있겠느냐?[52]

담헌에게 종래의 혼개설은 더 이상 의미가 없다. 하늘이란 맑고 허한
기가 끝없이 가득 찬 것, 즉 무한우주 그 자체다. 반면에 땅은 그 기로 만들
어진 조그마한 구형체球形體로서 무한 우주공간에 떠 있는 것일 뿐이다.
담헌의 천지는 다음과 같이 좀더 구체적으로 묘사되어 있다.

> 하늘에 가득한 별치고 계界로 되지 않는 것이 없으니, 성계星界로부터 본
> 다면 지계地界도 또한 한 개의 별이다. 한량없는 계界들이 공계空界에 흩어져
> 있는데 오직 이 지계地界만이 공교롭게도 바로 중심에 있다는 것은 있을 수
> 없는 일이다.[53]

이처럼 지地는 더 이상 천天의 중심에 자리한 절대적 단독자가 아니라
무한한 우주에 한량없이 흩어져 있는 성계들 가운데 하나일 뿐이다. 이
러한 천지(우주) 구도에서 유일 절대의 중심이 어디 있겠으며, 아울러 하
늘과 땅 사이에 고정된 중심점이 어디 있을 수 있겠는가.
따라서 삼재관은 말할 것도 없거니와, '월인만천'의 의상으로 구조가
인식되는 이일분수관도 의착依着할 데가 없어져 버렸다. 따라서 여기에
연계되어 있던 존재 층급관·차등관도 그대로 존속될 수가 없게 되었다.
흥미로운, 그리고 유의해야 할 사실은 이러한 천지 구도가 수립된 뒤
에도 담헌에게는 종래의 천부지모관天父地母觀이 그 형태를 달리하여 매

---

52) 〈毉山問答〉,《內集》권4, "且天者, 淸虛之氣, 彌滿無際. 其可以蕞爾地界之噓吸, 擬
　　議於至淸至虛之中乎?"
53) 앞의 글, "滿天星宿, 無非界也. 自星界觀之, 地界亦星也. 無量之界, 散處空界, 惟此地
　　界, 巧居其正中, 無有是理."

우 자각적으로 재인식되고 있다는 점이다. 즉 담헌은 그의 새로운 오행관五行觀에 따라서 만물을 생성시키는 제1차성 질료를 천天의 기氣, 일日의 화火, 그리고 지地의 수토水土로 규정하고,[54] 여기에 바탕을 두고 땅[地]을 '만물지모萬物之母', 해[日]를 '만물지부萬物之父', 그리고 하늘[天]을 '만물지조萬物之祖'로 재정립했던 것이다.[55] 종래의 천부지모관에 다분히 스며 있던 상징성과 사변적 관념성이 제거된, 과학적 구체성을 바탕으로 한 재정립이다. 우리가 관심을 가지는 점은 담헌이 천지·우주의 이해에 서구 근대과학에 접근된 안목을 보이면서도 전통적인 '우주적 가족 이념'은 당연한 것으로 포지抱持하고 일말의 회의도 없다는 사실이다. 아래의 진술을 보면 회의가 없는 것에만 그치지 않고 누구보다 진지했음을 알 수 있다.

> 하늘[天]은 만물의 조상이고, 해[日]는 만물의 아버지고, 땅[地]은 만물의 어머니고, 그리고 별과 달은 만물의 아저씨들이다. 원기元氣를 어울러 만물을 생성시켜 주니 은혜가 이보다 더 클 수 없고, 애중하게 만물을 길러 주니 덕택이 이보다 더 두터울 수 없다.[56]

천지의 측량을 다룬 저작의 첫머리에, "천지의 체상體狀을 알려면 의상意想으로써 궁구할 수 없고, 이치로써 탐색할 수 없다. 오직 의기儀器를 제작하여 규측窺測하고, 계산을 하여 추리해야 한다"[57]는 과학적 실증에 대한 주장과 함께 진술되어 있는 담헌의 '우주적 가족윤리 이념'이다. 수사적 과장을 혐오하는 담헌의 생리를 고려하면 위의 진술이 담헌에게는

---

54) 앞의 글, "是知天者氣而已, 日者火而已, 地者水土而已. 萬物者, 氣之粕糟, 火之陶鎔, 地之疣贅. 三者闕其一, 不成造化, 復何疑乎!"
55) 앞의 글, "地者萬物之母, 日者萬物之父, 天者萬物之祖也."
56) 〈測量說〉,《外集》권6, "盖天者萬物之祖, 日者萬物之父, 地者萬物之母, 星月者萬物之諸父也. 絪縕孕毓, 恩莫大焉 ; 呴濡涵育, 澤莫厚焉."
57) 위의 글, "欲識天地之體狀, 不可以意究, 不可以理索. 唯製器以窺之, 籌數以推之."

문면 그대로 진실임을 인정할 수 있다.

우주적 가족윤리 이념은 알다시피 장재의 〈서명〉에 집중적으로 표명되어 있다. 위에서 살펴본 바에 따르면, 담헌은 〈서명〉의 이 이념을 적극 포지하고 있었던 셈이다. 그러나 〈서명〉에 대한 정주적程朱的 해석에 따라 확정된 이일분수적 존재차등관은 앞에서도 지적했듯이 담헌의 천지관에서는 이미 용납하기 어렵게 되었다. 따라서 이런 부분은 그의 사상적 내용의 일부로 수용 전승되지 않았다. 여기에서 가족윤리 이념이 결국 존재차등관의 한 발현 형태가 아닌가 하는 이의가 있을 수 있겠지만, 존재론적 차등규정에 따라 성립되는 존재차등관계와 존재 사이의 유기적 연속성의 밀접성으로 규정되는 가족관계와는 어디까지나 별개다. 담헌은 〈서명〉으로부터 그것이 당초에 중점을 둔, 천·지·인·물의 유기적 일체로의 통합지향성 사상을 적극 취해 왔고, 그의 우주적 가족 이념은 이 이상도 이 이하도 아닐 뿐이다. 이처럼 담헌에게서 우리는 매우 초보 단계기는 하지만 서구 근대과학적 안목과 도학적 유기체관의 순조로운 결합을 볼 수 있다.

(2) '기지청수신묘자氣之淸粹神妙者'인 '심心'의 보편실재성

담헌의 보편통합 지향 세계관은 무엇보다 기氣와 그 기의 최고층차인 심心에 따라 규정된다. 앞에서 '하늘이란 맑고 허한 기가 끝없이 가득 찬 것'이라는, 즉 우주는 기의 무한연속이라는 담헌의 인식을 접한 바 있거니와, 그의 다음과 같은 진술에서 우리는 더 구체적인 내용을 얻게 된다.

> 태허太虛는 본디 고요하고 비었으며, 가득 차 있는 것은 기氣다. 안도 없고 밖도 없으며 시작도 없고 끝도 없다. 쌓인 기가 일렁거리고 엉켜 모여서 형체를 이루어 허공에 두루 퍼져서 돌기도 하고 멈추기도 한다. 이른바 땅과 달과 해와 별이 그것이다.58)

이 우주 규모에서 기에 대한 인식과 같은 논리의 관철로서 사람과 만물이 존재하는 계界의 층차에서 기의 존재 양태는 다음과 같이 묘사되어 있다. 이것은 곧 심에 대한 생성론적 존재론적 설명이기도 하다.

> 천지에 가득 찬 것은 다만 기氣일 뿐이고, 이理가 그 가운데 있다. 기의 본원을 말하면 담일澹一하고 충허沖虛하여 청탁을 말할 것이 없다. 그것이 오르내리고 드날리어 서로 부딪쳐 들끓어서 이러저러한 찌끼들이 생기면서야 서로 같지 않음이 있게 된다.
>
> 이에 맑은 기氣를 얻어 화한 것이 사람이 되고, 흐린 기를 얻어 화한 것이 물物이 된다. 그 가운데서 지극히 맑고 지극히 순수하고 신묘神妙해서 요량할 수 없는 것이 마음[心]이 되니 모든 이理를 오묘하게 갖추고서 만물을 재제宰制하는 까닭이다. 이는 사람과 물이 같다.59)

앞의 두 인용문에서 파악되듯이, 담헌에게 기는 구극의 보편실재다. 이 기의 자기 운동에 의해 자체에 질적 차이가 발생하고, 여기에 연속되어 만물이 생성한다는 것이다. 만물의 생성에 연속되어 있는 기의 질적 차이를 담헌은 크게 세 층차로 구별 지었다. '지극히 맑고 지극히 순수하고 신묘해서 요량할 수 없는 기'와 '맑은 기' 및 '흐린 기'가 그것이다. 맑은 기를 얻어 생성된 자는 사람[人]이 되고, 흐린 기를 얻어 생성된 자는 물物이 된다는 것은 종래의 생성론 그대로다. 사람과 물로 차별화한 기를 그는 한편으로 각기 '기氣'와 '질質[形]'이란 술어로 나타내기도 하였다.

사실 기의 공극空隙 없는 연속과 그 자기 운동 결과로서 만물이 생성된

---

58) 〈醫山問答〉, 《內集》 권4, "太虛寥廓, 充塞者氣也. 無內無外, 無始無終, 積氣汪洋, 凝聚成質, 周布虛空, 旋轉停住, 所謂地月日星是也."

59) 〈答徐成之論心說〉, 《內集》 권1, "充塞于天地者, 只是氣而已, 而理在其中. 論氣之本, 則澹一沖虛, 無有淸濁之可言. 及其升降飛揚, 相激相蕩, 糟粕煨燼, 乃有不齊. 於是得淸之氣而化者爲人, 得濁之氣而化者爲物, 就其中至淸至粹神妙不測者爲心, 所以妙具衆理而宰制萬物, 是則人與物一也."

다는 담헌의 주기적主氣的 세계관은 그 자체로서 이미 통합의 상태로서 주어져 있다고 할 만하다. 단순히 주어져 있을 뿐 아니라 그 통합성의 정도가 매우 높게 규정되어 있다고 할 수 있다. 가령 그 통합성이 전제되어 있기로는 마찬가지인, '무극이태극無極而太極'에서 음양·오행의 생성을 거쳐 만물의 화생化生에 이르는 구도인 〈태극도설太極圖說〉의 그것에 견주어 최소한 감각적으로나마 뚜렷한 차이를 인득認得할 수 있을 것이다. 그러나 아무리 그 통합성의 정도가 높다 하더라도 기의 운동에 따른 세계생성 너머에 미리 주어져 있었다는 점에서 그 세계관적 요소로서 의의가 있다 하더라도 소극적일 수밖에 없다.

그런데 담헌의 기에도 연속성만 있는 것이 아니라, 위에서 보았듯이, 기의 자기 운동에 따른 질적 차이가 만물이라는 개별 존재들의 생성·분립을 규정하는 단절지향성도 분명 있다. 그러므로 바로 이 보편실재로부터 개별 존재들이 생성·분립으로 진행한다는 생성론적 또는 존재론적 사태를 어떤 방향으로 구도構圖하느냐에 따라 적극적 의미의 통합성 성립 여부가 판가름된다. 즉 단순화해서 본다면 개별 존재들의 생성·분립 진행의 일방一方으로만 세계를 구도하느냐, 거꾸로 진행이 출발하는 기점에 개별 존재들이 귀속되는 공동의 본원계本原界를 적극 구도하느냐에서 가름된다. 담헌은 후자이고, 그에게 본원계는 앞의 인용에서 이미 보았듯이 바로 심心이다.

심은 기의 고층차高層次로서 '지극히 맑고 지극히 순수하며, 능히 지각知覺할 수 있고 허령불매虛靈不昧하며, 신묘해서 요량할 수 없는, 그래서 모든 이理를 오묘하게 갖추고서 만물을 재제하는 까닭'이라고 했다. 이러한 심心은 대大와 소小, 후厚와 박薄, 명明과 암暗, 통通과 색塞 등의 모든 상대적인 존재 양태를 초월해 있다고 했다. 그래서 그것은 '만화지주萬化之主'로 정립된다. 이러한 본체本體로서의 심心은 사람의 성聖과 범凡, 현賢과 우愚에 얽매임 없이 같을 뿐만 아니라, 금수·초목도 또한 사람과

같다 하고, 호랑이의 새끼에 대한 사랑, 벌·개미의 우두머리에 대한 경
외敬畏와 나무의 연리連理, 풀의 야합夜合을 예로 들기도 했다. 다만 사람
은 기氣에 따라 제약되고, 금수·초목은 질質[形]에 따라 제약된다고 했
다.60) 심본체心本體의 인물간 동일성의 명제가 담헌에게 어느 정도로 신
념화되어 있었는지는 다음 진술이 웅변해 준다.

> 물物의 심心이 본래 사람과 같이 선하다면 물物도 또한 그 마음을 바루어[正
> 心] 수신修身·제가齊家·치국治國·평천하平天下의 일을 할 수 있는가? 이르
> 노니 이는 형形에 제약된 것이다. 만일 능히 심心을 제약하는 형形의 장애물들
> 을 말끔히 씻어 버리고 그 본래의 순수함으로 돌아가기만 한다면 비록 물物이
> 라 하더라도 어찌 수신·제가의 일을 하지 못한다 할 수 있겠는가!61)

---

60) ‘心’에 관한 이 단락의 내용은 〈答徐成之論心說〉(《內集》 권1) 전반의 내용에 의거하
　여 정리한 것으로, 원문을 여기에 전재하기에는 너무 번거로워서 本集으로 미룬다. 다만
　홍대용의 이러한 心論의 수립에 유관할 듯한 그 이전의 氣論的 명제들을 떠올려 본다.
　주희의 明德論과 같은 직접적인 연관을 제외하고도 가령 邵雍의 “氣者, 神之宅也.”
　(《皇極經世書》 5), 張載의 “湛一, 氣之本.”(《正蒙》 1), “氣之性, 本虛而神.”(《正蒙》
　2)을 비롯하여, 徐敬德의 “氣之淡一淸虛者, 彌漫無外之壚.”(〈鬼神生死論〉), “氣之湛
　然無形之妙曰神.”(〈原理氣〉附 語錄), 李珥의 “發之者, 氣也 ; 所以發者, 理也. 非氣,
　則不能發 ; 非理, 則無所發.”(〈答成浩原 壬申〉), 그리고 任聖周의 “雖氣質之濁駁者,
　其本體之湛一, 則無不同. 盖人稟天地之正氣以生, 而方寸空通, 卽此空通之中, 湛一本
　體, 便已洞然, 與天地通貫無礙, 呈露流行”(〈鹿廬雜識〉) 등의 명제들이 연관이 비교적
　깊을 것으로 짐작된다. 사상가 개인별로는 특히 서경덕과 임성주의 氣論 성과에 힘입은
　바 큰 것으로 보인다. 그리고 불교의 《楞嚴經》, 《圓覺經》(〈桂坊日記〉에 따르면 담헌
　은 이 두 불경을 읽었다), 王陽明의 心學이 그의 心觀을 본체론적으로 발전시키는 데
　크게 자극, 고무했을 법하다. 이토록 기존의 여러 유관 성과들과 이러저러한 연관 속에
　그의 심론이 수립되었음에도 그것은 독자성을 가지는 새로운 구도에 값할 만한 것이다.
　자기 학통 直系의 頂點에 있는 李珥와 바로 스승인 金元行의 견해와도 크게 다르다.
　이이는 ‘湛一淸虛之氣’가 선택적으로 존재한다 했고(湛一淸虛之氣, 多有不在), 김원행
　은 주희의 견해를 따라 物에는 明德과 같은 心이 없다고 했던 것이다(〈明德人所獨得
　說〉). 다만 임성주의 구도에는 매우 근접된 점이 있다.
61) 〈答徐成之論心說〉, 《內集》 권1, “此可見其心之本善與人同也. 然則物亦可以正其心,
　而爲修齊治平之事耶? 曰 : 是則局於形也. 若能滌盡滓穢, 復其純粹, 則雖物亦何可不
　爲修齊之業也! 而惟局於形, 是以終無其理. 何可以形之局, 而謂其心之亦異耶!”

이와 같이 담헌의 심에 대한 묘사와 서술에 이미 잘 드러나 있듯이, 기의 가장 높은 층차로서, 만물의 기질 경계를 넘어 절대적 존재로 존재하면서 만물의 근원으로 되어 있는 허령신묘虛靈神妙한 무엇은, 결국 세계의 본체적 존재일 수밖에 없다. 선차적先次的 실재인 기의 가장 높은 층차란 점에서 이 선차적 실재인 기와 별개가 아니면서 또한 구분되는 실재계實在界인 것이다. 말하자면 선차적 실재인 기의 바탕에서 기가 자기 운동으로서 차이화하는 중심에 내재, 초월적으로 존재하는 실질적 본체가 심心인 셈이다. 이것이 바로 담헌의 세계관으로 하여금 보편통합 지향성을, 그것도 매우 정도 높게 가지게 한 기반이다.

역시 위와 같이 담헌의 심心에 대한 묘사와 서술에 잘 드러나 있듯이 담헌의 심心의 상狀과 능能은 주희의 명덕明德의 그것과 매우 비슷하다. 물론 주희의 명덕은 어디까지나 그 안에 포함된 이理에 중점이 두어져 파악되는 데[62] 대하여, 담헌의 심心은 어디까지나 기의 '지극히 맑고 지극히 순수하며, 신묘해서 요량할 수 없음'이라는 고층차적高層次的 가치성과 주체적 능동성이 어울린 점에 중점이 두어져 파악되기에, 성립 조건에서는 근본적인 차이가 있기는 하다. 그러나 허령불매해서 모든 이理를 갖추고서, 만사에 응應하거나(주희의 명덕) 만물을 재제한다(담헌의 심)는 점에서 둘은 아주 비슷하다. 그런데 주희에게서는 본래 심과 명덕이 구분되어 서로 일정하게 격을 달리하고 있었다. 즉 명덕이 상대적으로 상격上格이었다.[63] 이러고 보면 담헌은 심을 바로 명덕으로 격상시킨 셈이다.

---

62) 〈大學一〉, 《朱子語類》 권14, "又問 : 德是心中之理否? 曰 : 便是心中許多道理, 光明鑒照, 毫髮不差."

63) 朱熹, 《大學章句》 首章 '明德' 小註, "主於一身者, 謂之心 ; 有得於天而光明正大者, 謂之明德." 이 규정에 따르면 주희에게서 '心'은 내용이 없고 작동기능만 있는 容器 같은 것이고, '明德'은 이 心이 받치는 내용이라고 할 수 있고, 따라서 明德의 位格이 心에 견주어 상대적으로 더 높은 편이다.

그런데 담헌은 심의 상狀과 능能을 명덕으로 격상시킨 데만 그치지 않았다. 더 중요한 변개變改는 그 존재론적 위격에서 이를 다시 본체적 지위로 격상시켰다는 사실이다. 도학 계열에서 이와 비슷한 관점이 전혀 없었던 것은 아니지만,64) 담헌의 경우는 매우 대담하다 할 만하다. 기氣가 무한無限 미만瀰滿하다는 우주관과 결합된 담헌의 이 심본체관心本體觀은 불교의 진여일심관眞如一心觀을 연상시키기에 족하다. 무중심無中心의 평등대해平等大海가 그것이다. 여기에 '월인만천月印萬川'적 이일분수의 구도는 기댈 데가 없어진다.

심이 기의 본원이고 존재들은 심본체의 평등대해에 존재 근원을 둔, 기의 연속인 분립자分立者라는 점에서 담헌에게 존재들의 관계 구도는 자연히 균등 지향일 수밖에 없다.(이 점 역시 불교의 경우와 적어도 외형적으로는 비슷한 점이 있다) 담헌이 그 존재 근거에서 사람의 현우賢愚·성범聖凡이 동격임은 물론이려니와, 금수·초목도 또한 사람과 동격이라고 한 것은 바로 이러한 논리에 근거해서다. 바로 여기에서 그의 '인물균人物均'의 명제가 나오게 된 것이다.

> 허자虛子가 말했다. "천지가 낳은 것 가운데 오직 사람이 존귀합니다. 저 금수나 초목은 지혜도 지각도 없으며, 예법도 의리도 없습니다. 그래서 사람이 금수보다 존귀하고, 초목은 금수보다 천합니다."
>
> 실옹實翁은 고개를 젖히고 웃으면서 말했다. "너는 진실로 사람이로다. 오륜五倫과 오사五事(〈홍범洪範〉에서 말한 다섯 가지 자세로, 얼굴은 단정하게, 말은 바르게, 보는 것은 밝게, 듣는 것은 자세하게, 생각은 투철하게 한다는 것―필자)는 사람의 예이고, 떼 지어 다니면서 새끼를 먹이는 것은 금수의 예이며, 떨기로 어우러지고 가지들이 쭉쭉 뻗는 것은 초목의 예이다.

---

64) 이를테면 眞德秀의 "人과 物이 균등하게 一心을 가지고 있다(人物均有一心)"고 한 명제와, 羅欽順의 "未發의 中은 사람마다만 있는 것이 아니라 物마다 있다(未發之中, 非有人人有之, 乃至物物有之)"고 한 명제가 그것들이다.

사람으로서 물物(금수·초목)을 보면 사람이 존귀하고 물이 비천하지만 물로서 사람을 보면 물이 존귀하고 사람이 비천하다. 그런데 하늘의 관점에서 보면 사람과 물은 균등하다."[65]

이 인물균 명제의 성립에는 물론 도가적 사유의 수용이 분명 있었을 것이다.[66] 그러나 지구관과 우주무한관을 계기로 한 지점에서부터 심본체관心本體觀의 성립에 이르기까지 담헌의 일대一大 경신된 도학적 세계관 구도와 존재 사유의 독특한 경지 없이 도가적 사유의 포용에 대한 요구가 현실화할 수 있었을까 의문이다. 그러므로 달리 표현하면 '인물심동론人物心同論'이라고 할 존재 사유를 근거로 한 이 명제는 이제까지 대개 그렇게 해 왔듯이 인물성동론人物性同論과의 단순 직선관계로만 이해하고 말 성질의 것이 아니다. 담헌을 매개로 한 조선 후기 도학의 일대 자기自己 전변轉變의 문맥이 담겨 있다고 보아야 할 것이다.

(3) 이리理의 가치실재성과 인물합일人物合一의 매개성

이리理는 종래 도학의 주리론 또는 이기이원론에서와 마찬가지로 담헌에게도 여전히 존재의 통합, 즉 세계의 통합을 규정해 주는 보편실재다. 흔히 담헌이 그의 〈심성문心性問〉 첫머리에서,

> 무릇 이리理를 말하는 자 반드시 "형形은 없으되 이리理는 있다"고 한다. 이미 형形이 없다고 하면 있다는 것은 무엇인가? 이미 이리理가 있다고 하면 어찌 형形이 없는데 있다고 말할 수가 있겠는가?[67]

---

65) 〈醫山問答〉,《內集》권4, "虛子曰 : 天地之生, 惟人爲貴. 今夫禽獸也, 草木也, 無慧無覺, 無禮無義. 人貴於禽獸, 草木賤於禽獸. 實翁仰首而笑曰 : 爾誠人也. 五倫五事, 人之禮義也 ; 群行呴哺, 禽獸之禮義也 ; 叢苞條暢, 草木之禮義也. 以人視物, 人貴而物賤, 以物視人, 物貴而人賤 ; 自天而視之, 人與物均也."

66) 이 문제에 관해서는 宋榮培가 앞의 논문에서 상론해 놓았다. 그러나 담헌에게서 도가사상 수용이 갖는 그의 사상 문맥상의 해석 관점은 서로 달리하고 있다. 송교수는 주로 사고의 相對主義性에 주목하였다.

라고 한 물음을 근거로 해서 흔히 그에게서 이리理 실재성을 부인하나, 이
것은 자료에 대한 이해 부족의 결과다. 이 물음의 함의는 당초 이리理 실재
성을 부인하자는 것이 아니라 이리理에 주재성·작위성을 인정할 수 없다
고 하기 위한 문제제기일 뿐이다. 그리고 그의 도학道學·경학經學 관련
저작의 곳곳에서 이리理 실재성을 근거로 표명된 견해들을 만날 수 있다.[68]

> 만물이 자시資始됨은 원元이 아니라 원元의 발현처發現處다. 이리理는 형形이
> 없기 때문에 발현처에 나아가 말한다.[69]

이리理의 무형적無形的 존재성에 대해 그는 명확하게 인식하고 《주역周
易》의 생성론에서 이처럼 아주 예리하게 검증해 내고 있다. 아래의 논술은
심心에서 이기理氣에 대한 송시열宋時烈의 애매한 인식을 반박한 것이다.

> 대개 이리理는 이리理이고 기氣가 아니다. 기氣는 기氣이고 이리理가 아니다. 이리理
> 는 형形이 없고 기氣는 형이 있어 이리理와 기氣의 구분됨은 하늘과 땅만큼이
> 나 현격하다.…… 아마 이리理와 기氣를 일물一物로 보는 병폐를 면하지 못했
> 는가 한다.[70]

"이리理와 기氣의 구분됨은 하늘과 땅만큼이나 현격하다"는 논리로 자기
학통의 앞 시대 수장首長의 견해에 예의銳意 반박한 데서 그가 이기이원
理氣二元의 견해를 얼마나 확실하게 가지고 있었는지 확인된다.

---

67) 〈心性問〉, 《內集》 권1, "凡言理者, 必曰 : 無形而有理. 旣曰 : 無形, 則有者是何物?
   旣曰 : 有理, 則豈有無形, 而謂之有者乎?"
68) 여기서 한 가지 제기해 둘 문제는 現行 新朝鮮社 간행본에는 원고 자료 편성에 다소
   錯亂이 있다는 사실이다. 특히 사상적으로 중요 자료인 〈心性問〉과 〈論語問疑〉에 그
   런 현상이 심하다. 그러나 그의 사상상의 중요 문제가 잘못 이해될 정도까지는 아니다.
69) 〈周易辨疑〉, 《內集》 권1, "萬物資始, 非元也, 是元之發見處. 理無形, 故就發見處言之."
70) 〈孟子問疑〉, 《內集》 권1, "盖理者理也, 非氣也 ; 氣者氣也, 非理也. 理無形, 而氣有
   形, 理氣之別, 天地懸隔. (中略) 殆恐不免於理氣一物之病矣."

　그러나 그에게 이理는 종래 주리론主理論의 그것과 세 가지 다른 점을 가지고 있다. 한 가지는 이理에 주재성·작위성이 인정되지 않았다는 것이다. 다른 한 가지는 이理가 범존재汎存在 도덕가치실재道德價値實在라는 개념에 《성리대전》을 매개로 하고, 또 그것에 대응하여 인식 지평을 실제화함으로써, 종래 이理가 범존재 도덕가치실재라는 인식이 지배하던, 다분히 추상적이고 관념적인 고착성으로부터 해방되어, 결국 가치 분화의 동인이 깃들게 되었다는 것이다.71) 또 다른 한 가지는 이理의 성격을 ‘소이연지고所以然之故’와 ‘소당연지칙所當然之則’을 수렴한 ‘자연’으로 인식했다는 것이다.

　이理에 주재성·작위성을 인정하지 않는 관점은, 다 아는 바와 같이 이율곡李栗谷의 선례가 있기도 하여, 담헌 독득獨得의 견해라고는 할 수 없다. 그러나 담헌의 경우, ‘지극히 맑고 지극히 순수하고 신묘해서 요량할 수 없는’ 층차를 그 안에 가지고 있는 기氣에 주재성·작위성을 아주 적극적으로 인정하는 데서 오는 이기理氣의 상대 관계의 양상에는 아마도 일정한 독특성이 있지 않을까 한다. 그가 〈심성문心性問〉에서 이理의 실재성에 대해 의문을 제기한 것은, 앞에서도 논급했듯이, 실재성 자체를 부인하자는 논리가 아니라, 바로 주리론에서의 이관理觀, 즉 주재성·작위성을 가진 ‘조화지추뉴造化之樞紐’, ‘품휘지근저品彙之根柢’, 즉 ‘만화지본萬化之本’으로서의 이理를 부인하고, 이理 지위를 기氣에게서 인정받기 위한 문제제기일 뿐이다. 이렇게 ‘만화지본’으로서의 권능이 기氣에 있게 되자 그에게 이理는 기氣가 ‘만화’를 주재 작위하는 규율로서 한정되었다. 이런 점에서 그의 이理는 “비록 기를 인식하여 이理로 알아서는 안 되나, 그러나 기 바깥에 이理는 없다. 요컨대 이理는 단지 기의 이理일 따름이다”72)고 한 유반계柳磻溪의 이관理觀과 흡사한 점이 있다. 이런 점에서

---

71) 주 35) 참조.

담헌의 도학은 이기이원론理氣二元論이라고는 하나 압도적 주기主氣 편향
이다.

그런데 규율이라고 해서 이른바 가치중립성의 그것으로 안다면 큰 착
오다.73) 담헌에게도 도학 일반에서와 마찬가지로 존재규율의 작동은 곧
가치실재의 발현이다.

> 비와 이슬이 내리고 싹이 틈은 측은惻隱의 마음이고, 서리와 눈이 내리고
> 지엽枝葉이 떨어짐은 수오羞惡의 마음이다. 인仁이 곧 의義고, 의가 곧 인이
> 다. 이理란 것은 하나일 따름이다.74)

'비와 이슬이 내리고 싹이 틈'과 '서리와 눈이 내리고 지엽枝葉이 떨어
짐'은 '만화지본萬化之本'인 기가 주재 작위하는 규율의 작동이다. 또한
이것은 인仁의 이理의 발현인 측은의 마음과, 의義의 이理의 발현인 수오
의 마음이다. 곧 인·의의 이理라는 가치실재의 발현인 것이다. 이처럼
두 가지는 둘이면서 하나인 것이다. 이 이理에서의 존재규율과 가치실재
의 합일성에 대한 담헌의 긍정 정도가 어느 만큼이었는지는 다음의 진술
에 잘 드러나 있다.

---

72) 安鼎福, 〈磻溪先生年譜〉, '雖不可認氣爲理, 然氣外無理. 要之, 理只是氣之理也."

73) 朴星來는 앞의 논문에서 "洪大容은 전통적인 理의 개념에서 倫理性을 제거해 버린
것이다. 그만큼 그의 自然觀은 근대적인 合理主義에 접근하는 철학적 바탕을 마련했던
것이다"라고 논단한 해석이 있고, 또 여기에 동조하는 비슷한 견해가 적지 않은 것으로
안다. 그러나 이것은 서구적 안목에 급급한, 근거 없는 속단이다. 단적으로 理 개념에서
윤리성을 제거해 버린 것이라면 굳이 仁義라는 술어를 무엇 때문에 썼겠는가. 홍대용에
게서 仁義禮智는 여전히 기본적으로는 윤리적 가치 개념이다(〈論語問疑〉, '竊意性者
物之則, 而衆理之摠名. 就其中分而言之, 有仁義禮智之名. 卽此四字而 萬善足焉, 則性
中曷當無孝弟乎. 苟無孝弟, 凡人之萬善, 皆非性分. 且今以萬善各還萬善, 所謂仁義禮
智, 不幾近於無是之秤乎'). 그러나 앞에서 논급했듯이 윤리와 탈윤리론의 분화 동인은
무르익어 가고 있었다. 물론 그렇더라도 다른 가치로 남을지언정 가치중립은 아니다.

74) 〈心性問〉 附, 《內集》 권1, "雨露旣霽, 萌芽發生者, 惻隱之心也; 霜雪旣降, 枝葉搖
落者, 羞惡之心也. 仁卽義, 義卽仁, 理也者一而已矣."

무릇 같은 것은 이리理이고, 같지 않은 것은 기氣이다. 주옥은 지극히 보배롭고, 거름은 지극히 천하니 이것은 기氣이다. 주옥이 보배로운 것으로 된 까닭은 거름이 천한 것으로 된 까닭은 인仁과 의義이니, 이것은 이理다. 그러므로 주옥의 이理는 곧 거름의 이理이고, 거름의 이理는 곧 주옥의 이理라고 한다.[75]

주옥과 거름 저마다의 물질성物質性이 그러한 까닭이 주옥과 거름 저마다의 존재규율이다. 그런데 이것들이 인의仁義라는 가치범주로 규정됨으로써 그 존재규율들은 인의 가치의 구체적 개별적 실현태實現態로서 규정된다.

이 같은, 존재규율과 가치실재의 합일인 이理를 가지고 담헌은 다음과 같이 존재 관계의 통합성, 즉 세계의 통합성을 천명했다.

초목의 이理는 곧 금수의 이理고, 금수의 이理는 곧 사람의 이理고, 사람의 이理는 곧 하늘의 이理다. 이理란 것은 인仁과 의義일 따름이다.[76]

이처럼 담헌에게도 이理는 의연히 세계의 통합을 담보해 주는 실재, 즉 실리實理였다.

그런데 위에서 담헌의 이理는 《성리대전》적, 존재 총체의 도덕 가치실재로서의 실질적 내재성이라고 지적했거니와, 이 문제와 관련하여 여기서 인의仁義라는 가치 범주에 대해 새삼 검토할 필요가 있다. 인의仁義는 두루 알다시피 본디 도덕적 심리현상을 크게 두 가지 유형으로 나누어 개념화한 도덕 가치 범주인 것이다. 그런데 담헌의 진술에서 인의로 규정된, '비와 이슬이 내리고 싹이 틈', '서리와 눈이 내리고 지엽이 떨어짐'과,

---

75) 앞의 글, "夫同者理也, 不同者氣也. 珠玉至寶也 ; 糞壤至賤也, 此氣也. 珠玉之所以寶, 糞壤之所以賤, 仁義也 ; 此理也. 故曰 : 珠玉之理, 卽糞壤之理 ; 糞壤之理, 卽珠玉之理也."

76) 앞의 글, "草木之理, 卽禽獸之理 ; 禽獸之理, 卽人之理 ; 人之理, 卽天之理. 理也者, 仁與義而已矣."

그리고 '주옥이 보배로운 것으로 된 소이', '거름이 천한 것으로 된 소이'
는 인간의 도덕적 심리 현상과는 먼 거리에 있는 것이다. 그럼에도 왜 굳
이 인의라는 도덕 가치 범주로 규정하려 하는가? 이것은 인간 사회의 통
합원리인 도덕 가치를 자연계, 심지어 무생물계에까지 적용함으로써 세
계를 도덕적으로 통합된 하나로 파악하고자 하는 요구의 소산으로, 물론
송대宋代 도학에서부터 그러하였다. 인의의 도덕 범주가 이렇게 도덕적
심리현상의 테두리를 넘어서 적용된 경우는 그 두 가지 유형의 도덕적
심리현상의 양태를 추상화抽象化, 유추화類推化해서 객관적으로 적용한 것
일 뿐이다.77) 서구 근대적 사고로는 단순히 존재 규율 또는 사물의 속성
으로 규정될 뿐인 현상을 두고 도덕 가치, 즉 인의의 연장선에서 이해하
고자 한 것이다. '성리性理'라는 이름 아래 사회과학의 대상이 될 현상은
말할 것도 없고 자연과학의 대상이 될 현상까지를 망라 포괄한 《성리대
전》은 이런 사고의 웅변적인 구현이다.

　여기에서 우리는 도덕 가치를 범존재汎存在에서 인정하기를 고집하는
도학에서 가치에 대한 사고와 관련하여 흥미로운 현상이 일어나고 있음
을 발견하게 된다. 즉 가치의 단원화單元化 지향과 일정한 다원화多元化
지향의 두 동인動因이 서로 길항拮抗하며 이율배반적으로 잠복해 있는 것
이 그것이다. '모든 존재 현상은 도덕 가치다'라는 인식은 전자에 해당되
고, 이렇게 도덕 가치를 매개로 성립되는 범존재도덕汎存在道德 가치관이
결국 스스로 가질 수밖에 없는, 본래의 도덕적 심리 현상의 테두리에 직
접 귀속되는 도덕 가치 부분과, 이것이 추상화, 유추화, 객관화한 개념에
귀속되는 비도덕 가치 부분—비도덕이라 해서 결코 몰가치는 아니고 도
덕 이외의 가치—으로 분화하고자 하는 지향이 후자에 해당된다. "율력

---

77) 仁義라는 도덕 심리 현상의 양태를 추상화 유추화했을 때 성립되는 개념은 여러 경우로
　　생각할 수 있다. 《易傳》에서 對應項들이었던 '陰陽', '剛柔'를 비롯하여 '闔闢', '屈伸'
　　등을 우선 들 수 있으나 이 밖에도 얼마든지 조성될 수 있을 것이다.

律曆・산수算數・전곡錢穀・갑병甲兵에도 지리至理가 깃들어 있는 것이다"78)고, 이理에 대한 인식을 《성리대전》적으로 가지면서 벼락 현상에도 도덕적 힘의 작용이 있음을 인정한79) 담헌의 사고 세계가 바로 이 이율배반적 동인이 움직이고 있는 한 전형적인 경우라 할 만하다. 그러므로 위에서 인용된바, 담헌의 초목─금수─인─천의 이理가 같으며, 결국 인의로 돌아간다는 명제는 이理의 범존재 도덕가치관에 대해 도학자들 일반이 단순히 추상적 이념적 인식 안에 머물면서 실질적으로는 순수 도덕 가치에 대한 집중에서 이理를 인식하고, 이로써 물物이나 천天과의 관계에서 취했던 자기투여自己投與의 자세인 기존의 물아일체物我一體・천인일체天人一體의 명제에 대한 재확인과는 분명 달리 이해해야 하리라 본다. 즉 이理에 대한 《성리대전》적 범존재 도덕 가치관을 자기의 인식 지평에 실제화한 것을 토대로 해서 세운 명제이리라는 것이다.

앞에서 제시된바, 그에게서 이理의 자연성도 그의 이러한 이관理觀, 즉 범존재도덕 가치관의 실제화와 결코 무관하지 않으리라 본다. 범존재도덕 가치관의 관점으로 볼 때 모든 구체적 존재 현상의 이理에 대해 소이연지고所以然之故와 소당연지칙所當然之則의 두 측면으로 이해를 관철시킨다는 것은 분명 강작성强作性을 띠지 않을 수 없을 터다. 특히 자연존재 현상의 이理에 대해서는 더욱 그러할 것이다. '자연'이라는 개념은 이러한 강작성의 부담을 덜어줄 뿐만 아니라 이理의 개념 성격의 이원화에서

---

78) 〈與人書 二首〉, 《內集》 권3, "至律曆算數錢穀甲兵, 雖博而寡要, 莫有一得, 亦至理所寓, 而人事之不可闕者." 여기서 '至理'는 엄밀히 말하면 도덕 가치 자체는 아니다. 그러나 담헌은 도덕 가치에 준하는, 소극적 도덕 가치로 보는 듯하다. '亦至理所寓'의 亦은 도덕 가치를 전제로 하여 쓴 말이기 때문이다.

79) 〈毉山問答〉, 《內集》 권4, "鐵鎌扣石, 火鈴布地, 違避堅濕, 必就燥絨. 蓋堅濕者, 火之所畏 ; 燥絨者, 火之所嗜. 夫雷者, 其性剛烈, 其氣奮猛, 違避正直, 必就邪沴. 蓋正直者, 雷之所畏 ; 邪沴者, 雷之所嗜. 夫人之靈覺, 乃一身之火精. 況雷者天地之正火, 剛烈奮猛, 好生嫉惡, 翼時暴霆, 靈覺如神. 凡人物被震時, 顯奇跡, 曲施機巧, 是雷神之有情也. 火精靈覺實同人心."

오는 사고의 불필요한 번쇄성을 면하게도 해준다.

> 꽃이 피고 잎이 지는 것을 두고, 사람들은 모두 '하늘[天]의 조화造化'라고
> 말한다. 그러면서 사람의 일동일정一動一靜도 하늘의 함이 아닌 것이 없음을
> 알지 못한다.[80]

담헌의 이 진술에서 '하늘의 조화'는 말할 것도 없이 '자연'을 뜻한다. 어떤 인격적 주재자의 작위와는 아무 상관이 없다. 인간의 일체 작위를 자연, 그것도 식물적 자연을 표본으로 하여 같은 범주로 보고자 한 것이다. 이理의 자연성에 대한 그의 인식의 깊음을 드러내 준다고 하겠다. 그래서 그는 정치적 천명天命에서 강조되는 '당연當然'까지도 부정하고, 인사人事의 '자연'으로 귀속시키기까지 했다.

> 만일 (고공단보古公亶父가 자신의 장자인 태백泰伯을 버리고 왕계王季를 세
> 운 것을 두고) "(주周의 왕업을 일으킬) 천명의 당연當然이다" 하고 이유를
> 댄다면, 이른바 '천명'이란 것은 인사의 자연한 것일 따름이 아니겠는가.[81]

이처럼 담헌은 종래 도학에서는 당위의 근원이기도 했던 의리천義理天까지 자연천自然天(물리적인 그것이 아님)으로 합일시키면서, 그것은 다름 아닌 '인사의 자연' 그것일 뿐이라고 생각했다.[82] 그에게는 당연이 자연으로 합일되는 관점이 관철되고 있는 양상의 일단을 보여준다고 하겠다. 당연이 자연으로 합일된다는 것은 종래의 도학에도 물론 있었다. 주지

---

80) 〈心性問〉 附,《內集》 권1, "花開葉落, 人皆曰 : 天之造化. 不知人之一動一靜, 亦莫
　　非天之爲也."
81) 〈論語問疑〉,《內集》 권1, "若曰 : 天命之當然云爾. 則夫所謂天命者, 豈非人事之自
　　然者而已."
82) 〈毉山問答〉의 말미에 나오는 "人事之感召, 天時之必然"이라는 명제도 같은 범주의
　　사유다.

하듯이 천인합일天人合—의 명제가 다름 아닌 그것이다. 그런데 종래의 도학에서는 당연의 요구인 당위의 종극終極을 넘어서야 이르게 되는 경지로 설정된 데 대하여 담헌은, 이러한 과정의 전제 없이 당연을 자연 안에 함섭涵攝시켜 인식했던 것이다. 종래 도학과는 크게 다른 입장이다. 도학이 도덕적 이상주의라는 관점에서 보면 담헌의 경우가 훨씬 더 낙관적 이상주의라고 볼 수 있는 측면이 있다.

그런데 이리理의 성격인 당연이 자연으로 합일된 것은 실은 담헌 이전 녹문 임성주任聖周의 주장이 먼저 있기도 했다.

> 일찍이 이자理字의 개념을 사색해 보았는데, 모름지기 '자연自然' 두 글자면 여지없이 규정된다. 당연當然과 소이연所以然도 그 귀추는 결국 모두 자연이다.[83]

이 임녹문의 '자연'과 담헌의 자연의 개념이 외견상 다른 것 같지는 않다. 다만 이리理의 존재론적 내포가 녹문의 경우는 '기지자연처氣之自然處'임에[84] 대하여, 담헌의 경우는 기氣와는 구분되는 실리實理란 점에서 그 위상에는 엄연히 차이가 있다.

담헌에게서 이리理의 성격의 자연성은 앞에서 검증된 그의 세계관의 다른 특성들과 결합되어, 그의 세계관 특성에 종래와는 적어도 두 가지 다른 점을 가지게 했다.

첫째는, 특히 그의 존재관계의 비차등적非差等的 균등지향성과 결합되어 종래의 윤리관의 당위지향성, 규범주의적 성향이 저하되고 자율주의적 성향으로 전환의 동인을 가지게 되었다는 점이다. 일례로 당시 사회

---

83) 任聖周, 〈鹿廬雜識〉, 《鹿門先生集》 권19, "甞思理字之義, 須自然二字乃盡. 如當然所以然, 要其歸, 皆自然也."
84) 위의 글.

적으로 중요한 강상綱常 문제였던 과부의 개가改嫁 문제에 대해 그는 이렇게 말했다.

> 반드시 금할 것도 없고, 반드시 권할 것도 없다. 본인에게 맡길 따름이다.[85]

이자연관理自然觀이 이렇게 윤리에서 자율주의를 발단하게 했다. 그가 중국 우인友人에게 다음과 같이 피력한 점은 이를 더욱 분명하게 보여준다.

> 가지런히 하기 어려운 것이 사물인데, 그 가운데서도 사람의 마음이 심합니다. 사람마다 각각 제 취향과 숭상이 있거늘 누가 능히 이를 통일시킬 수 있겠습니까. 그러한즉 저마다 제가 표방하는 선善을 닦고 자기가 가진 장점을 다 발휘할 일입니다. 사욕私慾을 버리고 세속을 선하게 하기만 한다면 대동大同에 무슨 폐해가 있겠습니까.[86]

규범을 강요하지 않고 각자의 독자성에 바탕을 두는 자율의 지평을 열어 보이고 있다. 그의 이자연관理自然觀의 성립에는 또한 도가적 자연주의의 영향이 적지 않아 보인다. 그래서 그의 자율주의 성향은 천진天眞을 인격적 바탕으로 하고 있는 듯하다.[87] 그러나 그의 이 천진은 '감공연묵지진鑑空淵默之眞'이라는 그 구체상에서[88] 보면 그의 명덕적明德的 심본체관心本體觀에 근거하고 있어서 단순히 도가적이라고만은 할 수 없을 것 같다.

둘째는, 혼개설적 천지관의 해체와 의리천義理天의 (초극함으로써) 불인

---

85) 〈乾淨衕筆談〉, 《外集》 권2, "余曰 : 不必禁之, 亦不必勸之, 任之而已."
86) 〈與孫蓉洲書〉, 《外集》 권1, "難齊者物而心爲甚. 人各有好尚, 孰能一之? 然則各修其善, 各效其能. 要以祛私而善俗, 則何害於大同乎!"
87) 주 39) 참조.
88) 〈與人書二首〉, 《內集》 권3, "本之以鑑空淵默之眞, 參之以會通典禮之實, 廓之以範圍曲成之量, 充之以經綸拯濟之智."

정, 그리고 존재 균등 지향성과 결합되어 인人의 물物의 내재 교섭이 천天을 매개로 하지 않고 상호 자연리自然理를 매개로 하여 직접적이 되었다는 점이다. 의리천이라는 형이상학적 세계로 합일 방향에서 물物과의 수평적 합일 방향으로, 즉 천인합일天人合一에서 인물합일人物合一로 현저히 바뀌었다는 것이다. 위에서 인용된바, 인물균人物均 명제의 배경, 꽃 피고 잎 지는 것과 사람의 일동일정一動一靜을 같은 범주로 본 것 등이 바로 인물합일 모티브를 함유한 사유다. 이 인물합일의 방향은 그 자체 존재 균등 지향성의 리얼리티를 확보하게 하는 구실을 한다.

이상에서 토구討究된 담헌 세계관의 도학적 국면인 무중심적 보편통합 지향 형태의 특징은 대체로 이렇게 요약된다. 즉, 지구관・우주무한관의 틀 위에, 혼개설적 천지관에서 삼재관三才觀・화이관華夷觀・이일분수관理一分殊觀에 결합되어 있던 종래 도학의 존재층급관・존재차등관을 해체시키고, 여기에 주기적主氣的 심본체관心本體觀과 호응하여 '인물균人物均'의 존재 균등 지향 구도를 성립시켰다. 그리고 이理의 개념에 대한 《성리대전》적, 실제적 범존재 도덕가치관으로의 인식은 비도덕 가치의 분화 경향성으로 가치의 일정한 다원화의 동인을 가지게 했고, 이理의 성격을 자연으로 규정함으로써 종래의 천인합일에서 인물합일로 방향을 전환하게 하고, 당위지향적 규범주의적 윤리관으로부터 (천진을 인격적 바탕으로 한) 자율주의적 성향으로 전환을 전망하게 했다.

담헌 세계관의 도학적 국면의 이 같은 특징들이 아래에서 보게 될 그의 세계관의 실학적 국면을 있게 한 바탕인 것이다.

4. 다원개체多元個體 지향 국면

세계관의 다원개체 지향은 세계의 존재들을 가급적 개별 단위에서 그

독자성에 따라 규정짓고 파악하고자 하는 자세 또는 사유지향을 말한다. 여기서 말하는 독자성이란 존재들의, 타존재와의 일정한 차이성에서 규정되는 자존적自存的 주체성主體性을 가리킨다. 존재들을 보편성에서 규정하고 통합 관계에 따라서 이해하고자 하는 보편통합 지향과는 바로 대립적이다. 이 대립적인 두 지향의 결합으로 담헌 세계관의 총체가 이루어진다.

1) 다원개체 지향의 생성 동인

담헌의 다원개체 지향이 그의 무중심적 보편통합 지향에서 어떤 연계 관계로 그 생성의 동인을 얻는가? 크게 두 가지 국면에서 찾을 수 있다. 그 한 가지는 무중심적 보편통합의 실질 내용인 존재균등 지향 구도 및 이理의 범존재 도덕가치실재성과, 그의 지구관·우주무한관의 결과인 다계관多界觀과의 결합이고, 다른 한 가지는 주기적主氣的 심관心觀 그 자체다.

먼저 전자에 대해서 보자. 담헌의 존재균등관은 존재 사이의 심본체心本體의 깊은 공유성과, 이理 자연성을 통한 존재 사이의 직접적 합일 지향성에 따라 매우 높은 정도의 보편통합성을 획득하게 된다. 그런데 이런 가운데 또 한편으로는 그 존재 관계의 형태가 균등이기 때문에, 즉 평면구조 통합이기 때문에 존재들의 개별 독자화의 동인 역시 매우 높은 정도로 잠재할 조건을 아울러 가지고 있다. 여기에 다계관과 같은 변수가 결합하면 어렵지 않게 다원개체관이 생성될 수 있다.

> 또 중국은 서양에 대해서 경도經度 180도에 이르는데, 중국 사람은 중국을 정계正界로 삼고 서양을 도계倒界로 삼으며, 서양 사람은 서양을 정계로 삼고 중국을 도계로 삼는다. 그러나 기실은 하늘을 이고 땅을 밟고 사는 한에서는 界에 따라 다 그러하니, 횡橫이나 도倒 할 것 없이 균등하게 정계다.[89]

지地가 구체球體인 한 저마다 자기가 있는 계가 정계, 즉 중심이 될 수밖에 없는 이치를 말한 것이다. 즉 세계에는 절대적으로 고정된 중심이 없고, '균등하게' 다 중심임—결국 다중심多中心임을 천명한 것이다. 세계 인식의 일대 전환이 아닐 수 없다.

담헌은 무한우주의 다중심성에 대한 인식에도 확신에 차 있었다.

> 하늘에 가득 찬 별치고 계界 아닌 것이 없으니 성계星界로부터 본다면 지계地界도 또한 한 개의 별이다. 한량없는 계가 공계空界에 흩어져 배포되어 있는데 오직 이 지계만이 교묘하게 하늘 중심에 있다는 것은 있을 수 없는 일이다.
>
> 이러므로 계界 아닌 것이 없고 돌지 않는 것이 없다. 뭇 계界에서 보는 것도 이 지계地界에서 보는 것과 마찬가지다. 저마다 스스로를 중심이라 하니 하나하나 별들이 모두가 계界인 것이다.[90]

우주공간의 무수한 별들은 하나하나 모두 중심인 계로 산포散布해 있다는, 당시로서는 파천황적破天荒的 우주 인식이다. 우주공간에 하나하나 정계正界로서, 즉 중심으로서 산포해 있는 많은 계들이 만들어내는 기하학적 의상意象이 균등 지향의 존재 관계에 투사될 때, 존재 관계 인식에서 다원개체 지향의 발생은 매우 용이하다. 공간구도에 대한 감성적 인식이 추상사유抽象思惟를 제약하여 개념이나 사상의 틀 형성에 일정한 조건으로 된다는 사실을 상기할 필요가 있다. 그리고 이 기하학적 의상은 그 자체 내부 분열의 동인을 품고 있는 범존재 도덕가치관에도 마찬가지

---

89) 〈毉山問答〉, 《內集》 권4, "且中國之於西洋, 經度之差, 至于一百八十. 中國之人, 以中國爲正界, 以西洋爲倒界 ; 西洋之人, 以西洋爲正界, 以中國爲倒界. 其實戴天履地, 隨界皆然 ; 無橫無倒, 均是正界."

90) 〈毉山問答〉, 《內集》 권4, "滿天星宿, 無非界也. 自星界觀之, 地界亦星也. 無量之界, 散處空界. 惟此地界, 巧居正中, 無有是理. 是以, 無非界也, 無非轉也. 衆界之觀, 同於地觀. 各自謂中, 各星衆界."

기능을 하여 가치의 분절화分節化, 다원화로의 진행에 일정한 자극과 고무를 줄 수 있다는 것은 얼마든지 가능한 일이다. 이렇게 하여 담헌에게는 종래의 도학논리로서는 해명되기 어려운, 따라서 근본적으로 도학의 범주에 귀속되기에는 무리가 있는 다원개체 지향이라는 새로운 형태의 근원사유의 틀, 즉 세계관의 새로운 한 국면이 성립된 것이다.

담헌의 무중심적 보편통합 지향의 세계관 사유에서 다원개체 지향의 생성 동인이 움직였을 다른 한 국면은 그의 주기적主氣的 심관心觀 자체다. 담헌에게서도 기氣는 역시 존재를 차별화하는 인소因素다. 주기론자인 그에게서 기는 먼저 존재들을 동일시하는 근거기도 하지만, 실은 차별화하는 데에 매우 적극적인 인소다. 주리론主理論의 경우 이理라는 동일성의 원리에 따라 생성과 존재가 주도되고, 차별화의 인소인 기氣는 타자화他者化해 배제의 대상이 되기 때문에, 그 이념적 지향성에서는 동일성으로 통합 지향에 중점이 놓일 수밖에 없다. 따라서 차별화 인소로서 기의 지위는 객체적이고 그 기능은 소극적일 수밖에 없다.

이에 대해 담헌의 주기론은 '기지청수신묘자氣之淸粹神妙者'(心)로써 존재들이 동일본원同一本源으로 통합성을 획득하면서 이 본원의 연속으로서 기의 차이화가 전개되고, 여기에서 개별 존재로서 조건을 얻기 때문에 기의 차이화가 개별 존재들에게 처음부터 주체화하고 그 기능은 상대적으로 적극성을 갖게 된다. 그래서 존재들은 심층적 통합성을 공유하면서 그 개체화로 지향성을 상대적으로 더 높게 가지게 된다. 여기에다 이 일분수적 주리론의 논리에서 기의 구실은 개체의 성립 요건인 차별화를 넘어 차등화의 그것으로 규정되는 데 대하여, 담헌의 존재균등관에서 그것은 단순히 차등화를 지향하지 않는 조건만으로도 개체로서 차별화 정도가 자동적으로 높게 확보되게 되어 있기도 하다.

여기에서 더 나아가 담헌의 이 주기적 심관은 신심일여관身心一如觀을 포괄해 가지는 데에까지 발전하여서, 모든 존재들에게 그 개체성이 존재의 (숙명적인) 조건으로 규정되는 근거를 제시하고 있기까지 하다.

> 사람이 물物(금수·초목)과 다르게 된 까닭은 심心이다. 그런데 심이 물과
> 다르게 된 까닭은 신身이다.[91]

이 논법에 따르면 신身의 형상이 심心의 원인적 조건으로 된다. 즉 몸의 생김새에 따라 마음의 차별성이 발생한다는 논리다. 담헌은 물론 인·금수·초목 사이의 유차적類差的 층면에서 이 명제를 제시하고 있지만, 개체성의 근거인 심이 신의 형상에 따라 규정된다는 이 논리가 종차種差·개차個差의 층면으로 적용되면 그대로 하나의 개체주의의 철학적 논거로 되기에 족하다. 담헌의 주기론적 심관에는 이처럼 다원개체 지향의 세계관이 수립될 소지가 풍부하다.

2) 담헌의 다원개체 지향의 양상과 수준

앞에서 담헌사상에 윤리적 자율성에 대한 인식이 대두되어 있음을 논증했거니와, 윤리적 자율성은 개체주의적 세계관의 전제 없이는 불가능하다. 이런 점에서 담헌의 다원개체 지향이 도달한 정도를 가늠할 수 있거니와, 이제 몇 가지 자료를 통해 좀더 본격적으로 논구해 본다.[92] 이 다원개체 지향은 주로 그의 사회사상의 원리로 되어 있다.

먼저 종래의 도학에서 하나의 존재론적 국면이기조차 했던 화이관華夷觀의 타파논리로 실현된 데서 그 윤곽을 파악할 수 있다.

> 하늘이 낳고 땅이 길러주는, 무릇 혈기를 가진 존재는 균등하게 다 사람이

---

91) 〈毉山問答〉,《內集》 권4, "人之所以異於物者心也 ; 心之所以異於物身也."
92) 金漢植이 앞의 논문에서 이 문제를 주제로 다룬 적이 있다. 유익한 일면이 없지 않으나 전반적으로 논리보다는 다분히 情況에 의존하고 있는 편이다.

다. 무리에서 빼어나서 한 지역을 맡아 다스리는 자는 균등하게 다 군왕이다. 성문을 튼튼하게 설치하고 해자를 깊게 파서 영토를 수호하고 있는 단위들은 균등하게 다 국가다. (중국의) 장보章甫(은대殷代의 관冠으로서 당시의 예모禮貌를 뜻함 — 필자)와 위모委貌(주대周代의 관으로 당시의 예모를 뜻함 — 필자)나 (중국에서 야만시하는 지역의) 문신文身과 조제雕題(이마에 꽃무늬를 박아 넣는 남방민족의 습속 — 필자)가 균등하게 다 (각기 독자성을 갖는) 습속이다. 하늘의 관점에서 본다면 어찌 안[中國]과 밖[四夷]의 구분이 있겠는가.

　이러므로 저마다 저들의 사람을 가까이 여기고, 저마다 저들의 군왕을 높이고, 저마다 저들의 국가를 수호하고, 저마다 저들의 습속을 편하게 여김은 화華나 이夷나 마찬가지다.[93]

'화' 바깥의 '이'의 역域에 있는 사람(민족 단위)·군왕·국가·습속도 '화'의 그것들과 '균등하게' 독자단위獨自單位로서 존재 의의를 갖는다는 내용이다.

우선 담헌이 위의 언명에서 사람·군왕·국가·습속 등에 걸쳐 일관되게 쓰고 있는 '균시均是(균등하게 ~이다)'라 하는 말의 함의를 엄밀히 검증할 필요가 있다. 문신·조제라는 이(夷)의 습속과 장보·위모라는 화(華)의 습속 사이의 이질성의 전제에 이미 자명하게 드러나 있듯이, 이의 사람·군왕 등이 화의 그것들과 각각 균질성均質性, 즉 동일성을 가졌으므로 그 위격에서 대등하다는 뜻이 아니다. 각각 그 내질內質에서 차이적差異的 독자단위로서 위격의 상호 균등성을 천명하고 있는 것이다.[94] 균

---

93) 〈毉山問答〉, 《內集》 권4, "天之所生, 地之所養, 凡有血氣, 均是人也 ; 出類拔萃, 制治一方, 均是君王也 ; 重門深濠, 謹守封疆, 均是邦國也. 章甫委貌, 文身雕題, 均是習俗也. 自天視之, 豈有內外之分哉! 是以, 各親其人, 各尊其君, 各守其國, 各安其俗, 華夷一也."
94) 우리나라의 악률 黃鍾 문제를 논의한 글의 다음 대목에도 담헌이 낡은 규범에 얽매이지 않고 개체의 독자성을 중시하는 사고가 잘 드러나 있다. "況於千載之後, 欲因不齊之死法, 以求自然之正聲, 可乎! 蘭溪朴氏堧, 東方之號稱曉律者也. 其言曰 : 歷代制律, 用黍不一, 高下差異, 則今日中國與我東, 未知孰得眞黍. 若不合於中國, 則姑從權, 宜用他黍, 求協於中國黃鐘云. 愚謂 : 中國我東之黍, 未知孰是, 則何可强協於中國之黃鍾乎!

질적 별개 단위로서 대등함이냐, 이질적 독자 단위로서 대등함이냐는 외형상 서로 비슷하고 따라서 담헌의 논지가 잘못 이해될 수도 있는데, 만일 담헌의 논지를 전자의 것으로 이해하면, 그것은 바로 소중화론小中華論의 적극적 형태에 다름 아닌 것이 된다.

담헌은 결코 소중화론을 주장하고 있는 것은 아니다. 중심 존재를 향한 주변 존재들의, 또 고층급 존재를 향한 저층급 존재들의 복속 관계로 이해되는 화와 이와의 관계 양태, 그 일원적一元的 통합구조로서 천하관을 해체시켜 중심과 고층급을 부정하고 모든 민족·국가들 개개에게 균등하게 각기 그 자체로서 중심성·독자성을 부여함으로써 화와 이의 관계를 존재론적 균등성으로 인식한 것이 담헌의 위의 논의의 지의旨義이다. 이러한 지의의 화이관 타파론을 산출하게 한 근원사유를 개념화하자면 다원개체 지향이라고 할 수밖에 없다.

이 화이관 타파론은 담헌의 다원개체 지향이 국제관계라는 거시층차巨視層次에서 실현된 경우다. '화'에 대한 '이'의 독자 개체적 균등성의 서술을 민족을 비롯하여 군왕·국가·습속 등 다양한 부면部面으로 나누어 조직적으로, 그리고 매우 진지한 어조로 진행시킨 데서 다원개체 지향에 대한 그의 일정한 신념적 열정을 암시받기도 한다. 그러나 단지 이 층차의 검증만으로는 그의 세계관의 한 형태로서 다원개체 지향을 정립하기에는 그 근거가 미흡할 것이다. 이런 점에서 아래의 그의 논설은 우리의 주목을 끌기에 족하다.

대개 인품에는 고하가 있고 재주에는 장단점이 있다. 그 고하에 따라 단점을 버리고 장점만 살리면 천하에 아주 못 쓸 재주란 없을 것이다. 면面학교 교육에서, 그 가운데 뜻이 높고 재주가 많은 자는 위로 올려 조정에서

第因我東黃鍾, 使明於律數者, 十分精審於三分損益, 亦不害爲一國之正音耶."(〈黃鍾古今異同之疑〉,《外集》권6)

쓰도록 하고, 자질이 둔하고 용렬한 자는 아래로 돌려 야野에서 쓰도록 하
며, 그 가운데 교묘한 생각을 잘 내고 민첩한 솜씨를 가진 자는 공업으로
돌리고, 이利를 내기에 밝고 재화財貨를 불리기 좋아하는 자는 상업으로 돌
리며, 그 가운데 좋은 모책謀策을 묻고 용맹이 있는 자는 무반武班으로 돌리
도록 한다. 그리고 소경은 점치는 일을 하게 하고, 궁형宮刑을 당한 자는 궁
문宮門지기 일을 맡게 하며, 벙어리와 귀머거리와 앉은뱅이에 이르기까지
모두 적합한 일거리를 갖도록 해야 한다.[95]

담헌의 이 논설은 단순히 용인론用人論의 수준에서 보면, 종래의 적재
적소론適材適所論을 그 범위와 내용의 질적 성향에서 훨씬 뛰어넘어 차원
을 달리하고 있음을 본다. 이런 점에서 이 논의의 성격을 용인론 이상의,
즉 사회조직론社會組織論의 한 집약태集約態로 이해하는 것이 마땅하리라
생각한다. 용인론으로 보건 사회조직론으로 이해하건 분명한 것은 종래
의 경세론經世論과는 그 성향을 현격히 달리하고 있다는 점이다.

크게 두 가지 점에서 달리하고 있는데, 사람에 대한 파악 방식과 가치
인식에 대한 시각이 그것이다. 이 두 가지는 별개로 작용하는 것이 아니
라 서로 긴밀히 맞물려 있다.

우선 사람을 파악하는 방식이 매우 구체적이고 개체적이라는 것이다.
모든 개인들을 도덕적 보편실재의 균질적 현전자現前者라는 추상적 시각
이 조금도 없으며, 저마다 어떤 계급집단의 분자分子로 전제하는 집단적
의례적依例的 시각은 더구나 없다. 이것은 물론 사회의 구체적 직능職能의
관점에서 사람을 점검하는 데서 오는 당연한 현상이라 할 법하다. 그러
나 사회조직이라는 거시적이고 총체적인 문제를 다루는 비전에 갖가지

---

95) 〈林下經濟〉,《內集》권4, "凡人品有高下, 材有長短, 因其高下, 而舍短而用長, 則天
下無全棄之才. 面中之敎, 其志高而才多者, 升之於上而用於朝 ; 其質鈍而庸鄙者, 歸之
於下而用於野. 其巧思而敏手者, 歸之於工 ; 其通利而好貨者, 歸之於賈 ; 問其好謀而
有勇者, 歸之於武. 瞽者以卜, 宮者以闔, 以至於喑聾跛躄, 莫不各有所事."

직능에 대응되는 개인들의 기능적 역량을 이토록 중요 인소因素로서 조직적으로, 구체적으로 떠올렸다는 사실 자체는 종래의 경세 비전이 이데올로기화한 도덕규범에 압도적으로 지배되었던 점과는 현격히 다르다 할 수 있다. 그렇다고 해서 담헌이 인간의 도덕성 자체를 중시하지 않는 것은 결코 아니다. 그 자신이 매우 도덕적이었을 뿐 아니라 사회의, 세계의 도덕적 통합성에 대한 비전을 명덕적明德的 심본체관心本體觀 같은 것으로 제시한 터였다. 다만 접근방식이 도덕주의적 단원성으로 경직되고 추상적이지 않고, 더욱 다원적이고 구체적인 점이 다를 뿐이다.

사람을 파악하는 방식의 이 다원성과 구체성은 가치 인식에서 그의 일정한 다원화 지향과 맞물려 있다. 그는 "율력·산수·전곡·갑병도 지리至理가 깃들어 있는 것이다"96)고 하면서, 이들을 몰가치로 보는 견해에 대해 단호히 배격한 적이 있다. 그의 이 논리에 따르면, 위에 열거된 개인들의 갖가지 기능적 역량 또한 모두 '지리至理'가 깃들어 있는 것일 수밖에 없다. 나아가 그로서는 사회적 직능 자체도 단순히 가치중립적인 것이라기보다 지리의 실행거점이란 점에서 가치적으로 인식했을 것이다. 그가 "직능을 담당함이 없이 놀고 먹는 자는 국가에서 벌하고, 지역사회에서 소외시켜야 한다"97)고 한 주장에는 그의 이런 견해가 일정하게 동인으로 작용했을 법도 하다.

위의 열거 가운데 '이利를 내기에 밝고 재화財貨를 불리기 좋아하는 자는 상업으로 돌리라'는 것은 담헌에게서 가치 인식의 전환을 극적으로 보여주는 것으로 특히 주목할 만한 사례다. 주지하듯이 종래 유학에서는 이利를 내고 재화를 불리는 일은 도척盜跖의 일이요 소인小人의 짓이었다.98) 그래서 '의리지변義利之辨'은 '군자소인지변君子小人之辨'과 맞물려

---

96) 주 78) 참조.
97) 〈與人書 二首〉, 《內集》 권3, "其遊衣遊食, 不事行業者, 君長罰之, 鄕黨棄之."
98) 〈盡心〉 上, 《孟子》, '孟子曰 : 鷄鳴而起, 孳孳爲善者, 舜之徒也. 鷄鳴而起, 孳孳爲利者,

사뭇 준엄한 교의로 받들어져 왔던 것이다. 그런데 담헌은 그것을 당당하게 가치의 반열에 올려놓았다. 물론 담헌의 언명에는 '공익公益을 위해서'라는 함의가 당연히 있을 터다. 이 점을 고려한다 하더라도 하나의 놀라운 전환이라고 할 만하다. 이처럼 화리貨利를 위한 종사조차도 당당히 가치로 인정되는 전환의 지평에서 가치의 다원화로 지향 발전은 당연한 귀결일 수밖에 없다.

담헌의 다원개체 지향이 그 자체로 극치적 국면을 보인 것은, 그의 사민평등사상四民平等思想에 이르러서다.

우리나라는 본디부터 명분名分을 중히 여겼다. 양반들은 아무리 심한 곤란과 굶주림을 받더라도 팔짱 끼고 편하게 앉아 농사를 짓지 않는다. 간혹 실업에 힘써서 몸소 천한 일을 달갑게 여기는 자가 있다면 모두들 나무라고 비웃기를 노예처럼 무시한다. 자연 노는 백성은 많아지고 생산하는 자는 줄어드니, 재물이 어찌 궁하지 않을 수 있으며, 백성이 어찌 가난하지 않을 수 있겠는가? 마땅히 엄하게 벌칙을 세워서 그 가운데 사士·농農·공工·상商에 관계없이 놀고먹는 자에 대해서는 관官에서 일정한 형벌을 주어 세상이 용납할 수 없도록 하여야 한다.

재능과 학식이 있다면 비록 농부나 장사치의 자식이 의정부議政府에 들어가 앉더라도 참람스러울 것이 없고, 재능과 학식이 없다면 비록 공경公卿의 자식이 하인으로 돌아간다 할지라도 한탄할 것이 없다. 위와 아래가 힘을 다하여 함께 그 직분을 닦는 데 부지런하고 게으름을 상고하여 분명하게 상벌賞罰을 베풀어야 한다.99)

蹠之徒也"와 〈里仁〉, 《論語》, '子曰 : 君子喩於義, 小人喩於利"의 담화가 그 근거였다.
99) 〈與人書 二首〉, 《內集》 권3, "我國素重名分, 兩班之屬, 雖顚連窮餓, 拱手安坐, 不執未耟. 或有務實勤業, 躬甘卑賤者, 群譏衆笑, 視若奴隷. 遊民多, 而生之者少矣, 財安得不窮, 而民安得不貧也? 當嚴立科條, 其不係四民, 而遊衣遊食者, 官有常刑, 爲世大蠹. 有才有學, 則農賈之子, 坐於廊廟, 而不以爲僭 ; 無才無學, 則公卿之子, 歸於輿儓, 而不以爲恨. 上下戮力, 共修其職, 考其勤慢, 明施賞罰."

보다시피 이 논설의 궁극적 취지는 사·농·공·상 사민四民이 직분을 다하여 빈곤을 극복하자는 것이다. 그런데 이를 달성하기 위해서는 사회체제가 사민평등적이어야 한다는 것이 전제되어 있다. 즉 사민의 명분(신분)관을 직분관職分觀으로 전환해서 양반의 명분적 권위를 없애고, 재능과 능력에 따라 직분을 맡도록 해야 한다는 것이다. "재능과 학식이 있다면 비록 농부나 장사치의 자식이 의정부에 들어가 앉더라도 참람스러울 것이 없고, 재능과 학식이 없다면 비록 공경의 자식이 하인으로 돌아간다 할지라도 한탄할 것이 없다"고 한 데에 이르면, 바로 근대적 평등사상에 육박했음을 보게 된다. 그 시대에 이러한 사민평등사상이 근원사유의 층위에서 자각적인 어떤 원리 또는 틀의 정립이 없이, 바꾸어 말하면 철학적 또는 세계관적 기반이 없이 나올 수 있다고 생각하는 것은 매우 불합리하다. 그리고 평등사상이 다원개체 지향 철학의 사회사상적 발현임도 이제는 상식에 속하는 지식이다. 이런 점에서 우리는 담헌의 사민평등사상에서 그의 다원개체 지향의 철학 내지 세계관이 매우 발달된 형태의 것이었음을 알게 된다.

5. 맺는 말

필자는 이 논문에서, 담헌 홍대용의 사상 총체가 매우 포라적인 학문적 관심과 문제의식에 일견 서로 모순되는 듯하게 착종하는 입론立論의 방향들을 함께 포용해 가지고 있어, 그 정체의 정합적整合的 파악이 용이하지 않은 주된 이유가 그 사상사적 전환적 복합성에 있다고 보고, 그것을 사고의 더 깊은 층면, 즉 근원사유의 층면에서 파악하고자 하여 그 세계관 사유의 관점에서 접근했다. 그래서 세계관의 어떤 층면의 특성은, 주로 공간구도에 대한 감성적 인식과 존재 관계의 구성 양태에 따라서 형성된다고 보아, 주로 이 두 측면으로 담헌 세계관의 특성을 종래 도학의 그것과의 대비적인 시각에서 탐구했다.

이러한 접근에서 나는 그의 지구관과 우주무한관을 그의 사상의 기점적基點的 조건으로 중시했으며, 《성리대전》을 그의 사상의 범본範本이면서 극복 대상이 된 점에 특히 주목하였다. 그리고 도가사상의 참획參劃도 적지 않았음에 유의하였다. 결국 그에게서 이러한 기초 조건들이 그로 하여금 도학에 매우 독실하였음에도 혼개설적渾蓋說的 천지관에 순수 이기·심성 문제에만 집착해 온 종래 도학의 그것과는 매우 다른, 종래 도학의 그것을 크게 경신更新한, 그러나 도학의 범주를 떠나지 않는 세계관과, 다른 한편으로 이것과 상수적相須的 연계에서 이미 도학으로서는 감당하기 어려운 특성으로 형성된 세계관 사유를 한데 아울러서 하나의 총체로 가지게 했다는 결론에 이르게 되었다.

즉, 지구관·우주무한관·주기主氣 사유의 틀 위에, 혼개설적 천지관에서 삼재관·화이관·이일분수관에 결합되어 있던 유중심有中心의 존재층급적·존재차등적 보편통합 지향인 종래 도학의 세계관을 해체시키고, 여기에 기氣의 고층차高層次로서 청수신묘清粹神妙한 명덕적明德的 심心의 보편실재성에 의거하여 무중심無中心의 존재균등관을 성립시켜 '인물균人物均'의 명제가 나오게 되었다. 그리고 범존재汎存在 도덕가치실재道德價值實在로서의 이理에 대한, 《성리대전》에서 실재적 인식은 비도덕 가치의 분화 경향성을 가지게 하여 가치의 일정한 다원화 동인을 유발시켰고, 그 이理의 성격을 자연으로 규정함으로써 종래의 천인합일에서 인물합일人物合一로 방향 전환을 하게 했으며, 당위 지향적 규범주의적 윤리관으로부터 자율주의의 그것으로 전환을 전망하게 했다.

경신된 도학적 세계관으로서 그의 무중심적 보편통합 지향에서 다원 개체 지향의 생성 동인은 크게 두 국면으로 찾아졌다. 그의 존재균등관 및 이理에 포괄된 가치 분화 동인의 국면에 지구관과 우주무한관의 일면인 다계관多界觀, 즉 다중심관多中心觀이 결합될 때 존재 관계의 인식을 다원개체 지향으로 틀 지우기에 적합했다. 그리고 그의 주기적主氣的 심관心觀이 존재의 차별인소인 기의 자기차이화自己差異化를 주체화하는 데에서, 또 신身의 형상이 심心의 원인이라는 신심일여관身心一如觀에서 다원개체 지향의 동인이 매우 예각적銳角的으로 움직일 소지가 충분했다.

　이렇게 하여 담헌에게는 마침내 오늘날 우리가 실학적이라고 할 수밖에 없는 새로운 세계관 사유를 도학적 세계관에 연계하여 아울러 가져서 두 국면이 하나의 총체로 성립되기에 이르렀다. 여기에서, 그의 사상의 전환적 복합성이 깊은 층면에서, 추요적樞要的으로 파악된다. 그리고 이 전환적 복합성의 조리는, 종래 도학의 유중심적 보편통합 세계관의 경신으로서 담헌적 도학의 무중심적 보편통합 세계관의 성립, 그 내포로서 존재균등관의 성립, 여기에 바탕을 둔 다원개체 지향의 생성, 이것의 한 현실태現實態인 사민평등사상의 출현으로 파악된다. 굳이 근대라는 용어를 사용한다면 우리 역사가 근대로 지향하는 내재적 발전 논리를 우리는 바로 이 홍담헌의 세계관 사유에서 그 깊은 층면의 양상을 파악하게 된다. 아울러 우리는 여기에서 보편통합 지향과 다원개체 지향의 맞물림이라는, 존재들 관계의 이상적인 모델이 제시된 것을 접하게 된다.

　도학과 실학사상과의 관계가 연속이냐, 단절이냐를 놓고 쟁론한 적이 있음을 우리는 기억한다. 이 문제는 어느 쪽으로든 일괄적으로 미리 선규정하고 들어갈 문제가 아니다. 사상사의 문제 국면을 되도록 그 자체대로 실증적으로 탐구하는 데서 그러한 쟁점이 합리적으로 해결될 것이다. 그리고 단순히 쟁점이 해결되는 단계를 넘어 우리 사상사의 세계를 더 풍부하고 자세하게 드러내게 할 것이다.

(《韓國實學研究》 창간호, 한국실학학회, 1999)

중세적 권위에 대한 도전

1. 사상의 바탕으로서 저항정신

먼저 밝혀두는 것은, 일찍이 이우성李佑成이 연암의 문학을 예로 들어 실학파의 문학을 논하는 자리에서 연암의 인간정신의 한 가지로 '권위주의에 대한 저항'을 거론한 바 있다. 여기서 이우성은 중세적 권위주의에 저항하는 두 가지 태도(소극적 태도와 적극적 태도)를 설정하고, 적극적 태도로 동학당의 운동 같은 중세 후기의 농민반란을 들고, 이우성이 현실도피파로 본 김시습金時習과 남효온南孝溫, 율도국硉島國이라는 이상국을 꿈꾼 허균許筠과 아울러 허생許生으로 하여금 해외 공도空島를 찾아 안주의 별세계別世界를 만들게 하려고 했던 점을 들어 연암도 소극적 저항의 태도에 소속시키는 한편, 조선 후기의 권위주의를 북벌론北伐論의 배경이 된 사대주의적 권위주의로 보고 연암 내지 북학파北學派들이 주로 여기에 대결의 과제를 두었다고 보았다. 이우성의 이 글이 필자에게 교시해 준 바가 많았음을 감사하면서, 필자는 중세적 권위 내지 권위주의의 개념 내용을 그러한 정치적 현상뿐만 아니라 사회·문화·윤리 등 되도록 여러 현상에 폭넓게 적용, 더 포괄적으로 해석하려고 하며, 이 중세적 권위가 빚어내는 부조리에 대한 저항정신을 연암사상의 기본적인 자세, 곧 연암문학의 사상적 기조로 파악하고, 그리고 그 저항을 소극적이 아니라 적극적인 자세의 것으로 보려는 것이다. 여기서 저항의 소극성과 적극성의 한계가 문제되어야 마땅하겠지만, 이 한계 설정에는 구체적으로 저항이 행해지는 여건의 특수성을 세심히 고려하여야 할 필요성이 있을 것이다. 한국이나 동양의 과거에서 이 한계 설정을 어떻게 해야 할 것인가는 글을 달리해야 할 문제이므로, 여기 연암의 문제는 일단 가설로 정립할 수밖에 없으나, 반드시 행동을 통한 저항만이 적극적인 저항이라고 할 수 없음은 명백하다. 실상 연암의 사상이 근대지향의 혁신성을 강하게 띠고 있다는 점에서, 당시 중세적인 사회체제와의 상대관계에서 본다면, 그 전반을 상대한 것은 아니라고 하더라도 적극적인 저항의 한 자세로 간주하기에 인색할 필요는 없을 것 같다.

2. 주자학朱子學과 조선의 권위주의

그렇다면 구체적으로 조선왕조의 어떤 측면을 중세적인 권위 내지 권위주의와 그것이 빚은 부조리로 지적할 수 있을까? 이 점은 주자학을 떠나서 생각할 수 없다. 그 자체의 내용과 성격에서든, 또는 수용과 운용의 태도에서든 직접·간접으로 조선왕조에서 중세적 제반 사상과 분위기의 조성은 거의 전적으로 주자학의 권위주의적인 군림에 의해서였다.

이 점은 주자학의 발생지인 중국과 궤軌를 같이하나, 오히려 본고장에서보다 더욱 가혹한 면이 있었다. 이 점에 대해 장유張維는 다음과 같이 증언하고 있다.

중국에서는 학술이 다기多岐해서 정학正學(유학을 지칭)이 있고, 선학禪學(불교를 지칭)이 있고, 단학丹學(도교를 지칭)이 있다. 정주程朱를 배우는 사람도 있고, 육씨陸氏(陸九淵)를 배우는 사람도 있어 문경門徑이 획일적이지 않다. 그런데 우리나라는 유식자·무식자 할 것 없이 책을 끼고 독서하는 자는 모두 정주程朱를 칭송할 뿐 다른 학문이 있다는 것은 듣지 못했다. 이런 현상이 과연 우리나라의 사습士習이 중국보다 좋아서 그럴까? 그래서 그런 것이 아니다.…… 단지 정·주의 학문이 세상에서 귀중하게 여겨진다는 사실을 듣고서 칭도하고 떠받들 뿐이다.1)

조선의 개국세력開國勢力이 바로 주자학을 생활이념으로 삼았던 여말麗末의 신흥 사대부층이었다는 점에 주자학이 조선왕조의 이데올로기로 군림하게 될 필연적인 계기가 있었다. 그렇지만 갈수록 가혹한 교조주의적敎條主義的인 절대 권위를 응고시켜 감으로써 조선의 제반 중세적인 현상의 조성을 촉진시켜 온 것이다.

주자학의 수용을 부정적으로만 평가할 수 없음은 물론이다. 그것은 고려 말기의 혼탁한 분위기를 청신하게 정돈하는 데 일차적으로 그 효능을 보였고, 조선왕조에 들어와 화담花潭·회재晦齋·퇴계退溪·율곡栗谷 같은 학자들의 배출과 그들의 학문적 성과를 가져옴으로써 우리의 정신문화에 새로운 지평을 열어 주었다. 그리고 이 학문의 광범한 보급을 통해 절의節義와 같은 가치관이 거족적으로 강조됨으로써 임란壬亂과 같은 국난을 거족적이고 적극적인 자세로 극복할 수 있었던 점도 높이 평가해야 할 것이다. 이 밖에도 얼마든지 더 지적할 수 있지만, 주자학의 수용에서 온 긍정적인 측면을 우리는 간과할 수 없고 또 그래서도 안 될 것이다. 그러나 전통의 진정한 평가는 부정적인 측면도 아울러 행하며, 그렇게 해야만 올바른 계승 방향을 찾을 수 있을 것임은 하나의 상식에 속하는 문제다.

---

1) 張維, 《谿谷漫筆》, '中國, 學術多岐, 有正學焉, 有禪學焉, 有丹學焉. 有學程朱者, 有學陸氏者, 門徑不一. 而我國則無論有識無識, 挾筴讀書者, 皆稱誦程朱, 未聞有他學焉."

조선왕조의 중세적 권위 가운데 한 가지로 먼저 명분론을 들어야 할 것 같다. 명분론은 원래 공자孔子의 정명사상正名思想에서 나온 것으로, 그 자체를 두고 긍정적이냐 부정적이냐를 간단히 논단할 수는 없다. 그러나 이것이 조선왕조에 와서 정치적으로는 사대주의를 하나의 당위로 받아들이게 함으로써 근대적인 민족 주체의식에 대한 자각을 둔화시켜 왔음은 두말할 필요가 없다. 조선왕조의 사대주의가 지정학적인 여건에서보다 봉건적 명분론에 얼마나 깊이 뿌리박고 있었던가는, 조선 후기의 북벌론北伐論과 이미 유령화幽靈化한 숭정崇禎 연호의 끈질긴 사용(물론 대청對淸 공식문서는 예외)을 통해서도 넉넉히 알 수 있다.

명분론은 사회적으로는 광범한 서얼층庶孼層의 신분적 제약을 거의 고정화하는 데 동원됨으로써 개인적으로는 허다한 인간적 비극을 일으켜 왔고, 민족적으로는 폭넓은 창의적 역량 원천의 일부를 막아버린 결과를 가져왔다. 이 점은 조선사회의 가장 큰 부조리였다. 동양의 여러 나라들에서도 그 유례를 찾기 어려운 일이었고, 우리나라에서도 오직 조선왕조에서만 그러했다. 송조宋朝의 명신 한기韓琦·범중엄范仲淹 같은 사람들도 서얼 출신이었고, 학자 소옹邵雍의 형제 3인의 성이 각각 달랐다는 것은 유명한 사실이다. 고려의 서얼 정문배鄭文培는 예부상서禮部尙書에, 이세황李世璜은 합문지후閤門祗侯에, 권중화權仲和는 대사헌大司憲에까지 진출했으며, 개국공신 정도전鄭道傳은 모계가 노비 신분이었다.

이런 일이 조선왕조에서 만약 있었다면 아주 드문 특례特例에 속하는 일이었다. 《경국대전經國大典》의 재가再嫁·실행녀失行女의 자손과 서얼 자손에 대한 정과停科와 한품서용限品叙用 조항이 갑오경장까지 근본적으로 삭제되지 않았던 것은, 전적으로 명분론에 대한 악착한 구속 때문이었다. 이 서얼 금고禁錮는 단순히 그 자체에서 그치고 마는 문제가 아니라, 그 아래계층의 신분적 이동·상승을 가로막는 반역적 확대 효능을 발휘하게 됨은 재론의 여지가 없다. 정다산丁茶山은 인재 등용의 개방체

제를 주장한 그의 〈통색의通塞議〉에서 서얼 금고와 하민下民의 신분 제
한 문제에 지역 차별, 당색黨色 차별까지를 포함하여 조선사회의 폐쇄적
형편을 다음과 같이 논파했다.

> 신臣은 생각하건대, 인재 얻기 어려움이 이미 오래되었습니다. 일국의 정
> 영精英을 다 모아 발탁한다 해도 오히려 부족할까 염려되는데, 하물며 그
> 10분의 8, 9를 버린대서야. 일국의 생령을 다 대상으로 배양한다 해도 오히
> 려 흥기興起되지 않을까 염려되는데, 하물며 그 10분의 8, 9를 버린대서야.
> 소민계층小民階層이 버려진 사람들이고 중인계층中人階層이 버려진 사람들
> 입니다. 관서·관북인이 버려진 사람들이고 해서海西·송경松京·심도인沁
> 都人이 버려진 사람들이고, 관동과 호남의 절반이 버려진 사람들입니다. 서
> 얼이 버려진 사람들이고 북인北人·남인南人은 버려지지 않았으면서 버려
> 진 것과 같은 사람들입니다. 버려지지 않은 사람들은 오직 벌열閥閱 수십
> 가일 뿐입니다. 그 가운데 이런저런 일로 해서 버림받은 사람들이 또한 많
> 습니다. 무릇 일체 버림받은 족속들은 모두 자신을 폐기, 문학文學·정사政
> 事·전곡錢穀·갑병甲兵 같은 일에 기꺼이 뜻을 두려 하지 않고, 오직 비분
> 강개해서 술이나 마시며 자신을 방기시키고 있을 뿐입니다. 그래서 인재가
> 또한 일어나질 않게 된 것입니다.[2]

조선왕조의 중세적 부조리 가운데 다른 한 가지 양상은 인간성·개성
의 몰각이다. 이는 비단 조선에만 국한되는 문제는 아니고, 서구 중세에
대해서도 항용 지적되는 문제다. 그러나 이 몰각이 조작된 사상적 배경
은 거의 반대 위치에 있다. 서구 중세의 경우 그것은 주로 기독교의 원죄

---

2) 丁若鏞, 〈通塞議〉, 《與猶堂全書 第一集》 권9, “臣伏惟人才之難得也久矣. 盡一國之
精英而拔擢之, 猶懼不足, 況棄其八九哉! 盡一國之生靈而培養之, 猶懼不興, 況廢其八
九哉. 小民其棄者也 ; 中人其棄者也 ; (중략) 西關北關, 其棄者也 ; 海西松京沁都, 其
棄者也 ; 關東湖南之半, 其棄者也 ; 庶孼其棄者也 ; 北人南人, 其不棄而猶棄者也. 其
不棄之者, 唯閥閱數十家已矣, 而其中因事見棄者亦多. 凡一切見棄之族, 皆自廢不肯留
意於文學政事錢穀甲兵之間, 唯悲歌慷慨飲酒而自放也, 故人才亦遂不興.”

관原罪觀 개입에 따른 것이었다면, 조선왕조나 동양의 경우는 유교의 성선관性善觀과 이를 바탕으로 한 예교적禮敎的 윤리의 권위주의적 강요에 말미암는 것이었다.

성선관은 알다시피 맹자孟子에게서 주장되어 《예기禮記》〈중용편中庸篇〉에 이르러 이론적인 발전을 보았으나, 그것이 형이상학적인 체계로 확고하게 천명되기는 역시 송대宋代에 이르러서고, 사서四書는 물론 소박하고 분방한 생명력이 넘치는 내용의 《시경詩經》까지도 이 성선관의 형이상학적 체계 아래 주해註解되었으며, 《소학小學》과 같은 아동용 교재 또한 같은 이론 체계 아래 오륜적五倫的 차별질서관에 따른 생활규범의 전파・주입을 위해 만들어졌다. 이러한 사상과 예교가 조선왕조 사회에서 여타 사상과 학설에 대한 접촉이 금기시된 가운데 강요되고 반복되어 오는 가운데 인간은 오직 예교에 대한 순종에서만 그 가치를 인정받게 됨으로써 자신의 본능과 감정과 개성에 바탕을 둔 주체적인 사고의 둔화가 조작되었으며, 조선인의 의식구조를 대체로 규격적인 단순화 경향을 띠게 하는 작용을 했다. 그리고 중요한 점은 차별질서관에 따른 인간관은 하천계급에게는 인간의 의의조차도 부여하려 하지 않았던 점이니, 이 점은 명분론과 함께 계급의식을 더욱 조장시켰다. 성선性善의 인간관이 강조되고 개인적인 본능과 감정이 금기되는 데서, 그리고 '군자君子'라는 인간형의 상징조작이 이루어지는 데서 조선왕조 사람, 특히 지식인의 퍼스널리티가 대체로 위선적이고 이중적인 경향을 띠었던 점은 부인할 수 없으며, 〈호질虎叱〉이 연암의 창작이라면 바로 이 점을 폭로한 것이다.

차별적 질서관에 따른 도덕규범은 여성에게 더욱 가혹하게 강요되었음은 널리 알려져 있는 바다. 정조관 한 가지만 하더라도 한국 본래의 것은 매우 인간적이었다. 이 점은 《삼국유사三國遺事》에 수록된 도화녀桃花女 설화, 수로부인水路夫人 설화, 원효元曉의 이야기 등에 투영되어 있는 신라인의 정조관이나 남녀관계관을 통해 그것의 한국적 원형을 파악할 수 있거니와, 신체미身體美 존중 사상과 함께 매우 조화되고 인간적이었음을 알 수 있다. 고려시대에는 현재 전하는 그 시대의 가요 몇 편을 통해서도 능히 알 수 있는 바이지만, 오히려 방일放佚에 흐를 정도로 개성적이었던 것으로 판단된다. 따라서 조선왕조식의 정조관이나 남녀관계관은 결코 한국 본래의 것은 아니며, 삼국과 고려시대에도 유교는 이미 수용되어 있었던 점을 고려할 때 그것이 공맹孔孟시대의 원시유교로 말미암은 것이기보다는 교조주의적인 주자학의 권위에 책임이 있음을 알 수 있다.

주자학의 권위가 문화현상에 작용한 예로는 문학, 특히 한문학의 경우를 대표적으로 들 수 있다. 송대宋代 성리학자들은 도道와 문文을 일원적一元的으로 보아 예술로서의 문학 존재 의의를 기본적으로 부정했다. 이 점은 주자朱子의 "문文은 모두 도道 속에서 흘러나오는 것이니 어찌 문이 도리어 도를 꿸[貫道] 수가 있단 말인가"3) 하는 말을 비롯하여, 그의 《어류語類》에 수록된 문학에 관한 일련의 논평에 잘 나타나 있는데, 말하자면 도를 실체實體로, 문은 이 실체의 현상으로 보려는 도문일원관道文一元觀이다. 송유宋儒들의 이러한 문학관을 우리나라 도학자들이 그대로 신봉하려는 데서 16세기 초 유명한 도학파道學派와 사장파詞章派의 논쟁을 몰고 왔고, 마침내 양자의 분도分途가 이루어졌다.

이같이 반발하는 일파가 있어 논쟁이 유발되고 도학과 문학의 분도가 이루어졌다는 점에서 주자학 수용의 한계의 일면을 짐작하게 하지만, 그러나 비록 도학파와 분도되어 독자적인 길을 걸었다고는 하나, 사회 분위기 자체가 주자학의 권위에 눌려 있었던 만큼 조선왕조의 문학인들이 그들의 개성적인 창작을 충분히 보장 받을 수는 없었다. 그 두드러진 예가 바로 문체의 문제로서, 산문의 경우 선진先秦·양한兩漢과 당唐·송宋

---

3) 朱熹, 〈論文〉上,《朱子語類》 권139, "這文皆是從道中流出, 豈有文反能貫道之理?"

의 고문古文을 전범으로 하여 전아典雅한 수사와 고상한 풍격의 이른바 '순정醇正한 글'을 지어야 한다는 사회적인 분위기의 압력이 가해졌을 뿐만 아니라, 때로는 정책적인 규제도 행해졌다. 정조의 이른바 문체반정책文體反正策이 그 대표적인 예다. 문체는 작가의 의식 양상의 한 표현이면서 거꾸로 의식을 제약하기도 하는 기능을 발휘한다는 점을 생각할 때, 고문체古文體를 전범典範으로 간주하는 것이 당위로 요구되었던 데서 온 부정적인 측면은 극히 중시해야 할 문제며, 근대적인 산문의 발달을 크게 저지한 한 가지 요인이 여기에 있었다고 본다. 이 고문체의 굴레를 과감하게 타파하고 나선 작가가 바로 연암이다.

3. 연암의 휴머니스트(humanist) 정신

조선왕조의 중세적 권위에 대한 연암의 저항정신은 주로 그의 소설 작품에 구현되어 있다. 그의 소설은 모두 12편, 이 가운데 〈역학대도전易學大盜傳〉과 〈봉산학자전鳳山學者傳〉은 내용이 유실遺失되었고, 〈호질〉의 경우 그 창작 여부가 불확실함은 주지하는 바다.(이가원李家源은 연암의 창작으로 단정했다) 그런데 적어도 그의 소설을 통해 보는 한 그의 저항정신은 초·중·만년을 시종 일관했다. 20대 전후에서 창작된 초기 9편(〈마장전馬駔傳〉, 〈예덕선생전穢德先生傳〉, 〈민옹전閔翁傳〉, 〈양반전兩班傳〉, 〈김신선전金神仙傳〉, 〈광문자전廣文者傳〉, 〈우상전虞裳傳〉, 〈역학대도전〉, 〈봉산학자전〉)은 그의 아들 종간宗侃의 기록에 따르면, 연암 자신 초년의 습작임을 전제하고 불에 태워버리라고 명한 적이 있었다 하나, 그러나 이 초기 작품에 이미 저항정신이 강력하게 발현되고 있고, 이것은 그의 40대에 지은 〈허생許生〉에서나 50대에 지은 〈열녀함양박씨전(서)烈女咸陽朴氏傳(序)〉에서도 변함이 없어, 저항정신을 연암 문학의 일관된 사상적 기조로 파악할 수 있는 근거를 확고하게 제시해 주고 있다.

그런데 중요한 것은 연암의 저항정신이 출발하는 거점을 무엇으로 볼 것인가가 문제일 것이다. 이것을 필자는 근대적인 휴머니스트 정신과 민족의식의 자각으로 제시하려는 것이다. 특히 휴머니스트 정신은 그의 저항정신의 제일의적第一義的인 거점으로서, 일반적으로 말하는 서구적인 의미의 근대 휴머니스트 정신과는, 원죄관에 바탕을 둔 기독교와 성선관에 바탕을 둔 유학이라는 그 발생의 선행여건先行與件으로서의 사상사적 내용과 역사적 배경이 서로 달랐던 만큼 반드시 일치할 수는 없으며, 또 일치되기를 기대할 필요도 없다. 그러나 다 같이 '인간성의 긍정'이라는 점에서는 공통됨이 틀림없다. 연암의 '인간성 긍정'은 그가 50대에 지은 〈열녀함양박씨전(서)〉과 초기작인 〈광문자전〉에서 인간의 정욕 문제를 통해 단적으로 드러나고 있다.

> 무릇 사람의 혈기는 음양陰陽에 뿌리박고 있고 정욕은 혈기에 엉켜 있다. 상사想思는 유독幽獨한 가운데 생겨나고 상비傷悲는 상사로 말미암는다. 과부란 유독에 처해 있어 상비가 극에 이른 사람이다. 혈기가 때로 왕성한 만큼 어찌 과부라고 해서 정욕이 없겠는가. 깜박거리는 등불은 외로운 그림자를 가련히 여기는 듯 홀로 지내는 밤이 더디 지새는데, 게다가 처마 끝에 빗물지는 소리 들려오거나 달빛이 창문에 흘러들거나, 또는 뜨락에 한 잎 낙엽이 날아 떨어지고 외로운 기러기 하늘을 울며 가는데 먼 곳의 닭 우는 소리도 들려오지 않고 어린 종년은 코나 골며 자기나 할라치면 경경耿耿히 잠 못 이루는 괴로운 속마음을 누구에게 하소하랴.4)

---

4) 朴趾源, 〈烈女咸陽朴氏傳序〉, 《燕巖集》 권1, "大抵人之血氣根於陰陽, 情欲鍾於血氣. 思想生於幽獨, 傷悲因於思想. 寡婦者, 幽獨之處而傷悲之至也. 血氣有時而旺, 則寧或寡婦而無情哉. 殘燈弔影, 獨夜難曉. 若復簷雨淋鈴, 窓月流素, 一葉飄庭, 隻雁叫天, 遠鷄無響, 穉婢牢鼾, 耿耿不寐, 訴誰苦衷?"

이 대목은 연암이 조선사회에서 너무나 당연시되어 온 과부의 수절守節과 순사殉死의 부자연함을 내비치고 나서, 한 수절 과부가 아들에게 고백하는 형식으로 표명한 것의 일부다. 이 인간의 감정과 본능적 욕구에 대한 연암의 태도에서 그의 인간성 긍정의 일면을 확인할 수 있는데, '인욕人慾을 막고 천리天理를 보존해야 한다遏人慾, 存天理'는 것을 지상의 과제로 삼아온 주자학에 따라 조선사회에서 가장 금기시되어 온, 또는 위선적으로 은폐시켜 온 문제를 과감하게 천명했다는 데서 그것은 비인간적인 권위에 대한 저항의 자세다. 그의 초기작의 하나인 〈광문자전〉에서 마흔 살이 넘도록 장가를 못 간 추남醜男 광문廣文으로 하여금 주위의 결혼 권유에, "미색美色은 뭇사람들이 즐기는 바다. 그러나 이런 감정은 남자에게만 있는 것이 아니라 여자도 또한 마찬가지다" 하고 답변하게 한 것도 앞의 경우와 동일한 논법으로 설명될 수 있다. 조선사회에서 남녀의 결합이 어떤 식으로 행해졌는지를 익히 알고 있는 우리로서는, 남녀의 동등한 감정적 만족을 인정한 연암의 이 편언片言을 범연히 보아 넘길 수 없음이 사실이다.

연암의 근대적인 휴머니스트 정신에서 위와 같은 인간 일반의 내적內的 자연自然에 대한 긍정도 중요하지만 더 강조된 측면은 명분론과 차별 질서관에 따라 인간으로서의 가치가 인정되지 않거나, 인정된다 하더라도 매우 소극적이었던 하층계급의 인간군人間群에 대한 적극적인 '인간 긍정'이다. 이 점은 무엇보다 그의 초기 소설에 등장하는 인물의 설정과 그들에 대한 그의 작가적 태도에서 확신할 수 있다. 알려져 있는 바와 같이 〈마장전〉의 조탑타趙閣拖 · 송욱宋旭 · 장덕홍張德弘은 서울 시가를 떠도는 걸식패 · 소리패였고, 〈예덕선생전〉의 엄항수嚴行首는 왕십리 · 살곳이 등지의 근교 농작물 재배지에 똥 · 거름을 져 나르는 역부였고, 〈광문자전〉의 광문은 종로 시가의 거지 패두牌頭로, 약포藥鋪 고용인으로, 기방妓房의 모가비로 전전하던 신분이었다. 〈양반전〉의 천부賤富, 〈봉산학자전〉의 농부(내용은 유실되었으나 《방경각외전放璃閣外傳》의 자서自序에 따라서 그 인물의 신분과 주제를 알 수 있다) 등, 이들은 한결같이 조선사회의 차별질서관과 명분론의 권위로 말미암아 인간시 되기를 거부당한 신분층의 인간군이다. 그의 40대 역작 〈허생〉에 등장하는 변산邊山 군도群盜 역시 이 초기 작품의 인물과 같은 범주의 인간군이다. 그런데 연암은 구태여 이들을 그의 소설의 인물로 설정하고, 현재적顯在的이든 잠재적潛在的이든 주로 양반계층과 대조하는 시점에서 그들 세계에 대한 인간적인 애정을 바탕으로 하여 그들의 인간성의 진실성을 부각시키는 방향으로 작품을 처리하고 있다. 이 점은 인간의 내적 자연에 대한 연암의 긍정적 태도와 밀접한 관계를 맺고 있다. 왜냐하면 연암이 굳이 그런 인물들을 즐겨 설정하고 애정을 부여한 것은 필경 인仁·의義·예禮·지智의 덕목을 따지고 '인욕을 막고 천리를 보존해야 한다'를 목표로 희喜·노怒·애哀·낙樂·애愛·오惡·욕欲의 칠정七情을 억제하기에 안간힘 쓰는 인위적인 군자형을 배제하고, 생명력이 깃든 자연 그대로의 인간성을 깊이 긍정하고 받아들였기 때문이겠다.

이런 의미에서 보자면, 세 걸식패가 광통교廣通橋 위에서 만나 인간의 '교도交道'를 논하고 나서, 차라리 인간을 사귀지 않았으면 않았지 '군자지교君子之交'는 못하겠다고 선언하고 서로 의관衣冠을 찢어버리고 얼굴에 때를 칠하고 머리를 헝클어뜨려 새끼 띠를 두르고 거리에서 노래를 불렀다는 〈마장전〉의 결말은 매우 상징성을 띠고 있다.

연암 소설에 등장하는 인물들은 대체로 당시 실존하던 인물들을 모델로 삼은 경우가 많은데, 이런 점을 들어 단순히 사회사적인 견지에서 중세 봉건적 체제의 붕괴과정에서 일어나는 신분이동 현상의 한 상징적 반영에 불과할 뿐이라는 견해로서 소극적으로 평가하려는 태도가 있을지 모르고, 있다고 하더라도 그 견해가 결코 부당한 것은 아니다. 그러나 《춘향전春香傳》, 《흥부전興夫傳》 등 불과 몇 편을 제외하고는 《구운몽九雲夢》

을 비롯한 대부분의 소설들이 여전히 귀족지배층의 세계를 근본적으로 긍정하는 태도에서 문제 삼은 데 대해, 반남潘南 박씨朴氏라는 조선의 현벌顯閥(연암 자신이 〈합천화양동병사기陜川華陽洞丙舍記〉에서 세상의 이른바 ‘화주현벌華冑顯閥’로서는 반드시 먼저 반남 박씨를 추거推擧한다고 한 적이 있다) 출신의 작가로서 굳이 인간 이하로 천대 받던 계층의 인물들을 설정했다는 연암의 작가의식과, 그들에 대한 인간적 애정이 바탕이 된 작품처리의 방향은 여전히 문제로 남을 것이다. 바로 이 점에 연암의 근대적인 휴머니스트 정신이 약여躍如하게 드러나 있다.

이와 같이 연암의 사상적 기저—그 제일의적인 기저를 근대적인 휴머니스트 정신으로 파악하고 나면 그의 봉건적 계급의식을 무너뜨리려는 의지라든가, 양반사회의 허위와 부패의 폭로·공격·풍자라든가, 일련의 저항 전개는 필연의 논리로 받아들여진다. 그래서 그는 그의 유명한 〈의청소통소擬請疏通疏〉에서 서얼의 사회진출 문제를 이론적으로 정리 제시함으로써 명분론에 집착된 서얼의 신분적 해방을 주장했고, 〈예덕선생전〉에서 ‘세상의 명사名士·대부大夫들이 상종하기를 원하는’ 선귤자蟬橘子로 하여금 천인역부賤人役夫 엄항수를 ‘예덕선생’이란 아호로 존칭하며 교우하게 함으로써 인간성 앞에 계급의 무의미성을 구현시켰고, 〈양반전〉에서는 양반이란 계급 자체를 하나의 완롱물玩弄物로 전락시키는 일방, 당시 양반의 두 유형, 또는 동일인의 양면성—허위와 가식에 찬 일면(또는 한 부류)과 ‘도둑놈’적 일면(또는 한 부류)을 폭로하고 풍자했다. 〈마장전〉에서는 세勢·명名·이利를 둘러싼 양반사회의 추악상을 지적하고, 말 거간꾼이 흥정할 때 행하는 교변무쌍巧變無雙한 궤술詭術과 같은, 위선적인 ‘군자지교君子之交’를 배격했던 것이다.

그리고 진출 의지를 좌절당한 민옹閔翁이 주인공인 〈민옹전〉, 역관譯官 이언진李彦瑱이 주인공인 〈우상전〉, 허위에 찬 양반이 주인공으로 보이는 〈역학대도전〉 등의 작품들도 그의 휴머니스트 정신을 발판으로 한 저항의 전개라는 문맥 위에서 이해해야 할 것이다.

따라서 연암의 저항적 기본위치를 단순히 조선 후기의 정치권력구조(벌열의 정치권력 독점과 이에 따른 실세층失勢層과의 정치 세력의 관계)나 선진 물질문명을 목표로 한 개화운동(주로 청淸나라의 물질문명을 본뜨려는 북학北學운동)이라는 맥락 위에서 파악할 것이 아니라, 중세적 권위의 비인간적인 압제에 대한 근대적인 휴머니스트로서의 도전이라는 문맥 위에서 파악해야 한다고 보며, 이렇게 함으로써만 연암사상의 구조적 맥락을 올바르게 파악할 수 있고 그의 진면모를 드러낼 수 있다고 본다. 지배권력의 부조리에 대한 저항이나 '이용利用·후생厚生'이라는 문명 개발에 대한 의지도 그의 근대적인 휴머니스트 정신이라는 기본 명제에 따라 연역될 이차적인 성질의 것이다.

4. 연암의 민족의식

다음으로 민족의식의 자각이다. 우리 역사에서 민족의식의 자각은 중국을 대상으로 한 사대주의, 바꾸어 말하면 모화주의慕華主義와의 대결이 기본적인 출발점일 수밖에 없었다. 이런 점에서 봉건적 명분론에서건, 퇴영적退嬰的인 자비의식自卑意識에서건 모화주의의 완고한 권위가 장악하고 있는 상황에 연암의 민족의식의 자각은 자각 그 자체가 이미 치열한 하나의 저항이 아닐 수 없다.

이 점은 그의 《열하일기熱河日記》를 가리켜 '되놈의 연호年號를 쓴 원고(노호지고虜號之藁)'라고 비난이 집중된 사실과, 이 비난에 대한 연암의 항변(〈답이중존서答李仲存書〉에 보임)에서도 단적으로 알 수 있다.

그의 민족의식의 자각은 우선 문학적 처지에서의 자각, 바꾸어 말하면 '문학의식의 민족적 자각'을 주목하지 않을 수 없다. 그는 이덕무李德懋의 시고詩稿에 써 준 〈영처고서嬰處稿序〉에서 다음과 같이 자신의 견해를 확고하게 밝힌 바 있다.

> 지금 무관懋官(李德懋)은 조선 사람이다. 산천과 풍기風氣로는 지리가 중국과 다르고 언어言語와 풍속으로는 시대가 한漢·당唐이 아니다. 만약 중국의 문장법을 본받고 한·당의 문체를 도습蹈襲한다면 우리는 한갓 문장법이 고상하면 할수록 뜻은 기실 비루하게 되고, 문체가 한·당과 근사하면 할수록 말은 더욱 거짓이 되는 현상만 볼 뿐이다. 우리나라가 비록 치우쳐 있기는 하나 나라가 그래도 천승국千乘國이며, 신라·고려가 비록 검박하기는 하나 민간에는 좋은 풍속이 많다. 그래서 국어를 한문으로 쓰고 민요를 운율로 하면 자연스럽게 문장이 이루어지고 진실이 발현될 것이다. 이전 것의 도습을 일삼지 않고 남의 것을 빌려 쓰지 않고서 현재現在하는 것들을 조용히 접하고 눈앞에 쫙 벌려 있는 사물들에 대해 시를 지을 것이다.[5]

그가 작품활동 초기부터 소설에서는 인물을 모두 개성 있는 조선인으로 택하고, 무대를 조선의 구체적인 지역으로 설정하고, 소설 외 여타 작품에까지 걸쳐 조선의 속담과 상투어와 골계滑稽와 은어隱語를 거리낌 없이 도입했을 뿐만 아니라, 전체적으로 그의 수사의식修辭意識 내지 문장감각이 한국적인 취향을 띠게 된 것은 위와 같은 그의 평소 주장의 의식적인 실현에 따른 것으로, 여기에서 그의 작품이 조선적인 에토스를 짙게 함유하게 되었으며, 특히 그의 소설이 한국 고전소설로서 강렬한 리얼리티를 획득하게 된 것이다.

여기에는 물론 그가 출신계층이 상류 양반층이었으면서도 서민의 세

---

5) 朴趾源, 〈嬰處稿序〉, 《燕巖集》 권7, "今懋官, 朝鮮人也. 山川風氣, 地異中華 ; 言語謠俗, 世非漢唐. 若乃效法於中華, 襲體於漢唐, 則吾徒見其法益高而意實卑, 體益似而言益僞耳. 左海雖僻, 國亦千乘 ; 麗羅雖儉, 民多美俗, 則字其方言, 韻其民謠, 自然成章, 眞機發現. 不事沿襲,, 無相假貸, 從容現在, 卽事森羅."

계에 뛰어들어가 이를 깊이 통찰·이해하고 자신의 의식세계에 서민 세계의 어떤 면을 도입해 온 것이 주요한 원인의 일부로 작용했고, 이 점이 그의 산문으로 하여금 더 사실적이고 근대성향을 갖게 한 것도 틀림없는 사실이다. 이러한 그의 문학적 태도는, 이미 낡은 투식으로 전락해 버린 정통 고문 그 자체와, 여전히 이를 숭상하고 있는 완강한 모화주의 세력과 대결이었고, 종국에는 정조正祖의 규제가 가해졌던 것이다.

여기서 한 가지 검토하고 넘어갈 문제는 연암이 만년에 그의 족손族孫 홍수弘壽에게 답한 편지에서, 자기는 평생 국문은 한 자도 모르고 지냈노라고 고백한 일이 있다. 더 자세히 고구해 보아야 할 문제지만, 연암이 당시 그 흔한 경서언해經書諺解 한 권도 접하지 않았을 리 없고 보면, 아마도 이것은 내간內簡의 흘림체를 잘 못 알아본다는 뜻이 아닐까 한다.

연암의 이 고백에 접할 때 우리는 매우 아이러니컬한 느낌을 갖게 되지만, 그러나 이 사실이 연암의 민족의식을 부인하는 증거로 채택되기에는 그의 문학의 질質이 너무나 조선적이고, 이것은 우연의 소산이 아니라 위에 예시한 대로 확고한 견해 아래 의식적인 노력의 결과라는 사실 앞에서는 그 부인하는 증거력이 너무나 미약하다. 다만 그가 한글에 대해 무관심했다는 것은 그 자신도 미처 의식하지 못했던, 그에게 주어진 역사적 시대적인 한 제약임은 어쩔 수 없는 사실이다.

연암의 민족의식의 다른 한 측면은, 민족의 생활 현실의 비문명적인 상태를 냉엄하게 직시 비판하고, 이의 개혁을 주장하면서 민족에 대한 깊은 애정을 보여준 데 있다. 그 비판이 주로 청나라 선진 문명과 대비에서 행해지고 그것을 배워 오자고 한 데서 북학파北學派로서 연암의 태도가 성립된 것이다.

　다시 책문柵門 밖에 와서 책문 안을 바라보니 민가들이 모두 오량五樑(건축 구조의 한 가지)으로 높이 솟아 있고 이엉으로 집을 이었으나 용마루가 높직하고 문호門戶가 정제되어 있다. 길거리는 쭉 곧아 양쪽 가는 마치 먹줄을 친 듯하고 담장은 모두 벽돌로 쌓았으며 사람 탄 수레와 짐 실은 수레들이 종횡으로 거리를 오갔다. 진열해 둔 기명器皿들도 모두 그림이 그려진 자기들이었다. 어디로 보나 그 제도가 시골티라고는 조금도 없었다. 앞서 나의 친구 홍덕보洪德保(대용大容)가 '그 규모는 크나 마음 쓰는 법은 세밀하다'고 말하더니, 책문은 중국의 동쪽 끝 변두리임에도 오히려 이와 같기에 앞으로 갈수록 더 번화한 것을 보게 될 걸 생각하니 갑자기 풀이 죽고 곧바로 여기서 되돌아갈까보다 하는 생각이 들며 나도 모르게 화가 치밀었다.6)

요동 책문柵門 안의 '문명된 상태'를 바라보고 술회한 이 일단의 그의 심경에 단적으로 드러나 있는 바지만, 그의 북학파로서의 출발점은 일차적으로 민족의식이다. 그가 때로 냉혹하리만치 자국의 약점을 공격한 것은 단순한 자비自卑의식이나 자학의식에서가 아니라 차원 높은 애정을 바탕으로 하고 있었으며, 그러기에 줄기찬 개혁에 대한 집념을 아울러 보여준 것이다.

북학파로서의 연암의 사상적 거점에는 민족의식뿐만 아니라 그의 휴머니스트 정신이 중요한 일부로 가담해 있음을 간과해서는 안 될 것이다. 이것은 그의 '이용利用·후생厚生'의 발상이 무엇보다 수탈경제체제收奪經濟體制에 따라 몰염치하게 생활을 누리고 있는 일부 상류계급과 달리 비문명적인 상태에 버려져 있는 하층 민중을 항상 염두에 두고 있었던 정신적 자세에서만 가능하겠기 때문이다.

이런 점에서 그가 《열하일기》에서 중국의 장관壯觀이 누구나 말하는 것처럼 요동천리대야遼東千里大野·구요동백탑舊遼東白塔·계문연수薊門烟

---

6) 朴趾源, 〈渡江錄〉, 《熱河日記》, '至柵外, 望見柵內, 閭閻皆高起五樑, 笘草覆蓋, 而屋脊穹崇, 門戶整齊. 街術平直, 而沿若引繩然, 墻垣皆甎築, 乘車及載車, 縱橫道中. 擺列器皿, 皆畫瓷已 ; 見其制度, 絶無邨野氣. 往者洪友德保. 嘗言 : 大規模, 細心法. 柵門天下之東盡頭, 猶尙如此, 前道遊覽, 忽然意沮, 直欲自此徑還, 不覺腹背沸烘."

樹·노구교蘆構橋·각산사角山寺·망해정望海亭·서산누대西山樓臺 따위
에 있는 것이 아니라 '와력瓦礫'과 '분양糞壤'에 있다고 설파한 것은 매우
상징적이고도 함축 있는 시사점을 던져 준다.

북학파로서 그의 사상적 거점은 한마디로 민족의식과 휴머니스트 정
신이 만나는 지점이라고 하겠다. 이러한 사상적 태도에서 연암은 북벌파
에 대한 공격을 감행했다. 그러나 연암이 북벌파의 전부를 부정 배격한
것은 아닌 것 같다.

북벌론은 대체로 ① 민족적 설치雪恥의 이념 ② 모화慕華·사대주의事
大主義 ③ 이러한 이념의 정치적 이용이라는 세 가지 측면이 있었다고 보
는 것이 옳을 것 같은데, 연암이 공격한 것은 주로 뒤의 두 가지였다고
생각된다.

〈허생許生〉에서 허생이 이완李浣에게 '와룡선생臥龍先生'을 천거할 테니
삼고초려三顧草廬 하겠느냐고 따진 것과, '훈척권귀勳戚權貴'의 호화주택을
빼앗아 명明나라 망명객들을 살게 할 용의가 있느냐고 따진 것이 바로 북
벌론의 정치적 이용에 따른 정권의 폐쇄적인 독점과, 여기에서 재래齋來
된 부패를 공격한 것이라 보며, 그들의 존명尊明·모화주의慕華主義에 대
한 공격은 《열하일기》의 〈일신수필馹汛隨筆〉 등에 잘 나타나 있다.

북벌론은 척화론의 정통계승자로, 그 원초적인 소유래所由來가 삼전도
三田渡의 치욕과 효종 자신(효종 자신은 자연인으로서의 개인이 아니라 당
시로서는 민족을 상징하는 위치에 있는 한 존재다)의 인질로서의 수모에 있
었다는 점을 고려할 때, 부정 일변도로만 볼 것이 아니며, 연암도 그것의
민족적 설치雪恥의 측면까지 부정한 것 같지는 않다. 이 점은 연암이 김
상헌金尙憲의 절의를 '해·달과 빛을 다툰다'고 표현하고, "청음淸陰 두
글자를 들을 때마다 미상불 머리끝이 동하고 혈맥이 뛴다"7)고 술회한 점

---

7) 朴趾源, 〈銅蘭涉筆〉, 《熱河日記》, '余每聞淸陰二字, 未嘗不髮動脈跳."

에서 시사를 얻을 수 있다.

그러나 연암이 뒷날의 북벌론자, 집권세력으로서 그들의 부조리에 대해 근본적으로 대결의 자세로 임했던 것만은 틀림없다.

5. 연암사상燕巖思想의 구조적 맥락

이상으로써 사상이라는 시각에서 연암과 그 문학의 어떤 근간根幹과 맥락을 체계적으로 잡아보려 했다. 그 결과 연암문학의 사상적 지평이 조선왕조의 중세적 권위와 그 부조리에 대한 대결과 저항의 위치에 열려 있고, 이 저항정신의 거점으로서 근대적인 휴머니스트 정신과 민족의식의 자각이라는 두 가지를 정립하여, 여기에서 인간의 내적 자연의 긍정, 하천下賤 계급에 대한 인간 긍정, 봉건적 계급의식에 대한 도전, 지배층 양반사회의 허위와 부패의 폭로·풍자, 문학의 민족적 개인적 독창성의 옹호, 민족·민중 생활의 문명화 주장, 중국을 받드는 사대事大세력의 배격 등 일련의 저항이 수행되었음을 제시했다. 따라서 연암은 중세 후기에 최초로 등장한 위대한 근대적인 휴머니스트고, 그 문학은 근본적으로 저항문학임을 논정한다.

밝혀 두고자 하는 것은, 본고는 필자의 처지에서 보자면, 연암연구를 위한 하나의 서설적序說的 시론試論으로서 미정고未定稿라는 점이다. 여기에서 제시된 가설과 여타 많은 문제들(아직도 많은 문제가 있다)의 리서치를 하나의 주요 과제로 삼고 있다. 단, 연암의 어느 면을 긍정하기 위해 조선왕조의 어떤 면을 부당하게 부정하거나 왜곡시키는 우愚는 범하지 않을 것이다. (《文學思想》 5, 1973년 2월호)

<h1 style="text-align:center">연암사상燕巖思想의 이념적 범주와
반주자주의성反朱子主義性</h1>

1. 머리말

실학實學에 관한 연구가 단순히 조선 후기라는 특정 시대의 '시무학時務學' 차원에만 머물 수는 없다. 여러 실학자들의 갖가지 현실대응책들을 소상히 밝혀내는 작업은 물론 기본적으로 필요하다. 그러나 궁극적으로는 그 대응책들의 이념적 근거들을 구명해 내고, 그것들의 사상사적 문맥에서 이해와 심화가 뒤따라야 할 것이다. 이러한 작업이 수반되지 않을 때 실학의 가치나 의의는 단순히 조선 후기라는 특정 시대에 국한되는 당대성當代性에 머물고 말 뿐, 우리에게서 자생한 주체적 사상으로서 그 역사상의 이월가치나 의의를 획득하지 못할 것이기 때문이다.

이러한 지적은 연암燕巖 박지원朴趾源에게도 그대로 해당된다. 연암에 관해서는 그동안 여러 연구자들에 따라 수많은 논고가 발표되었고,1) 그 가운데는 연암의 어떤 핵심부에 개절剴切하게 도달된 성과들도 여럿 있

---

1) 연암에 관한 연구로는 필자가 현재까지 파악하고 있는 바로는, 국내외에서 대략 30인에 가까운 연구자 또는 부분적으로 관심 있는 사람에 의하여 한 권의 방대한 저서(李家源 교수의 《燕巖小說研究》)와 40편에 가까운 논문 또는 논설들이 발표되었다(이 논문이 씌어지던 1975년 당시).

다. 그러나 연암에 대한 사상적인 이해가 총체적으로 어느 정도에 도달했는가에 대한 물음에는 아직도 만족할 만한 대답을 할 수 있는 단계는 결코 아니다. 사상이라는 개념이 아무리 포괄성을 띤 것이라 하더라도 연암이 취한 현실대응의 그 잡다한 디테일들을 가리켜 곧바로 그의 사상이라 부르는 것은 곤란하다. 결국 그 디테일들의 소종래所從來인 이념적인 근거, 사상적인 범주를 천착하고 설정할 필요가 있으며, 이렇게 함으로써 그의 사상으로 하여금 가치이월성을 획득하게 해야 할 것이다. 이 논문은 바로 이러한 문제의식에서 기필起筆된 것이다.

2. 연암사상과 주자주의朱子主義

조선왕조의 전통적인, 그리고 지배적인 사상의 문맥 위에 놓고 볼 때 연암 박지원은 확실히 반명제적反命題的인 사상의 소유자다. 조선왕조 일대를 일관해 온 지배적인 사상체계는 알다시피 주자학이다. 따라서 조선시대의 개별 사상가가 가진 사상사적 성격이나 역사적 의미의 파악은 직접적이든 간접적이든 주자주의(주자학 자체와 그것의 수용·운용 면을 통합한 개념으로 사용함)와 갖는 관계를 떠나서는 가능하지 않다. 이런 관점에서 연암사상이 갖는 그 관계는 반주자주의적反朱子主義的이란 말이고, 바로 여기에 연암사상다운 점이 있다.[2]

---

2) 연암의 사상이 주자주의자와 대립적이라는 견해는 李佑成 교수가 일찍이 그의 〈實學派의 文學 —朴燕巖의 경우〉(《국어국문학》 통권 16호, 1957)와 〈燕巖集 解題〉(《燕巖集》, 影印本, 경희출판사, 1966)에서 표명한 바 있었다. 필자의 관점은 원칙적으로 李교수와 합치한다. 이 관점을 한층 본격적이고 강화된 형태로 지니면서 연암의 사상을 몇 가지 이념적 범주로 정립하고자 하는 것이 이 논문의 의도다. 따라서 이 논문에서 연암사상의 반주자주의성이 더 구체적으로 논증되고 그 이해가 발전적으로 심화되기를 기대한다.

1) 조선 후기 주자주의의 부정적 기능

주자학은 주지하듯이 여말麗末 신흥사대부新興士大夫 계층에 의해 수용 신봉된, 당시로서는 매우 현실성을 띤 사상체계였다. 특히 불교와 상대적인 면에서는 더욱 그러했다. 그리하여 주자학은 고려사회에 전개해 온 정신적 기조였던, 그리고 이미 광범하게 타락해 있던 불교에 대해 참신하고도 강력한 반명제로 등장했다. 사대부 계층의 사회적 정치적 성장과 함께 역사에 대한 기능력機能力도 강화 확대되어 갔다. 그래서 역시 신흥 군벌인 이성계李成桂 일파의 실력과 결합됨으로써 마침내 조선왕조의 성립을 가져 왔다. 말하자면 역사의 질적 전환의 에너지로 훌륭히 공헌했던 것이다. 자연스러운 추세로 조선왕조의 성립과 함께 주자학은 국가적인 교학敎學으로 정립되었다.

이에 따라 그것의 한국적 수용과 발전도 심화되어가 조선조 중기, 즉 16세기에 이르러 학문적 성과에서나 현실적 효능에서 최고조에 이르렀다. 모두 이 시기에 상계相繼해서 나온 정암靜庵 · 화담花潭 · 회재晦齋 · 퇴계退溪 · 율곡栗谷 같은 거벽巨擘들의 학문적 현실적 업적들이 그것이다. 주자학의 수용을 계기로 이룩된 이들 한국의 이기론理氣論 · 심성론心性論의 학문적 업적과, 이에서 분비된 현실적 업적들은 분명히 우리 민족의 문화적 정신적인 위대한 전거典據로 남을 것이 틀림없다. 그 긍정적 측면의 발전적 계승 문제도 실로 진지하게 모색되어야 할 것이다.

주자학 수용의 긍정적 기능, 그 역사에 대한 실질적 사명은 16세기를 최고조기로 하여 사실상 일단락되었다고 볼 것이다. 그 뒤로는 역사에서 그 긍정적 실질적 구실의 하강下降과 그 부정적 작용의 상대적인 상승 추세에 놓였던 것이다. 이러한 추세는 다음 두 가지 측면으로 갈라 볼 수 있다. 즉 조선왕조 봉건사회의 해체 과정에 따른 주자학 자체의 상대적인 비현실성화 측면과, 정치권력에 결부되고 봉건체제의 이완弛緩을 저지하기 위한 수용이나 운용에서 교조적 권위주의 구축 측면이 그것이다. 전자는 임진·병자의 양란兩亂이라는 거대한 변수의 충격에 따라 매우 급격히 드러났고, 후자는 16세기 이후 몇 차례의 정변을 계기로 등장한 소수 집권집단인 '벌열閥閱'에 따라 주도되었다.

임란壬亂 전에 이미 봉건 조선왕조 사회는 그 내부적 모순이 점차 드러나고 변화가 태동하기 시작했지만, 양란의 충격으로 말미암아 그것들은 급격히 확산·증대되기에 이르렀다. 여기에 주자학은 그 현실대응력에 한계를 드러내기 시작했다. 바꾸어 말하면 사회현실이 이미 종래의 그 주자학으로는 대처할 수 없는 그런 상황이었던 것이다. 잘 알려져 있듯이, 이에 대한 현실적 요구로 일어난 것이 오늘날 우리가 '실학實學'이라 부르는 일련의 사상체계다. 그러나 이 실학이 과연 주자학의 발전적 재생산이냐에 대한 대답은 다소 회의적이거니와, 범칭汎稱 실학의 체계도 그 패턴이 단순하지 않으므로 획일적인 대답은 가능하지 않다. 혹시 성호星湖를 매개축으로 하는 계열(앞으로 반계磻溪로부터 뒤로 다산茶山에 이르기까지)의 사상에 그 맥락의 연결성이 인정될지 모르나, 설령 그렇다 하더라도 그들의 사상 성격은 주자학의 연장선 위에 놓여 있는 것이 아니라 그것과는 다른 차원의 전개로 볼 수밖에 없다. 따라서 그들과 동시대에 여전히 현실적으로 완강한 세력으로 있어 온 주자주의자들의 사상과는 그 분계가 자재自在한 것이다.

다음으로 그 수용·운용에서 교조적 권위주의 구축의 역작용은 우리 근대사 전개의 험난함과 관련해서 특히 주목을 요하는 문제다. 주자주의는 물론 중세 동아시아 사회에서 하나의 보편주의를 형성하다시피 했다. 여기에 조선사회의 경우는 그 사상적 지배형태가 어느 사회보다 높은 독점성을 띠었던 것인데,3) 특히 17세기 이후 벌열정치閥閱政治의 등장과 함

---

3) 張維, 《谿谷漫筆》 권1, 장24, "中國에는 학술이 多岐해서 正學(儒學을 가리킴)이 있고 禪學(佛學을 가리킴)이 있고 丹學(道敎를 가리킴)이 있다. 程·朱를 배우는 사람도 있고,

께 그 교조성이 크게 강화되었다. 인조 계해반정癸亥反正과 숙종 경신대출 척庚申大黜陟이라는 양대 정변을 계기로 진행된 사대부 계급의 계층분화의 결과로, 세습적 독점적 특수 집권층으로 조선 후기 정치사회에서 권력구 조의 고탑적高塔的 융기를 이룩한 '벌열'집단이 대두되었다.4) 여기에 주자 학은 그 정치권력의 후견자로, 권위원權威源으로 음험하게 이용되면서 교 조적 권위주의가 위압적으로 구축되었던 것이다.5) 주자학의 이런 정략적 이용의 가장 조작적인 형태는 집권세력이 당세에 명망이 높다고 인정되 는 이른바 '산림山林(도학자)'을 추대하여 자기 정권의 후견자 또는 권위원

陸氏(陸九淵)를 배우는 사람도 있어 門徑이 획일적이지 않다. 그런데 우리나라에는 유식 자, 무식자 할 것 없이 책을 끼고 독서하는 자는 모두 程·朱를 칭도하고 외울 뿐 다른 학문이 있다는 것은 듣지 못했다(中國, 學術多岐, 有正學焉, 有禪學焉, 有丹學焉. 有學 程朱者, 有學陸氏者, 門徑不一. 而我國則無論有識無識, 挾筴讀書者, 皆稱誦程朱, 未聞 有他學焉)."

4) 李佑成, 〈實學研究 序說〉, 《문화비평》 제2권, 3·4합집, 1970, 499쪽.

5), 6) ㉠ 李建昌, 《黨議通略》(서울 : 朝鮮光文會), 18쪽. "세상에 전하는 바에 의하면, 反 正初 勳臣들의 會盟에 密約 두 가지가 있었으니, 國婚을 놓치지 말자는 것과 山林(도학 자)을 숭용하자는 것이 그것이라 한다. 이는 자기들의 세력을 공고히 하고 名實을 거두 자는 것이다(世傳, 反正初, 勳臣會盟, 有密約二事, 曰無失國婚, 曰崇用山林, 所以固形 勢而收名實也)." ㉡ 丁若鏞, 〈五學論〉, 《與猶堂全書 第一集》 권11(경인문화사, 1970) 제1책, 231쪽. "今俗의 학문에 沈淪하면서 朱子를 이끌어 스스로를 보위하는 자들은 모 두 주자를 誣辱하는 것이다(沈淪乎今俗之學, 而援朱子以自衛者, 皆誣朱子也)." ㉢ 黃 玹, 《梅泉野錄》 권1 하(甲午以前 ; 국사편찬위원회, 1971), 12쪽. "光海朝에 李爾瞻이 집권하자 鄭仁弘을 기용하여 三公의 列에 앉혀 두고는 큰 일이 있을 때마다 표리로 서 로 어울려, 儒賢의 論이라 빙자하고 마음대로 했다. 이때부터 정권을 잡는 자들이 이를 따라서 朝廷의 판세가 한 번 바뀌면 문득 林下의 一人을 추대하여 領袖로 삼았다. 정권 을 잡은 자들의 賢奸은 비록 같지는 않으나 한결같이 山林(道學者)에 구실을 대지 않는 자가 없었다. 雲峴(大院君)이 정권을 잡자 오직 자기에게만 그런 山林이 없음을 부끄럽 게 여겼다. 그런데 마침 蘗溪 李恒老와 蘆沙 奇正鎭이 洋擾를 계기로 斥邪를 주장했는 데, 벽계는 더욱 꿋꿋하여 당시 사람들이 백년래의 第一名流라 일컬었다. 항로와 정진은 모두 亞卿의 지위에까지 뛰어올랐다(光海朝, 李爾瞻用事, 起鄭仁弘, 列之三公. 每大事, 表裏相和, 憑藉儒賢之論, 以行其胸臆. 自是以來, 當局者踵之. 朝局一變, 輒推林下一 人, 以爲領袖. 雖賢奸不同, 未有不瞻口山林者. 至雲峴秉政, 恥獨無之. 會李蘗溪恒老, 奇蘆沙正鎭, 因洋擾, 抗議斥邪. 蘗溪尤侃侃, 時稱 : '百年以來第一名流'. 恒老·正鎭, 俱驟擢至亞卿)." ㉣ 李佑成, 〈실학의 사회관과 한문학〉, 《한국사상대계1 — 문학예술 편》(성균관대 대동문화연구원, 1973), 152쪽 참조.

의 상징으로 내세우는 것이었다. 그 효시는 광해조光海朝 이이첨李爾瞻 일파의 집권 때 정인홍鄭仁弘을 추거한 데에 있으나, 인조반정 이후 그것은 더 책략성을 띠고 행해졌으며, 왕조 말까지 이어졌던 것이다.[6]

주자주의의 이와 같은 정치권력과의 결탁에 따른 교조적 권위주의화는, 곧 주자학의 교조화에 따른 국민 일반에 대한 정신적 압박과 지배, 그리고 그 생활을 통어統御하려는 기도를 의미한다. 유명한 '사문난적斯文亂賊'의 죄율罪律은 그 정신적 압박과 지배의 단적인 표현이다. 이리하여 조선 후기의 주자학 수용은 교조의 한계 안에 갇혀 지리멸렬한 관념 유희만을 끝없이 되풀이할 뿐이었다. 이 점은 적어도 16세기까지는 주자 학설의 비판적 수용에 따른 독창적인 이론의 제시가 가능했던 것[7]과는 크게 대조적이다. 그리고 그 생활면의 통어로 두드러지게 나타난 것은 주자의 예설禮說을 전거로 한 번문욕례煩文縟禮의 확대 재생산이다.[8] 조선 후기 학계의 하나의 특징으로 꼽는 이른바 예학禮學의 발달과 그 학파의 성립은 바로 이러한 현실 정치적 요청과 연결 지어 이해할 필요가 있다. 더구나 그 학파가 당시 집권세력 내부에서 성립되었다는 사실[9]은 그런 점에서 매우 시사적이다. 이 이자二者보다 훨씬 무거운 비중의 것으로 주자주의의 권위주의적 군림에 대한 정치면에서 극적 표현은 유명한 '존주대의尊周大義'라는 사대적 명분의 표방이다. 이것은 조선 후기 정치사

---

7) 花潭·栗谷의 理氣論이 朱子에 대해선 극히 독창적이라는 것은 널리 알려진 바이지만 그 첨예한 일례로 晦齋 李彦迪의 《大學章句補遺》를 들 수 있다. 이 저작은 주자가 힘들여 완성해 놓은 《대학장구》에 대해 회재의 자의대로 수정을 가한 것으로, 회재는 그 서문에서 "비록 晦庵(朱子)이 다시 살아난다 하더라도 역시 여기(자신의 학설)에서 취할 바가 있을 것이다"(雖晦庵復起, 亦或有取於斯矣)라고까지 했다.

8) 千寬宇, 〈韓國實學思想史〉, 《韓國文化史大系 IV — 宗教·哲學史》(고려대 민족문화연구소, 1970), 971쪽. "佛人外交官 쿠랑은 조선 후기 儒學을 분석하여, 권위의 원리에 의거, 번문욕례의 포로가 되어 있다고 한다. (중략) 당시의 학술·사상의 상황의 일면을 견문한 것이라고 볼 수도 있다."

9) 《家禮輯覽》 등을 저술하여 朝鮮禮學의 태두로 불려진 金長生을 비롯하여 그를 계승한 그의 아들 金集, 그리고 李縡 등은 모두 당시 집권세력의 내부 인사들이었다.

에서 최고위에 올려진 명제로, 역사에 대한 역기능은 심대했다. 주자학의 이러한 교조적 권위주의적 운용의 양태는 궁극적으로, 그리고 본질적으로 소수 집권층의 정권 보위와 봉건체제 자체의 붕괴 저지를 위한 완강한 보수의 노력 그것이었다.

주자학은, 다분히 전원적이고 정적靜的인 성격이 말해 주듯이, 본디 중세 중소지주계층의 철학이요 사상이다. 이를 처음으로 수용한 계층인 여말麗末의 신흥사대부들이 다름 아닌 중소 재향지주在鄕地主들이었다는 점10)도 물론 우연이 아니다. 조선조 사림士林들의 계층적 성분 또한 향토에 일정한 경제적 기반(토지)을 가진 전원적 지식인들이었음은 널리 알려진 바다. 그런데 16세기 이후에 대두한 정치 담당층인 벌열층은 사회적 성격으로 보아 이미 사림이 아니다. 그들은 '역사 무대에 새로이 형성·군림한 특수 귀족층'인 것이다. 그들은 정치권력을 세습했고, 사림이 향토 지향형임에 대하여 서울 지향의 부재지주형不在地主型이었으며, 생활의식에서는 부귀영화 지향형이었다. 벌열층 내의 한 사람이었던 서포西浦 김만중金萬重의 《구운몽九雲夢》이 그들의 의식세계를 단적으로 보여 주고 있다. 그리고 연암의 〈허생許生〉에는 그들의 호화주택이 문제로 등장하기도 했다. 이러한 계층에게, '거경居敬', '주정主靜'에 따른 수양을 실천적 본령으로 하는 주자학이 생리에 맞을 리가 없다. 그들은 정권과 체제의 보수保守를 위해 고식적으로 주자학을 이용했을 뿐이고, 이를 위해 일부 사림과 결탁했던 것이다. 말하자면 주자학의 본령에 대한 그들의 관계는 위선적인 것이다. 조선왕조 후기의 주자학의 수용·운용의 양태가 명분론·번문욕례 등 주자학의 외피적外皮的인 측면이 특히 강조된 것은, 바로 이 주자학의 본령에 대한 위선적인 관계에서 크게 원인한다고 보아야 할 것이고, 거꾸로 그것의 증거기도 한 것이다. 이런 점들에서

---

10) 李基白, 《韓國史新論》(一潮閣, 1968, 3版), 188~189쪽.

조선왕조에서 진정한 의미의 사림정치士林政治 또한 역시 16세기로써 종언을 고했다고 볼 것이다. 왕조 말 대외적 모순에 직면했을 때 위정척사衛正斥邪 정신이 보여준 빛나는 행동적 대응(여기에도 문제점이 없는 것은 아니나)의 한 국면을 제하고는, 16세기 이후 주자주의는 역사에서 줄곧 그 부정적인 작용이 증대일로에 있었고, 그것은 주로 벌열의 정치권력에 봉사함으로써 조장되었다.

2) 연암사상의 발생 여건

상부 지배층의 주자주의에 의한 보수적 압제에도 불구하고, 조선왕조 후기 하층 피지배 민중사회는 이미 그러한 사상적 압제에 순순히 습복慴服할 상태는 아니었다. 다시 말하면 왕조사회의 토대가 이미 주자주의가 계속 뿌리를 내리고 있을 수 있는 그런 토대는 아니었다는 말이다. 위에서 말한 바와 같이 봉건 조선왕조 사회는 임진·병자 양란 이전에 이미 그 모순이 드러나고 내재적인 변화의 징후가 나타나기 시작하다가 양차 전란이라는 변수의 충격으로 말미암아 급격히 확산, 증대되기에 이르렀다. 이 시기(17~19세기)에 관한 최근 연구성과들[11]에 따르면 농업 생산력의 발전, 상업적 농업의 발달, 합리적 농업 경영 등의 조건을 배경으로 봉건지주와는 다른 새로운 형태의 부농층의 출현과 이에 따른 농촌사회의 분화, 대동법大同法의 시행과 화폐의 유통을 배경으로 한 상업자본의 발달과 상업 활동의 증대, 수공업의 성장, 임금노동자의 출현, 그리고 경제적으로 성장한 서민층의 경제력에 따른 신분격상, 여러 차례의 대정변(인조반정·경신대출척 등)을 계기로 한 벌열층의 형성에 따른 실세양반失

---

11) 金容燮 교수의 《朝鮮後期農業史研究 Ⅱ》(一潮閣, 1970·1971), 姜萬吉 교수의 《朝鮮後期 商業資本의 發達》(고려대출판부, 1973), 李佑成 교수의 〈實學研究序說〉 등을 가리킴.

勢兩班과, 그리고 다른 요인도 작용한 몰락 양반층의 광범화 등과 같은 사회 경제적인 현상들이 나타났다.

이런 현상들은 적어도 조선 전기에는 전혀 없었거나, 있었더라도 다분히 고립적이고 예외적이어서 역사적 의미를 부여할 수 없는 것들이었다. 조선 후기에 와서 이런 현상이 양적으로 증대되고 질적으로 새로운 역사적 의미를 띠고 출현한 것이다. 결국 봉건 토대의 분해와 새로운 구조가 형성되는 과정의 표현들로서, 사상사적 측면에서 볼 때 주자주의에게는 심히 거북스럽고 벅찬 현상들이다. 특히 화폐의 경제적 의미 증대와 유통경제체제로의 전환은, 주자주의에 대해서는 아주 도전적인 요소가 아닐 수 없다. 자급자족의 폐쇄적 자연경제체제와 봉건적 신분질서의 사회에서나 그 기능의 고도화를 기대할 수 있는 관념·윤리체계인 주자학이, 사회관계가 신분이 아니라 화폐 또는 다른 어떤 것을 매개로 성립되고 유통체계에 따라 개방이 이루어진 사회에는 받아들여질 수가 없기 때문이다. 물론 이 시기는 아직 이런 정도까지 도달된 단계는 결코 아니었다. 그러나 기층사회基層社會의 전환이 진행되고 있는 방향은 이미 이런 쪽으로 잡혀가고 있었던 것은 틀림없다. 일차적으로 여기에서 주자학 자체의 상대적인 비현실성화가 점차 커져갈 수밖에 없었다. 게다가 집권세력인 주자주의자 자신들의 부정·부패의 심화·확대와, 이에 따른 피지배 민중들에 대한 가혹한 수탈은, 그나마도 주자주의가 설 수 있는 토대를 스스로 좀먹어 갔던 것이다.

조선 후기의 이와 같은 사회 경제적인 변동의 진행은 역시 이에 상응하는 의식의 분비分泌를 증대시켜 가고 있었다. 이 시기 민중사회의 의식은 주지하듯이, 이 시기에 출현한 일련의 서민예술─사설시조·판소리·한문단편漢文短篇 등의 문학양식과 새로운 성장을 수행한 일련의 가면극(봉산탈춤·산대놀이 등) 그리고 도화서圖畵署 화원 출신들(정선鄭敾·김홍도金弘道·신윤복申潤福)의 회화에 잘 나타나 있다. 경제력을 가진 서민들의 신분 격상, 양반층의 상대적인 지위 격하와 그러나 엄연한 지배라는 복합적인 조건에서 가능했던 양반사회에 대한 풍자와 저항의식을 기조로 하고, 자유의식의 분비원分泌源이라 할 수 있는 사회구조의 유통성으로 전환 추세를 배경으로 하여 중세적 도덕률로부터의 인간해방, 성性의 구가, 돈 또는 물질에 대한 욕구, 노동의 찬미, 구체적 현실적인 것의 추구 등으로 지향된 의식들이 그것이다. 설령 이전 시대에도 있었다 하더라도 더 양화量化되고 역사적으로 새로운 의미를 띠고 분비된 이들 민중의식은 주자주의와는 분명히 괴리하는 차원의 것이다. 여기에서 우리는 조선왕조 후기 내면의 역사상을 거시적으로 조감할 수 있는데, 상부 지배층 사회에 가탁된 주자주의의 보수적 금압태세禁壓態勢와 하부 피지배층 사회에서 분비되고 있는 새로운 의식의 진취적인 동향 사이에 그 괴리가 확대되어 가고 있는 양상을 띤다. 특히 연암이 살던 18세기에는 이러한 양상이 이미 현저한 단계에 이르러 있었다. 바로 이 주자주의와 민중의식의 두 차원이 빚어내는 괴리 또는 모순의 공간, 여기가 연암사상의 공간이다.

연암사상은 그러니까 위에서 말한 역사적 현실과 사상사적 국면에서, 당시 새로이 양성釀成되어 가는 민중의식에 기식氣息을 통하고, 주자주의와 갈등하는 관계에 놓여 있었던 것이다. 연암은 물론 양반, 그것도 자신이 인정하듯이 '화주현벌華胄顯閥'12)이라는, 왕조의 조정에 봉사함으로써 지위의 높은 격상이 가능했던 거족 출신이다. 그러면서도 어째서 연암은 지배계급의 사상인 주자주의에 추종하지 않고 도리어 저항의 자세를 취할 수 있었는가? 여기에는 몇 가지 원인이 복합적으로 작용했다고 보는 것이 타당하다. 즉 그의 선천적인 요소, 외부로부터의 영향, 그리고 그의 사회적 위치, 이 세 가지 측면에서 그 원인을 이끌어 낼 수 있다.

---

12) 朴趾源, 〈陜川華陽洞丙舍記〉, 《燕巖集》 권1(慶熙出版社, 1966), 15쪽.

그는 선천적으로 다분히 이단적이었던 것으로 보인다. 다소 희담기戱談氣를 곁들인 그 자신의 술회13)에서, 그는 광달曠達하기는 장자莊子 같고, 불공不恭하기는 유하혜柳下惠 같고, 음주하기는 유령劉伶 같고, 저서著書하기는 양웅揚雄 같고, 자비自比하기로는 제갈량諸葛亮 같다고 한 바도 있지만, 그의 아들(종채宗采)이 쓴 그의 전기(《過庭錄》)에 따르면, 지기志氣가 높고 통상의 어떤 규범에 구애되지 않았으며, 재질이 탁월했고, 내강內剛하고 과격한 일면이 있었던 것 같다. 그의 이런 이단적인 일면이 기존의 어떤 것을 묵수墨守하거나 추종하는 것을 스스로 허락하지 않았을 수도 있다. 오늘의 관점에서 보면 특히 그의 통찰력과 상상력은 우리 문학사에서 그 유례가 드물 정도로 탁월했다.

다음으로는 외부로부터의 영향 문제다. 그는 사상이나 의식에서 특히 사마천司馬遷의 《사기史記》와 장주莊周의 《장자莊子》 영향을 강하게 받은 흔적이 역연하다.14) 《사기》나 《장자》는 다 같이 그 사상이나 의식에서 다분히 혁명적이요 이단적인 것이다. 그가 사상·의식의 수용에서 하필 위의 둘에 비중을 둔 것은 위에서 말한바 그의 선천적 요소와 결코 무관하지 않을 것이다.

다음으로 그의 사회적 위치 문제다. 그가 주자주의에 휩쓸리지 않고 도리어 그것에 저항하는 자세를 취할 수 있었던 요인 가운데 가장 큰 비중의 것은 아마도 여기에서 찾을 수 있을 것 같다. 그는 비록 세칭 '화주현벌'이라는 문족門族 출신이기는 하다. 그리고 정이품직[知敦寧府事]을 지낸 그의 조부(필균弼均)와 우의정을 지낸 그의 손자(박규수朴珪壽)를 연결시켜 놓고 보면, 일견 조선왕조 후기의 집권주류에서 그다지 일탈된 위치에 있지는 않았던 것처럼 보이기는 한다. 그러나 그 자신은 조선왕조 후

---

13) 朴趾源, 〈酬素玩亭夏夜訪友記〉, 《燕巖集》 권3, 61쪽.

14) 이 문제는 李家源 교수가 그의 《燕巖小說研究》에서 소설 매 篇에 관한 論考마다 설정된 '文學的 背景'이란 항목에서 문헌적 접근으로 논증한 바 있다.

기 권력체계에서 일탈·소외되어 방황하던 많은 지식인들 가운데 한 사람임에 틀림없다.[15] 과거를 통해 관료를 선발 충당해 온 조선왕조는 후기로 내려올수록 그 수용능력에 한계를 드러내어 많은 방황·유식遊食하는 지식인군을 산출해 왔는데, 후기 벌열정치의 대두로 소수 집단에 따라 정치권력이 독점되다시피 하자, 이런 현상은 더욱 확대 누적되어 하나의 심각한 모순으로 등장했다.[16] 다른 대부분의 실학자와 마찬가지로 연암도 말하자면 이 가운데 한 사람이었다. 그도 몇 차례 과거에 응시하여 34세에는 소과小科 초시初試에서 수석도 했으나, 회시會試에는 우인들의 강권으로 시험장에 들어가기는 했으면서도 시지試紙를 고의로 제출하지 않았다고 한다.[17] 이 사실을 액면 그대로 믿는다 해도 왜 시지를 제출하지 않았는지는 알 수 없으나, 참고로 지적할 수 있는 것은 당시 과거란 타락할 대로 타락하여 하나의 요식행위에 지나지 않을 뿐 대부분의 경우는 벌열가 자제 가운데 이미 합격자가 예정되어 있었다는 점이다. 어쨌든 그는 결과적으로 나이 50세가 되어 선공감감역繕工監監役이라는 하찮은 관직에 발을 붙이기 전까지는 왕조의 관료와 권력의 체계권 밖에 버려져 있었다. 더구나 그에게는 향토에 일정한 전답을 가진 그런 지주적

---

15) ㉠ 朴趾源, 〈進課農小抄文〉, 《燕巖集》 권16, 366쪽. "臣은 가세가 청빈하여 본래 農莊도 가진 것이 없었고 서울에서 生長하여 (중략) 신의 조부가 亞卿의 祿을 먹기는 했으나 (중략) 중년에 落拓하여 비로소 歸農할 뜻이 있었지마는 실은 돌아가 농사지을 田土조차 없어서 오직 글이나 지으며 지낼 뿐입니다[臣家勢淸貧, 素無田園. 生長輦穀之下. (중략) 臣祖食亞卿祿. (중략) 及中歲落拓, 始志歸農. (중략) 然實無田可歸, 特研田而筆耕而已矣]." ㉡ 南公轍, 〈朴山如墓誌銘〉, 《金陵居士集》 권17, 장30. "날이 새자 연암은 술에서 깨어나 홀연히 옷을 여미고 꿇어앉더니 말했다. 山如야! 이리 오너라. 내가 세상에서 窮困한 지가 오래다! 그래서 문장을 빌려 가슴속에 뭉클거리는 불평의 기운을 한번 寫出하여 맘껏 그 유희로 해보자는 것이지 어찌 즐거서 했겠는가?(天且曙, 燕巖旣醒, 忽整衣跪坐曰 : 山如! 來前. 吾窮於世久矣. 欲借文章, 一瀉出傀儡不平之氣, 恣其游戲爾. 豈樂爲哉?)" 널리 알려져 있듯이 이 기록은 연암의 집안 손자뻘 되는 朴南壽(山如)가 會飮席에서 연암의 《열하일기》를 이른바 稗官奇書라 해서 불사르려 한 데 대한 연암의 辯이다.

16) 李佑成, 앞의 논문, 《문화비평》 제2권, 3·4합집, 1970, 488~500쪽 참조.

17) 朴宗采, 앞의 책 참조.

기반도 없었다.[18] 말하자면 그는 경제체계에서도 일탈되어 있었던[19] 국외자였던 것이다. 이 불안정하고 고민에 찬 국외자의 위치, 여기에서 연암은 당시 체제에 대해 객관적으로 관찰할 수 있는 거리를 얻게 된 것이다. 그리고 그 체제에 결탁되어 있는 주자주의에 대해서도 비판적인 시선을 던질 수 있는 일정한 거리를 갖게 된 것이다.

요컨대 연암은 그의 선천적인 이단성과 이 이단적인 생리로 다분히 혁명적이요 이단적인 사상 또는 의식을 고전古典에서 취하여 자기 취향대로 수용 소화한 내면의 바탕을 가지고, 자의든 타의든 권력체계와 경제체계의 권외圈外에서 당시의 체제와 거리를 두고 서게 됨으로써 자신의 현실이 안고 있는 모순과 부조리를 특유의 통찰력으로 날카롭게 포착하고, 그 모순·부조리를 산출하는 체제를 부지하고 있는 관념체계이자 그 조작造作인 주자주의에 저항하는 자세를 취하게 된 것이다. 그리고 당시 서울, 특히 그 서민사회는 전환기적 양상이 가장 첨예하게 집주集輳 반영되는 곳이었고, 서울에서 생장한 연암은 이들 서민사회의 동태에도 눈길을 주어, 전환되어가는 역사의 한 맥을 짚고 그들의 진취적인 의식을 받아들여 자기 사상의 한 영양소로 삼았던 것이다. 그의 소설에 서울의 서민들이 많이 등장하는 것은 바로 그의 그러한 자세의 단적인 표현이다.

3. 연암사상의 이념적 범주

이상에서 우리는 조선왕조의 사상사적 문맥—주자주의와의 관련 아래

---

18) 주 15)의 ㉠ 참조.

19) 연암은 朴師愈의 두 아들 가운데 둘째로 태어났다. 그는 분가한 뒤 서울에 집도 한 칸 없이 셋방으로 전전한 것 같다. 《過庭錄》에서 朴宗采는 그의 어머니를 두고 "중년부터는 가난과 고생을 맛보며 떠돌아 다니느라고 근심을 감당할 수 없었다"고 기록하기도 했다.

서 연암사상의 발생·형성의 여러 여건을 검토 분석하고, 그런 측면에서 연암사상의 사상사적 성격까지 파악해 보았다. 이제 계속 주자주의와 관련해서 그의 사상의 이념적 범주를 제시하고 검토할 차례다.

1) 세계관

먼저 한 사람의 사상가로서 연암은 어떤 세계관을 가지고 있었던가? 세계관은 그 사상가의 모든 사상의 기초적인 제약조건으로서의 사상이다.

그의 세계관은 자연이나 우주에 대한 과학적 인식의 기초 위에 성립되어 있다. 그 과학적 인식을 그는 일장―場의 천체론으로 확인하고 있는데,[20] 요컨대 지전설地轉說이 그 골자다. 그러나 그의 지전설은 사실은 그의 창견創見은 아니다. 김석문金錫文의 이른바 〈삼환부공설三丸浮空說〉(지구·해·달이 구체球體로서 허공에 떠 있다는 이론)[21]에서 발전한 담헌湛軒 홍대용洪大容의 창견으로 알려진 지전설[22]을 받아들인 것인데, 연암이 이를 확신하고 있었다는 점[23]에서, 또한 그의 사상의 일부로 거론할 수 있

---

20) 연암의 天體論은 그의 《열하일기》 가운데 〈太學留舘錄〉과 〈鵠汀筆談〉에서 중국 學人들과 나눈 대담 가운데에 전개되어 있다. 따라서 引用分에 대한 하나하나의 출처 표시는 생략한다.

21) 金錫文의 천문학 이론에 관해선 최근 閔泳珪 교수가 연구, 국사편찬위원회 주관의 발표회에서 발표한 바 있으나 필자는 아직 그 상세한 내용에는 접하지 못하고, 다만 김석문의 설이 코페르니쿠스와 같은 수준이라는 대요만을 알고 있는데, 이 주장이 사실이라면 지전설의 創見은 종래 알고 있듯이 洪大容에서 시작된 것이 아니라 김석문에서 시작된 셈이다.

22) 여기에 대해서도 약간의 의문점이 있는데, 千寬宇 선생의 〈홍대용 지전설의 재검토〉(《趙明基박사화갑기념 불교사학논총》에 수록됨, 1965) 참조.

23) 〈太學留舘錄〉에서 奇豊額이 지전설이 선생의 창견이냐고 묻는 말에 연암은 "내가 심득한 것이 아니고 귀로 표절한 것(吾非心得, 乃是耳剽)"이라 대답했다. 그런데 연암은 〈鵠汀筆談〉에서 홍대용이 이 지전설에 관해 자기 대신 저술해 달라는 권고를 받았다는 말을 하고 있다. 이로 보아 연암은 홍대용의 지전설에 관해 퍽 깊은 이해와 믿음을 가진 것을 알 수 있다.

는 근거를 얻는다. 뿐만 아니라 연암은 이를 바탕으로 자기 나름의 발전적 견해도 가지고 있었던 것이다. 이 지전설의 내용은, 태서인泰西人들은 땅이 둥글다는 것만 알았지 땅이 구체로서 회전운동을 한다는 것은 알지 못했다 하고, 지구가 일전하면 일일一日이 되고, 달이 지구를 한바퀴 돌면 일삭一朔이 되고, 해가 지구를 한바퀴 돌면 일세一歲가 된다는 것이다. 이 지전설은 물론 오늘날 우리의 상식과는 아직 거리가 있는 터지마는, 유교의, 동양의 전통적인 천지상天地像인 "하늘은 둥글고 땅은 네모나며, 하늘은 움직이고 땅은 고요하다(天圓地方, 天動地靜)"는 인식을 파각破殼하고 나온 점에서, 당시로서는 하나의 혁명적인 인식이 아닐 수 없다.

연암은 위의 지구·지전설과 함께 우주만유는 둥글다고 전제하고, '둥근 것은 반드시 구른다(圓者必轉)'란 명제를 세워, 지구가 부패腐敗하여 궤산潰散하지 않는 것은 움직이고 있기 때문이라는 예를 들어, 모든 것은 움직이는 데서 생명을 가지고 정지하는 데서 사멸한다는 생각을 시사하기도 했다.24) 여기에서 연암은 만유를 동태動態로 파악하려는 태도를 볼 수 있다.

연암은 또 덧붙여서 뭇별은 해보다 크고, 해는 지구보다 크고, 지구는 달보다 크다 하여, 거리감에서 연유되는 천체의 대소大小 개념에 대한 오류를 시정하면서,25) 다음과 같은 주장을 하고 있다. 즉, 저 공중에 가득 찬 별의 관점에서, 이 해와 달, 그리고 지구를 본다면 역시 쇄쇄瑣瑣한 작은 별들에 지나지 않을 것이다. 우리는 이 일단一團의 수토水土의 짬(지구의 한 부분)에 앉아서 안계眼界가 넓지 못하고 생각에 한계가 있는 터다. 그런데도 망령되게 28수宿를 가져다 구주九州(중국 전토를 분계分界한 것)에다 배분시키고 있다. 이 구주가 사해四海(세계) 안에 존재하는 것이 마

---

24) 鄭鎭石 등 《朝鮮哲學史》(평양, 1960) 참조.
25) 위와 같음.

치 검은 사마귀 하나가 얼굴에 점 찍혀 있는 것과 무엇이 다르겠는가? 따라서 '성기분야星紀分野의 설說'이 어찌 미혹이 아니겠는가 하는 내용이 그것이다. 연암의 이 주장은 종래의 중국 중심의 세계관에 점성적占星的인 우주관이 결합된 하나의 미신을 파쇄破碎한, 실로 주목할 만한 주장이다. 뿐만 아니라 이 주장에는 위의 지전설의 내용에서 보이던 지구 중심의 우주관조차도 스스로 수정되고 있음을 발견하게 된다.

다음으로 연암의 우주관에서 주목할 만한 것은 '오행설五行說'에 대한 새로운 해석이다. 이 신해석은 종래의 상생론相生論에 대한 부정과 형이상학적인 사변적 인식에 대한 공척攻斥의 두 가지 측면으로 나누어 생각할 수 있는데, 전자에서는 그의 합리적, 개체주의적 사고 형태를, 후자에서는 그의 실용주의적 사고 형태를 볼 수 있다는 점에서 극히 중요한 의의를 갖는다.

즉, 종래의 오행설은 상생론을 그 주축으로 하고 상극론相剋論을 곁들여 갖가지 미신적 사고를 부식해 오면서 근 2천 년 동안 동양인의 사고를 지배해 왔다.26) 상생론의 골자는 주지하듯이 '목생화木生火, 화생토火生土, 토생금土生金, 금생수金生水, 수생목水生木'이라는, 단순한 다섯 가지 무기물질無機物質에 부여한 자모적子母的 연쇄관連鎖觀이 그것이다. 이 소박한 발상은 마침내 유생관有生觀을 부여하고 사변적으로 추상화해 방위(오방五方 : 동東·남南·중中·서西·북北), 색채(오색五色 : 청靑·적赤·황黃·백白·흑黑), 맛(오미五味 : 신辛·고苦·감甘·산酸·함鹹), 성음聲音(오성五聲 : 각角·치徵·궁宮·상商·우羽), 그리고 인간의 품성(오덕五德 : 인仁·예禮·신信·의義·지智)에 이르기까지 탁결托結시켜 우주 만물을 오행이라는 연쇄망連鎖網으로 결박시킨, 그리하여 구속적이며 규격적인 우주관을 형성하기에 이르렀다.

---

26) 李家源, 《연암소설연구》(을유문화사, 1965), 553~557쪽 참조.

  여기에서 점복占卜, 참위讖緯 등 갖가지 미신적 사고가 산출되어 온 것은 널리 알려진 바이나, 특히 문제가 되는 것은 그런 우주관이 은연중 구속성·폐쇄성·규격성으로 지향된 봉건적 윤리의식의 배경적 사고로 기능해 왔다는 점이다.

  이 오랜 미망迷妄에 대해 연암은, 오행은 각기 개별적으로 정위定位되어 있는 것이지, 당초 자모적子母的 상생관계에 있는 것이 아니라 하고, 그런데도 억지로 자모관계를 성립시켜 짠맛, 신맛에까지 배분하고 있다고 공파攻破했던 것이다.27) 여기에서 우리는 미신을 부정하는 연암의 합리적 사고와 사물을 그 자체 독자적인 측면에서 보려는 개체주의적인 사고의 형태를 파악할 수 있다. 특히 후자의 경우는 그의 근대적인 윤리의식에 연결된다(오행에 대한 형이상학적인 사변적 인식에 대한 공척攻斥의 문제는 그의 실용주의 사상에서 다루겠다).

  이 오행 문제에 대해선 담헌湛軒도 그 상생상극의 이론을 부정하고, 단지 물질을 구성하는 오대원소五大元素 정도로 이해하고, '오五'라는 수도 본디 정론定論이 아니라고 한 바 있는데,28) 이 문제에 대한 선편先鞭이 누구에게 있는지는 알 수 없다. 다만 창강滄江 김택영金澤榮이 연암의 독창적인 지론持論이라 한 바 있으나29) 담헌이 선편을 쳤을 가능성이 크다.

  위의 오행에 대한 개별적인 인식과 함께 연암이 제기한 자연에 대한 또 하나의 관심을 끄는 문제는 물질의 질량을 구성하는 공통적인 최소단위가 있음을 인식했다는 것이다. 그는 그것을 '진塵'이란 개념으로 표

---

27) 朴趾源, 《虎叱》, 앞의 책, 권12, 192쪽, "五行定位, 未始相生. 乃今爲子母, 分配鹹酸."
28) 洪大容, 〈毉山問答〉, 《湛軒書》 권4, 경인문화사, 349〜350쪽. "오행의 수는 定論이 아니다. (중략) 대저 불이란 해이고, 물·흙이란 땅이다. 나무·쇠는 해와 땅이 생성한 바로서 마땅히 위 세 가지(불·물·흙)와 병립해서 要素가 될 수 없다[五行之數, 原非定論. (중략) 夫火者日也. 若木金者, 日地之所生成, 不當與三者幷立爲行]."
29) 金澤榮, 〈朴燕巖虎叱文跋〉, 《韶濩堂集》 권9, 장18, "其中, 五行定位, 未始相生, 則先生平日所常持之新論, 而無於古者, 此三也."

현했는데, 요컨대 만물은 '진'이 쌓이고 엉켜 이루어진다고 하고, 나아가 이 '진'이 '진증기울塵蒸氣鬱'이라 표현되는 유기물화有機物化 과정을 거쳐 '제충諸蟲'이 되었으며, 인류도 결국 이 '제충'의 한 족속이라 하여, 진화론적 발상까지를 보여주고 있다.30) 중국 학인學人과 나눈 대담 가운데 제시된 이 주장을 순간적인 발상으로 돌려 버릴 성질의 것이라 할지 모르겠으나, 그의 사고의 한 측면을 엿볼 수 있다는 점에서 또한 주목을 요하는 문제임에는 틀림없다.

이상과 같은 연암의 우주에 대한 인식에서, 그 과학적 인식의 측면은 연암 자신이 전문적인 물리학자도 아니었고, 또 역사적 제약도 있었던 만큼 인식의 내용 그 자체에서는 오늘날 우리의 관점에서 본다면 아직 소박한 단계임은 사실이다. 그러나 중요한 것은 인식의 내용에 있지 않고 사고의 형태나 방향에 있다. 이제 위의 서술을 바탕으로 하고 다른 자료를 참고하면서 연암 세계관의 대체적인 면을 제시해 보면 다음과 같이 될 것이다.

첫째, 우주에 대해 자연과학적인 접근태도를 갖고 있었다.
둘째, 사물을 발전적인 동태動態로 파악하려 했다.31)

---

30) 朴趾源,〈鵠汀筆談〉,《熱河日記》(兪鎭哲藏本), 조선광문회, 1911, 166쪽. "지금 대지는 한 점 미세한 먼지[塵]의 쌓임이다. 먼지끼리 의존하는데, 먼지가 엉켜 흙이 되고, 먼지가 굵게 되면 모래가 되고, 먼지가 굳게 되면 돌이 되고, 먼지가 津液을 내면 물이 되고, 먼지가 따뜻해지면 불이 되고, 먼지가 맺히면 쇠가 되고, 먼지가 번성하게 되면 나무가 되고, 먼지가 움직이면 바람이 된다. 먼지가 후덥지근하게 되어 氣가 鬱結하게 되면 이에 여러 가지 벌레[諸蟲]로 화하니, 지금 우리 사람이란 것도 여러 가지 벌레 가운데 한 족속이다(如今大地, 一點微塵之積也. 塵塵相依, 塵凝爲土, 塵麤爲沙, 塵堅爲石, 塵津爲水, 塵煖爲火, 塵結爲金, 塵榮爲木, 塵動爲風. 塵蒸氣鬱, 乃化諸蟲. 今夫吾人者, 乃諸蟲之一族也)." 鄭鎭石 앞의 책 참조.

31) 사물을 발전적인 動態로 파악하려 한 그의 태도는 그의 〈楚亭集序〉(《燕巖集》, 경희출판사, 12쪽)의 다음과 같은 내용에도 잘 나타나 있다. "이로써 본다면 天地가 비록 오래나 끊임없이 낳고 또 낳으며, 日月이 비록 오래나 光輝는 날마다 새롭다(由是觀之, 天地雖久, 不斷生生 ; 日月雖久, 光輝日新)."

셋째, 중국 중심의 세계관에서 탈피해 있었다.

넷째, 사물에 대해 개체주의적인 접근 태도를 가짐으로써, 개방성을 띠고 있었다.

연암의 이러한 세계관은 송학宋學 – 주자학朱子學의 세계관과는 거의 정면으로 대결된다. 즉, 우주에 대한 자연과학적, 곧 형이하학적이요 가치중립적인 그의 접근태도는 주자학의 형이상학적이요 도덕적 목적론의 관점에 선 우주관과 대결되고, 그의 중국 중심의 세계관에서 탈피는 역시 주자학의 중국 중심의 그것과는 다른 차원의 것이며, 그의 세계관의 개방성 또한 종래의 폐쇄성과는 대조적이다. 다만 사물을 발전적인 동태로 파악하려 한 태도는, 도가道家 사상과 결합된 원시유교, 특히 《역전易傳》에 나타난 변증법적 세계관과 합치되는 면을 보여주고 있는 듯도 하지만, 그러나 전자가 '발전적'임에 대하여 후자는 다분히 '순환적'이라는 점에서 역시 차이가 있다. 그리고 '지정地靜'과 '지전地轉'이라는 우주관의 근원적인 차이가 그 사이에 개재하고 있다.

첨가해서, 연암은 다음의 글을 통해 송학의 우주관을 노골적으로 야유하고 있다.

아아! 세간世間의 사물에 털끝같이 미세한 것도 하늘이 내지 않은 것이 없다 하나, 하늘이 어떻게 일일이 만들어 냈을까 보냐. 하늘을 형체로 말해서는 '천天'이라 하고, 성정性情으로 말해서는 '건乾'이라 하고, 주재主宰로 말해서는 '제帝'라 하고, 묘용妙用으로 말해서는 신神'이라 하여, 명호名號도 갖가지이고 칭위稱謂하는 것도 너무 무람없는데, 이에 이기理氣로서 화덕과 풀무로 삼고, 두루 만물을 펴내는 것을 조물造物이라 하니, 이것은 하늘을 재주가 묘한 공장工匠으로 보고서, 망치·끌·도끼·자귀 같은 것으로 쉬지 않고 일을 한다는 식의 생각이다. 그래서 《주역》에 '천조초매天造草昧'라 했는데, 초매草昧란 그 빛깔이 검고 상태는 토우土雨가 낀 듯해서 비유하자면 동이 트려는 무렵, 사람과 물건을 분별하지 못하는 상태와도 같을 것이다. 나는 알지 못하겠다. 이 검고 토우가 낀 듯한 속에서 하늘이 만들어낸 것이 과연 무엇이란 말인가?[32]

2) 휴머니즘[33]

연암사상의 한 범주로 먼저 휴머니즘을 정립할 수 있다. '휴머니즘'이란 워낙 포괄성을 띤 개념이다. 그러나 여기서는 그 포괄성에 따르는 번잡한 일반론적인 논의는 그만두고, '인간성을 억압하는 모든 세력으로부터 인간을 옹호·존중하려는 사상' 정도로 한계를 정하고 출발하기로 한다.

연암의 휴머니즘은 권위주의적 주자주의의 윤리체계, 그 비인간적인 면과 그리고 민중의 희생을 강요하는 당시 정치권력의 부조리에 대한 저항 과정에 놓여 있고, 그것은 그의 작가정신의 기초가 되고 있다. 실상 연암이 자신의 휴머니즘 사상을 본격적으로 개진한 논설은 서얼의 신분 해방을 논한 〈의청소통소擬請疏通疏〉 등 소수이나 그의 소설은 거의 모두가 휴머니즘을 주제로 삼았다 해도 과언이 아니다.

주지하듯이 주자주의의 윤리체계는 도덕적 이성 일방의 인간관과 봉건적 명분론에 따른 차별 질서관을 그 바탕으로 한 데서 비인간적인 면을 갖는다. 이에 대한 연암의 인간성 옹호는 인간의 정욕문제를 통해 다음과 같은 글에서 단적으로 보여주고 있다.

---

32) 朴趾源, 〈象記〉, 《燕巖集》(경희출판사, 1966), 271쪽, "噫! 世間事物之微, 僅若毫末, 莫非稱天, 天何嘗一一命之哉. 以形體謂之天, 以性情謂之乾, 以主宰爲之帝, 以妙用謂之神, 號名多方, 稱謂太藝. 而乃以理氣爲爐鞴, 播賦爲造物, 是視天爲巧工而, 椎鑿斧斤, 不小間歇也. 故易曰 : 天造草昧. 草昧者, 其色皂, 而其形也霾. 譬如將曉未曉之時, 人物莫辨. 吾未知天於皂霾之中所造者, 果何物耶?"

33) 이 '휴머니즘'과 다음 항 '민족주의'는 앞에 나온 〈중세적 권위에 대한 도전—연암 문학의 사상적 기조〉와 내용이 다소 중복됨.

> 무릇 사람의 혈기는 음양에 뿌리박고 있고 정욕은 혈기에 엉켜 있다. 상사想思는 유독幽獨한 가운데 생겨나고 상비傷悲는 상사로 말미암는다. 과부란 유독에 처해 있어 상비가 극에 이른 사람이다. 혈기가 때로 왕성한 만큼 과부라고 해서 정욕이 없겠는가. 깜박거리는 등불은 외로운 그림자를 가련히 여기는 듯 홀로 지내는 밤이 더디 새는데, 게다가 처마 끝에 빗물지는 소리 들려오거나, 달빛이 창문에 흘러들거나, 또는 뜰에 한 잎 낙엽이 떨어지고 외로운 기러기 하늘을 울며 가는데 먼 곳의 닭 우는 소리도 들려오지 않고 어린 종년은 코나 골며 자기나 할라치면 경경耿耿히 잠 못 이루는 괴로운 속마음을 누구에게 하소하랴.34)

이 글은 연암이 조선왕조 사회에서 너무도 당연시되고 또 표창되어 온 과부의 수절守節과 순사殉死의 부자연스러움을 내비치고 나서, 한 수절과부가 아들에게 고백형식으로 표명한 것의 일부다.

조선사회에서 주자학적 윤리와 가장 첨예한 대립을 보인 문제가 아마 여인 특히 과부의 정조문제일 것이다. 그리고 이 문제는 또 그만큼 금기시禁忌視되어 온, 또는 위선적으로 은폐시켜 온 문제이기도 하다. 이 가장 문제성을 띤 문제에 연암이 과감하게 도전하여 옹호의 태도를 천명한 데서 우리는 그의 휴머니즘에 바탕을 둔 윤리의식의 정도를 짐작할 수 있다.

주자주의의 인간관은 도덕적 이성 일방만을 긍정하고 강조함으로써 도리어 그 상대편에 있는 인간의 비이성적인 측면을 더욱 부각시킨 아이러니를 낳았다. 연암은 이와 같이 인간의 내적內的 자연自然을 긍정함으로써 주자주의의 비인간적인 윤리에 저항하였을 뿐만 아니라, 동시에 주자주의의 그와 같은 이중적, 또는 이원적 인간관을 극복하고 인간성을

---

34) 朴趾源, 〈烈女咸陽朴氏傳幷序〉, 앞의 책, 권1, 27쪽, "大抵人之血氣根於陰陽, 情欲鍾於血氣. 思想生於幽獨, 傷悲因於思想. 寡婦者, 幽獨之處而傷悲之至也. 血氣有時而旺, 則寧或寡婦而無情哉? 殘燈弔影, 獨夜難曉. 若復簷雨淋鈴, 窓月流素, 一葉飄庭, 隻雁叫天, 遠鷄無響, 穉婢牢鼾, 耿耿不寐, 訴誰苦衷?"

통일된 전체로 인식하는 일원적인 인간관을 획득, 근대적인 인간관에 접근하게 된 것이다. 이 일원적 인간관은 바로 근대적인 휴머니즘의 출발점이다. 그리고 연암의 이와 같은 윤리의식이나 인간관은 당시 서민사회에 새로이 양성된 의식의 일면과 결코 무관하지 않을 것이다.

다음으로 봉건적 명분론에 근거한 차별질서관에 따라 인간으로서의 가치가 인정되지 않거나 인정된다 하더라도 매우 소극적이었던 저층사회의 인간군에 대한 연암의 적극적 '인간긍정'이다. 이 점은 그의 소설의 인물 설정과, 그들에 대한 그의 작가적인 태도에 명백히 드러나 있다. 주지하듯이 〈마장전馬駔傳〉의 조탑타趙闒拖·송욱宋旭·장덕홍張德弘은 서울 시가를 떠도는 걸식패·소리패였고, 〈예덕선생전穢德先生傳〉의 엄항수嚴行首는 왕십리·살곶이 등지의 근교농작물 재배지에 분뇨를 져 나르는 역부였고, 〈광문자전廣文者傳〉의 광문廣文은 종로 시가의 거지 패두牌頭로, 약포 고용인으로, 기방妓房의 모가비로 전전하던 신분이었다.

이들은 한결같이 조선사회의 차별적 질서관에 따른 윤리로 말미암아 인간 대접 받기를 거부당한 신분층의 인간군이다. 그리고 〈양반전兩班傳〉의 천부賤富, 〈봉산학자전鳳山學者傳〉의 농부(내용은 유실되었으나 《방경각외전放璚閣外傳》의 자서를 통해 그 인물의 신분과 작품의 주제는 알 수 있다), 〈허생許生〉의 변산邊山 군도群盜들도 또한 천대와 학대에 시달린 계층의 인간들이다. 그런데 연암은 구태여 이들을 그의 소설의 인물로 설정하고 현재적顯在的이든 잠재적潛在的이든 주로 양반계급과 대조되는 시점에서 그들 세계에 대한 인간적인 애정을 바탕으로 하여 그들의 인간성의 진실을 드러내는 방향으로 작품을 처리하고 있다. 〈예덕선생전〉에서는 '세상의 명사名士·대부大夫들이 상종하기를 원하는' 선귤자蟬橘子로 하여금 천인역부賤人役夫 엄항수를 '예덕선생'이란 아호로 존칭하고 교유케 하며, 〈마장전〉에서는 세勢·명名·이利를 둘러싼 양반사회의 추악성을 지적하고 말 거간꾼의 교변무쌍巧變無雙한 궤술詭術과 같은, 위선적인 '군자지교君子之交'를 공척攻斥하는 방향으로 처리하는 것 같은 점이 그 단적인 예일 것이다. 벌열층 출신의 작가 김만중金萬重의 《구운몽九雲夢》에서 보이는 의식과 대조해 본다면 연암의 이 인간긍정 의식은 더욱 명백히 드러난다.

이 같은 휴머니스트인 연암이, 조선사회에서 가장 큰 부조리의 하나였던 서얼의 신분 문제 역시 묵과할 수 없었던 것은 지극히 당연하다. 유명한 〈의청소통소〉는 그들의 신분해방을 주장한, 소문疏文 형식을 빌린 거편鉅篇의 논설이다. 이 서얼의 신분 문제는 물론 연암만이 관심을 가졌던 것은 아니다. 정책당국자들에 의해서도 수시로 거론되어 오던 문제였다. 그러나 연암의 경우 자신의 행동으로, 생활로 보여준 점에서 그 적극성의 정도를 짐작할 수 있다. 주지하듯이 연암은, 그 자신이 '화주현벌' 출신이면서도 주로 서얼들(이덕무李德懋·박제가朴齊家·유득공柳得恭 등)을 제자 내지 지우摯友로 상종했다. 다른 점에서도 그런 면을 보여주는 바 있지만, 이 점 또한 연암과 허균許筠 사이에 사상적 맥락의 연결성을 보여주고 있다.

당시 정치권력의 부조리에 대한 저항 또한 그의 소설의 주조를 이루고 있다. 그리고 그 저항은 바로 위에서 밝힌 대로 하층사회의 인간군에 대한 그의 적극적 인간긍정 그것과 표리관계에 있다. 〈마장전〉에서는 부귀한 자에게는 아랑곳없이 빈천한 자에게만 강요되던 봉건적 충의忠義의 문제, 〈예덕선생전〉에서는 불의로 축재하여 호의호식하는 자들의 내면적 불결성不潔性, 〈민옹전閔翁傳〉에서는 서울의 유식배遊食輩, 〈역학대도전易學大盜傳〉에서는 음陰으로 정치권력과 결탁하여 세도를 떨친 실존 위유배僞儒輩, 〈호질虎叱〉에서도 또한 위선적 유자의 음험성·이중성과 당쟁의 잔포성殘暴性, 그리고 〈허생〉에서는 정치 권력에 대한 벌열층의 폐쇄적 독점성과 몰염치한 호화생활 등, 당시 정치현실에서 빚어진 일련의 부조리를 폭로·풍자·공격한 것이 그것이다. 이 지배층의 부조리에 대한 저항이 그의 하층사회의 인간군에 대한 적극적인 인간긍정을 바탕으로 하고 있다는 점에서, 항용 볼 수 있는 양심적인 유자儒者의 차별적 인간관에 대한 근본적인 반성이 없이 단순히 지배층으로서 의무감에 바탕을 둔 저항과는 그 사상적 성질에서 엄격히 달랐다. 연암의 경우 그만큼 근대성을 띤다는 말이다.

이처럼 연암의 근대 휴머니스트적인 윤리의식 또는 인간관은 그의 개체주의적인 사고에 따른 개방성을 띤 세계관에 연결될 것이다.

3) 민족주의

다음으로 민족주의를 연암사상의 한 범주로 정립할 수 있다.

한국의 민족주의는 실은 그리 단순하지 않다. 다른 측면은 그만두고라도 우선 의식으로서의 민족의식의 역사적 전개 양상이 이중성을 노출해 왔다. 적어도 통일신라 이후의 전개 양상은 그러하다. 즉 북방민족과 왜족倭族과의 관계에서는 상당히 치열성을 보인 반면에, 한민족漢民族과의 관계에서는 오히려 몰자각적이었다. 말하자면 명암明暗 양면이 병존해 온 셈이다. 물론 한민족과의 관계에 개재하는 역사적 특수성 또는 불가피한 제약성을 인정하지 않을 수도 없겠지만, 그러나 그것이 결코 바람직한 것이 아니라는 점도 또한 인정하지 않을 수 없다. 따라서 우리 역사에서 민족의식의 진정한 자각은 한민족과의 관계에서 보여준 그 몰자각성, 나아가 그 향모성向慕性, 즉 모화의식과의 대결에 그 초점을 두지 않을 수 없다.

다음으로 민족의식이 하나의 '주의主義'로 정립되자면 대외관계에서 단순한 감정적 공속의식共屬意識만으로는 물론 안 될 것이다. 여기에는 민족에 초점을 둔 지적知的인 사고가 뒤따라야 하고, 가능하다면 그것이 체계화해 나타나야 할 것이다.

이 두 가지 조건—모화의식 또는 그 주의와의 대결과 지적 사고의 수반이라는 이 조건을 충족시켜 줄 때 우리는 그것을 '민족주의'로 정립하는 데 주저할 필요가 없을 것이다. 이런 점에서 연암은, 다른 유수한 실학자와 마찬가지로 민족주의의 소유자였다. 그는 우선 담헌·다산 등과 마찬가지로[35] 전통적인 중국 중심의 세계관에서 벗어나 있었다. 이 점은 위의 그의 세계관 부분에서 이미 논증되었던 바로서, 중국 중심의 세계관에서 벗어나 있었다는 자체가 이미 모화주의와의 내면적 대결에서 승리를 의미한다. 뿐만 아니라 그는 당시 민중을 빈곤과 비문명의 상태에 버려둔 채, 주자주의와 이것의 일부인 '존주대의尊周大義'를 정치적 지상이념至上理念으로 내세워 자신들의 정치적 입지 강화만 기도하고 있는 집권 주류세력에 맞서 북학론의 주장으로써 현실적으로 대결했었다.

그리고 역시 그의 세계관 부분에서 지적한 개체주의적 사고는 주자주의적 보편주의의 지각地殼을 깨뜨리고 민족적 개체를 인식하려는 노력으로 발전되었다. 《열하일기熱河日記》를 비롯한 그의 저작 곳곳에 나타나 있는 당시 자국自國의 정치·사회·경제·문화 등에 걸친 가혹할 정도의 비판은 바로 그런 민족 개체를 향한 애정을 역逆으로 표현한 것이다. 적어도 민족의 개체적 자아에 대한 투철한 인식을 바탕으로 한 애정의 뒷받침 없이는 그런 지적 노력은 불가능하거나, 아니면 하나의 단순한 민족적 자비自卑나 자학自虐으로 떨어지고 말 것이기 때문이다. 그러나 연암의 경우 결코 후자에 해당되지는 않는다. 이것은 그 비판의 대안으로서 방대한 북학론의 전개가 증명해 주고, 다음과 같은 그의 민족문학

---

35) 地球觀에 바탕을 두어, 湛軒은 그의 〈毉山問答〉에서 제 나라를 아끼는 것은 華·夷에 차이가 있을 수 없다고 하면서, 공자가 만일 '欲居九夷'하겠다는 소원대로 이 땅에 와서 살았다면, 중국의 春秋 대신에 域外(조선)의 춘추를 지었을 것이라는 이른바 域外春秋論을 말했고, 茶山은 그의 〈送韓校理赴燕序〉에서, '중국'이 따로 있는 것이 아니라 어디에서나 자신이 현재 있는 바로 그곳이 중국이요, 따라서 우리에게 '東國'이란 호칭은 맞지 않는다는 요지를 논파했다.

론이 명백히 증명해 주고 있다.

> 지금 무관懋官(이덕무)은 조선 사람이다. 산천과 풍기風氣로는 지리가 중국과 다르고, 언어와 풍속으로는 시대가 한漢・당唐이 아니다. 만약 중국의 문장법을 본받고 한・당의 문체를 도습蹈襲한다면 우리는 한갓 문장법이 고상하면 할수록 뜻은 기실 비루하게 되고, 문체가 한・당과 근사하면 할수록 말은 더욱 거짓이 되는 현상만 볼 뿐이다. 우리나라가 비록 치우쳐 있기는 하나 나라가 그래도 천승국千乘國이며, 신라・고려가 비록 검박하기는 하나 민간에는 좋은 풍속이 많다. 그래서 국어를 한문으로 쓰고, 민요를 운율로 하면 자연스럽게 문장이 이루어지고 진실이 발현될 것이다.[36]

이와 같이 그는 이론을 폈을 뿐만 아니라, 실제 작품에서 그가 비록 한자로 쓰기는 했지만, 우리의 토속어를 일정하게 구사하고 있음은 널리 알려진 바다. 그리고 무엇보다 그의 문장 감각이나 그 의식이 '방고倣古'의 낡은 투를 깨뜨리고 신선하게 조선적인 것은 또한 힘써 노력한 결과인 것이다.

민족을 의식한 연암의 지적 작업은 단편적이기는 하나 국사문제에도 뻗쳐 있다. 《열하일기》에서 평양平壤과 패수浿水의 위치 문제를 중심으로 한 고조선의 강역疆域, 한사군漢四郡의 위치에 관해 종래의 통설에 대한 반론을 제기한 것이 그 대표적인 예이다.[37] 그 내용의 당부當否는 차치하고 그의 민족주의를 이해하는 데에는 좋은 자료다.

이상과 같이 연암의 민족주의 정립 근거로서 모화주의와의 대결과 지적 사고나 작업의 수반 문제를 검토했거니와, 근대적인 민족주의가 되기

---

36) 朴趾源, 〈嬰處稿序〉, 앞의 책, 권7, 107쪽, "今懋官, 朝鮮人也. 山川風氣, 地異中華 ; 言語謠俗, 世非漢唐. 若乃效法於中華, 襲體於漢唐, 則吾徒見其法益高而意實卑, 體益似而言益僞耳. 左海雖僻, 國亦千乘 ; 麗羅雖儉, 民多美俗, 則字其方言, 韻其民謠, 自然成章, 眞機發現."
37) 朴趾源, 〈渡江錄〉, 앞의 책, 권11, 149쪽 참조.

위해서는 위의 두 조건을 충족시켜야 할 뿐만 아니라 안으로 계급 사이의 장벽을 깨고 진정한 통일체로서 '우리' 의식이 첨가되어야 하리라. 이 점에서도 연암은 결격缺格은 아니다. 앞에서 이미 논의한 바 있는 하층계급에 대한 그의 적극적 인간긍정으로 말미암아 이 조건은 충족될 수 있다. 따라서 그의 민족주의 사상 역시 근대적인 형태로의 발전 단초端初를 보여주고 있다.

4) 실용주의

다음은 연암의 실용주의 사상이다.

이 실용주의 사상은 알다시피 조선 후기 실학자들의 공통된 사상이고, 오늘날 우리가 그들을 '실학자'로 부르는 가장 비중이 큰 소이연所以然이다. 연암의 실용주의 사상은 그의 세계관과 그리고 휴머니즘과 구조적으로 연결되어 있다. 우주 또는 자연에 대해 자연과학적인 접근 태도를 갖고 있었던 연암이 사물을 구체적으로 파악하고, 나아가 실용적인 차원으로 발전한다는 것은 자연스러운 일이다. 그의 실용주의 사상은 주자학의 철학적 기반이 된 오행설五行說에 대해 종래의 사변철학思辨哲學으로부터 벗어나 실용 위주의 이용후생학利用厚生學의 견지에서 가한 그의 새로운 해석에38) 집약적으로 나타나 있다.

> 내가 약관시弱冠時에 동리 학숙學塾에서 《서경書經》을 배우는데, 〈홍범편洪範篇〉이 이해하기 어려워서 숙사塾師에게 물었더니 숙사는 이렇게 말했다.
>
> "이게 그렇게 이해하기 어려운 글이 아니다. 이해하기 어렵게 된 데는 까닭이 있으니 세유世儒들이 어지럽혀서 그렇다. 대체 오행五行이란 하늘에서

---

38) 李佑成, 〈燕巖集解題〉, 《燕巖集》, 경희출판사, 1966 참조.

만들어내고, 땅 위에 저축되어 있고, 사람들이 힘입는 것이니, 하우씨夏禹氏가 차례를 매기고 무왕武王과 기자箕子가 서로 문답한 그것이다. 그 일인즉 정덕正德·이용利用·후생厚生의 도구에 지나지 않고, 그 효용인즉 천지가 조화되고 만물이 길러지는[中和·位育] 공능功能에서 벗어나지 않는 것일 뿐이다. 그런데 한유漢儒들이 길흉吉凶의 미신을 독신篤信해서 어떤 일에나 반드시 거기에 상응하는 징조가 있다고 해서 모든 데에 오행을 분배하고 부연해서 즐겨 허황한 소리를 붙여 놓았다. (중략) 그런데 오행상생설五行相生說에 이르러 극도에 이르렀다. 만물이 흙[土]에서 나오지 않는 것이 없는데 어째서 유독 쇠[金]의 모체母體로만 되느냐? 쇠의 견고함이 불에 녹아 흐르는 것은 쇠의 본성이 아닌데 강해江海·하한河漢의 물이 그래 모두 쇠가 불어나게 된 것이겠느냐? 돌이나 철에도 습기가 있고 만물이 진액津液이 없으면 말라빠지는데 어찌 유독 나무[木]만이 물로 해서 생기겠느냐? (중략) 그렇기 때문에 '상생'이란 서로 자모관계가 되는 것이 아니라, 서로 의자依資해서 생성되는 관계로 볼 것이다. (중략) 대체 바른 도리로써 세상을 다스리는 사람은 반드시 마땅히 이를 만한 데에 이르러서 이치에 적중하기를 목적한다. 그런데 후세의 학자들은 그렇지 않다. 명백해서 알기 쉬운 윤리나 정사政事에 관한 일을 내던져 버리고, 반면에 희미하고 고원한 도상圖像(주돈이周敦頤의 〈태극도설太極圖說〉류類를 가리킴)을 가지고서 논설하고 쟁변해서 이것저것 끌어다 붙이어 오행부터 먼저 어지러워지고 말았다. 이래서 그 학설이 오묘하면 오묘할수록 참된 이치는 그만큼 더 잃게 된다. 내 이제 오행의 이용에 대해서 이야기하려고 하는데 이로써 홍범구주洪範九疇의 이치는 밝아질 수 있을 것이다. 왜냐하면 이용利用한 뒤에야 후생厚生할 수가 있고, 후생한 뒤에야 정덕正德이 될 수가 있기 때문이다. 이제 저 물[水]을 시기를 따라 가두기도 하고 빼기도 하여 가뭄을 당했을 때에는 수차水車를 사용하여 물을 대고 갑문閘門을 사용하여 배를 통행케 한다면 물을 이루 다 주체해서 쓰지 못할 것이다. 지금 사람들이 물을 뻔히 놔두고도 이용할 줄을 모르니 이것은 물이 없는 것과 마찬가지다."(이하 화·금·목·토에 대해서도 같은 방식으로 해석해 나갔음)[39]

숙사를 끌어들인 것은 연암이 빈번히 사용하는, 주자주의자들로부터 감시와 탄압을 피하기 위한 그의 기술적인 책략의 한 가지에 지나지 않을 뿐이다.

연암의 실용주의 사상은 위의 오행설의 경우에서 보는 바와 같은 사물에 대한 합리적 접근 태도라는 바탕에 그의 휴머니즘이 하나의 내적 동인動因이 되고 있다. 이것은 그의 이용·후생의 발상이 무엇보다 수탈경제체제에 따라 몰염치하게 생활을 향유하고 있는 일부 상류계급과는 대조적으로 비문명적인 상태에 버려져 있는 하층 민중들을 항상 염두에 두고 있었던 정신적 자세에서만이 가능하겠기 때문이다. "오늘날 농공상農工商이 실업失業상태에 있는 것은 사士가 실학實學을 갖지 못한 데에 그 책임이 있다"[40]고 한 그의 지식인으로서 민중에 대한 사명감의 자각 태도에 단적으로 드러나 있다.

5) 리얼리즘

연암이 지향한 문학상의 태도와 방법을 설명하는 데 리얼리즘이란 개념으로밖에 달리 더 적절한 설명도구가 없을 것 같다. 그가 오늘날 우리

---

39) 朴趾源, 〈洪範羽翼序〉, 앞의 책, 권1, 13〜14쪽, "余弱冠時, 受商書里塾, 苦洪範難讀, 請于塾師. 塾師曰 : 此非難讀之書也. 夫五行者, 天之所賦, 地之所蓄, 而人得以資焉. 大禹之所第次, 武王箕子之所問答. 其事則不過正德利用厚生之具, 其用則不出乎中和位育之功而已矣. 漢儒篤信休咎, 乃以某事必爲某事之徵, 分排推演, 樂其誕妄. (중략) 至於五行相生之說而極矣. 萬物莫不出於土, 何獨母於金乎. 金之堅也, 待火而流, 非金之性也. 江海之浸, 河漢之潤, 皆金之所滋乎. 石乳而鐵液, 萬物無津則枯, 奚獨於木, 而水所孕乎. (중략) 故相生者, 非相子母也, 相資焉以生也. (중략) 夫建極者, 必至其所當至, 而期中於理也. 後之學者不然, 舍其明白易知之彝倫政事, 而必就依俙高遠之圖像, 論說之, 爭辨之, 牽合傅會, 先自汩陳, 此其學彌工而彌失也. 今吾先言五行之用, 而九疇之理, 可得而明矣. 何? 則利用, 然後可以厚生 ; 厚生, 然後德可以正矣. 今夫水蓄洩以時, 値歲旱乾, 漑田以車, 通漕以閘, 則水不可勝用矣. 今子有其水, 而不知用焉. 是猶無水也."
40) 朴趾源, 〈諸家總論〉, 《課農小抄》, 앞의 책, 권16, 344쪽, "臣窃以爲 : 後世農工賈之失業, 則士無實學之過也."

에게 특히 주목받고 있고, 한국 고전문학사에서 그 특이한 지위와 의의를 차지하게 된 까닭도 바로 그의 문학이 근대적인 리얼리즘에 틀을 잡음으로써 당대에서 선진성先進性을 획득한 때문이 아니겠는가. 리얼리즘은 말하자면 그의 문학이 바탕을 두었던 틀이었던 것이다. 그것이 단순히 손끝의 한 재주놀음이 아니고 연암 자신이 세계를 체험하고 표현하는 태도와 방법으로서의 틀이었던 만큼 리얼리즘은 실은 그의 사상의 주요한 한 범주로 설정되어 마땅하다.

그의 리얼리즘은 우선 그의 작품 실제에서 얼마든지 검증될 수 있고, 또 더러 논의가 되어온 것으로 알고 있다. 그러나 이 작품의 실제에서 근대적 리얼리즘의 성향이 작가로서의 자각적인 의식의 뒷받침을 과연 어느 정도 받고 있느냐 하는 문제가 특히 그의 사상을 논하는 마당에는 중요한 것 같다. 이런 점에서 그의 일련의 문학론은 우리에게 특히 주목된다.

문학론에서 그의 주장의 중추적인 근간은 한마디로 '역사적인 현장성의 존중'이라고 규정할 수 있을 것 같다. 대표적으로 다음 일단의 논설에 생생히 드러나 있다.

옛것을 모방해서 글을 짓기를 마치 거울에 물건을 비치듯 하면 같다고 할 만한가? 본 물건과는 좌우가 상반되게 나타나니 어떻게 같다고 하랴. 마치 물에 물건이 비치듯 하면 같다고 할 만한가? 본말本末이 거꾸로 나타나니 어떻게 같다고 하랴. 또 마치 그림자가 물건을 따르듯 하면 같다고 할 만한가? 한낮에는 난쟁이 땅딸보가 되었다가 해가 기울면 키다리 꺽정이로 되니 어떻게 같다고 하랴. 그러면 또 마치 그림으로 물건을 그려내듯 하면 같다고 할 만한가? 다니는 것도 움직이지 않고 말하는 것도 소리가 없으니 어떻게 같다고 하랴.

그렇다면 결국 같을 수는 없다는 말인가? 대체 뭣 때문에 '같음'을 구하는가. '같음'을 구해 보았자 '참'이 아니다. 천하의 이른바 서로 같은 경우[相同者]는 반드시 '아주 꼭 닮았다[酷肖]'고 일컫고, 서로 분변하기 어려운 경우[難

辨者]는 또한 '참 모습에 아주 가깝다[逼眞]'고 말한다. 대체 이 '참모습'이라
느니 '닮았다'느니 하는 그 가운데에 이미 '가짜'와 '서로 다름'이 게재해
있다. (중략) 이씨자李氏子 낙서洛瑞(이름은 書九)는 올해 나이 16세로서 내게
다니며 공부한 지가 해포가 넘는다. 그는 심령心靈이 일찍 열렸고 혜식慧識
이 구슬 같다. 한번은 그의 〈녹천관집綠天館集〉 문고文稿를 가지고 와서 나
에게 이렇게 물었다. "제가 글을 짓기 시작한 지가 이제 겨우 두어 해밖에
안 되었습니다만 남의 노여움을 산 일은 많습니다. 한 마디만 조금 새롭고,
한 글자만 특이한 것이 있으면 문득 '옛날에도 이렇게 쓴 예가 있느냐'고
따집니다. 없다고 대답하면 버럭 성을 내면서 '어떻게 감히 이렇게 쓰느냐'
고들 합니다. 옛날에 이미 그렇게 쓴 예가 있다고 하면 제가 뭣 때문에 다시
그렇게 되풀이하겠습니까. 원컨대 선생님께서는 이 문제에 귀결을 정해 주
십시오." 이 말을 듣고 내가 이마에 손을 모아 얹고 삼배三拜를 한 다음에
꿇어 앉아 말했다.

　"그 말이 심히 옳은 말일세. 끊어졌던 학문을 가히 홍기시킬 만하네. (중
략) 그래도 자꾸 따지고 들고 노여움을 풀지 않거든 조심스럽게 이렇게 대
답하게. '《서경書經》의 글들도 삼대三代적의 시속時俗 글이요, 이사李斯와
왕희지王羲之의 글씨도 진秦·진晋 때의 시속 글씨입니다'라고."41)

　문학에 대한 이런 유의 그의 사고는 〈증좌소산인贈左蘇山人〉42) 등 그
의 문학론의 곳곳에 드러나 있다. 여기에서 명백히 파악할 수 있듯이, 그

---

41) 朴趾源, 〈綠天館集序〉, 앞의 책, 권6, 107쪽, "倣古爲文, 如鏡之照形, 可謂似也歟?
　　曰：左右相反, 惡得而似也. 如水之寫形, 可謂似也歟? 曰：本末倒見, 惡得而似也. 如
　　影之隨形, 可謂似也歟? 曰：午陽, 則侏儒僬僥, 斜日, 則龍伯防風. 惡得而似也. 如畵之
　　描形, 可謂似也歟? 曰：行者不動, 語者無聲, 惡得而似也. 曰：然則終不可得而似歟?
　　曰：夫何求乎似也? 求似者, 非眞也. 天下之所謂相同者, 必稱酷肖；難辨者, 亦曰逼眞.
　　夫語眞語肖之際, 假與異, 在其中矣. (중략) 李氏子洛瑞, 年十六, 從不佞學, 有年矣. 心
　　靈夙開, 慧識如珠. 嘗携其綠天之稿, 質于不佞曰："嗟乎! 余之爲文, 纔數歲矣, 其犯人
　　之怒多矣. 片言稍新, 隻字涉奇, 則輒問古有是否? 否, 則怫然于色曰：'安敢乃爾?' 噫!
　　於古有之, 我何更爲? 願夫子有以定之也." 不佞攅手加額, 三拜以跪曰："此言甚正, 可
　　興絶學. (중략) 問猶不止, 怒猶未解, 曉曉然答曰：'殷誥周雅, 三代之時文；丞相右軍,
　　秦晋之俗筆.'"
42) 朴趾源, 앞의 책, 권4.

는 당시까지도 문단의 지배적인 추세였던 고전, 그것도 중국의 그것을 모델로 하고, 그 권위에 묵수적墨守的으로 의존하려는 태도를 강력히 거부하고, 바로 자신이 삶을 영위하고 있는 자신의 시대에 충실하려는 위치에서 문학적 지평을 열어야 함을 주장하고 있다. 이러한 시간적인 현장성의 존중에서 한 걸음 나아가 그는, 앞의 민족주의 항項에 인용된 논설에서 보듯이 문학의 공간적인 마당으로서도 바로 자신이 속해 있는 민족과 사회 그 현장에 충실할 것을 주장했다.43) 자신의 시대, 자신의 민족과 사회에 충실한 문학을 창작해야 한다는, 즉 역사적인 현장성을 존중해야 한다는 그의 이와 같은 주장은, 바로 오늘날 운위되고 있는 리얼리즘론의 골간骨幹과 상통하는 주장이라고 하겠다.

여기에 따라 당연히 그는 문학의 제재와 표현에서도 고상하고 아름다운 것만을 골라 숭엄하고 전아하게 표현함으로써 결과적으로 위장僞裝과 분식扮飾으로 현실의 진상을 호도糊塗하고 마는 데에 떨어질 태도를 혐오하고, 현실에 있는 그대로의 실상을 표현할 것을 주장했다. 그의 이러한 주장은 다음과 같은 논설에서 파악할 수 있다. 말은 반드시 거창하게 일러야 할 것은 없다. 한 푼, 한 호毫, 한 리釐만한 일도 다 이를 만한 것이다. 기왓장이나 자갈이라고 해서 어찌 버리랴. 그러기에 도올檮杌은 포악한 짐승이지만 초楚나라 역사책의 이름으로 취해졌고, 사람을 쳐 죽이는 흉악한 큰 도둑들을 사마천司馬遷과 반고班固 같은 이는 서술했던 것이다.44)

이러한 그의 주장 또한 근대적인 리얼리즘에 접근하고 있다고 하겠다. 그의 리얼리즘은 물론 보편주의를 깨뜨리고 나온 그의 세계관과 민족주의, 그리고 봉건적 윤리에 맞선 그의 휴머니즘과 구조적으로 연결되어 있다.

---

43) 주 35) 참조.
44) 朴趾源, 〈孔雀舘文稿自序〉, 앞의 책, 권3, 57쪽, "語不必大道, 分毫釐所可道也. 瓦礫何棄! 故檮杌惡獸, 楚史取名 ; 椎埋劇盜, 遷固是敍."

4. 맺는 말

끝으로 해명할 한 가지는 그의 주자에 대한 존상尊尙의 발언[45] 문제다. 이런 점을 곧이곧대로 소박하게 받아들인다면 연암사상의 반주자주의성은 아마도 당치도 않는 입론이 될 것이고, 실제로 이런 점을 전거로 내세워 연암사상을 주자학의 발전적 문맥으로 보려는 견해가 대두되어 있다.[46]

물론 연암이라고 해서 주자의 전면全面에 대해 부정적인 것은 아니다. 그는 사상적으로는 주자와 대척적인 위치에 서지마는 인간적 측면에서는 주자를 존경했다. 주자를 가리켜 '만고의 의리주인義理主人'이라든가, '알지 못하는 것이 없고, 능치 못한 것이 없다'고 한 것 등이 그의 진심일 것이다. 그러나 연암의 저작이 언론의 자유가 보장된 여건 아래 집필된 것이 아니라는 단 한 가지 사실을 환기시킨다면 어렵지 않게 납득될 문제다. 차라리 위의 사실에서 당시 연암의 참담한 고심苦心을 읽어 마땅하다. 주자주의자들의 권위주의적 군림 아래 연암은 자신과 그리고 그의 그 위태로운 반명제적인 사상을 감시와 탄압으로부터 보호하기 위한 엄폐·위장의 책략으로서 그의 탁월한 상상력에 따른 갖가지 수법을 구사한 바 있다. 그의 작품의 곳곳에서 그 섬광을 발하는 풍자적인 수법, 저 〈호질虎叱〉의 앞뒤에 늘어놓은 장황한 객설客說의 유類와 같은 많은 우회적 수법

---

45) 朴趾源, 〈亡羊錄〉, 《熱河日記》, 앞의 책 권13, 251쪽. "朱子는 萬古의 義理主人이다. 의리가 勝한 곳보다 천하에 더 강한 데가 없다. 그러니 무엇 때문에 文弱을 우려하는가? (朱子, 萬古義理主人. 義理勝處, 天下莫强, 何憂文弱?)" ; 〈諸家總論〉, 《課農小抄》, 앞의 책 권16, 344쪽. "紫陽夫子(朱子)는 학문이 天人을 꿰뚫었고, 道는 뭇 聖人에 접했습니다. 천하의 일에 대해 알지 못하는 것이 없으며, 역시 천하의 일에 대해 능치 못한 것이 없습니다(紫陽夫子, 學貫天人, 道接群聖. 於天下之事, 無所不知 ; 於天下之事, 亦無所不能)." 이 밖에도 數個處에 주자를 尊尙하는 듯한 언급이 있다.

46) 대표적인 경우로 李家源 교수의 《연암소설연구》, 을유문화사, 1965, 91～98쪽 참조.

이 그 뚜렷한 예이다. 주자에 대한 그의 존상의 발언도 이들 수법과 함께 바로 엄폐·위장 책략의 일환으로 이해해야 할 성질의 것이다. 주자에 대한 존상의 발언이 주로 다른 곳 아닌 바로 그 말썽 많았던 《열하일기》와 그 물의(이른바 문체파동文體波動)가 있은 뒷날 정조正祖의 윤음綸音을 받들어 저술해 바친 《과농소초課農小抄》에 특히 과장적으로 표출되어 있다는 점은 그런 점에서 주목을 요한다.

어떻든 연암 자신이 주자를 치켜세우는 광대놀음을 하지 않으면 안 된 바로 그 점에서 주자주의와 그 세력에 대한 그의 사상의 거부성·저항성은 오히려 더욱 내연적內燃的 치열성을 띠고 있다. 그리고 연암으로 하여금 표리부동表裏不同하게 한 바로 그런 역사적 현실공간에 놓여 있음으로 해서 연암사상은 역사적으로 오히려 더욱 긴장된 의미를 획득하게 되는 것이다.

연암에게도 물론 긍정적인 측면만 있는 것은 아니다. 그의 사상은 반주자주의적이라 했지만, 그에게도 주자주의가 아직 찌꺼기[殘渣]로 남아 있었다. 역사적인 제약인 것이다. 여기서는 거기까지 미칠 겨를이 없었음을 고백한다. (《文學思想》 29, 1975년 2월호. 뒤에 '리얼리즘'항 첨가했음)

박연암朴燕巖의
〈홍덕보묘지명洪德保墓誌銘〉에 대하여

1. 머리말

〈홍덕보묘지명洪德保墓誌銘〉은 당대의 현실, 특히 그 지배계층의 부조리에 대결하는 연암燕巖 의식의 비장함에서나 신랄함에서 그의 여타 어느 것에 못지않은 작품이다. 특히 그동안 이 글이 서序만 통행하고 명銘이 빠져 있었던 것은 우연한 일실佚失이 아니라 그 내용이 가진 비판의 신랄함 때문에 고의적으로 삭제하였던 것으로 추단되어 더욱 우리의 관심을 끄는 작품이다.

여기서 다른 문헌에서 찾아지는 그 명사銘詞와 아울러 일고해 봄으로써 연암문학에 대한 이왕의 인식을 더욱 심화시키면서, 아직 다른 사실을 설명하기 위한 방계 자료로서 원용하는 일 말고는 작품 그 자체로서는 거의 논의되지 않고 있는, 그의 전傳 이외의 여타 산문에 대하여 논의하는 발단이 될 것을 기대한다.

2. 서序의 양식樣式과 주제主題

1) 양 식

우리는 먼저 이 묘지명의 서序[1]가 통상적인 그것과는 내용 전개의 양식을 달리하고 있음을 주목하게 된다. 묘지명은 알다시피 무덤 주인공의 인적 사항, 즉 성명, 자호字號를 비롯하여 관향貫鄕, 가계家系, 선덕先德, 출생과 졸수卒壽, 천분, 자질, 관력官歷, 행적, 공업功業과 학덕, 품행, 처자녀와 장일葬日, 장지葬地 등을 서序로 기술하고, 이 기술 내용과 관련하여 운문으로 된 명銘을 붙임으로써 결미를 삼는, 일종의 의식성儀式性 실용문의 범주에 드는 문장이다. 따라서 비록 경우에 따라 기술 사항에 가감이 있고, 그 기술 순서가 반드시 획일적이지는 않더라도 몇 가지 범주의 격식이 갖춰져 있었고, 이 격식의 두드러진 특징은 위의 사항들을 나열식 평면구성에 따라 서술해 나가는 점이라고 하겠다. 통상적으로는 이 격식을 따르고 있었음은 물론이다.

그런데 연암의 〈홍덕보묘지명〉은 통상적인 격식을 아주 깨뜨린, 묘지명으로서는 파격破格 그것으로 되어 있다. 그렇다고 해서 묘지명의 효용이 달린 위의 사항들이 기술되지 않은 것은 물론 아니다. 이 글을 읽어보면 묘지명으로서 기록되어야 할 사항은 빠짐없이 들어 있다. 그러면서도 통상적인 전개 방식인, 사항의 고립적, 평면적 구성에 따른 다분히 지시적指示的인 서술로 나열되어 있는 것이 아니라, 망인亡人의 생애에서 가장 특징적인 국면을 잡아 이를 구심화求心化하는 방향으로 유기적, 입체적 구성에 따른 함축적 제시로 수렴되어 있다. 즉 연암은 홍담헌洪湛軒의

---

1) 原題名에 통상적으로 있는 '幷序'가 없다. 특별한 이유는 없을 것으로 보아 표출해 쓴다.

생애에서 그와 중국 항주杭州 인사들과의 교우交友를 가장 특징적인 국면으로 잡아, 대뜸 중국으로 가는 사행使行편에 담헌의 죽음을 사행이 지나가는 길목에 사는 담헌의 한 중국인 지우知友에게 알리게 된 계제階梯를 기술하여 글의 발단을 삼음으로써 글의 초두부터 위 국면의 구심화 방향으로 곧바로 나아가고 있다. 이어 그 부고訃告의 내용으로서 담헌의 관함官啣·관향·성명·자호와 졸수의 사항들을 수렴하면서 부고를 직접 전할 길이 없는 양자강 남쪽 항주杭州 지방에 사는 담헌의 다른 중국인 지우들에게 담헌의 죽음을 알려달라는 당부를 기술하고 나서, 작중화자(연암)가 담헌이 그의 항주 지우들에게서 받은 서화·척독·시문들을 챙겨 관棺 앞에 진설해 두고 관을 어루만지며 통곡하면서 토로하는 언설言說의 형식을 취하여 담헌의 천분, 학설, 경세적經世的 역량과 그리고 전체의 3분의 1이 넘는 분량으로 담헌과 항주 인사들과의 교우를 기술하고 있다. 그리고 가계·관력·처자녀 등의 사항을 끝 부분에 의례적으로 처리하여 붙여 놓았다.

끝 부분에 의례적으로 처리된 사항들을 제외한 글의 구성을 다시 요약 정리하면 결국 이렇게 될 것이다. 즉, 글의 외형에서 구분되는 것으로서 '부고의 전제'−'부고'−'독백의 전제와 그 언설'이라는 세 형식 단락과 글의 집약된 내용에서 구분되는 것으로서 '중국 인사들과의 교우 사실의 환기'(위 형식 단락 가운데 '부고의 전제'−'부고'−'독백의 전제'가 이에 해당), '담헌의 학자적, 경세적 능력'(위 형식 단락 가운데 '독백의 언설'의 앞부분이 이에 해당), '중국 인사들과의 교우 실상'(위 형식 단락 가운데 '독백의 언설'의 뒷부분이 이에 해당)이라는 세 내용 단락으로의 구성이 그것이다.

그런데 형식 단락과 내용 단락 사이의 어긋남이 이미 시사하듯이 이 글의 총체적인 구성의 양상은 그리 단순한 것이 아니다. 우선 세 형식 단락 사이의 관계는, 형식 단락 첫째와 둘째 사이는 작중화자가 사객使客에게 부고를 부탁하는 행위의 서술로, 둘째와 셋째 사이는 작중화자가 사객을 보내고 나서 항인杭人들의 서화 등을 진설하고 통곡하는 행위의 서술로 각각 유기적인 연결, 자연스러운 전절轉折의 관계를 이루고 있음이 명료히 드러나 있어 별로 문제될 것이 없다. 이에 대해 세 내용 단락 사이의 관계는 좀 복잡하다. 유기적 연결을 이루고 있는 표면의 형식 단락들을 제거해 놓고 보면 세 내용 단락들은 서로 고립적으로 단절되어 보인다. 그러나 여기서도 우리는 먼저 중국 인사와 가진 교우 사실을 환기시킨 첫째 단락과, 그 교우의 실상을 제시한 셋째 단락 사이에는 한 단락 건너뛴 거리가 있음에도 불구하고, 아니 거리가 있음으로 해서 오히려 더 긴장된 조응照應 관계를 이루고 있음을 쉽사리 발견하게 된다.

문제는 담헌의 학자적, 경세적 능력을 서술한 중간 단락과 그 앞뒤 두 단락 사이의 관계다. 이 중간 단락과 그 앞 단락과는 어느 모로나 단절되어 있음이 확연하다. 담헌의 중국 인사들과의 교우 사실 환기 그 자체와, 담헌의 학자적, 경세적 능력과의 사이는 일단 단절적일 수밖에 없다. 그러나 중국 인사들과 가진 교우 사실을 드러낸 그 뒷 단락과의 사이는 반드시 그렇지 않다. 여기에는 실은 마땅히 언표言表되어야 할 연결의 논리가 표면에서 소거消去, 이면으로 함축됨으로써 묵시화默示化되어 있다. 일종의 비약이다. 이것은 물론 작자 연암의 지극히 의도적인 구성이다. 이 두 단락 사이 표면상의 단절의 근저에 놓인 연결의 논리, 바로 여기에 이 글 주제의 매듭이 놓여 있다. 주제의 문제는 뒤 절에서 논의되겠거니와 여기서 잠정적으로 언급하면, 요컨대 담헌의 학자적, 경세적 능력이 국내 사회에서는 지우知遇를 받지 못하고 도리어 이역 중국의 인사들에게서 추앙을 받게 되었다는 이 논리가 표면에서 사라지고 이면화되어 있는 것이다. 아무튼 이렇게 하여 표면상 단절되어 있는 내용 단락의 둘째와 셋째 사이는 실은 유기성이 가장 강한 논리로써 묵시적으로 연결되어 있음이 확인되었고, 따라서 둘째 단락은 셋째와 첫째 단락과의 조응 관계를 통하여 마침내 첫째 단락과도 간접으로 소급하여 연결을 맺게 되었다.

이상의 논의를 마무리하면 결국 형식 단락들은 전절적轉折的 연결, 내용 단락들은 표면적 단절과 이면적 연결을 하면서 이 두 측면의 단락 구성들이 위에서 보인 바(괄호 안의 설명으로 형식 단락과 내용 단락들을 상대시킨 부분)와 같은 서로 길항拮抗하는 어울림으로 빚어지는 구조라고 하겠다. 내용 단락들의 연결은 어디까지나 이면적, 묵시적 논리에 의존하고 있기 때문에 그 표면상의 단절에 따라 자칫 고립적 분열에 떨어질 위험을 안고 있었다. 바로 이 위험이 글의 겉면을 덮고 있는 형식 단락들의 연결에 감싸임으로써 구제되고, 여기에서 이 글 양식이 구심화 방향을 가지게 되는 일차적인 기틀을 얻게 되었다. 이 기틀에 의존하면서 내용 단락들의 이면적, 묵시적 연결 논리가 힘을 발휘하여 가세함으로써 양식의 구심화가 완성된 것이다. 그리고 형식 단락들의 구성과 내용 단락들의 구성이 이와 같이 상보관계를 가지면서 그러나 양자가 서로 불일치하여 버티는, 즉 길항하는 관계로써 어울리는 가운데 이 글의 양식이 역동성을 띠게 되는 기틀을 얻게 된 것이다. 요컨대 연암은 담헌의 생애를 집약된 구심성·역동성을 띠는 양식구조로 표출함으로써 통상적인 묘지명의 격식적 성격과는 아주 다른 차원의 창조적, 문예적 경지를 열어놓았다.

연암에게 묘지명의 구심화적 양식화는 비단 이 〈홍덕보묘지〉에만 그치지 않는다. 그의 나머지 네 편의 묘지명이 모두 통상적인 그것과는 격을 달리하고 있거니와, 그 가운데서도 특히 작자의 어린 시절에 신혼 초의 누이와 작자 사이에 벌어졌던 깜찍한 한 사건을 구심점으로 한 〈백자증정부인박씨묘지명伯姊贈貞夫人朴氏墓誌銘〉과 사대부가의 맏며느리로 가난에 시달린 작자 형수의 애절한 풍성豐盛에 대한 염원을 구상화한 〈백수공인이씨묘지명伯嫂恭人李氏墓誌銘〉 같은 작품은, 그 구심화의 정도가 여기 〈홍덕보묘지〉에 조금도 못지 않을 뿐 아니라 오히려 넘어서는 감이 있다. 이와 같이 묘지명의 나열적, 평면적인 구성의 통상적 격례格例를 거부하고 통합적, 입체적 구성에 따른 구심화 방향을 취한 것은 일차적으로 작자 연암 자신의 문학이론 범주들인 방고倣古의 배격과 이와 표리 관계에 있는 지변知變·창신刱新에 연결하여 이해할 수 있다. 아니, 그냥 소극적으로 이해되는 데에 그쳐질 성질의 관계가 아니라, 격식성이 강한 묘지명 문체(문장체제의 뜻으로 씀)의 기존 격식을 거의 파괴하고 아주 새로운 양식을 제시하다시피 했다는 점에서 이 이론의 가장 적극적, 전형적 실현의 한 양태로 인식할 만하다. 나아가서 이 실현은 구극적으로는 규범에 대한 종속을 거부하고 세계의 주체적인 인식 내지 재구성을 지향하는 작자 연암의 삶의 의식 또는 세계관의 한 표현에 다름 아니다.

개별 작품의 양식은 구극적究極的으로는 작자의 삶의 의식이나 세계관과 관련이 있지만, 나름대로의 특수한 동기나 상황 아래에서 빚어지는 작품의 주제 그것에 의해 결정된다고 할 수 있다. 따라서 개별 작품의 양식에 대한 이해는 그 작품의 주제와 관련하여 이해되지 않으면 안 된다. 이 작품의 양식에 관한 이해도 다음의 주제에 관한 논의로부터 뒷받침받을 때 비로소 완결될 것이다.

2) 주 제

묘지명은 당초 주제라고 할 만한 어떤 것을 요구하는 문체는 아니다. 앞에서도 말했듯이 한 인물의 인적 사항을 기술하여 후세에 전하고자 하는 데에 목적을 둔 실용문이다. 그래서 더러는 가위 사무적이라 할 만큼 지극히 지시적인 언어로 간략히 기술한 경우도 없지 않았다.

그러나 주지하듯이 한문학은 문예문과 실용문을 오늘날처럼 그렇게 분명하게 갈라놓고 구별하지는 않았다. 그 용도에서는 실용을 목적으로 한 것이라 하더라도 그 표현 실제에서는 문학적 야심을 걸거나 기대하는 경우가 대부분이었고, 묘지명도 여기에서 예외는 아니었다. 그래서 한 인물의 생애 또는 면모를 일정한 한계를 가진 편폭 안에 야심적으로 드러내 보이려 문학적 역량이나 정열을 기울인 경우도 많았다. 그러나 이러한 노력의 의도도 대부분은 한 인물의 생애나 면모의 사실적 차원 그 자체에만 즉卽해 있었고, 어떤 주제의식으로부터 투사投射되는 비전을 가지고 인물의 생애나 면모에 접근하는 데에까지 나아간 경우는 매우 드물었다. 묘지명이라는 문체 자체의 요구가 여기에까지 미칠 이유가 없기 때문이다. 그런데 연암이 여기에까지 이르렀다는 점에서 우리는 그의 강한 주제 추구의식을 읽을 수 있다. 강한 주제 추구의식은 바꾸어 말하면 강한 문제의식으로서, 위에서 지적한바 세계의 주체적 인식 내지는 재구성을 지향하는 그의 삶의 의식의 한 실현 양태다. 아무튼 위에서 살펴본 이 글의 구심화적 양식도 직접적으로는 바로 그의 강한 주제 추구의식의 소산이다.

〈홍덕보묘지명〉의 주제는 앞에서 잠정적으로 언급한 바 있듯이, 요컨대 담헌의 학자로서의 능력, 경세적 역량이 정작 국내 지배층 사회로부터는 지우知遇를 받지 못하고 거꾸로 이역 중국 인사들에게서 추앙을 받게 되었다는 것으로서, 당대 국내 지배층 사회에 대한 항변의 의미가 있다. 그런데 이러한 주제가 글의 문면에 언표로서 드러난 바는 일체 없다.

위의 구조 분석에서 논의된 바와 같이 '중국 인사들과의 교우 사실 환기', '담헌의 학자적, 경세적 능력', '중국 인사들과의 교우 실상'이라는 내용 단락에서, 중간 단락과 그 앞뒤 두 단락 사이에 아무런 매개 논리도 끼워 놓지 않았다. 그리고 보는 바와 같이 단락 구성의 비례에서나 글의 실제적 분량의 안배에서나 담헌의 중국 인사들과의 교우 사실을 두고서 담헌의 일생을 영광되게 장식하려는 양 해 놓았다. 그러나 이것은 반어反語다. 즉 그는 반어적 수법으로 주제를 암시해 놓았다. 이것이 반어임은 일차적으로 이 글의 톤(tone)이 말해 준다. 원문을 음미해 보면 감득感得할 터이지만 이 글은 첫머리부터 강개慷慨로 고양高揚되어 있다. 그리고 비장미悲壯美가 흐르고 있다. 이런 감각이 영광되게 장식하려는 의도에서는 나올 수 없음은 새삼 말할 필요도 없다. 글의 표면 내용과 이면 의도 사이의 불일치함을 말해 준다.

다음으로 우리는 글의 내용 일부를 검토해 보자. 번거로움을 피하기 위해 본문의 긴 인용은 삼가겠거니와 항주 인사들의 서화·척독 등을 챙겨 담헌의 관 앞에 진설해 두고 관을 어루만지면서 토로하는 작중화자(연암)의 독백적 언설 가운데 학자로서의 담헌의 업적으로, 특히 그의 지전설地轉說을 언급하고 나서 "그는 만년에는 더욱 땅이 돈다는 것을 스스로 믿어 의심하지 않았다"[2]라고 끝맺고 있으며, 담헌의 경세적 역량으로 한 나라의 재정·외교·국방에 걸친 잠재능력을 거론하고 나서 "단지 그는 남에게 과시하기를 좋아하지 않아서 두어 고을의 원을 지내면서는 그저 서류를 잘 정리하고 매사를 미리 준비해서 아전들이 공손해하고 백성들이 따르게 했을 따름이다"[3]라고 끝맺고 있다. 앞의 인용문에서 우리는 담헌의 지전설이 당시 지식인 사회의 몰이해와 외면 속에 고독한 신념으로 지켜졌다는, 표현 너머의 논리를, 뒤의 인용문에서는 재정·외교·국방이라는 국가 경영의 주요 부문에 걸친 담헌의 경세 역량이 고작 두어 고을 원으로 끝나고 말았다는, 표현 너머의 논리를 각각 읽을 수 있다.

이에 대해 담헌이 중국 인사들에게서 지우를 받은 것을 기술한 곳에서는 작자는 "(육비陸飛·엄성嚴誠·반정균潘庭筠) 세 사람은 모두 전당錢塘이 고향인 문장 예술의 인사로서, 교유하는 상대가 모두 중국의 지명인사였다. 그러나 모두 덕보를 추앙하여 대유大儒라고 했다"[4]는 표면의 논리로 담헌을 중국 지명인사들의 머리 위에 올려놓았다. 두 내용 단락 사이에 보이는 이와 같은 단층斷層 관계 속에서 우리는 다시 이 글의 주제 방향을 찾을 수 있다. 앞에서 구조 분석을 하는 자리에서 바로 이 사이에 주

---

2) "其晚歲, 益自信地轉無疑."
3) "獨不喜赫赫耀人. 故其莅數郡, 謹簿書先期會, 不過使吏拱民馴而已."
4) "三人者, 俱家錢塘, 皆文章藝術之士, 交遊皆海內知名. 然咸推服德保爲大儒."

제의 매듭이 놓여 있다고 한 근거가 바로 여기에 있다.

연암은 담헌의 중국 인사들과 가진 교유를 이 글에 앞서 〈회우록서繪友錄序〉에서 이미 다룬 적이 있었다. 그런데 여기서 또 같은 문제를 들고 나왔다. 이에 우리는 연암에게 '교우'의 문제란 도대체 무엇인가 한번 생각해 볼 필요가 있다. 왜냐하면 이 두 편을 제하고도 이 문제를 표면에 내걸고 나온 작품으로 〈마장전馬駔傳〉, 〈회성원집발繪聲園集跋〉 두 편이나 더 있어 모두 4편에 이르기 때문이다. 한 가지 문제를 가지고 이렇게 여러 차례 들고 나온 예가 그의 문집 외에 달리 없을 것 같다. 여기에서 우리는, 연암에게는 교우 문제의 반복이 우정 그 자체의 중시에만 머무르지 않고 그 이상의 의미를 띠고 있음을 알게 된다. 아무리 우정을 중시하더라도 같은 방향의 주제를 적어도 네 차례나 되풀이하지는 않았을 터이기 때문이다. 요컨대 연암에게 '교우'는 우정 자체의 중시라는 의미에 앞서 당대 사회의 병리와 부조리를 비판하기 위한 '도구적道具的 범주範疇'의 성격을 가지고 있다고 보아야 할 듯하다. 이것은 위에 든 작품들의 실제를 상기해 보면 확연해진다. 즉, 〈마장전〉에서는 세勢·명名·이利를 둘러싼 양반사회의 추악상을 폭로·비판하기 위한 도구로, 〈회성원집발〉에서는 '상우천고尙友千古'라는 관념적 사고태도를 비판하기 위한 도구로, 그리고 〈회우록서〉에서는 국내의 양반·상인·중인·서얼이라는 봉건적 계층 사이의 불교통不交通과 노론·소론·남인·북인이라는 당파 사이의 불교통으로 막히고 일그러진 현실을 비판하기 위한 도구로 씌어진 것이다. 따라서 이 작품에서는 담헌의 중국 인사들과 교우를 들고 나와 능력을 가진 인재가 정당한 대우를 받고 있지 못하는 국내 지배층 사회의 부조리를 비판하려 했다고 보는 것은 이 맥락에서도 매우 자연스럽다.

한편 이 작품에서 우정이 바로 주제 그것은 아니라고 하더라도, 이민족의 지배 아래 갈등하고 방황하는 한족漢族 지식인과 지배층의 부조리에 맞서며 제자리를 얻지 못한 국내 지식인이, 만나 학예學藝를 논하고 시대를 고민하는 동지적 우정의 범동아적汎東亞的 전개의 비전을 보여주고 있어 주목할 만하다. 작자 연암의 날카로운 국제 감각, 역사 감각에 의해 동아사東亞史의 18세기적 단면이 은현隱顯하고 있다. 〈허생〉에서 "천하의 대의大義를 성명聲明하려는 자 치고 먼저 천하의 호걸들과 교결交結하지 않는 자는 없다"5)고 한 대목과 상통하는 비전이다. 이 작품의 어조와 강개함이 이 부차적 주제와도 무관하지 않다.

앞에서 연암의 강한 주제 추구의식을 지적한 바 있거니와, 이 글의 경우 사실은 바로 연암 자신의 현실적 처지의 표현이라 해도 과언이 아니다. 글의 주인공 담헌과 작자 연암은 워낙 의기意氣가 상합相合하고 그 현실적 처지도 비슷하여, 게다가 중국을 현지에 가서 경험한 이력도 같아서 담헌의 묘지명이라면 굳이 의도하지 않더라도 저절로 연암 자신을 대변할 소지가 충분한 것은 사실이다. 그러나 이 글이 씌어진 정조 7년은 연암이 47세, 비록 그 2년 전에 자기를 노리던 홍국영洪國榮이 죽었기는 하나 정당한 지우를 받지 못한 채 권외圈外에서 방황하고 있기로는 마찬가지였다. 《열하일기》를 불사르려는 박산여朴山如의 거조擧措에 대해 연암이 단호히 분노했던 유명한 사건은 바로 이 2년 뒤의 일이다. 그의 이른바 '괴뢰불평지기傀儡不平之氣(울컥울컥 불평이 치미는 심정)'6)가 잦아들 상황의 특별한 변화도 없었다. 이러한 연암 자신의 현실적 처지가 주제 방향은 물론이거니와 글의 흐름을 특히 강개한 역동성을 가지게 했던 것이다.7)

---

5) "(許生曰) 夫欲聲大義於天下, 而不先交結天下之豪傑者, 未之有也."

6) 南公轍, 〈朴山如墓誌銘〉, 《金陵居士集》 권 17, "天且曙, 燕巖旣醒, 忽整衣跪坐曰 : '山如! 來前. 吾窮於世久矣! 欲借文章, 一瀉出傀儡不平之氣, 恣其游戲爾. 豈樂爲哉?'"

7) 朴榮喆刊本 《燕巖集》의 이 묘지명 말미에 기록되어 있는 評言 "首尾八百餘言, 以友朋起結, 一字不及孝友慈敬, 居家行誼. 然其人篤於倫懿, 言外可見"이라는 내용은 통상적인 묘지명을 보는 시각으로 이 묘지명을 본 것으로, 이 묘지명의 주제 방향이란 관점에

3. 명사銘詞의 내용과 그 의미

서두에서 밝혔듯이 그동안 이 글이 서序만 통행하고 명銘은 빠져 있었다. 연암 문집으로서 간刊·미간未刊 할 것 없이 적어도 일반적으로 통행된 본에는 명이 실려 있지 않은 것으로 알고 있다. 《담헌서湛軒書》 부록에 실린 이 글에도 역시 서만이 실려 있을 뿐 명은 없다. 다만 박영철朴榮喆 간본 《연암집》에 실린 이 글의 명이 놓일 자리, '명왈銘曰' 다음에 '명일원고銘佚原稿', 즉 명은 원고가 일실되었다는 기록만 있을 뿐이다.

그런데 일실되었다던 이 명의 원고가 기실 일실된 것도 아니었다. 우선 연암의 아들 박종채朴宗采가 쓴 《과정록過庭錄》(사본) 권 1에 "계묘년(1783)에 홍담헌을 곡哭하셨다"는 말을 서두로 하여 두 사람 사이의 우정을 기술하고 난 뒤끝에 "선군께서 뇌誄를 지으시기를"이라고 전제한 다음 아래와 같은 운문 한 편을 기록해 놓았다.

> 相逢西子湖, 知君不羞吾.
> 口中不含珠, 空悲詠麥儒.

'뇌'라고 했으니 곧 명임에 틀림없다. 그런데 이와는 다른 경로로 전하는 다른 또 한 편이 있다. 일찍이 학계에 보고된 바에 따르면, 미간未刊 사본 《연암산고燕巖散稿》 제3책 중에 다음과 같이 실려 있다는 것이다.[8]

> 宜笑舞歌呼, 相逢西子湖, 知君不羞吾.
> 口中不含珠, 空悲詠麥儒.

<hr>

서는 적절치 않다.

8) 李家源, 〈燕巖集 逸書·逸文 및 附錄에 대한 小攷〉, 《국어국문학》 통권 39·40 합본호, 1968.

보다시피 후자에는 전자에 없는 '宜笑舞歌呼' 한 구절이 앞머리에 더 있다. 두 사본의 필사자를 알 길도, 첨삭의 연유를 알 길도 없으므로 어느 것이 정편正篇인지를 확인할 길이 없다. 여기서는 일단 후자 사본을 정편으로 보고자 한다. 그래서 이 후자에 따라 독해해 보고자 한다. 이 명사銘詞는 독해에 다소 이견이 있을 수 있는데, 필자는 일단 다음과 같이 독해하고자 한다.

> 웃고 춤추고 노래하고 부르짖을 일이로다.
> 서자호西子湖에서 서로 만났구나.9)
> 그대는 우리를 부끄러이 하지 않았음을 아노라.
>
> 입 안에 구슬도 머금지 않고 가며
> '푸른 보리의 시'를 읊조린 유자儒者를 부질없이 슬퍼하네.

내용을 해설하면 대략 다음과 같이 된다. 즉 명사의 앞 연은 서에서 기술된 항주 인사들과 가진 만남을 다룬 것으로, 첫 구절은 국내에서 지우知遇를 받지 못하고 울울鬱鬱히 지내던 담헌이 중국의 명류名流들에게서 지우를 받은 것은, 그야말로 마땅히 '소무가호'할 일이라는 뜻이다. 글의 논리적 순서로는 의당 제2구나 제3구가 되어야 할 것이나, 그 만남의 환희 또는 감개를 극적으로 고조시키기 위해 도치시켜 앞머리에 놓은 것이다. 둘째 구절은 담헌이 만난 중국의 지기知己 세 사람 모두가 항주 사람들이기에, 실제는 북경에서 만났으나 서자호西子湖에서 만난 것으로 의설擬設하여 앞 구절의 '소무가호'에 하나의 봉장적逢場的 성격을 부여하면서 미경美景으로 이름난 명호名湖 서자호(서호西湖)를 가지고 서에서 기술

---

9) '西子湖'는 중국 杭州의 美景인 西湖를 미인 西施(西子)에 比擬하여 미화한 이름이다. 우리나라에도 水原에 西湖라는 이름의 호수가 있고, 서울 西江의 별칭이 또한 西湖이나 이 글과는 무관하다.

한바, 세 사람이 모두 문장예술지사文章藝術之士로서 중국의 명류였다는 내용에 상징적으로 대응시키려 한 것이다. 제3구는 담헌이 중국 인사들과 필담筆談으로 '경지經旨·천인성명天人性命·고금출처대의古今出處大義' 등 철학과 역사와 현실문제에 이르기까지 광범한 논의를 벌이는 가운데 그들에게서 대유大儒로 추앙받았다는 서의 내용에 대응해 한 표현이다. 담헌의 〈건정동필담乾淨衕筆談〉을 보면 실제로 담헌이 좌중을 압도한 느낌이다. 요컨대 명사 앞 연의 분위기는 '소무가호'가 지배하고 있는데, '소무가호'는 서에서 쓴 반어법을 극도로 고양시킨 것이다. 그래서 마침내 비장한 골계滑稽 그것이 되었다.

그런데 이 명사의 자골처刺骨處는 뒤의 연에 있다. 묘지명의 명사는 앞서에 기술된 중요 내용을 축약·반복하는 것이 통상적이다. 그런데 연암의 이 명사 뒤의 연은 서의 문면에 일체 내비치지도 않았던 내용을 다루고 있어 여기서도 파격을 해 놓았다. 그러나 단순히 파격을 위해서만 그렇게 한 것은 아니다. 이 명사의 내용을 산문의 노골성을 통해서까지 드러내 놓고 싶지 않았거나 드러내 놓을 수가 없었기 때문이다.

'입에 구슬도 머금지'라고 번역된 '함주含珠'는 사자死者를 염습殮襲할 때 그 입 안에 구슬을 물리는 상례喪禮의 한 일인데,10) 구슬을 물리는 이유는 사자를 차마 빈 입으로 보낼 수 없어서, 또는 살았을 때 음식 먹는 것을 상징해서라고 한다.11) 그런데 담헌은 평소에 상례에 반함飯含을 할 필요가 없다는 주장을 하고 있었고, 연암에게 자기 사후 상장喪葬의 일을 살펴 달라는 부탁까지 해놓아서 그가 죽자 연암은 담헌의 뜻에 따라 그

---

10) '含珠'는 '飯含'이라고도 하는데, 원래는 死者의 봉건적 신분에 따라 입 안에 물리는 물건에도 주珠·옥玉·미米·패貝 등 차등이 있었다. 그러나 꼭 구슬(珠)이 아니더라도 통칭 '含珠'라고 한 것이다.

11) 《禮記·檀弓下》, '飯用米貝, 弗忍虛也.' 〈春秋說題辭〉, "口實曰含, 象生時食也." 한편 燕巖은 〈穢德先生傳〉에서 "人之大往, 飯珠飯玉, 明其潔也"라고 하여, 그 의미를 사자의 生前 潔白을 밝히기 위해서라고 규정하기도 했다.

아들에게 일러 반함을 하지 않도록 했다고 한다.12) 담헌이 왜 반함 불필
요론을 주장했는지는 알 수 없으나, 연암은 이 사실을 가지고 《장자莊
子》의 기사 한 단락의 내용과 연결하여 위와 같은 명사를 구성해 놓았다.
아래에 《장자》 가운데의 관계 내용을 보인다.

> 유자儒者는 시례詩禮로써 남의 무덤을 파헤친다.
> 대유大儒가 (소유小儒에게) 하명했다.
> "동방이 밝아온다. 일이 어떻게 되었느냐?"
> 소유가 대답했다.
> "(시체의) 옷이 아직 벗겨지지 않았사오며, 입 안에는 구슬이 있습니다."
> (대유의 말)
> "시에 있느니라.
> 푸르고 푸른 보리는
> 둔덕에 돋아 있도다.
> 살아서 남에게 베풀지 못했거니
> 죽어서 어찌 구슬을 머금으리요.
> 그(사자死者)의 살쩍을 움켜잡고 아래턱 수염을 누르고는 네가 쇠망치로
> 턱을 두들겨 두 볼을 천천히 벌려 입 안의 구슬을 상하지 않도록 하라."13)

야음夜陰을 틈타서 남의 무덤을 파헤치고 사자의 입 안의 구슬을 꺼내는
대유와 소유(대유는 지휘자이고 소유는 하수인이다). 이것은 물론 입으로는
'시례'를 담론하면서 뒤로는 발총發塚과 같은 흉악한 짓을 유유히 하고 있
는 유자들을 공격하기 위한 우언寓言이다. 이 우언의 내용을 통해 위 명사

---

12) 朴宗采, 《過庭錄》 下, 癸卯哭湛軒條.

13) 〈外物〉, 《莊子》, '儒以詩禮發塚. 大儒臚傳曰 : '東方作矣! 事之何若?' 小儒曰 : '未解
裙襦, 口中有珠.' '詩固有之曰 : 靑靑之麥, 生於陵陂, 生不布施, 死何含珠爲?' 接其鬢,
壓其顪, 而以金椎控其頤, 徐別其頰, 無傷口中珠!'" '詩固有之' 이하를 大儒가 小儒에게
하는 말로 본 것은 최근의 《莊子今註今譯》(陳鼓應)의 설을 따른 것인데, 가령 연암이
접했을, 소유가 대유에게 고하는 말의 연속으로 본 舊見과 그 本旨에서는 다름이 없다.

뒤의 연의 내용과 의미가 무엇인지는 풀린 셈이다. 즉 이 우언의 의미를 연암은 자기 시대의 추악한 위선적 지배 지식인들에게 그대로 옮겨 적용한 것이다. 원문 '비悲'자를 일단 글자의 기본 뜻에 따라 '슬퍼하네'라고 번역했지만 여기서는 '비분悲憤'의 뜻으로서의 '슬퍼함'이다. 그리고 '부질없이'라는 부사는 《장자》의 우언 내용에 연결하여 '발총 유자에게 빼앗길 구슬을 머금고 가지도 않으면서'라는 앞 구절의 단서가 전제되었기에 사용된 것이다. 그래서 뒤의 연에서도 또한 비장한 골계성을 가지게 되어 전편全篇의 미학적 특질이 통일을 이루게 되는 것이다. 아무튼, 주지하듯이 당시 지배 지식인들의 위선적 추악성은 연암이 줄곧 힘써 공격해 마지않던 대상이다. 〈마장전〉의 군자君子, 〈예덕선생전〉의 불결자不潔者, 〈양반전〉의 양반들, 〈역학대도전〉의 '유자란 이름에 의탁한 자(托儒名者)', 그리고 〈허생〉의 북벌론자北伐論者 등이 모두 여기 《장자》 우화의 시례발총형詩禮發塚型들이다.

　뿐만 아니라 이들은 《장자》의 우화를 통해 이중으로 풍자당하고 있다. 즉, 대유가 읊조리는 시의 '살아서 남에게 베풀지 못했거니 / 죽어서 어찌 구슬을 머금으리요'라는 내용은 목하 발총 당하고 있는 무덤 안 귀인 신분의 사자死者 바로 그를 풍자하고 있는 것인데,[14] 연암은 이 풍자까지도 당시 지배 지식인들에게 돌려 그들을 몰염치한 무능력자로 공격하는 효과를 거두고 있는 것이다. 여기에서 우리는 명사 뒤의 연의 내용도 서의 기술 내용과 심층적으로 대응되어 있음을 알게 된다. 즉 그들을 몰염치한 무능력자로 공격한 맞은편에는 담헌의 학자적 자질, 경세적 역량, 그리고 중국 인사들로부터의 추앙 사실이 놓여 있기 때문이다. 이에 따라 명사 앞 연의 표면 내용과도 자연스럽게 어울리게 되었다. 여기에 이르면 담헌이 반함을 원하지 않았던 실제 이유가 무엇이건 간에 "입 안

---

14) 郭慶藩,《莊子集解》, 臺灣 華正書局版, 928쪽, "凡貴人葬者, 口多含珠. 故誦青青之詩刺之."

에 구슬도 머금지 않고 가며"라는 명사의 구절은 드디어 담헌의 염결함을 드높이는 의미로 빛을 발하게 되어 발총發塚 유자儒者를 비분해 하는 뒤의 구절 내용과 앞서와는 다른 맥락으로 다시 만나게 되면서 명사의 의미가 완결된다. 뒤의 연의 이중 함의含意가 마침내 확인되는 이 단계에 와서는 번역문 가운데 '구슬도'는 '구슬을'로 고쳐 읽어야 함직하다.

당시 지배층 사회에 대한 연암의 풍자·공격의 신랄함이 이 명사의 함의를 능가할 저작은 아마 없을 듯하다. 문자 그대로 '희소노매喜笑怒罵', 풍자·공격의 한 극점極點을 보여준 셈이다. 그래서 연암이 하세下世한 뒤에 가인家人들이 그의 문집을 수습·편차할 적에15) 모종의 저촉을 두려워하여 통행본通行本에는 고의로 삭제하고 가장家藏 산고散稿와 《과정록》에서는 존고存稿해 둔 것이 아닌가 추측된다. 가인들이 작성한 통행본의 최초 정본에서 삭제됨에 따라 그 뒤 다른 통행본들에서는 저절로 빠지게 되었을 것이다. 묘지명의 서 전문과 '명왈銘曰' 자까지 있는 글에서 유독 5구의 명사만이 일실되었다는 것은 상식으로는 납득되지 않는다. 여기에서 우리는 연암의 손자 박규수朴珪壽·박선수朴瑄壽 등이 고관으로 출세했음에도 그 조부의 문집을 끝내 간행하지 못하고, 또는 아니하고 만 데에는 모종의 말 못할 사정이 있었을 것인바, 그 사정이 다름 아닌 문집 내용의 과격한 풍자와 공격성 때문이었다는, 전해 오는 이야기를 떠올려 보면 명사의 고의적 삭제 추측이 그리 잘못된 건 아니라고 본다.

---

15) 金澤榮, 〈朴燕巖先生年譜〉, 《重編朴燕巖先生文集》 卷首, "先生, 平日, 於著述, 不加收定. 沒後, 家人始收而次之, 名曰 : '燕巖集'."

4. 맺는 말

　이상으로써 〈홍덕보묘지명〉에 대한 문학적 이해를 시도해 보았다. 시도의 결과가 대략 연암에 대한 기왕의 인식을 심화·보강하는 쪽으로 결론이 난 셈이다. 여기서 우리는 그동안 주로 전傳을 통한 연암에 대한 인식이 결코 불안스럽지는 않다는, 기왕의 성과에 대한 신뢰를 확인하게 된다. 그렇더라도 주로 전을 통한 연암에 대한 기왕의 인식 내용을 더욱 심화 확충하기 위해서라도 연암의 여타 산문들에 대한 연구가 있어야 함도 아울러 확인한 셈이다.

　그런데, 반드시 이 경우처럼 모두 기왕의 인식과 합치되리란 보장은 없다. 더러는 모순·당착撞着하는 경우도 없잖아 있으리라 본다. 이런 경우까지를 구명·포괄할 때 연암의 문학과 사상에 대한 인식은 더욱 구조적으로 고양高揚될 것이다. (《李朝後期漢文學의 再照明》, 창작과비평사, 1983)

<야출고북구기夜出古北口記>[1]에서
연암燕巖의 자아

1.

　한국 한문학의 연구는 근래 들어 연구 인구의 급속한 증가와 함께 그 성과의 양적 축적과 질적 발전도 날로 괄목할 정도로 진전되어 우리 전통문화의 질량의 확충과 풍후화豊厚化에 크게 이바지해 가고 있다. 불과 10, 20년 전까지만 해도 한국 한문학을 두고 '우리 문학이다, 아니다' 논란들을 벌여 왔던 일을 상기해 본다면 참으로 금석지감今昔之感이 있다.

　그러나 아직은 역시 연구행정研究行程의 초기 단계인 만큼 불가피하게 많은 문제점들을 안고 있음을 우리는 잘 알고 있다. 그 가운데 하나로 우리는 연구대상에서 문(文 : 산문 영역에서 서사류敍事類를 제외한, 서序·기記·서書·설說 등에 속하는 작품들을 잠정적으로 이렇게 부름)에 대한 관심의 태무殆無를 들 수 있다. 주지하듯이 문은 시와 함께 우리나라 한문학 유산의 2대 영역으로서, 창작 당시로 나아가서 본다면 시보다 오히려 더 중시되었다. 그런데 오늘날 연구에서는 거의 요요寥寥한 형편이다. 한문학사에서 이를테면 '상象·월月·계谿·택澤'—상촌象村 신흠申欽, 월

---

1) 朴趾源의 《熱河日記》의 〈山莊雜記〉에 실려 있음.

사月沙 이정귀李廷龜, 계곡谿谷 장유張維, 택당澤堂 이식李植—을 거의 예외 없이 거론하고 있으면서도 실은 이들의 작품에 대한 연구 성과의 뒷받침을 얻지 못하고 있으며, 문에 관한 이론의 탐구 성과는 쌓여 가는데 작품 실제에 대한 논의는 뒤따르지 못하고 있다. 결국 그동안의 연구 성과는 주로 시와 문학이론, 그리고 서사류에 국한된, 당대의 주된 영역이었던 문은 제외된 상태의 것으로 한문학사 실체의 총체적 인식이란 점에서는 파행성을 드러내고 있는 셈이다.

여기에는 물론 여러 가지 요인이 있겠지만 문학 자체 안에서 그 주원인을 찾는다면, 서구 근대문학의 장르 체계 영향 아래에 이루어진 우리 현대문학의 장르 인식에서 상대적으로 경시되거나 본격 문학권 밖으로 소외되어 있다시피 수필 장르에 문이 비의比擬됨으로써 문도 따라서 경시되는 경향이 있고, 다음으로는 수필과 마찬가지로 문도 또한 그 상당 부분이 가지고 있는 비형상성, 내용이나 주제의 직설적 자명성自明性이 굳이 따로 연구를 필요로 하지 않는다는 인식이 지배적이기 때문이 아닌가 한다. 앞의 경우는 사상事象 일체에 대한 인식행위는 사상의 객관적 존재양태를 일단 존중하는 바탕 위에서 이루어져야 한다는 일반명제 한 가지만 떠올려도 현재의 틀로 과거의 사상을 일방적으로 재단裁斷하는 태도의 부당함을 바로 알 수 있다. 그리고 후자의 경우는 문의 상당 부분은 반드시 비형상적, 자명적이 아닐 뿐 아니라, 비록 그런 작품이라 하더라도 작품이 씌어지던 객관적 여건 등 외적 사실들과 행문行文의 태도 등 내적 요소들에 대한 고구考究를 거침으로써 온전한 이해에 도달할 수 있는 것들이 많음을 알아야 할 것이다. 기본적으로 정치적 힘에 의하거나 또는 어떤 도덕적 관행에 의해 표현이 크게 제약되던 시대에 지식인들의 사색과 정조情調를 담은 글들이란 점에서 따로 고구를 가하지 않고도 글의 모두가 자명하게 이해되는 경우란 일반적으로 생각하는 만큼 많지 않다. 요컨대 우리 정신사精神史의 내용을 풍부하게 할 수 있는 것이라면 편언척자片言隻字도 내버릴 수 없다는 것이 필자의 생각이다.

이 소론小論은 바로 이와 같은 배경에서 씌어지는 것이며, 필자로서는 이 문제에 대한 두 번째의 탐토探討에 해당된다.[1]

2.

〈야출고북구기〉는 《열하일기熱河日記》에서 《산장잡기山莊雜記》란 편제編題로 엮어진 10편의 기記 가운데 하나다. 제목 그대로 연경燕京에서 열하熱河로 가는 도중 밤중에 만리장성萬里長城의 한 관문인 고북구古北口를 통과한 체험을 제재로 해서 쓴 글이다. 《열하일기》에는 20여 편의 기가 삽입되어 있는데, 이 가운데는 그 자체로만 보아서는 작품적 가치를 인정하기 어려운 것도 많지만 작가 연암의 문학적, 사상적 야심이 십분 경주傾注된 작품도 여러 편 된다. 예를 들면 이 글과 함께 《산장잡기》에 실려 있는, 코끼리를 제재로 끌어와 주자학적 세계관을 신랄하게 비꼰 〈상기象記〉나, 물소리를 제재로 삼아 심心과 감각과의 관계에 관련하여 처세의 태도문제를 다룬 〈일야구도하기一夜九渡河記〉 같은 작품들이 그것이다.

이 〈야출고북구기〉는 작가 자신이 이 글의 후지後識에서 '우리나라로 돌아가는 날에 마을 사람들이 다투어 술병을 들고 와 위로를 하고, 그리고 열하행정熱河行程을 물을 때 이 기를 꺼내어 보이면 머리를 모아 한 번 읽고는 다투어 책상을 치며 기이하다고들 하리라'고 하여 은근히 자부를 내보인 적이 있기도 하려니와 어떤 관점에서인지는 모르겠으나 김택영金澤榮이 《여한십가문초麗韓十家文鈔》에 선취選取해 넣은 작품이기도 하다.

---

1) 첫 번째의 것은 〈朴燕巖의 洪德保墓誌銘에 대하여〉(《雨田辛鎬烈先生古稀紀念論叢》)를 가리킴.

3.

결론부터 전제하고 들어간다면 〈야출고북구기〉는 중국이라는 세계와
의 만남의 장場에서 작가 연암의 실존實存의 한 동태를 잘 드러낸 작품이
라고 할 수 있다. 즉, 만리장성으로 상징되는 중국이라는 거대한 공간과
거대한 역사로 이루어진 세계와 대면하고 그 반조返照로서 드러나는 자신
의 민족적, 역사적 자아의 왜소矮小함을 자의식, 이를 초극超克하고 나서는
것이 이 글의 내면구조內面構造 움직임이다. 이러한 움직임은 실로 《열하
일기》에 반복적으로 나타나는 구조이기도 하여, 이런 점에서 〈야출고북
구기〉는 《열하일기》 구조의 중요 맥락의 한 축도적縮圖的 성격을 띠고 있
는 글이기도 하다.

그 내용 성격에 따라 이 글은 대개 다음과 같이 여섯 단락으로 나누어
볼 수 있다. 첫째 단락은 '自燕京~所關五重', 둘째 단락은 '余循霧靈山~
出長城外耶', 셋째 단락은 '昔蒙將軍~信矣哉', 넷째 단락은 '噫~皆由此
關' 그리고 끝 단락은 '其城下~此天鷺也'이다.

첫째 단락에서는 만리장성의 한 지점인 고북구의 지리적 위치와 유래
및 지형에 대한 개략적인 사실을 감정을 개입시킴이 없이 아주 객관적인
태도로 침착하게 서술하고 있다. 따로 떼어 놓고 본다면, 문예적인 글로서
의 성격을 거의 찾아볼 수 없을 정도로 감흥을 나타내 보이지 않는 이 단
락은, 그러나 글 구조의 한 차원인 거대한 공간 제시에 의미를 두고 있다.

작자는 《열하일기》의 다른 한 글에서 "만리장성을 보지 않고는 중국
의 거대함을 알지 못한다"[2]고 했거니와 '고북구와 같은 관문을 백으로
헤아릴 정도의 수를 가지고' 뻗쳐 있는 만리장성,[3] 그 안팎으로 펼쳐져

---

2) 〈將臺記〉, 《熱河日記》, 《馹汛隨筆》, '不見萬里長城, 不識中國之大.'

있는 광막廣漠한 공간을 떠올리는 것이었다. 작자는 이 글의 후지後識에서 다음과 같이 말한 바가 있다.

> 우리나라 사인士人들은 생장하여 늙고 병들어 죽을 때까지 강역疆域을 떠나 보지 못했다. 근세의 선배로서 오직 김가재金稼齋(昌業)와 나의 벗 홍담헌洪湛軒(大容)이 중원의 한 모퉁이를 밟았을 뿐이다. (중략) 소자유蘇子由(轍)는 중국 인사이지만 경사京師에 이르러 천자 궁궐의 웅장함과 창름倉廩·부고府庫·성지城池·원유苑囿의 크고 넓음을 우러러 보고 나서 천하의 크고 장려함을 알게 된 것을 다행으로 여겼었다. 하물며 우리나라 인사로서야 한번 그 크고 장려한 구경(거려지관巨麗之觀)을 했다면 다행으로 여김이 어떠했으리오. 지금 나의 이 여행에서 더욱 다행스럽게 생각되는 것으로는 장성을 나와서 막북漠北에까지 이른 것은 선배들에게는 일찍이 없었던 일이라는 점이다.[4]

이렇게 장성을 나가 막북에 이르며 '거려지관'을 얻게 된 것을 특히 다행으로 여겼다. 따라서 글의 첫 단락에서 장성 안팎의 광막한 공간의 제시에 그토록 객관적인 냉정함이 있었던 것은 세계에 대한 자아의 개입 움직임이 없어서라기보다는 개입도介入度의 기복起伏, 바꾸어 말하면 정서情緒의 강약의 안배에 따른, 의도하는 효과를 높이기 위한 글의 기교적인 고려 때문일 터이다.

둘째 단락은 고북구를 나가면서 장성의 성벽을 매개로 한 거대한 역사와의 대면과 자아의 왜소함에 대한 자의식이 핵심을 이룬다. '높이가 가히 10여 장[高可十餘丈]'으로 면전에 압도해 오는 장성의 성벽, 그것은 그냥 벽돌 무더기가 아니라 거대한 역사의 퇴적堆積을 그 질량으로 하고 있는

---

3) 〈夜出古北口記〉, "蓋環長城稱口者, 以百計."
4) 〈夜出古北口記後識〉, "我東之士, 生老病死, 不離疆域. 近世先輩有金稼齋吾友洪湛軒, 踏中原一隅之地. (중략) 蘇子由, 中國之士也. 猶自幸其至京師, 仰觀天子宮闕之壯與倉廩府庫城池苑囿之富且大, 而後知天下之巨麗. 況如我東之士, 一得巨麗之觀, 其所自幸, 當如何哉! 今余此行, 尤有自幸者, 出長城, 至漠北, 先輩之所未嘗有也."

하나의 실체로 압도해 온 것이다. 여기에서 작자는 그 왜소한 형자形姿를 드러내는 자신의 민족적, 역사적 자아를 보게 된다. 성벽에다 '乾隆四十五年庚子八月七日夜三更朝鮮朴趾源過此'라 쓰고 나서 강개한 어조로 다음과 같이 독백한 것이 그것이다. "어차피 나는 서생書生이구나. 머리가 희어서야 한번 장성 밖을 나가게 되는가!(乃吾書生爾. 頭白一得出長城外耶!)"라고. 만리장성 앞에서 조선 서생 박지원으로서 자의식을 이렇게 또렷하게 표출시켜 놓았다. 앞 단락에서 감정 절제가 있었기에 더욱 돌올突兀해 보이는 자아의 표출이다.

셋째 단락은 문면文面으로는 《사기史記》에 나오는 몽염蒙恬 장군의 장성 축조에 관한 자술을 현장에서 확인하는 내용이나, 글 심저深底의 의미로는 역사의 한 거인인 몽 장군과 일개 서생인 연암 자신의 처지에 대한 대비를 읽을 수 있다. 상식적인 글 구성 안목으로 본다면 이 서술은 응당 첫째 단락 어디엔가 편입되어야 함직한데 어째서 이 자리에 놓았는지 일단은 의문스럽기도 한 대목이다. 그러나 음미해 보면 역시 작자의 치밀한 의도에 의한 구성임을 인정할 수 있다. 예기치 못했던 이 객관적 사실의 삽입으로 앞 단락에서 왜소함의 자의식에 따른 정서의 강개한 고조高調가 갑작스레 단층斷層을 지으며 여운餘韻을 가두고 있다. 그리고 머리가 희어서야 비로소 장성 언저리에 와 볼 수 있었던 박朴서생에 대해 그 만리의 장성을 축조한 장본인인 몽 장군을 병치竝置한 데서 오는 낙차落差로 말미암아 박서생의 사회적, 역사적 처지가 보다 뚜렷하게 부각되고 있음을 본다. 몽 장군은 '산을 파고 골짜기를 메워서(塹山堙谷)' 만리장성을 쌓은 역사의 주역 가운데 한 사람이었고, 박 서생은 현재 역사의 변방을 방황하고 있는 국외자局外者에 지나지 않을 뿐이라는 함축을 바닥에 간직하고 있다고 보아야 할 것이다.

몽 장군의 장성 축조는 《사기》에서 사마천司馬遷이 도덕적으로 비판한 적이 있다.5) 그런데 연암은 《열하일기》에서 사마천의 비판과는 다른

차원, 즉 중국의 거대한 문명 성취에 참여한 역사적 거인의 한 사람이란
차원에서 몽염을 인정하는 태도를 보이고 있다. 〈관내정사關內程史〉에는
연경에 들어가던 날 그 은부殷富한 문명을 보고 난 뒤 벅찬 감회로 그 문
명을 이룩한 주역들을 거론한 도도한 논설이 실려 있는데, 여기에서 연
암은 요순堯舜 이하 성인聖人 그룹에 대하여 걸桀·주紂·몽염과 같은,
후세의 사록史錄에서 우인愚人으로 매도된 그룹의 공헌도 솔직히 인정해
야 한다는 태도를 보인 바 있다.6) 이 글에서의 박 서생에 대한 몽 장군의
병치가 이 논설에서의 태도와 무관하지 않을 듯하다.

　여기까지 글의 구조는 거대세계에 대한 대면과 그 반조返照로서 자아
의 왜소함에 대한 의식이다. 그런데 이 왜소함에 대한 의식에 자아는 침
몰해 버리지 않는다. 남은 두 단락에서 우리는 자아의 왜소함이 초극되
고 난 뒤 다른 지향이 전개되고 있음을 본다. 《열하일기》의 다른 곳에서
도 보는 바이지만 연암의 자아는 그 상대적 왜소함을 의식하는 즉시 또
는 동시에 초극하고 나선다. 이를테면 저 5항巷에 걸쳐 27만 칸으로 뻗쳐
있는 연경燕京 유리창琉璃廠의 한 누樓에 올라가서 한 다음과 같은 독백에
서 전형적으로 볼 수 있다.

　　천하에 한 사람의 지기知己만 만나더라도 한恨이 없을 것이다. 아아, 사람
　　은 언제나 자신을 알고자 해도 알 수가 없다. 그래서 때로는 큰 바보나 미치
　　광이처럼 된다. 이에 나 아닌 남(非我)의 자리에서 나를 보아야 나도 비로

---

5) 司馬遷,〈蒙恬列傳〉,《史記》권 88, "太史公曰：吾適北邊, 自直道歸, 行觀蒙恬所爲
　　秦築長城亭障, 塹山堙谷, 通直道, 固輕百姓力矣. 夫秦之初滅諸侯, 天下之心未定, 痍傷
　　者未瘳, 而恬爲名將, 不以此時彊諫, 振百姓之急, 養老存孤, 務修衆庶之和, 而阿意興
　　功, 此其兄弟遇誅, 不亦宜乎! 何乃罪地脈哉?"
6)《관내정사》,《열하일기》8월 1일조, "治天下者, 吾知其有堯舜氏；治水, 吾知其有夏
　　禹氏；井田, 吾知其有周公氏；學問, 吾知其有孔子氏；(중략) 夫瓊其宮而瑤其臺者,
　　豈非所謂桀紂乎! 塹山堙谷, 築城萬里者, 豈非所謂蒙恬乎! (중략) 夫此四五諸公者, 其
　　力量才智, 精神氣魄, 鋪排施設, 莫不震天動地, 而未始不欲與群聖人, 對頭竝立乎宇宙
　　之間矣."

소 만물과 다를 바 없음을 알 수 있을 것이다. 그 경지에 이르러서야 비로소 자신을 지킴이 넓고 넓어서 여지가 있을 것이다. 성인聖人은 이 태도를 지녔으므로 세상을 등지고도 아무런 번민이 없었으며, 홀로 섰어도 아무런 두려움이 없었던 것이다. (중략) 이제 내 이 유리창 중에 홀로 섰으니 그 옷과 갓은 천하에 알지 못할 것이오, 그 수염과 눈썹은 천하에 처음 보는 것이오, 반남潘南의 박朴은 천하에 일찍이 들어보지 못하던 성姓이다. 내 이에 성聖도 되고 불佛도 되고 현호賢豪도 되어 그 미치기가 마치 기자箕子나 접여接輿 같거니 장차 누구와 함께 이 지락至樂을 논할까.[7]

　당시 동북아 세계의 중심부인 연경의 번화가에서 무명無名의 한 고독한 왜소한 자로서 자아를 의식하고 동시에 초극, 역설을 통한 초극이 이루어지고 있음을 본다. 이 같은 왜소함에 대한 자의식과 그 초극의 교호운동交互運動이 바로 《열하일기》에서 박연암의 실존 모습인 것이다.

　이 글에서도 실은 이미 '어차피 나는 서생이구나. 운운云云'이라고 자아의 왜소함을 의식하는 순간 이미 '대소大笑'라는 역설로 초극되고 있었던 것이다. 그러기에 그는 다음 단락에서 역사의 거대한 역동을 개연한 감회로 부감俯瞰할 수 있었다.

　넷째 단락은 일견 고북구에서 벌어졌던 역대의 전쟁들을 객관적 기록으로 열거해 나간 것 같이 보이나, 실은 매우 높은 정도의 주관적 정조에 지배되어 있다. 우선 그 모두冒頭에 '희噫!'라는 개연한 정의情意를 나타내는 감탄사가 놓여 있기도 하려니와 이 부분의 글이 몇 가지 유형의 문장 구조 및 성조의 반복과 변환을 통해 매우 역동적인 리듬을 빚어내고 있는 데서 작가의 정서가 일정하게 고양됨을 읽을 수 있다. 즉 '噫! 此古百

---

7) 위와 같은 곳, 8월 4일조, "天下得一知己, 足以不恨. 噫! 人情常欲自視而不可得, 則有時乎爲大癡猖狂, 乃以非我觀我, 而我遂與萬物無異 ; 其於遊身, 恢恢乎有餘地矣. 聖人用是道焉, 遁世而無悶, 獨立而不懼. (중략) 今吾獨立於琉璃廠中, 而其衣笠, 天下之所不識也 ; 其鬚眉, 天下之所初睹也 ; 潘南之朴, 天下之所未聞也. 吾於是爲聖爲佛爲賢豪, 其狂如箕子接輿, 而將誰與論其至樂乎?"

戰之地也’를 전제하고 나서 전개한,

> ‘…之取…也’의 2회 반복,
> ‘…동사動詞古北口’의 2회 반복,
> ‘…동사…, 卽此地也’의 2회 반복,
> ‘…之동사也’의 2회 반복,
> ‘…동사兵於此’의 2회 반복

들이 그것이다. 주로 외이外夷들이 발호跋扈한 전쟁들의 서술임에도 불구하고 화이적華夷的 명분의식名分意識 같은 것은 아예 그림자조차도 없을 뿐 아니라 전쟁 자체에 대한 도덕적 비판의식 같은 것도 찾아볼 수 없고, 오직 위와 같은 리듬이 빚어내는 일종의 흥취에 지배되어 있을 뿐이다. 연암은 《열하일기》의 여러 곳에서 전쟁 또는 전투에 관해 특별한 관심을 보인 바 있는데,8) 어느 곳에서나 대체로 여기서와 비슷한 태도를 보이고 있다. 물론 연암의 이런 태도는, 전쟁 그 자체에 대한 오락적 흥미의 표현이 아니다. 역사의 변방에 놓인 채 자기 시대의 역사를 고뇌하며 역사의 중심부에 놓이고자 의욕意欲하는 연암의 역사 그것에 대한 집념의 한 굴절屈折이다. 혁명과 함께 전쟁은 인간 역사의 움직임을 가장 역동적으로 표현해 주는 사건이기 때문이다. 어쨌든 연암은 왜소함에 대한 자의식이라는 저락低落의 자리에서 고북구에서 일어났던 역대의 전쟁들이라는 역사의 역동을 개연한 흥취로 부감俯瞰할 수 있는 자리에 이미 와 있음을 알게 된다.

---

8) 《渡江錄》 6월 26일조의 明·淸 교전 당시의 明人 康世爵에 관한 일, 7월 10일조의 "허! 이곳은 英雄百戰의 땅이다(噫! 此英雄百戰之地也)"라고 말하고 나서 遼野의 안위에 천하의 안위가 매인 데 관한 일, 《馹迅隨筆》 7월 18일조의 "아아! 이곳은 崇禎 庚辰·辛巳 年 즈음 魚肉이 되었던 場이다(嗚呼! 此崇禎庚辰辛巳之際魚肉之場也)"라고 말하고 나서 1640, 1641 연간에 있었던 명·청 교전 상황에 관한 일 등을 특히 高揚된 감개로 기록하고 있다.

마지막 단락에서는 앞 단락에서 역대 전쟁 사실에 내함內含된 선조적線條的 시간이 입체적 공간화로 전개되면서 구체적인 전장戰場 상황이 극적으로 묘출描出되고 있다. 즉, 고북구의 밤 경관—산과 골짜기와 달과 험괴險怪한 바위와 물소리 따위들—을 전장의 음삼陰森함과 칼날과 횃불과 창·방패와 요란한 소음 따위들의 이미지로 전화轉化시켜 생생하게 형상화함으로써 고전장古戰場으로서 고북구의 면모를 유감없이 드러낸, 이 글의 문예적 성과의 절정이다. 그런데 이 끝 단락은 비단 문예적 성과에서만 절정이 아니라 이 글에서 자아의 높이에서도 하나의 고봉高峰을 이루고 있다. 이것은 물론 묘사나 서술의 문면文面으로서가 아니라 이 단락에서 묘사되거나 서술된 일체를 그 배후에서, 또는 휩싸는 형태로 엄연儼然하게 응성凝成되어 있는 어떤 힘 또는 기운이 있어 그 일체를 완벽하게 장악하고 있는 데서 포착된다. 그것은 묘사·서술되고 있는 사물들의 동태動態를 거의 정태靜態로 응고시킬 듯한 삼엄함을 보이기조차 한다. 그러면서도 다른 한편으로는 거의 유희遊戲의 기미가 감도는 여유로움을 보이기도 하는, 그러한 면모로 있음을 보게 된다. 자아의 좌절이나 지리멸렬支離滅裂한 저회低回 상태에서는 불가능한 일이다.

4.

결론으로 연암의 자아는 중국이라는 거대세계와의 대면에서 결코 회피하거나 압도되지 않고 자기초극, 자기고양自己高揚에 도달했던 것이다. 다만 이 초극·고양의 매개가 일단은 역설적 형태의 계기로 파악되나, 이 역설적 형태의 계기의 본질과 연암 내면세계에서 이것의 구조적 면모는 별도의 고구를 기다려야 밝혀질 것 같다.

(《韓國漢文學硏究》 8집, 한국한문학연구회, 1985)

연암사상燕巖思想의 한계에 대하여

1.

어느 사상이든 사상사에 편입되어서는 한계를 갖는다. 앞시대의 사상의 한계를 뒷시대의 사상이 극복하고, 또 그 뒷시대의 사상은 그 앞시대의 사상을 극복한다. 사상의 역사는 한마디로 한계 극복의 역사라 해도 과언이 아니다. 한계의 정도와 양태는 앞시대의 사상과 뒷시대의 관점의 조응照應에서 결정되지만 모든 사상들, 또는 사상가들은 한계를 숙명적으로 가질 수밖에 없다. 그러므로 한계가 사상가에게는 결코 수치가 될 수 없으며, 그 한계를 논의하는 것도 결코 폄하가 될 수 없다. 요컨대 사상사에 대한 인식을 분명히 가지자는 것이다.

연암사상의 연구에서 과문인지 모르겠으나 그 한계에 관한 논의가, 단편적으로는 몰라도, 정면으로 본격적으로는 없었던 것 같다. 연암을 본격적으로 연구한 지가 반세기를 넘도록 그 사상의 한계에 관한 논의가 없었다는 것은 다소 이상하다. 아마 그동안의 연암 연구가 주로 그의 문학 부면에 향해 있었고, 그의 사상은, 한계를 논의하기에는 오늘의 우리 시대에 너무나 큰 호소력을 가지고 다가왔기 때문이 아닐까 싶다. 그러나 그의 사상의 한계까지 짚어 논의하는 데서 그의 사상이 입체적으로 조명

될 수 있을 뿐 아니라 그의 사상을 둘러싸고 있었던 그 시대의 사상적 정황에 대해서도 인식을 더 진전시킬 수 있을 것이다.

2.

나는 일찍이 연암의 세계관과 그의 사상의 이념적 범주를 논의한 적이 있다(〈연암사상의 이념적 범주와 반주자주의성反朱子主義性〉, 1975). 편의상 그 요지를 여기에 대략 소개하면 이렇다.

그는 우선 지구地球·지전설地轉說을 주장하고, 천체의 거리로 말미암은 대소大小 개념의 오류를 시정했다. 그리고 이에 더하여 성기분야星紀分野의 설을 부정함으로써 중국 중심의 세계관을 부정했다. 오행설五行說을 부정하여 여기에 연계된 방위方位·색채·맛·성음聲音·품성稟性 등 각 분야에 결탁結託되어 우주를 폐쇄적으로 구속해 왔던 오행적 연쇄망連鎖網을 해체시킴으로써 개방적인 우주관을 가지게 했다. 이 밖에도 그는 사물에 대해 발전적 동태動態로 파악하고, 개체주의적인 접근태도를 가졌다. 이러한 그의 세계관은 오늘의 우리의 그것에 바짝 접근해 있는 것이었다.

그의 사상의 이념적 범주에 대해서는 휴머니즘·민족주의·실용주의·리얼리즘으로 정립했다.

그는 당시의 경직된 주자주의(주자학 자체와 그것의 수용·운용의 면을 통합한 개념으로 씀)의 비인간적 윤리체계, 차별질서관에 저항하여 인간의 내적內的 자연自然을 긍정하고, 하층 사회 인간군에 대해 '인간긍정'을 했다. 이것은 인간성을 억압하는 모든 세력으로부터 인간을 옹호·존중하는 근대적인 휴머니즘의 주요 부면이다.

우리의 민족의식은 적어도 통일신라 이후로는 북방 민족 및 왜족과의 관계에서는 치열성을 보인 반면에 한족漢族과의 관계에서는 다분히 몰자각적沒自覺的이었다. 이러한 모화주의慕華主意의 요인인 중국 중심의 세계관을 그는 벗어나 있었고, 당시 민중을 빈곤과 비문명의 상태에 버려둔 채 존주대의尊周大義를 지상이념으로 내세우는 주자주의자들에 대해 북학론北學論으로 대결했다. 그리고 그는 자국적 개성을 발현하는 문학을 했고, 또 그 이론까지 제시했다. 온전하지는 않으나마 민족을 초점으로 한 이 몇 가지 지적知的 사고는 단순한 민족의식을 넘어 민족'주의'에 값하리라 생각한다.

실학이 실학된 소이所以는 실용주의에 있다. 연암의 실용주의는 특히 그의 오행설 부정에 집약적으로 드러나 있다. 오행설은 주자학의 철학적 기반이다. 그는 고도로 사변화思辨化한 오행상생설을 신랄하게 비판하고, 수水·화火·금金·목木·토土를 물질 그 자체로 실용할 방안을 제시하고 있다. 연암에게서 실용주의는 그의 실학특성인 이용利用·후생厚生에 다름 아니다.

연암의 작품 자체가 리얼리즘적 성격을 잘 보여주고 있거니와, 그가 문학이론을 통해 주장하고 있는 내용도 근대적 리얼리즘론의 골간骨幹과 상통하고 있다. 단순히 사물의 자세한 묘사로서 리얼리즘이 아니라 주체가 세계를 체험하고 표현하는 태도와 방법, 그 틀로서의 리얼리즘이다. 핵심은 역사적 현장성現場性—중국의 고전적 모델의 묵수를 거부하고 자신이 삶을 영위하고 있는 자신의 시대와, 자신이 소속해 있는 민족과 사회의 현실에 즉即한 그 현장을 미추美醜 가림이 없이 충실히 구현해야 한다는 것이다.

위의 세계관과 그리고 사상 범주들이 서로 구조적으로 연계되어 움직이는 데서 오늘날 우리들이 이해하는 연암사상의 광휘 있는 면모가, 이 18세기 거인巨人의 사상적 면모가 있는 것이다. 나는 이러한 연암사상의 성격을 반주자주의反朱子主義로 규정했다. 세계관에서 사상적 범주에 이르기까지 모두가 주자주의에 배치되는 것이다. 특히 당시 경직된 그 수용·운용의 체계에 더욱 반反하는 것이다. 그 반주자주의성은 우리의 근대성에 통하는 것이라 했다.

이상이 적어도 내가 파악한 연암사상의 광휘 있는 면모다. 시각을 달리 하여 얼마든지 다르게 파악할 수도 있다. 그러므로 여기서 논의하고자 하는 한계도 어디까지나 위의 사상에 대한 한계다. 그 가장 뚜렷한 것이 두 가지다.

3.

위 논문의 결미에서 나는, "연암에게도 물론 긍정적인 측면만 있는 것은 아니다. 그의 사상을 반주자주의적이라 했지만, 그에게도 주자주의가 아직 잔사殘渣로 남아 있었다. 역사적인 제약인 것이다"라고 한 적이 있다. 주자주의의 잔사라기보다 주자학의 잔사라고 해야 할, 주자학에 대한 비판적이 아닌 동조적인 저작이 그의 문집에 엄연히 자리하고 있다. 그의 문집 권2에는 〈답임형오논원도서答任亨五論原道書〉와 그 뒤에 첨부된 '덕德·성性·이理·기氣' 관련 24조의 단장斷章이 그것이다. 단장 뒤끝에 붙인 아들 박종간朴宗侃의 기록에 의하면 연암의 〈만년수필晚年手筆〉이라는 것이다. 종간은 또 기록하기를 "이 밖에 성리性理를 언급한 차록箚錄도 있는데 아직 정리되지 않은 산고散稿인 채로 미정未定에 속하는 것이 많아 여기에 감히 첨부하지 못한다"고 했다. 이로 보아 연암은 만년에 성리학, 즉 주자학의 주요 개념이나 논리에 대해 일정하게 사색에 집주集湊했음을 분명히 알 수 있다.

'만년'이란 절대 기준이 없고 그 사람의 향년享年에 따라 달리 말해진다. 연암이 69세를 살았으니까 대략 50대 후반 이후를 연암의 '만년'이라 하지 않았을까 싶다. '만년수필'은 좀 더 정확히는 면천군수 시절(연암 61세 7월에서 64세 7월까지)에 이루어진 듯하다. 그것은, 김영진金榮鎭 교수의 조사에 의하면 연암 후손의 집에서 나온 사본 《공작관집孔雀館集, 서書》(단국대 소장) 표지에 '〈답임형오논원도서〉와 〈답순사〉란 2편은 이 가운데 있지 않고, 《안면집》 가운데에 있다(答任享五倫原道書答巡使二篇, 不在此中, 在安沔集中)"고 씌어진 부전지附箋紙(《안면집》이란 문고文稿는 연암 전집全集의 편집 과정에는 있었으나 편집이 완정되면서 없어진 것 같다)가 붙어 있다는 데에 근거해서다. 더욱이 박종채朴宗采의 《과정록過庭綠》 권3에 면천군수 시절 "공무의 여가에 항상 주자朱子의 서간과 육선공陸宣公의 주의奏議를 읽으셨다"는 기록이 있다. 그러니까 면천군수 시절에 비로소 주자의 서간에 침잠하면서 주자학의 주요 개념이나 논리에 대해 사색한 결과가 위의 〈만년수필〉이 아닐까 한다.

〈답임형오논원도서〉에서 "자네가 나에게 도道의 구극을 물어 왔지만 나도 실은 자네에게 대답할 길이 없네. 속담에 이른바 '두 마리 암소를 한 마굿간에' 격이니 '뿔 없는 산양山羊(세상에 결코 있을 수 없는 물건)을 내어놓으라'는 것에 가깝지 아니한가. 수일을 배회하여 겨우 '도란 한 길과 같으니 어찌 알기 어렵겠느냐?'고 한 맹자孟子의 말을 생각해 내었네. 이제 맹자의 이 말을 연역衍繹할까 한다"라고 한 내용으로 봐서 〈답임형오논원도서〉 이전에 연암은 도에 대해서, 따라서 주자학의 개념이나 논리에 대해서 깊이 사색해 본 적이 없음을 알 수 있다.

이렇게 연암은 임형오任享五(자字, 이름은 모름)가 도의 구극에 대해 물어온 것을 계기로 하여, 그리고 주자의 편지 등의 글에 촉발되어 이기理氣 등의 문제에 대해 사색하기 시작한 것으로 생각된다. 주자의 편지뿐만 아니라 그의 소장疏章도 가의賈誼와 육지陸贄의 주의奏議와 함께 만년에 특히 좋아했다고 《과정록》에서 거듭 밝히고 있다(권3·4). 이런 사실에서 우리는 주자에 접근해 가던 만년의 연암의 면모를 읽을 수 있다.

주자에의 접근과 정程·주朱 등의 성리학 체계를 뜻하는 주자학에의 접근은 엄연히 다르다. 이를테면 주자에는 접근하면서 주자학에는 배치할 수도 있다. 그러나 연암의 경우는 도道·이기理氣·심성心性·명덕明德이라는 주자학의 주요 개념과 그 개념에 관련된 논리로 주자학을 비판한 것이 아니라 동조한 저작을 이루어 놓았기 때문에 주자에의 접근을 곧 주자학에의 접근으로 보게 된 것이다.

연암이 도는 알기 쉽지 않다고 전제하고 쓴, 천3백자에 가까운, 비교적 긴 논설인 〈답임형오논원도서〉는 이해하기가, 적어도 나에게는, 쉽지 않다. 천부의 순일부잡純一不雜한 공심公心을 따르는 것이 도라는 대지로 파악되는 이 글의 세부 논리는 종래의 성리학 일반의 논리 표현 방식에 길들여진 사유로는 따라잡기가 쉽지 않다. 논리의 우회·답보·비약이 잦고, 유가 고전에서 인용한 구절들을 연암 나름으로 단장취의적斷章取義的으로 해석해 구사한 데가 많은 탓일 것이다. 말하자면 철학적 주제를 문학적 표현법으로 다룬 글인 셈이다.

이를테면 사람이 도를 실현하는 것을 평탄한 길을 걸어가는 것에 비유해서 서술하고는 이러저러한 논리의 회로回路를 거치고 나서 한 다음과 같은 서술을 보자.

> 그렇다면 도道는 장차 어디에 있는가? 공公에 있다. 공은 어디에 있는가? 공空에 있다. 공은 어디에 있는가? 행行에 있다. 행은 어디에 있는가? 지至에 있다. 지는 어디에 있는가? 지止에 있다. 지는 어디에 있는가? 평平에 있다. 평은 어디에 있는가? 정正에 있다. 정은 어디에 있는가? 중中에 있다. 중은 어디에 있는가? 도道에 있다.

도에서 시작하여 도로 되돌아오는, 일견 어희語戲를 농弄한 듯한 이 대목은 사람의 한 걸음에 길이 되어 있는 상태를 포함하여 한 과정으로 설정, 길을 가는 사람의 마음가짐에서 발놀림을 거쳐 길의 상태에 걸쳐서 연암이 유의미하다고 생각한 대로 세세히 분절하여 그 각 세절細節의 가치적 특성을 규정한 내용으로 파악된다. 물론 '행도行道'의 관념을 비유적으로 표현한 것이다. 논리의 우회·답보를 보여주는 대표적인 예다.

> 만일 하늘이 공公되지 않다면 비와 이슬을 선택적으로 내려 만물이 유감이 있을 것이다. 이른바 "직直하지 않으면 도道가 나타나지 않는다."는 것이 바로 이것이다. 《주역周易》에 "때로 육룡六龍을 타고 하늘을 어거한다."고 했다. '육룡'이란 기氣다. 곧 상하사방上下四方이다. '때로 탄다'는 것은 이理다. 타지 않을 때가 없는 것이다. 그러므로 고집해서 지체하는 바도 없고(毋固), 기필하는 바도 없고(毋必), 전적으로 주장하는 바도 없고(毋適), 하지 않으려는 바도 없다(毋莫). 하늘에는 무엇이 있는가? 한 덩어리의 이기理氣일 따름이다. 빛나게 어거하고도 자기를 드러내지 않는 것, 그 하늘의 덕德인가. 만물을 생성하고도 나를 내세우지 않는 것, 그 하늘의 도道인가.

가령 "직直하지 않으면 도道가 나타나지 않는다(不直則道不見)"는 구절은 본래 《맹자》에서 맹자가 묵자학파墨子學派 이지夷之와 담판을 시작할 때 "(할 말을) 다 털어놓아 바로잡지 않으면 도가 나타나지 않는다"는 뜻으로 쓰였는데, 여기서는 '하늘의 공公됨'으로 해석해서 사용하고 있다. '그러므로(故)'라는 접속사로 연결을 했다고는 하나 "무고毋固·무필毋必·무적毋適·무막毋莫"의 구절은 앞뒤 구절과 논리적 비약을 못 면한다. 이런 곳이 비일비재하다.

결국 〈답임형오논원도서〉는 《중용中庸》 수장首章의 "하늘이 명부命賦한 것이 성性이고, 성을 따르는 것이 도道다"라는 명제를 벗어나지 않는다. 여기에다 위에서 보다시피 이기를 결합시킨 것 또한 "하늘이 만물을 화생化生함에 기氣로써 형체를 이루어서 이理도 또한 부여한다"고 한, 주자의 《중용》 수장 해석에서 사유의 범위를 넘어서지 않는다.

편지 뒤에 '덕·성·이·기'에 관한 단장들은 대체로 기존의 성리학 일반의 논리 표현방식과 다르지 않다. 표현방식뿐 아니라 논리의 내용도 대개는 종래의 그것과 크게 다르지 않다. 그러나 그 가운데 사상사적으로 특히 유의할 만한 몇 조가 있다.

우선 "하늘의 하늘 된 소이는 이기이니, 언어란 이기의 용성容聲이다"라고 명제를 세우고, 이 명제에 관련하여 언어의 작용 상태와 효능 등을 진술한 것이다. 언어 자체에 관한 논의가 희소한 우리나라에서는 특히 의미 있는 내용이다. 시詩와 관련하여 언어의 본질 문제를 간단히 언급한 박팽년朴彭年·이이李珥의 그것에서 크게 진전된 내용이다. 이를 이기에 연계하여 논했다는 점에서 우리나라 이기론理氣論의 새로운 국면이라 할 수 있다.

다음, '명덕明德'을 촛불에 비유하여 진술한 여러 조의 단장들이 있다. "촛불에 군자의 도道 네 가지가 있다. 그 생래의 품질品質을 체현體現함에는 반드시 곧고[必直], 그 수양해서 천명을 받듦에는 반드시 바르고[必正], 그 마음을 씀에는 반드시 가운데하고[必中], 그 무리에 나아감에는 반드시 화한다[必和]. 이 네 가지가 촛불의 밝은(明) 소이다"라고 했다. 또 "거짓(僞) 없음이 명明이다"라고 했다. 명덕에 관한 이러한 논리들은 명덕의 개념에 새로운 국면을 열었다고 할 만하다. 연암의 처남 이재성李在誠의 연암 제문에서, "오묘하기도 하여라/ 성명性命을 촛불에 비기신 말씀// '기질은 비유하자면 기름이고/ 마음은 비유하자면 심지// 기질이 순수하고 마음이 바름은/ 광명이 깃들어 있는바.'// 식견 깊고 이치 정밀하여/ 달리 말을 부칠 수 없네"(김윤조, 《역주 과정록》)라고 한 대목은 바로 이 명덕에 관한 단장들을 두고 쓴 것이다.

연암은 또, "어찌 성性만 유독 선善하겠느냐, 기氣도 또한 선하다. 어찌 기만 유독 선하겠느냐, 만물로서 생명이 있는 것은 선하지 않은 것이 없다."고 했다. '만물개선萬物皆善'이라고 명제를 세움직한 이 논리는 보기에 따라서 다소 대담한 선언이라고 할 수 있다. 정程·주朱의 기氣는 유선유악有善有惡이고, 대체로 이 논리에 따르고 있기 때문이다. 임녹문任鹿門이나 홍담헌洪湛軒의 '담일청허湛一淸虛'한 기氣 본체에 나아가 말한다면 선하지 않은 기가 없다. 연암은 한걸음 더 나아가 형체를 이룬, 생명 있는 만물은 다 선하다고 한 것이다.

대체로 연암은 낙론洛論의 관점에서 개념이나 논리에 대해서 새롭게 사색해 보려 한 것 같다. 어쨌든 그는 만년에 주자학에 접근했고, 그 결과 종래 자신의 사상적 입지와는 일정하게 배치되는 방향으로 전절轉折을 했다. 특히 《열하일기熱河日記》에 실린 〈상기象記〉에서 주자학적 합목적적合目的的 세계관을 야유하여, "아아, 세간의 털끝같이 미세한 사물도 하늘이 내지 않은 것이 없다 하나, 하늘이 어떻게 일일이 태어냈을까 보냐. 하늘을 형체로 말해선 '천天'이라 하고, 성정으로 말해선 '건乾'이라 하고, 주재主宰로 말해선 '제帝'라 하고, 묘용妙用으로 말해선 '신神'이라 하여 이름도 갖가지이고 호칭도 무람없는데, 이에 이기理氣로써 화덕과 풀무로 삼고, 두루 만물을 펴내는 것을 조물造物이라 한다"고 했던 연암의 사상적 입지와, 위의 저작에서 '천'과 '이기'를 끌어들여 주자학의 방식대로 만물을 설명하려고 한 입지는 정면으로 배치되기조차 한다.

그러나 위의 저작을 자세히 음미해 보면 열정이 별로 느껴지지 않는다. 내면 깊숙한 곳에서 사색이 오래 쌓이고, 그 힘에 따라 구성되어 나온 논리가 아니라 사유의 표층을 배회하는 논리란 느낌을 씻을 수 없다. 안의安義 현감이었던 50대 후반에 오행상생설五行相生說을 파쇄한 글(〈홍범우익서〉)을 썼던 연암이다. 그런 연암이 60대에 들어와서 사상적 전절을 일정하게 했기로 그것이 사상적 '변신變身'이나 주자학에의 '경도傾倒'에까지는 결코 이르지 않았다는 말이다. 즉 연암사상의 한계라고 했으나 심각한 그것은 아니라는 말이다. 심한 경우 위의 저작은 연암의 만년의 여유에서 나온 지적 유희라고 치부할 수도 있다. 그러나 연암의 체질로 보아 그런 관점은 잘 허용되지 않는다.

연암은 사상적으로 주자보다는 양명陽明에 더 힘입었던 것으로 보인다. 일찍이 양명좌파陽明左派의 문학과 접촉했던 연암은 그것을 계기로 양명사상 자체를 일정하게 섭취하여 자신의 사상적 영양소로 삼았을 가능성이 충분히 있다. 위의 저작에서도 그런 분위기가 느껴지나 명증확거明證確據로 논의할 형편은 아니다. 《과정록》의 기록에 따르면 연암은 3편의 위인찬偉人贊을 지으려 했는데, 그 중의 한 편이 〈양명찬陽明贊〉이 되었을 것이란 사실이(권 3) 양명사상에 대한 연암의 태도를 암시한다.

4.

만년 주자학에의 전절보다 심각하다 할 한계가 연암의 민족주의를 제약하고 있다. 이 한계는 그의 사상적 역정의 어느 한 시기에 있었던 것이 아니라 사상적 역경 내내, 연암 자신도 문제로 의식하지 못한, 바로 반민족주의적 사상이다. 사상가의 사상적 한계치고 역사적 한계에 관련되지 않은 경우가 있을까마는 반민족주의는 사실 연암의 한계이기에 앞서 역사의 한계다. 중국 중심의 세계관 안에 갇힌 채 ‘숭정일월崇禎日月’을 받드는 ‘대명후인大明後人’들의 ‘조선중화론朝鮮中華論’이 하나의 이데올로기로 군림하던 시대다. 그런데 이러한 역사의 한계를 두고 연암 개인의 한계로 추궁하는 것은 민족에 대한 몰자각의 시대에 반반이나마 민족에 대한 개안開眼을 한 몇 안 되는 선각先覺의 한 사람이기 때문이다.

연암의 민족주의는 앞에서 소개한 바와 같이 중국 중심의 세계관의 탈피, 리얼리즘으로서의 일종의 민족문학론, 그리고 북학론으로 표현되었다. 그런데 연암의 최대 약점은 언어·문자와 민족의 관계를 깨닫지 못한 데에 있었다. 그는 한글에 대해 잘 몰랐고, 우리말을 비리鄙俚하다고 하여 한문에 대해 수치스럽게 생각했다.

152

연암은 지방관으로 재직하던 때에 누이로부터 한글 편지를 받았으나 곁에서 대신 읽거나 답장을 써줄 사람이 없어 난처해 한 적이 있다. 그리고는 그의 족손族孫에게 답하는 편지에 "내 평생에 언문 글자는 한 자도 모른다"고 했다(《연암집》 권3, 〈답족손홍수서答族孫弘壽書〉) 해서체로 쓴 한글이야 왜 몰랐겠는가마는 초서체 또는 행서체로는 한글을 읽지도 쓰지도 못했던 것은 위의 사실로 보아 확실하다.

자국의 문자에 대해 무심했을 뿐만 아니라 자국의 언어에 대해서는 비하卑下 의식까지 지니고 있었다.

> 우리나라 농가자류農家子類는 오직 강희맹姜希孟의 《금양록衿陽錄》인데, 오곡五穀의 이름이 이미 근세 농부가 일컫는 것과 많이 맞지 않습니다. 대체로 모두 비속하고 전아하지 못해 그것으로는 곡식의 이름으로 통용할 수 없습니다. 만일 (중국의) 사신이 풍속을 채집할 때 우리나라의 화보禾譜를 요구해서 《이아爾雅》의 해설과 《본초本草》의 항목을 증보하려 한다면 장차 무엇으로 응하겠습니까. (중략) 그 밖에 풀·나무·새·고기들로서 아직 (한자로) 정해진 이름을 갖지 못한 것들도 모두 자상하게 참작하여 이름을 바르게 증명해 내어서 보기 좋게 《비아埤雅》, 《본초本草》의 속편이 된다면 우리나라 말[方言]을 비록 한꺼번에 다 (중국어로) 바꾸지는 못한다 해도 한자 이름이 비로소 바르게 되어 착오나 비속의 병통이 없게 될 것입니다. (《과농소초課農小抄》, 〈제곡명품諸穀名品〉 안설按設)

우리의 곡식·풀·나무·새·고기 등의 우리말 명칭은 대부분이 비속하고 전아하지 못해 그런 이름들을 모두 한자어로 고쳐야 한다는 주장이다. 그래서 《비아》와 《본초》의 속편이 될 정도가 되어야 한다는 주장이다. 여기에다 우리말을 중국어로 바꿀 수만 있다면 그렇게 하는 것이 바람직하다는 생각까지 가지고 있었다(박제가朴齊家도 같은 생각을 가지고 있었다).

이렇게 자국의 언어·문자에 대해 비하 의식을 가지고 있었던 연암에 대해 근대식의 온전한 민족주의는 아니라고 하더라도 민족주의를 운위할 수가 있는가? 더구나 문학에서 민족주의를 운위할 수 있는가? 그러나 그는 이런 의식을 압도할 정도로 자국민족의 실체인 인민에 대한 열정을 가지고 있었다.

> 천하를 다스리는 사람이면 진실로 인민에게 이롭고 국가에 도움이 되는 것이라면, 비록 그 법이 이적夷狄에게서 나온 것이라 하더라도 이를 취하여 본받아야 하겠거늘, 하물며 삼대三代 이후 성제聖帝·명왕明王과 한·당·송·명의 옛 상법常法에 대해서랴. (중략) 그러므로 오늘날의 사람들이 진실로 이적[淸]을 배척하고자 한다면 중화의 유법遺法을 남김없이 배워서 먼저 우리의 문병의 야만상태부터 고치는 것 이상의 득책이 없을 것이다. 농경·양잠과 질그릇 굽기, 대장간 일의 기술에서부터 공업과 상업에 이르기까지 어느 것이고 배워서, 남들이 열을 하면 우리는 백으로 노력해서 먼저 우리 인민들을 이롭게 하여 우리 인민들로 하여금 저들[淸]의 견고한 갑옷과 예리한 병기에 수월하게 대항할 수 있게 해야 한다.(〈일신수필馹汛隨筆〉)

빈곤과 비문명 상태에 버려진 인민을 이롭게 하고, 따라서 국가에 도움이 되는 것이라면 오랑캐에게서라도 배워야 하거늘 하물며 오랜 전통에 문명의 선진국인 중국에게 있어서랴, 중국을 배워서 농업·공업·상업을 일으키기에 '인십기백人十己百'으로 노력해서 먼저 인민의 생활을 풍후豊厚하게 하고 나서야 청나라에 대항할 수 있다는 논리다. 요컨대 연암은, 특히 그의 중년에는 인민의 문명적인 선진화에 가위 불타는 열정을 가지고 있었다.

민족주의는 타민족을 전제로 한 대결의식을 갖는다. 대결에는 승부의 기제機制가 따른다. 부負의 처지는 민족의 존립마저 위태롭게 된다. 그래서 민족의 존립을 위해서, 나아가서는 상대와 대등하게 되기 위해서, 그

154

리고 가능하면 상대보다 우위에 서기 위해서, 심한 경우 방법을 가리지 않는다. 위에서 연암이 "진실로 인민에게 이롭고 국가에 도움이 되는 것이라면, 비록 그 법이 이적에게서 나온 것이라 하더라도 이를 취하여 본받아야 한다"는 말은 곧 이러한 사고에 닿아 있다. 따라서 민족의 문명 선진화에 대한 열정인 연암의 민족주의도 어떤 형태로든 한족漢族과의 대결의식을 갖고 있다고 보아야 한다. 그리고 승부의 기제에서 가장 높게는 위의 둘째의 경우, 즉 '중화족中華族'과 대등하게 되려는, 당시 민족의 현실로는 참으로 절급切急하게 요청되는 이상을 가졌다고 보아야 한다.

연암의 이러한 문명 선진화에 대한 열정이 역대로 중국 문화에 힘입어 온 우리 민족의 관성慣性을 고도로 강화해야 한다고 추동推動하게 되어 언어·문자도 우리의 그것을 버리고 '중화'의 그것을 채택해야 한다고 생각한 것이다. 민족에 몰입하다 민족을 등지는 결과에 이른 것이다. 세종世宗의 한글 창제가 그 자체만 보면 민족주의에 값하고도 남겠지만, 그러나 그의 《동국정운東國正韻》 편찬 의도는 우리나라의 한자음을 당시 중국의 현실음에 일치시키려고 한, 곧 민족주의에 반反하는 것이었다. 한마디로 전통시대 지식인들은 언어나 그 언어의 언중言衆인 민족의 관계를 무척 소박하게 생각했다. 언어를 인위적으로 쉽게 바꿀 수 있다고 생각했고, 그 결과에 대해서도 기능적인 정적正的 면만 생각했지 민족의 존립에 관계되는 부적負的 면을 보지 못했던 것이다.

자국의 언어·문자까지 '중화'의 그것으로 바꾸는 것이 바람직하다고 생각한 연암이야말로 어떻게 보면 또 하나의 골수 모화주의자다. 사실 그가 중국 중심의 세계관에서 벗어났다 하지만 그가 30대 전반으로 추정되는 시기에 씌어진, 말하자면 그의 민족문학론의 한 편인 〈영처고서嬰處稿序〉에서도 중국 중심 세계관의 잔영殘影이 다소 남아 있었다. 신라·고려를 가리켜 '국역천승國亦千乘'이라 한 데는 단순히 나라의 규모만 가리키는 것이 아니라 '만승지국萬乘之國', 즉 '천자지국天子之國'의 존재를 전제로 한 혐의가 있기 때문이다. 그것이 언어·문자를 바꾸려는 생각과 관련하여 앞의 인용문에서 '(중국의) 사신이 풍속을 채집할 때'라든가, '《비아》, 《본초》의 속편'을 운위하기에 이르러 그 잔영이 더 또렷이 드러난 셈이다. 그 뿐 아니라 〈도강록서渡江錄書〉에서 망한 명나라의 마지막 황제의 연호 '숭정崇禎'을 당시까지도 사칭私稱하는 이유를, "동국東國 땅 수천 리를 강을 경계로 나라를 삼아 선왕先王의 제도를 홀로 지키고 있으니, 이것은 명나라 황실이 아직 압록강 이동에 존재하기 때문이다"고 쓴 것도 단순히 당시 모화주의자의 감시를 피해가기 위한 방편만이 아닌, 연암의 의식도 일정하게 가담된 것이었음이 그의 만년의 '전반중화화全般中華化'의 슬로건으로 밝혀졌다.

  연암은 분명히 또 한 유형의 골수 모화주의자다. 그러나 당시 본류本流 모화주의자와 본질적인 구분이 있다. 그것은 본류는 목적적目的的 모화주의자임에 대하여, 연암은 방법적方法的 모화주의자란 점이다. 본류 모화주의자는 민족의식을 중화 안으로 스스로 소멸시켜 갔음에 대하여 연암의 모화주의는 민족 주체의 문명적, 문화적 발전을 도모하자는 것이다. 그러므로 연암의 민족주의는 그 시대의 역사적인 한계를 그 자체의 한계로 짊어진 채 여전히 우리에게 유효한 것이다. 그리고 18세기의 민족주의는 이렇게 착잡한 것이다. (대동한문학회 추계학술대회, 2005)

정조正祖의 성학聖學과 그 성격

명덕明德 개념의 실학으로의 확충

1. 머리말

우리나라에서 제왕학帝王學으로서 성학聖學이 하나의 체제로 자리 잡게 된 것은 조선 중종中宗·선조宣祖 연간의 주자학 정착과 대체로 그 궤를 같이한다. 중종 때 이언적李彦迪이 올린 〈일강십목소—綱十目疏〉는 그 일강—綱을 '인주지심술人主之心術'로 규정하고, '경敬'을 '성학의 성시이성종成始而成終하는 소이所以'로 강조했다는 점에서 제왕학으로서 성학이 자리 잡는 과정에서 적극적인 움직임으로 간주된다. 그 뒤 선조 원년에 이황李滉의 〈성학십도聖學十圖〉가 올려지고, 그 7년 뒤 이이李珥의 《성학집요聖學輯要》가 올려짐으로써 제왕학으로서 성학이 확실하게 자리 잡게 된 것이다.

성학이란 수신修身·위정爲政의 최고 이상으로서 공자의 학이다. 공자의 학이 주자학화朱子學化됨으로써 조선시대의 성학은 주자학에 다름 아니다. 즉 제왕이 주자학적 방식을 통해 성인의 덕을 갖춤으로써 수신·위정의 이상을 실현하자는 것이다.

그럼에도 불구하고 조선왕조 군주들에게 성학은 다분히 객체적客體的으로 존재했다. 그래서 신료들로부터 끊임없이 성학으로 매진할 것을 권고 받아 왔다. 간혹 성학을 능동적으로 자기화하려는 군주가 없지 않았지만 대개는 다분히 피동적이었다.

그런데 정조는 적극적으로 성학을 자기화·주체화하려는 군주였고, 옛날 공자 이전 군사君師의 지위를 회복하려고 노력하였다. 성학을 둘러싼 종래의 군신 관계와는 달리 군왕이 성학의 능동적 주체가 되어 신료들을 주도하는, 성학 본래의 상황을 전개하려 하였다. 그래서 역으로 신료들의 반발을 사는 말썽이 없지 않았지만, 정조의 성학 주체화 노력은 우리 역사에 빛나는 한 장章이 아닐 수 없다.

2. 정조의 주자 존숭과 군사君師 지위 회복 의욕

정조는 주자학자다. 그는 일생 주자를 존모해 마지않았다. 그는 어릴 때부터 주서朱書를 읽었다.[1] 그래서 《주자서절요朱子書節要》의 몇 편編 몇 판板에 무슨 말이 있는지를 정확히 기억할 정도였다. 《주자대전朱子大全》 한 질을 사뭇 암송하고 있었다.[2] 맹자가 소원하기를 공자를 배우고 싶다고 한 말처럼 나는 주자를 배우고 싶다고 했다.[3] 또 학자가 바름[正]을 얻고자 하면 반드시 주자로서 준적準的을 삼아야 한다고 했다.[4] 문장을 공부하는 자는 마땅히 육경六經을 종주로 하고 자사子史를 우익으로 하여 상하를 포괄하고 금고를 박구博究하여 마침내 주자서에 회극會極하고 나서야 그 사辭가 순정하고 도술道術에 거의 차오差誤가 없을 것이라

---

1) 《日得錄·文學》, 《弘齋全書》(태학사 영인, 1978, 이하 全書로 약칭) 권 165, 제5책, 28쪽 상단, "朱書自幼讀之, 至今愈讀愈好."
2) 위의 글, 《全書》 권 162, 제4책, 737쪽 하단, "予嘗誦朱子大全, 盡一峽, 何莫非吾人當行底事件! 至天地一無所爲, 只以生萬物爲事云云, 便不覺舞蹈, 充然如有得."
3) 위의 글, 《全書》 권 165, 제5책, 28쪽 상단, "孟子曰 : '乃所願, 學孔子也.' 予於朱子亦云."
4) 위의 글, 《全書》 권 165, 제5책, 28쪽 상단, "學者欲得正, 必以朱子爲準的."

고 했다.5) 그는 주자의 저작을 여러 가지 절약본節約本으로 많이 간행하였는데, 주자의 모든 저작을 집대성하여 '일통지서一通之書'를 만들고자 계획했다. 그리고 금중禁中에 주자의 영당影堂을 짓고 거기에 소편서所編書와 책판冊版을 보관하고자 하였다.

내가 주자에 대해 존모尊慕하고 표장表章하기를 진력해 마지않았다. 그 책에 〈백선百選〉, 〈집요輯要〉 등 손수 편술한 것이 있게 된 것은 〈대전집大全集〉, 〈유서遺書〉, 〈어류語類〉 등 여러 책을 반복해서 장송莊誦하고 정성껏 지녀 잊지 못해서 일찍이 손수 교정하고 손수 초록했기 때문이다. 대개 동년童年부터 익혀 이제에까지 이르도록 혹시라도 게으르지 않았다. 그러나 주자 평생의 찬술이 그 범위가 극히 넓어 경서의 《집전集傳》, 《집주集註》, 《장구章句》, 《통해通解》, 《혹문或問》, 그 밖에 산견散見, 착출錯出되는 편언단사片言單辭도 어느 것인들 정예로운 의리와 통달한 언사가 아닐까. 포괄해서 널리 수집하려 하니 또 장차 그 얼마인지 알지 못하겠다. 매양 '일통지서一通之書'를 만들어 집대성하여 하나도 빠뜨림이 없게 하고자 하니 그 일이 거창하고 공작工作하는 범위가 넓어 갑자기 의논하고 빨리 도모할 수 없었다. 일찍이 마음에 골똘한 바이었는데 아직 이룩하지 못했다. 뜻이 있으면 일이 마침내 이루어져 이 고심苦心을 마칠 날이 응당 있을 것이다. 다시 금중禁中의 높고 확 트인 곳에다 한 정사精舍를 지어 주자의 영진影眞을 정밀하게 모사하여 거기에다 봉안하고, 정사 좌우에 곁채를 만들어 편編한 바 책들을 봉안하고 겸해서 그 책판을 보관하여 그 전존傳存을 오래게 하면 그 사문斯文에 가혜嘉惠함이 어찌 적다 하리오.6)

---

5) 앞의 글,《全書》권 163, 제4책, 764쪽 상단, "嘗敎諸閣臣曰 : '文章有道有術. 道不可以不正, 術不可以不愼. 學文者, 當宗主六經, 羽翼子史, 包括上下, 博極今古, 而卒之會極於朱子書, 然後其辭醇正, 而道術庶幾不差誤.'"

6) 〈日得錄·文學〉,《全書》권 165, 제5책, 30쪽 하단, "敎筵臣曰 : '予於朱子, 尊慕而表章之者, 靡所不用其極. 於其書有百選輯要等手所編述者, 大全集與遺書語類諸書, 反復莊誦, 拳拳服膺, 嘗爲之手校, 爲之手鈔. 蓋自童習, 式至于今, 未嘗或懈. 而但念朱子平生纂述, 極其廣博, 自經書集傳集註章句通解或問以外, 片言單辭之散見而錯出者, 何莫非精義達辭, 則彙括廣蒐, 又將不知其爲幾何. 每欲勒爲一通之書, 集其大成, 纖悉靡遺,

정조가 이토록 주자를 존모한 것은 삼대 이전 성왕의 체제를 실현하고
자 해서다. 그는 동궁시절 한 궁료宮僚에게 답하는 편지에서 다음과 같이
말했다.

> 삼대 이후에 삼대의 학문이 전하지 않습니다. 비록 저 한漢 문제文帝, 당唐
> 태종太宗, 송宋 효종孝宗 같은 이들이 조금 현명賢明하다는 일컬음을 얻고 능
> 히 소강少康의 다스림을 할 수 있었다 하더라도 모두 격치格致·성정誠正의
> 학문에 근본하지 않았습니다. 그 자취가 인의仁義에 가까운 것들도 따지고
> 보면 맹자의 이른바 '오패五霸는 빌려서 한 것'입니다. 외면에 빌려서 한 것
> 은 처음에는 비록 억지로 되지마는 종당은 반드시 그 본색을 드러내어 덮어
> 가릴 수 없는 점이 있게 됩니다.[7]

한 문제, 당 태종, 송 효종의 치적도 인의를 주체화하지 못한 패도정치
로 규정하고, 자신은 격치格致·성정誠正을 근본으로 함으로써 삼대三代
의 학문, 즉 왕도정치를 회복하겠다는 것이다. 삼대 이전의 왕도정치는
곧 군사君師에 의한 정치다. 정조가 주자를 존숭한 것은 삼대 이전에는
군도君道와 사도師道가 한 사람의 몸에 짐 지워져 다스림이 융성하고 풍
속이 아름답게 되어 천하가 인仁에 돌아왔으나, 삼대 이후 사도가 아래에
있어 왔기 때문에 공언空言이 아무 도움이 안 되어 다스려진 날이 항상
적었다고 생각하고,[8] 삼대 이전 성왕들의 그 도道가 공자로부터 아래에

以其事鉅而工博, 有未可以遽議而驟圖也. 嘗所斷斷而姑未之克就, 有志者事竟成, 會當
有遂此苦心之日矣. 更欲構一精舍於禁中暢堂之地, 精摹影眞, 以安其中 ; 左右爲序, 以
庋所編之書, 而兼貯其鏤板, 以壽其傳, 則其爲嘉惠斯文, 豈少云乎!'"

7) 〈春邸錄·答宮僚〉, 《全書》 권 3, 제1책, 36쪽 하단, "三代之後, 三代之學不傳. 雖如漢
文帝唐太宗宋孝宗者, 稍得賢明之稱, 能做少康之治, 而皆不能本之於格致誠正之學. 求
其跡之近於仁義者, 則皆孟子所謂五霸假之也. 假之於外者, 初雖强焉, 而終必露其本
色, 有不能掩焉."

8) 〈日得錄·訓語〉, 《全書》 권 177, 제5책, 234쪽 상단, "三代以前, 師道在上, 故治隆俗
美, 而天下歸仁. 三代以後, 師道在下, 故空言無補, 治日常少. 苟有聖人者作, 身任君師,

있게 되어 주자에 이르러 소명하게 밝혀졌기 때문이라 생각했다. 다시
말하면 주자를 통해 유학의 도를 물려받을 수 있다고 생각하여 군왕의
지위에 있는 자신이 도를 짊어짐으로써 삼대 이전 군사의 지위를 회복하
고 그 체제에 의한 통치를 희구한 것이다.9) 마침내 조선왕조 역대 군주
들에게 다분히 객체화해 있던 성학이 정조에 이르러 적어도 정조 자신
주관적으로는 주체화하기에 이르렀다. 소극에서 적극으로, 다분한 수동
에서 능동으로 전환이 기도企圖되었다. 그리하여 재위 22년에는 '만천명
월주인옹萬川明月主人翁'으로 자허自許하기에 이르렀다.

군사君師는 요컨대 학자군주學者君主다. 사실 객관적으로 보더라도 당
시 정조는 탁월한 학자였다. 지식의 양뿐만 아니라 특히 함양涵養·성찰
省察의 심학心學 공부에서도 그러했다. 이렇게 탁월한 학자가 될 수 있었
던 것은 물론 그의 영특한 자질 때문이지만 그러나 여기에는 그의 각고
의 노력이 뒤따랐다.

나는 유소시幼少時부터 매양 독서를 함에 반드시 과정課程을 정해 두고 질
병을 제외하고는 과정을 채우지 않고는 그치지 않는다. 왕위에 오른 뒤에도
역시 일찍이 폐한 적이 없다. 혹은 저녁 내내 응접應接한 뒤 끝에 비록 밤이
깊더라도 혹 잠시도 쉬지 않고 반드시 촛불을 끌어당기고 책을 들고 읽기로
작정해 둔 몇 판板까지 읽어서 과정을 채우고 난 뒤에 잠자리에 들어야만
이에 편안하다.10)

道德齊禮. 今之天下, 卽三代之天下, 日新於變之化, 卽不過轉移間事耳. 予雖否德, 乃所
願則竊以爲當仁不讓於師."

9) 金文植도 그의 《정조의 경학과 주자학》(문헌과해석사, 2000) 24쪽에서 같은 견해를 피
력했다. 그리고 朴賢謀의 〈正祖의 聖王論과 更張政策에 관한 연구〉(서울대 박사논문,
1999)에 따르면 《正祖實錄》에서 정조가 자신을 '君師'로 자임한 것이 14여 회 나온다고
한다.

10) 〈日得錄·文學〉, 《全書》 권 161, 제4책, 716쪽 상단, "臨經筵講已, 謂侍臣曰 : '予自
幼少, 每讀書, 必設程課, 除非疾病, 不盈課, 則不止也. 及臨御後, 亦未嘗廢焉. 或當竟夕
應接之餘, 雖値夜深, 未或少息, 必引燭取書, 看到幾板, 準課而後寢, 乃安焉.'"

그는 어릴 때부터 이렇게 과정을 정해 계획적인 독서로 자신을 키워 왔다. 그는 아버지인 사도세자思悼世子가 비명으로 죽고 세손世孫으로 책봉된 뒤 끊임없는 암살의 위협 속에서도 오로지 독서에 전념, 새벽닭이 울 때까지 옷을 벗지 않고 공부함으로써 자신의 신변 안전과 학문 도야를 함께 이루어 갔다.11) "독서는 즐겁지 않을 때가 없지만 겨울 밤 깊고 고요한 가운데가 더욱 좋다"12)거나, "일찍이 독서하여 야반夜半에 이르러 신기神氣가 권태로워지고 졸음이 바야흐로 올 때 홀연히 한 소리 닭 울음을 들으면 흐릿한 기가 싹 가시고 청명한 기운이 절로 생겨 족히 이 마음을 불러 깨운다"13)고 한 말은 그가 독서를 얼마나 줄기차게 하였나를 말해 준다.

정조는 지식을 단순히 지식 자체만을 위해서 취하지 않았다. 그는 독서가 '체험'하기에 가장 좋다고 했다. "진실로 정밀히 살피고 밝히 분변하여 심신에 세심체회細心體會하지 못하면 비록 매일 오거서五車書를 외운들 자기와 무슨 상관이랴"고 했다. 그는 명유明儒 설선薛瑄의 말을 이끌어와 "책을 읽으며 착실히 체인體認한즉 도리가 약여躍如하여 모두 심목간心目間에 있어 문자·언어에 속박되지 않는다" 하고는, "내 일찍이 이 말을 사랑하노니 진실로 실심實心·실학實學이 없다면 이러한 말을 할 수 없다고 여기기 때문"이라고 하였다.14) 이렇게 그는 책 속에서 만나는 지식을 하나하나 자세히 검증하여 자신의 기준에서 타당하다고 인정되는

---

11) 정옥자,《정조의 수상록 일득록 연구》, 일지사, 2000, 46쪽.
12) 〈日得錄·文學〉,《全書》권 165, 제5책, 28쪽 상단, "讀書無時不樂, 而冬夜深寂之中 尤佳."
13) 위의 글,《全書》권 164, 제5책, 8쪽 상단, "夜筵教近臣曰∶'嘗讀書至夜半, 神氣欲倦, 睡思方來. 忽聞一聲鷄鳴, 昏翳頓祛, 淸明自生, 足可以喚惺此心.'"
14) 위의 글,《全書》권 162, 제4책, 747쪽 하단, "敎曰∶'讀書最好體驗, 苟不能精察明辨, 體貼心身, 則雖日誦五車, 更管自己何事. 薛文淸之言曰∶'讀書著實體認, 則道理躍如, 皆在心目之間, 不爲文字言語所纏繞.' 又曰∶'讀書之久, 見得書上之理, 與自家身上之 理, 一一契合, 方始有得處.' 予嘗愛此言, 以爲苟無實心實學, 不能作乃爾語.'"

것은 진리로 전환하여 주체화해 나갔다. 여기에는 정조 자신의 '명덕明德'을 밝게 하려는 심학의 과제가 큰 비중을 차지했을 터다.

3. 정조의 명덕明德 인식

정조의 사유 한가운데 《대학》의 명덕明德이 자리하고 있다. 그는 《대학》을 특히 소중하게 여겼다. 진덕수眞德秀의 《대학연의大學衍義》, 구준丘濬의 《대학연의보大學衍義補》는 동궁시절부터 무척 좋아하여 읽고 또 읽었다고 하였다.15) 그래서 그는 이 두 책에서 가장 절요하고 더욱 감계鑑戒가 될 만한 것을 절략節略하여 《대학유의大學類義》 20권을 편찬하기도 하고, 《대학연의보》의 정수를 뽑은 《경설고瓊屑糕》 1권을 편찬하기도 했다.

정조는 《대학》을 9세 때 처음 읽기 시작했다. 《소학》을 가지고 입학해서 마치고는 《대학》을 읽었다. 이것은 당시 표준적인 교육 과정에 따른 것으로 정조에게만 특별한 것은 아니다.16) 당시 책을 읽어가는 순서는 주자가 〈독대학법讀大學法〉에 사서의 특성을 말하는 가운데 《대학》, 《논어》, 《맹자》, 《중용》의 순서로 읽는 것이 합당한 듯이 말한 것에다 《소학》을 입학지서入學之書로 첨가해서 이루어졌다. 《대학》이 《논어》, 《맹자》보다 앞서는 것은 《논어》, 《맹자》가 비체계적인 데에 대하여 《대학》은 3강령·8조목이 정연한 체계를 이루고 있기 때문이다. 즉 수기·

---

15) 〈羣書標記·御定〉, 《全書》 권 182, 제5책, 331쪽 하단, "大學類義二十卷, 此書取眞德秀大學衍義丘濬衍義補, 節略其最切要尤鑑戒者, 而手批以采輯之者也. 予自在春邸, 酷好是書, (중략) 百回看讀, 愈久愈佳, 如得良朋焉, 如逢故人然, 于今三十年如一日耳."

16) 李泰鎭의 〈正祖의 《大學》 탐구와 새로운 君主論〉(《李晦齋의 思想과 그 世界》, 성균관대 대동문화연구원, 1992)에서, 정조에게서 "《소학》 다음에 바로 《대학》이 선택된 것을 역시 특별한 것"이라고 했으나 정상적인 독서 차례를 따른 것일 뿐이다.

치인의 전 요목要目이 하나의 '간가間架'를 구성하고 있어 먼저 이 책을 읽어 그 간가를 파악하고 난 다음에 《논어》, 《맹자》 같은 책의 내용을 요목에 따라 분류하여 그 간가의 빈칸을 채워나가는 것이 바람직하다고 여겼기 때문이다. 《논어》, 《맹자》뿐만 아니라 육경의 내용도, 유학을 수기·치인의 학으로 파악하려는 한, 다 해체하여 《대학》의 요목에 맞추어 재편성할 수 있다. 적어도 책을 읽는 사람의 생각 속으로는 말이다. 그래서 정조도 '《대학》 한 부部는 성기成己·성물成物의 대간가大間架다. 천하에 허다한 사위事爲도 이 간가 중을 좇아 미루어 넓혀갈 수 있다',[17] 또 '《대학》 한 책은 곧 육경의 추뉴樞紐이자 성학의 규모規模다"[18]고 말했던 것이다. 다시 말하면 《대학》은 유학을 수기·치인의 논리에 따라 체계화하려 할 때 그 체계의 골격 자체인 것으로, 제왕학의 처음이자 끝이다.

그러므로 제왕 정조가 《대학》을 특히 중시한 것은 극히 정상적이라 할 수 있다. 다만, 우리의 주목을 끌어 마지않는 것은 그토록 열과 성을 다해 제왕학, 즉 성학을 수행해 나간 그의 자세다. 그런 자세가 《대학》 탐구로 연결된 바로 그 점에 우리의 주목할 바가 있다. 그가 삼대 이전 군사의 지위를 회복할 포부를 가진 것도 주자의 〈대학장구서〉가 결정적인 구실을 한 것으로 보인다. 뒷날 《오경백편五經百篇》을 편찬하면서 주자의 〈대학장구서〉와 〈중용장구서〉를 오경의 경문과 동격으로 편입시킨 것은 공자의 도가 주자로 이어지는 유학의 정통성을 강조하면서[19] 자신과 주자의 도통 관계를 은근히 암시했을 것으로 보이기 때문이다.

《대학》이 제왕학의 요전要典이긴 하나 정조의 《대학》 애독에는 할아버지 영조의 영향도 가세한 것 같다.[20] 영조는 세손의 나이 7세 되던 해

---

17) 《日得錄·文學》, 《全書》 권 165, 제5책, 38쪽 하단, "大學一部, 是成己成物之大間架. 天下許多事爲, 不過從這間架中推廣去."
18) 위의 글, 《全書》 권 164, 제5책, 2쪽 상단, "大學一書, 卽六經之樞紐, 聖學之坯樸."
19) 김문식, 앞의 책, 23쪽.
20) 이태진의 위의 글에는 英祖의 지도 아래 正祖가 어릴 적부터 특별하게 《대학》에 관심

에 《대학》의 〈어제서御製序〉를 썼다. 거기서 특히 명덕을 문제 삼았다.

> 허어! 명덕은 어디에 있는고 하니 곧 나의 일심一心에 있다. 명덕을 밝게 하는 공부는 어디에 있는고 하니 역시 나의 일심에 있다. 만약 능히 실하게 공부를 해 가면 정히 안자顏子가 이른바 "순舜은 어떤 사람이며, 나는 어떤 사람인가" 하는 것과 같이 될 것이다.[21]

정조가 뒷날 《대학》을 접하고 할아버지의 이 말이 무척 계회契會되어 왔을 것이다.

그리고 영조 51년 12월 27일에 집경당集慶堂에서 있은 《대학》 주강晝講은 말년의 영조가 불원간 나라를 맡게 될 세손의 제왕학, 즉 구체적으로 《대학》 공부를 당부하는 뜻 깊은 자리였다. 영조가 먼저 경일장經一章을 외고 나서 세손에게도 읽게 하고, 영조가 보망장補亡章을 외고 나서 문답에 들어갔다. 영조는 《대학》을 "어째서 입덕入德의 문이라 하는가?", "덕에도 가히 들어갈 만한 문이 있는가?"라고 물은 뒤 "요순공맹堯舜孔孟 이후 한 사람도 대학의 도를 행한 사람이 없는 것은 왜 그런가?"라고 물었다. 세손은 이에 "도와 내가 둘이 되어 실제로 '책은 책대로, 나는 나대로' 된[22] 폐단이 있기 때문에 대학의 도가 행해지지 않았습니다"라고 대답했다. 영조는 "어떻게 하면 책은 책대로, 나는 나대로가 안 되고 《대학》과 일체가 되겠는가?"라고 물었다. 세손은 "만약 《대학》에서 힘을 얻고자 한다면 마땅히 《소학》으로 근본을 삼아야 합니다. 그리고 물욕이

한 것처럼 되어 있으나, 위에서 말한 것처럼 독서 차례에 따랐을 뿐이다. 그러나 영조 역시 '好學之主로 帝王學'을 정상적으로 힘써서 《대학》을 특히 중시한 것이 정조에게 영향으로 가세한 것 같다.

21) 〈御製大學序〉, "噫! 明德在何? 卽在我一心. 明明德之工在何? 亦在我一心. 若能實下 工夫, 正若顏子所云 : '舜何人, 余何人者也.'"

22) '책은 책대로, 나는 나대로'라는 이 말은 英祖가 그의 〈大學御製序〉에서 쓴 말이기도 하다.

정진淨盡한 다음에 가히 이를 행할 수 있습니다"라고 대답했다. 영조가 "물욕이 어떤 형세인데 이토록 없애기 어려운가?"라고 묻자 세손은 "물욕 이것은 형기形氣의 소출所出이기 때문에 없애기 어렵습니다"라고 답했다. 그러자 영조는 반부半部 《논어》를 읽고도 유송劉宋의 태조를 도와 태평을 이룩한 조보趙普의 고사를 들면서 "사람이 이 세상에 나서 만약 능히 활연관통豁然貫通한다면 어찌 가히 초목과 함께 썩는다고 할 수 있느냐? 네가 만약 이 뜻을 본받지 못하면 이는 나를 저버림이며, 조정을 저버림이며, 저 하늘을 저버림이다. 나라의 흥망과 생민의 고락이 모두 네 한 몸에 달려 있으니 가히 명념하지 않을까 보냐"라고 당부하였다.23)

정조는 선왕의 당부 이상으로 해내었다. 이때 그의 나이 24세, 실상 그는 영조의 말년 당부가 있기 전에 이미 《대학》에 힘을 쏟고 있었다. 아마 위의 당부가 있기 전으로 짐작되는 세손 시절, 명덕을 가지고 누차 궁료宮僚 또는 빈객賓客과 왕복한 사실을 본다. 정조는 《대학》을 통해서 명덕을 발견한 것이 무척 흥취 있었던 것 같다. 〈만천명월주인옹자서萬川明月主人翁自序〉에서 자신을 태극太極에다 비정하고, 태극을 다시 수많은 강[萬川]을 비추는 달에다 비정한 것은 자신의 내면에 명덕을 늘 의식해서 오랫동안 '인욕人欲을 정진淨盡하는' 끊임없는 노력의 결과에 대한 자허自許였기 때문이다.24)

정조는 성리학을 무척 꼼꼼하게 공부한 것 같다. 깊은 사색 속에 성리학의 주요 개념들을 '유별로 모으고 조목으로 분별(類彙條別)'하여 '터럭처럼 나누고 실오라기처럼 쪼갠(毫分縷析)', 그래서 '천인성명天人性命'의 '굉대한 강령과 세세한 절목(宏綱細目)'에 모두 다 갖추어 남김이 없는 성

---

23) 영인본 《承政院日記》 권 76, 874쪽 참조. 영조가 明德에 특히 관심을 기울인 까닭은 당시 明德에 관한 京華 학계의 논의와 무관하지 않을 듯하다.

24) 〈萬川明月主人翁自序〉, 《全書》 권 10, 제1책, 157~158쪽 참조. 정조가 자신을 '萬川明月主人'으로 자허한 배경에 대해서는 이태진의 위의 글에 자세히 논의되어 있다.

리학에 관한 책을 오랜 기간에 걸쳐 작성하기를 마지않았다.[25) 그러나 그는 독창적인 학설을 내놓는 것은 최고 권력자인 제왕의 신분에 어울리지 않는다고 생각했다. 그는 제왕의 학문은 포의布衣와 달라 심성이기心性理氣를 정밀하게 논구論究할 필요가 없다고 했다.[26) 쟁점이 걸린 문제에 대해서는 더욱 그러하였다. 학설의 옳고 그름이 권력에 따라 좌우된다고 생각해서일 터이다. 그는 도학의 이론들에 대해서 자신의 견해를 대개는 직설直說로 밝히기를 피하고, 경서 강의에서 어문御問을 통해 우회적으로 표현하곤 했다. 성리학에 관한 책의 작성이란 사실에 비추어 보면 자신의 행동과 말의 불일치를 드러내고 있는 듯이 보이지만 사실은 그렇지 않다. 성리학에 관한 책의 작성은 알려고 하는 차원에서 작성했고, 정밀하게 논구하는 것은 연구하는 차원에서 그럴 필요가 없다는 것이다. 사실 그는 알려고 하는 문제에 대해서 끝까지 파고드는 집요함을 가지고 있었다. 그는 참답게 아는 것이 곧 실천하는 길이라고 여겼다. 실천이 뒤따르지 않는 앎은 아직 참된 인식에 도달하지 못해서 그렇다는 것이다. 선을 행해야 함과 악을 행할 수 없음은 마치 주리면 밥 먹고 목마르면 물 마실 것을 알듯이, 물은 밟을 수 없고 불은 만질 수 없음을 알듯이 해야 바야흐로 진지眞知라는 것이다.[27) 성리학적 문제에 대해 요컨

---

25) 〈日得錄·文學〉,《全書》권 162, 제4책, 756쪽 상단, "皇壇望拜前一日, 御摛文院宿齋. 近侍以紅帕裹數卷書以進, 乃辛丑手編性理書也. 類彙條別, 毫分縷析, 不過數編, 而天人性命之宏綱細目, 悉備無餘蘊. 字細如蠅頭, 而丹鉛燦然. 敎臣等曰 : '予自少積有功力於是書, 而脫藁則在於辛丑. 盖爲之於萬幾之餘, 故遲久如此, 可謂良工心獨苦. 而每緣日應事務, 未克覃思硏索, 惟燕涓之暇, 淸齋之日, 得以安意細繹, 儘覺意味無窮.' 仍反復繙閱, 竟卷乃止."

26) 위의 글,《全書》권 162, 제4책, 754면 하단, "予始留意於作家, 又從事於經學, 亦嘗用工於端拱曲踞, 規行矩步. 今而思之, 未覺大有補於身心. 且帝王之學, 與韋布有異, 自有大於此者, 心性理氣, 猶不必毫分縷辨. 況詞章述作, 何足費吾工夫."

27) 〈日得錄·訓語〉,《全書》권 178, 제5책, 271쪽 하단, "知行二字, 如車輪鳥翼, 不可偏廢, 諸儒說得已盡. 而所謂眞知者, 知善之可爲, 惡之不可爲, 如飢食渴飮, 水不可蹈, 火不可狎, 如此方爲眞知. 知得一分, 行得一分 ; 知得十分, 行得十分. 若知有所未眞, 則行有所未逮."

대 정조는 자신이 진지에 도달하기 위해 되도록 많은 기존 지식을 소화하되 자신의 설을 명료하게 내놓은 것은 없다. 그러한 정조도 명덕에 관해서는 자신의 견해를 분명하게 표명했다. 다만 그것은 세자 시절의 일이다. 즉 옥계노씨玉溪盧氏의 '본심本心'설에 대한 지지를 표명했다.[28]

> 주자는 명덕을 해석하기를, "사람이 하늘로부터 얻은 것으로, 허령하고 밝아서 모든 이치[衆理]를 갖추어 만사에 응하는 것이다" 하였고, 주자가 《맹자》〈진심盡心〉 장章에서 심心자를 해석하기를, "사람의 신명神明으로서, 모든 이치를 갖추어 만사에 응하는 것이다" 하였으니, 신명이란 바로 허령하여 밝음을 이른 말이다. 이것으로 본다면 명덕과 심이 한가지다. 다만 명덕을 그냥 심이라고만 한다면 심에 선악이 있으므로 선한 것은 진실로 이것이 명덕이지만 악한 것은 명덕이라고 할 수 없다. 그렇다면 본심으로 단정하는 것이 가장 분명하다고 이를 수 있겠다.[29]

옥계 노씨의 본심설은 이렇다.

> 명덕은 다만 본심이다. 허虛한 것은 심의 적寂이요, 영靈한 것은 심의 감感이다. 심은 거울과 같다. 허虛한 것은 거울의 공空함 같고, 밝은 것은 거울의 비침과 같다. '불매不昧'(주자의 명덕 정의 '虛靈不昧'의 '不昧'를 가리킴)는 그 밝음을 거듭 말한 것이다. 허하면 밝음이 속에 보존되고, 영靈하면 밝음이 밖으로 응한다. 오직 허하기 때문에 모든 이치를 갖추었고, 오직 영하기 때문에 만사에 응한다.[30]

---

28) 위의 책,《全書》권 164, 제5책, 2쪽 하단, "先儒釋明德者, 多矣. 盧玉溪所言本心二字, 最是要言不煩."

29) 〈春邸錄, 答賓客〉,《全書》권 3, 제1책, 43쪽 하단, "明德, 朱子釋之曰 : '人之所得乎天, 而虛靈不昧, 以具衆理而應萬事者也.' 孟子盡心章, 朱子釋心字曰 : '人之神明, 所以具衆理而應萬事者也. 神明卽虛靈不昧之謂也.' 以此觀之, 則明德與心卽一物也. 但徒謂之心, 則心有善惡, 善者固是明德, 而惡者不可謂之明德也. 然則斷之以本心者, 可謂最分明矣."

168

　옥계 노씨의 본심설은 주자의 명덕 개념과 다른 것이 아니다. 주자의 명덕 개념을 《주역》〈계사〉의 적감寂感 개념(고요히 움직이지 않다가 느껴서 천하의 일에 통한다寂然不動, 感而遂通天下之故)과 거울의 비유로 더욱 분명하고 명쾌하게 해석해 낸 것이다. 다만 주자가 심자를 명덕의 개념으로 해석했다고 해서 명덕을 심으로 대치할 수 없는 것은, 심에는 선악이 있어 선심만이 명덕에 해당되고 악심은 해당되지 않기 때문이다. 여기에 명덕 개념을 주자로부터 한걸음 나아감으로써 말쑥하게 악심의 문제를 해결한 것이 옥계 노씨의 본심설의 장점이었다. 그러나 그것은 주자의 명덕 개념에 기대어 말하고 있다. 그러므로 정조가 옥계 노씨의 본심설을 받아들인다고 해서 주자의 설이 배제되는 것은 아니다. 오히려 그것으로 해서 주자의 설이 훨씬 더 명료하게 이해되는, 주자설의 주각註脚인 셈이다.

　요컨대 명덕에 대한 정조의 진지眞知에 도달하려는 노력은 그 20년에 초계문신抄啓文臣 친시親試의 시제〈문명덕問明德〉을 보면 알 수 있다. "명덕은 심心인가? 성性인가? 심이라면 대인大人의 심·적자赤子의 심인가? 성이라면 본연本然·기질氣質의 성인가? 만약 본연을 이른다면 어째서 태어난 그대로 성이라 하는가? 만일 기질을 이른다면 무슨 까닭으로 천명의 성을 말했는가? (하략)."31) 끝없이 이어지는 문목問目을 본다. 성리학의 주요 문제들을 명덕을 중심으로, 명덕과 연계하여 이해하려는 듯이 보인다.

---

30) 《大學章句》,〈大學之道章〉, 明德註夾註, "玉溪盧氏曰 : '明德之是本心. 虛者心之寂, 靈者心之感. 心猶鑑也. 虛猶鑑之空, 明猶鑑之照. 不昧申言其明也. 虛則明存於中, 靈則明應於外. 惟虛故具衆理, 惟靈故應萬事.'"

31)〈雜著, 問明德〉,《全書》, 권 56, 제2책, 169쪽 하단, "明德, 心耶? 性耶? 心是大人赤子之心耶? 性是本然氣質之性耶? 若謂本然, 則何以爲生之謂性? 若謂氣質, 則何故言天命之性耶? (하략)."

4. 정조의 심학 실제

정조는 일생 동안 심학 공부를 아주 꼼꼼히 챙겨온 것 같다. 그의 《일득록日得錄》의 〈문학文學〉 편과 〈훈어訓語〉 편을 보면 자신의 심학적 실천에 관련되는 기록이 상당량을 차지하고 있다. 이제 그 가운데 몇 사례를 통해 그의 심학 공부의 실제를 살펴본다.

정조는 먼저 학문에서 입지立志의 중요성을 강조한다. 선유들이 입지를 최초의 공부라고 한 것은 당연히 그러하지만, 자기가 보기에는 군자가 진덕수업進德修業할 때 그 '진수進修'하게 하는 소이가 뜻[志]이 아니고 무엇이겠느냐는 것이다. 그러므로 입지는 다만 최초의 공부일 뿐 아니라, 성현聖賢의 극공極工 또한 입지와 떠날 수 없다는 것이다. 입지도 성경誠敬 공부와 같이 마땅히 위아래를 통간通看해야 한다고 했다.32) 이것은 정조 자신의 실천적 체험에서 나온 말이다. 정조야말로 입지의 사람이라고 할 만하다. 그의 지칠 줄 모르는 향상 의지가 그의 천성이라고만은 할 수 없는 점이 있다. 후천의 인위적인 결심, 즉 입지의 힘이 컸다. 더구나 입지에 위아래를 통간하는 성경 공부를 연계하여 말하는 데서 입지와 함께 성경 공부가 그에게서 큰 과제였음을 말해 준다.

그는 동궁시절 서연書筵에서 춘방관春坊官이 "평소에 한 일을 두고 반성할 때 사의私意로 한 것이었다고 자각한 때가 있습니까?"라는 물음에, "사의로 했다고 자각되는 것이 물론 있지요. 자각하지 못하는 경우가 더 많았을 것입니다"33)라고 솔직히 답함으로써 성학에 임하는 허심한 마음

---

32) 〈日得錄·文學〉,《全書》 권 161, 제4책, 711쪽 하단, "先儒皆以立志爲最初工夫, 固然. 而凡人之有爲, 皆氣爲用, 而志爲帥, 故志苟立得十分, 則學亦可到十分地頭. 君子進德修業, 其所以進修者, 非志而何? 然則非特最初工夫, 雖聖賢極工, 亦離不得立志. 故予則以爲立志如誠敬工夫, 當作通上下看."

33) 〈日得錄·文學〉,《全書》 권 161, 제4책, 709쪽 상단, "書筵, 春坊官仰問 : '平日自省

을 보여주었다. 또, "사람이 허물을 깨닫고 장차 고치려 할 즈음에 매양 미봉彌縫할 생각이 있기 쉬운데, 일찍이 이로써 자험自驗해 보건대 혹 그러한 우려가 있습니까?"라는 춘방관의 물음에, "어찌 단지 혹 있을 뿐이겠소. 매양 그런 때가 많음을 근심하오"34)라고 대답하였다. 개과改過에 인색하지 않으려는 자세다.

정조는 스스로 성질이 좁고 급하다고 했다. 그는 이를 극복하기 위해 무척 애를 쓴 것 같다. 그는 "선유들이 극기克己는 모름지기 성질이 치우쳐서 극복하기 어려운 데를 좇아가 극복해 가야 한다 했다. 내가 어릴 때부터 이 말에 깊은 맛을 느끼고 매양 사려가 처음 맹동萌動할 때 혹시 일념의 치우침이 있은즉 미상불 맹렬하게 성검省檢을 가했다"35)고 고백하고 있다. 그리고 자신의 편급 병통을 고치기 위해 여조겸呂祖謙이 《논어》의 "자기를 책責하기를 두터이 하고, 남을 책하기를 박하게 하라"는 구절을 읽고 드디어 변화의 공을 이룩한 사실을 늘 좋아하지만 능히 그렇게 못한다고36) 고백하기도 했다. 요컨대 정조는 자신의 편급한 기질을 자기에게 있는 가장 큰 병통으로 의식, 극복하는 공부를 게을리 하지 않았다. 그가 "기질지성氣質之性이 유생有生의 두뇌"37)라는 인성人性 현실을 시인한 견해를 갖게 된 것도 자신의 기질을 극복하려던 노력과 무관하지 않을 터다.

於事爲之際, 自覺其爲私意者, 有之歟?' 敎曰 : '自覺其爲私意者固有之, 而不能自覺者, 尤多矣.'"

34) 위의 글, 《全書》 권 161, 제4책, 709쪽 상단, "書筵春坊官, 有以人於悟過將改之際, 每易有彌縫底意思 ; 曾以此自驗, 而或有如此之患與否仰問者. 敎曰 : '奚但或有而已? 每患如此之時多矣.'"

35) 위의 글, 《全書》 권 161, 제4책, 715쪽 상단, "先儒謂 : '克己須從性偏難克處克將去.' 予自幼時, 深於味乎此言. 每於思慮初萌之時, 或有一念之偏, 則未嘗不猛加省檢."

36) 위의 글, 《全書》 권 161, 제4책, 709쪽 상단, "克己須從性偏難克處克將去. 予之病痛, 在於褊急. 呂東萊, 讀論語躬自厚而薄責於人, 而遂成變化之功, 予心常好之而未之能矣."

37) 〈曾傳秋錄〉, 《全書》 권 126, 제3책, 783쪽 하단, "然而世儒, 徒知本然之爲純善, 而反忽於氣質之性, 爲有生之頭腦, 著書立論, 不勝其紛紜."

정조는 여느 도학자와 마찬가지로 경敬을 대단히 중시했다. "경이란 철상철하徹上徹下의 도리이다. 즉 학문의 극공極功이자 초학의 입덕入德이 이를 버리고는 안 되니 경의 의의가 크다"38)고 했다. 경을 지니기 위해서는 외면 공부가 중요하며, 먼저 눕지 않는 데서 시작해야 한다39)고 했다. 그리고 그는 경을 설하여 선유들이 '내면을 바르게 하는 것', 또는 '하나에 주主함', 또는 '하나에 주主하여 가는 데가 없음', 또는 '전일하려고 함', 또는 '정제엄숙整齊嚴肅해서 마음이 절로 하나로 되는 것', 또는 '항상 깨어있는 법', 또는 그 '마음이 수렴되어 조그만 한 가지도 용납하지 않음', 또는 '심신心神을 수렴함', 또는 '오직 두려움이 (경에) 가깝다' 했으나, 이 가운데 내 마음 맞는 곳에 나아가 극력 힘써 나가면 여러 설이 비록 같지 않아 보이지만 그 효과를 이룸에는 한가지라40)고 했다. 그는 경을 단지 정靜 일변一邊으로 보아서는 안 된다고 했다. "일이 없을 때 이 마음이 담연湛然히 항상 나의 내면에 존存해서 만상이 진실로 이미 삼연森然하다. 일이 있을 때 물物이 오면 순리로 응하여 물로써 물에 부치면 내 마음인 즉 변함없이 명경明鏡이고 지수止水이다. 만약 경敬이 오로지 정靜만 있고 동動이 없을 때는 이것은 특히 무용지물로서 한갓 이단異端(불교를 가리킴)으로 귀착됨만 볼 뿐이다"41)라고 했다. 그는 만기萬機를 총람하는 제왕의

---

38) 〈日得錄・訓語〉, 《全書》 권 177, 제5책, 250쪽 상단, "敬者徹上徹下底道理, 乃學問之極功, 而初學入德, 亦舍此不得, 敬之義大矣."

39) 위의 글, 《全書》 권 178, 제5책, 281쪽 상단, "整齊嚴肅, 雖是外面工夫, 而欲爲持敬, 舍此難求, 持敬先從不臥始."

40) 위의 글, 《全書》 권 161, 제4책, 727쪽 상단, "先儒說敬, 或曰 : '直內' ; 或曰 : '主一' ; 或曰 : '主一無適' ; 或曰 : '要專一' ; 或曰 : '整齊嚴肅, 心自一' ; 或曰 : '是常惺惺法' ; 或曰 : '其心收斂, 不容一物' ; 或曰 : '收斂心神' ; 或曰 : '惟畏近之.' 大抵持敬之道, 當將羣聖賢說, 就吾心脗合處, 極力做去. 諸說雖似不同, 致效則一也. 譬如人行路, 或車或徒, 及其止於止處, 則一也."

41) 〈日得錄・文學〉, 《全書》 권 161, 제4책, 927쪽 상단, "敬以直內云者, 非謂只在於靜而已. 敬之一字, 包外內, 該動靜. 無事時, 此心湛然常存這裏, 而萬象則固已森然矣. 有事時, 物來順應, 以物付物, 而吾心則依舊是明鏡也止水也. 若以敬專屬有靜無動底時節, 則是特無用之物, 徒見其歸於異端."

신분에 맞는 함양 방법을 다방면에서 모색한 것 같다. 경의 여러 의미 가운데 자기 마음에 맞는 것을 권하거나, 경은 동정을 겸한다는 주장을 강력히 한 데서 그러한 소식을 알 수 있다. 경이 동정을 겸한다는 것은 도학자들의 대체적 주장이지만 정만 있는 경을 '특히 무용지물'이라고 단정하는 경우는 드물지 않을까 한다. 그는 또 설선薛瑄의 주장을 이끌어와 거경居敬과 궁리窮理를 아울러 해야 함에 동의하고 나서 그 우선순위는 거경에 두었다.42) 이것은 우리로 하여금 깊이 생각하게 한다. 만기를 총람하는 제왕이 그 만기에 응하는 궁리를 우선으로 생각할 수 있는데 거경에 우선을 두었으니 말이다. 이것은 아마도 주자가 〈중용장구서〉에서 말한 요·순·우의 전수심법傳授心法이었다는 "오직 정밀하고 오직 전일해야 진실로 그 중을 잡는다(唯精唯一. 允執厥中)"에 나타난 제왕학관帝王學觀과 무관하지 않을 듯하다.

그는 함양涵養 공부가 가장 어렵다고 하면서 자기는 함양 공부가 적어 폭발하는 병통이 많다고 했다.43) 함양 공부는 정시靜時 공부이고, 성찰 공부는 동시動時 공부다. 함양은 체體를 세우는 길이요 성찰은 용用을 행하게 하는 길이다. 정조는 함양을 우선해야 하지만 성찰을 힘쓰지 않을 수 없다44)고 말했다. 그는 또 신독愼獨 공부는 정좌중靜坐中에 되는데, 그가 만기의 여가에 소창小窓에 정좌하여 책을 대하고 있노라면 스스로 활발발活潑潑함을 체험한다45)고도 했다.

---

42) 위의 글, 《全書》 권 161, 제4책, 721쪽 상단, "薛文淸云 : '一於居敬而不窮理, 則有枯寂之病 ; 一於窮理而不居敬, 則有紛擾之患.' 此說儘得學問之本, 而但論其先後之序, 則居敬不得不先於窮理. 不曰 : '大居敬而貴窮理也'乎! 大者重之之意, 貴者要之之辭."

43) 〈日得錄・文學〉, 《全書》 권 161, 제4책, 709쪽 상단, "涵養工夫最難, 余少涵養工夫, 故每多暴發之病."

44) 위의 글, 《全書》 권 161, 제4책, 714쪽 하단, "涵養卽靜時工夫, 省察卽動時工夫 ; 而體立, 然後用有以行, 則學者工夫, 固當以涵養爲先. 亦豈可徒知涵養, 而不務省察乎. 是以尊德性, 道問學, 不可偏廢也."

45) 위의 글, 《全書》 권 161, 제4책, 719쪽 상단, "古賢有敎人靜坐. 蓋愼獨工夫, 從靜坐中做得來. 予於萬幾之暇, 靜坐一小窓, 對方冊, 自有活潑潑地."

신독의 요체는 기幾의 빠른 파악에 있다. 기란 선악이 나누어지는 분기점으로 일념이 최초로 동하는 은미隱微함이다. 그는 배우는 자는 먼저 기가 은미할 때를 살펴 선을 보존하고 악을 방지해야 한다고 했다. 기는 비단 심성수양에만 문제되는 것이 아니다. 매사에 각각 그 기가 있다. 심성수양에서와 마찬가지로 먼저 살펴 역시 보존과 방지를 해야 한다고 했다.46)

그가 얼마나 심성수양에 열심이었나를 다음 일화들이 잘 말해 준다.

일찍이 연輦을 타고 원중苑中을 지나는데 당시 원중에는 꽃이 만발하고 새벽비가 스쳐간 뒤끝에 아침 안개가 엷게 끼었다. 근신을 돌아보며 말하기를, "춘물春物이 갓 펴지매 지리至理를 볼 만하다. 꽃의 봉오리가 동動하지 않을 때는 색상色相이 구공俱空했으나 생의生意가 문득 그 가운데 있은즉 곧 우리의 미발未發의 때이다. 꽃잎이 겨우 피어나자 홍자紅紫가 이미 나뉘고, 한 나무에 저마다 한 종류의 꽃을 갖추었은즉 곧 이 마음이 이미 발한 뒤의 기상氣象이다. 바야흐로 안개가 꽃 바깥을 가려서 꽃이 안개 속에 있을 때는 안개 밖에서 꽃을 본즉 희미해서 분변하지 못할 듯했으나, 꽃에 다가가서 꽃을 본즉 분명하여 덮어 가릴 수 없는 점이 있다가 안개가 걷히고 꽃이 나오기에 미치니 꽃이 자재하여 의연히 꽃의 본색이다. 여기에서 물루物累가 비록 가려지더라도 성性은 스스로 회복할 이치가 있음을 볼 수 있지 않은가. 멀리는 백화百花가 피고 지는 것이며 가까이는 일심의 적감寂感이 어느 것 하나 이 이理가 아닌 것이 없으니 모름지기 모두 체인體認할 일이다."47)

---

46) 위의 글, 《全書》 권 178, 제5책, 271쪽 상단, "幾者動之微也, 動則著矣. 善惡之幾, 固其大者, 而每事各有其幾. 人所不見, 己所不覺之中, 其幾已萌, 故善爲學者, 先察其微而存遏之."

47) 〈日得錄·文學〉, 《全書》 권 161, 제4책, 715쪽 하단, "嘗輦過苑中, 時苑花方盛開, 曉雨新過, 朝霞淡抹. 顧謂近臣曰 : '春物初敷, 至理可見. 花之蓓蕾未動, 色相俱空, 而生意却在其中, 則卽吾人未發底時節也. 瓣蘂纔開, 紅紫已分, 而一樹各具一花, 則卽此心已發後氣象也. 方其霧羃花外, 花在霧中, 自霧外看花, 則依微若不可辨焉, 就花上看花, 則的歷有不可掩者. 及霧收花出, 而花固自在, 依舊是花本色矣. 此可見物累雖蔽, 而性自有可復之理者耶. 遠而百花開落, 近則一心寂感, 無適而非此理, 須皆體認也.'"

그는 또 다음 사설시조辭說時調(오늘날 전하는 것과는 내용에 약간의 차이가 있음)를 듣고서 이를 심성수양의 관점에서 해석하기도 했다.

물 아리沙工 물 우희沙工 그 놈드리 三四月 田稅大同 실나 갈지 十千石 싯는 大中船을 자괴다혀 꾸며너여 五色實果 머리 ㄱ즛것 ㄱ초와 노코 笛篳篥巫鼓를 둥둥치며 五江 城隍之神과 四海 龍王之神긔 손 고초와 告祀홀지 全羅道慶尙道ㅣ라 蔚山바다 羅州바다 七山바다 휘도라셔 安興목 孫乭목 江華ㅣ목 감도라 들지 平盤의 물 담드시 萬頃蒼波를 ㄱ눈 덧 도라오게 고 소리 所望일게 ㅎ오소셔 이어라 저어라 비씌여라 至菊悤ㅎ고 南無阿彌陀佛[48]

즉 "축로舳艫[大中船]는 내 마음의 본체이고, 미곡米穀[田稅大同]은 마음이 얻은 바 덕이고, 칠산·안홍·손돌·강화는 계신戒愼·공구恐懼·명변明辨·독행篤行의 공부다. 서울에 도달했다는 것은 지선至善의 극치에 그침을 뜻한다. 순舜이 비근한 말을 살피기를 좋아했다는 것이 그 이런 유일 것이다"[49]라고 말했다.

이렇게 심학 공부를 정밀하고 독실하게 해 온 정조는, "사물이 어지러운 가운데도 지정至靜의 이치가 있다. 사려가 아직 생동하지 않았을 즈음에도 지동至動의 이치가 있다. 환히 깨어 있어 어둡지 않은 것은 정중지동靜中之動이고, 발發해서 절도에 적중하는 것은 동중지정動中之靜이다. 동중지정을 주主함이 있기 때문에 감感해도 일찍이 적寂하지 않은 적이 없고, 정중지동을 살핌이 있기 때문에 적해도 일찍이 감하지 않은 적이 없

---

48) 沈載完, 《校本 歷代辭說時調全書》, 世宗文化社, 1972, 386쪽.

49) 〈日得錄·訓語〉, 《全書》 권 176, 제5책, 235쪽 하단, "曾聞里巷歌謠之詞, 有曰：'水上水下之梢工篙師, 粧點得許大舳艫, 滿載得許多米穀, 浮于南, 沿溯七山, 歷安興, 踰孫梁, 涉江華, 達于京師. 此言雖俚, 可以喩道, 舳艫者吾心之本體也；米穀者心之所得之德也；七山安興孫梁江華者, 戒愼恐懼明辨篤行之工夫也；達于京師者, 止於至善之極致也. 舜之好察邇言, 其此之類歟.'"

다. 감한 가운데 다시 적하고, 적한 가운데 일찍이 감하여 두루 흘러 관철하여 일식一息도 인仁하지 않을 때가 없다”고 하여 미묘한 동중지정과 정중지동의 연계 관계를 밝히고, 주돈이周敦頤의 주정主靜, 장재張載의 허정虛靜이 반드시 전적으로 미발일변未發一邊에만 속하지 않는다고 하고서, “이 의미를 아는 사람은 드물 것”이라고 자신의 도학의 경지에 대해 은근히 자부하기도 했다.[50]

정조는 포괄적인 시각에서 마음을 다스리기를 게을리 하지 않았다. 그는 정자程子가 일찍이 말한 “무심無心이 아니고, 마땅히 사심私心이 없어야 한다”와, “성인은 상심常心이 없다. 백성으로써 마음을 삼는다”는 말을 벽에 써 두고 아침저녁으로 보고 살피니 얻는 바가 있음을 자각한다고 했다.[51] 그리고 “매사에 단지 마음에 부끄럼 없기를 구할 뿐이다”[52]라고 했으며, 또 “평생에 마음에 두는 것은 단지 무물아無物我 석자다”[53]라고도 했다.

정조는 글씨 쓰는 것 하나도 소홀히 함이 없었으며,[54] 자봉自奉에는 매우 박했다. 음식은 반드시 많을 필요가 없고 입에 맞는 한 그릇이면 족하다 하였고,[55] 한겨울에도 두꺼운 솜옷이나 무거운 갖옷을 일찍이 입은

---

50) 〈日得錄·文學〉,《全書》권 162, 제4책, 747쪽 하단, “教曰 : ‘樂記人生而靜一句, 乃後世說性之祖. 周濂溪之主靜, 張橫渠之虛靜, 皆原於樂記一句. 然其所謂靜者, 非枯木槁株之謂也. 事物紛糾之中, 自有至靜之理 ; 思慮未萌之際, 自有至動之理. 惺惺不昧, 靜中之動也 ; 發而中節, 動中之靜也. 有以主乎動中之靜, 故感而未嘗不寂 ; 有以察乎靜中之動, 故寂而未嘗不感. 感而復寂, 寂而嘗感, 周流貫徹, 無一息之不仁矣. 以是觀之, 則周子之主靜, 張子之虛靜, 未必全屬於未發一邊, 此意鮮有認得者.’”

51) 위의 글,《全書》권 161, 제4책, 727쪽 상단, “程子嘗曰 : ‘無心便不是, 只當無私心.’ 又曰 : ‘聖人無常心, 以百姓爲心.’ 此二句終身需用, 用不盡. 予於座壁書此二句, 朝夕觀省, 自覺有所得.”

52) 위의 글,《全書》권 176, 제5책, 230쪽 하단, “予於每事只求無愧於心已矣.”

53) 위의 글,《全書》권 175, 제5책, 202쪽 하단, “平生存著, 只是個無物我三字.”

54) 위의 글,《全書》권 177, 제5책, 251쪽 하단, “賤臣以承旨入侍, 命書傳教, 而適有刪改者, 未及了字樣而塗鴉, 便寫他字. 教曰 : ‘作事不可有始無終, 作書不宜止半不成, 亦可見人性精粗處, 亟戒之.’”

적이 없었으며,[56] 침실에 까는 자리가 헤어져 손질해도 쓸 수 없는 지경에 이르렀다.[57] 격체증膈滯症이 있어 날마다 새벽에 두모포豆毛浦의 강심수江心水를 떠와서 마시는데 인축人畜의 힘이 많이 든다고 곧 그만두게 했다. 경연하는 신하들이 너무 지나치다고 하자, "나는 구복口腹 때문에 남에게 누를 끼치고 싶지 않다"[58]고 답했다. 도학의 정신주의는 물질에 대한 의존을 최소화하는 성향을 가지고 있다. 정조는 도학을 생활화한 것이다.

하늘을 공경하고 물物을 사랑하는 것은 도학의 교의상 필연적이다. 더구나 제왕 정조는 하늘을 이어 표준을 세울[繼天立極] 그 제왕으로서 하늘을 늘 의식해 마지않았다. 그래서 "천도는 사私가 없다. 오직 선인善人을 돕는다. 왕자王者는 친애하는 사람이 따로 없다. 오직 덕 있는 이를 믿는다. 왕자의 도는 오직 하늘을 본받는 것이다"[59]라고 말했다. 또 "천지의 큰 소이는 다른 것이 없다. 곧 감싸지 않음이 없고, 싣지 않음이 없다. 이 말은 군주의 기상도 또한 그러하다. 만약 털끝만큼도 편벽된 뜻이 있으면 문득 천지를 본받는 도리를 결한다"[60]라고 말했다. 항용 군주들이나 신하들에 의해 되뇌어 오던 말이다. 그러나 군사君師가 될 포부로 심학 공부에 열성이었던 정조에게는 묵은 말이 새로운 의미를 띠고 다가왔을 법하다.

---

55) 〈日得錄・訓語〉, 《全書》 권 175, 제5책, 217쪽 상단, "飮食不必多, 適口一器, 足矣."

56) 위의 글, 《全書》 권 176, 제5책, 226쪽 하단, "予雖於隆冬, 未嘗御厚綿重裘, 今年寒威斗嚴, 而見今衣襷不過深秋時所御."

57) 위의 글, 《全書》 권 175, 제5책, 203쪽 하단, "燕寢鋪席弊, 牽補不堪用 ; 筵臣屢請易, 閣僚以此編入日得錄. 敎曰 : '亟刪之. 予欲借閣臣口, 誇予昭儉之實乎.'"

58) 위의 글, 《全書》 권 176, 제5책, 231쪽 상단, "予以膈滯之證, 服江心水. 每曉汲取於豆湖, 多費人畜之力, 故旋卽罷之. 筵臣有言其太過, 敎曰 : '予不欲以口服累物.'"

59) 위의 글, 《全書》 권 178, 제5책, 279쪽 상단, "天道無私, 惟善是輔 ; 王者無親, 惟德是諶. 王者之道, 只是體天."

60) 앞의 글, 《全書》 권 175, 제5책, 208쪽 상단, "天地之所以爲大無他, 卽無所不包, 無所不載. 此八字, 君象亦然. 若有一毫些偏意, 則便欠法天則地底道理耳."

그는 또 '천도무위天道無爲'에 대해서도 새삼스럽게 되뇌인다. "사람들은 모두 천도가 무위하다 이르나 실상은 그렇지 않다. 사람이 단지 모를 뿐이다. 일월성신의 운행과 바람·구름·우뢰·비·서리·눈·안개·이슬의 변화와, 봄·여름·가을·겨울의 흘러 바뀜과 그리고 인물의 생성이 어찌 유위有爲가 아니겠는가. 유위하되 다만 그 자취가 없을 뿐이다. 그러므로 공자는 '천도는 말하지 않아도 사시가 이루어진다'고 말했다"[61]고 했다. 실상 '천도무위'란 말이 천도의 유위의 자취가 없다는 뜻이다. 그러나 정조는 사람들이 정말 천도는 말 그대로 무위한 것으로 안다고 전제한다. 그리고 천도는 엄청나게 큰일을 하면서도 그 자취가 드러나지 않을 뿐이라고 했다. 《논어》〈위정〉편의 "정치를 덕으로써 하는 것을 비유하자면 북극성이 그 자리에 있으면 뭇별이 향하는 것과 같다"[62]에 대한 그의 군주유위론적君主有爲論的 해석[63]과 같은 생각이다. 요컨대 군주유위론을 비유에 실어 한 번 더 강조하면서 '그 자취 없음', 즉 '통치의 흔적이 없는 통치'를 전망한 것이다.

정조는 사람이 천지의 이理를 갖추고 태어났기 때문에 몸속에 온축된 바가 생의生意 아닌 것이 없다고 했다. 생의가 발출發出하기만 하면 작게는 우물로 기어 들어가는 어린아이를 구출해 주는 일에서, 크게는 백성을 사랑하고 생물을 사랑하는 일과 온 세상의 모든 것을 다 덮어 주고 감싸 주는 일에 이르기까지 모두 다 여기에서 확충해 나가지 않는 것이 없다고 했다.[64]

---

61) 위의 글, 《全書》 권 175, 제5책, 212쪽 상단, "人皆謂 : '天道無爲.' 實不然, 人特不知耳. 日月星辰之運行, 風雲雷雨霜雪霧露之變化, 春秋冬夏之流易, 人物之生成, 庸非有爲乎. 有爲而但無其跡也. 故孔子曰 : '天道不言而四時成.'"

62) 《論語·爲政》, "子曰 : '爲政以德, 譬如北辰居其所, 而衆星共之.'"

63) 《經史講義·論語》, 《全書》 권 71, 제2책, 438쪽 상단, "(論語)集註曰 : '無爲而天下歸之.' 又曰 : '爲政以德, 然後無爲.' 然旣曰 : '爲政', 則條敎法令, 必不無爲政之實 ; 以德之能無爲, 可以指其義歟?"

64) 〈日得錄·訓語〉, 《全書》 권 178, 제5책, 271쪽 상단, "盖人之生也, 具天地之理. 故腔

정조의 애물의식愛物意識은 지극했다. 어렵도漁獵圖를 보고 승지 임석철林錫喆에게 이르기를, "이것이 비록 그림이지만 족히 유추類推의 자료가 된다. 그물을 들고 강을 가로지르니 자못 고기를 다 잡을 생각이 있는 모양이다. 군자의 마음은 결단코 이러해서는 안 된다"[65]고 했다. 또 내원內苑에 거동하여 근시近侍들과 꽃을 감상하고 고기를 낚았다. 정조 자신이 낚은 고기와 여러 신하들이 낚은 고기를 몽땅 놓아주라고 명했다. 그리고는 고인시古人詩를 인용하여 '뜻에 맞음을 취한 것이지 고기를 취한 것이 아니라'는 구절도 또한 이 뜻일 것이다"고 하였다.[66]

한번은 경연에서 신하들과 서사書史를 논하고 있는데 고양이 한 마리가 쥐를 잡아 어르며 먹고 있었다. 정조는 그 광경을 보고, "호랑이가 깨무는 것, 매가 치는 것, 소리개가 잡아채는 것, 고양이가 잡는 것은 진실로 그들의 성性이고 직職이다. 그러나 나는 보고 싶지가 않으니 그 생生을 가지고 그 생을 상하기 때문이다"라고 하고 좌우에게 명해서 쫓아 버리도록 했다.[67]

20년이나 타고 다닌 늙고 애꾸눈인 구마廐馬를 차마 버리지 못해 장마仗馬로 끌고 다니다가 마침내 죽으니 측연惻然해 했다[68]는 이야기도 범연한 것이 아니다. 제왕으로서는 더욱 그러하다.

子裏所蘊, 無非生意, 而生意纔發出, 則自赤子入井, 以至於仁民愛物, 覆冒四海, 而無不自此推擴之."

65) 위의 글,《全書》권 161, 제4책, 716쪽 상단, "觀漁獵圖, 謂承旨林錫喆曰 : '此雖畵圖, 足爲反隅之資. 擧網橫江, 殆有盡取之意. 君子之心, 決不當若是也.'"

66) 위의 글,《全書》권 177, 제5책, 251쪽 상단, "御內苑, 與近侍賞花釣魚. 御釣及諸臣所釣者, 悉命放生. 敎曰 : '古人詩曰 : '取適非取魚' 亦此意也.'"

67) 앞의 글,《全書》권 176, 제5책, 233쪽 하단, "宴居與筵臣, 論書史. 忽有一猫, 捕鼠緣檻, 而走上屋霤, 拏攦咆吼而啗之. 敎曰 : '虎咥鷹搏鳶攫猫捕, 固性也, 職也. 然予不欲見其以生傷生也.' 命左右亟逐之."

68) 위의 글,《全書》권 175, 제5책, 269쪽 상단, "內廐有自御極後所乘之馬, 幾二十年, 老且瞎, 不堪復乘 ; 而每當行幸, 不忍廢棄, 必以仗馬自隨, 年前竟故, 至今常思其馳驅進力之功, 爲之惻然."

정조는 "동산의 꽃, 섬돌 틈의 풀, 수풀 속의 새, 못 속의 고기는 도를 모르는 사람으로서 보면 그것은 바로 완물상지玩物喪志라고 해도 가하나, 도道를 아는 사람으로서 보면 더할 수 없이 즐겁다. 이것을 보는 것은 같지만 보게 하는 소이는 같지 않기 때문이다"69)라고 했다. 여기서 '도를 아는 사람'이란 여러 층과 급이 있을 터이다. 그러나 도학의 생기론적生機論的 우주관에 바탕을 두어 물아의 생의生意를 체득, 물아의 미묘한 교감에 희열을 얻을 수 있는 사람임에는 틀림없다. 정조는 평생 가슴에 두어온 것은 무물아無物我 세 글자라고 했다.70)

그래서 봄날 춘당대에 거동하여 오리며 원앙새들이 봄비에 불어난 물에 떠돌며 목욕하고 있는 광경을 보고 "때로다! 봄의 기운이 바야흐로 생겨나니 저들이 그 기운을 스스로 얻어 저마다 그 즐거움을 즐기는구나"라고71) 넉넉한 여유를 보일 수 있었다.

도학자들은 사람의 내면경계를 천지자연의 물상에다 곧잘 비겼다. 정조 역시 그러하였다. 자신의 심학에 대한 비전이나 그 도달한 경지를 외재 물상으로 비겨 이야기하였다. 즉 가을비가 갓 개이고 월색이 뜰에 가득 찼다. 정조가 발을 걷고 완상하고는 시신侍臣에게, "제군들은 모두 이 달을 보고 있는가? 만인들이 함께 우러르는 것은 다만 '광명쇄락光明灑落' 네 글자에 있다. 사대부 흉중은 모름지기 이와 같아서 조금도 음예陰翳의 뜻을 지니지 말아야 한다"72)고 말했다. 바로 명덕이다. 물욕이 정진淨盡

---

69) 위의 글, 《全書》 권 176, 제5책, 236쪽 상단, "苑花砌草林禽池魚, 自不知道者觀之, 雖謂之玩物喪志可也. 自知道者觀之, 樂莫樂. 斯所見者同, 而所以見之者不同也."

70) 주 53) 참조.

71) 〈日得錄·訓語〉, 《全書》 권 176, 제5책, 233쪽 하단, "御春塘臺, 時春雨初過, 池水新添, 鳧鷖鴻鵠, 浮在水面, 拍拍對浴. 顧語筵臣曰 : '時哉! 春氣方生, 彼自得其氣, 而各樂其樂也.'"

72) 위의 글, 《全書》 권 175, 제5책, 209쪽 상단, "秋雨新晴, 月色滿庭, 上開簾賞玩, 仍敎侍臣曰 : '諸君皆見此月否? 萬人同仰, 只在光明灑落四箇字. 士大夫胸中, 直須如此一般, 不要著些陰翳底意.'"

된 뒤의 명덕이 존재하는 모습이다. '만천명월주인옹萬川明月主人翁'은 바로 이렇게 그의 오랜 심학 공부가 도달한, 성학에 대한 자긍에서 나왔다.

5. 명덕明德 개념의 실학으로의 확충

위에서 나는 정조 성학의 주자학적 면모를 검토했다. 주자학의 주요 개념 등에 대해 지적知的 인식을 위해 성리학에 관한 책을 스스로 만들기도 했으나 주자학의 귀결처를 그는 명덕을 닦는 심학에 두고, 심성 수양을 일생 동안 게을리 하지 않았다. 주자학의 본령에 충실한 주자학자라면 마땅히 그러해야 했다. 그런 점에서 그는 주자학을 이데올로기화하여 사상과 언론을 통제하며 갖가지 역작용을 가져왔던 이 시기의 주자주의자와는[73] 현격히 구별된다.

그런데 실학의 핵심 개념에 비추어 말한다면 실학은 곧 사공지학事功之學에 다름 아니다. 더구나 정조는 만기萬機를 통괄하는 제왕으로서 시정施政·시책施策 과정에 사공적事功的인 문제에 직접 부딪히지 않을 수 없다. 그럴 때 자신이 그토록 밝히고자 노력해 온 명덕과 사공과의 관계가 어떤 형태로든 정립되어야 한다고 생각했을 터다. 그것은 잘 알려져 있듯이 그가 그 명덕 개념을 지지하는 주자가 사공을 적극적으로 평가하지 않았기 때문이다. 주자는 사공을 옹호하는 진량陳亮의 논리를 '의리쌍행지설義利雙行之說·왕패병용지설王覇幷用之說'이라고 공격하면서 '순유지도純儒之道'로 자율自律할 것을 권면하여, 사공을 명덕과 대립적인 관계로까지 보기도 하였다.[74]

---

73) 이 책의 〈연암사상의 이념적 범주와 반주자주의성〉 참조.

74) 〈與陳同甫(四)〉, 《朱熹集》 권 36, 제3책(四川敎育出版社, 1996), "願以愚言思之, 紬去義理雙行, 王覇幷用之說, 而從事於懲忿窒慾, 遷善改過之事, 粹然以醇儒之道自律."

주자의 명덕 개념은 다 알다시피 도덕지향의 테두리 안에서 정의 내려
져 있다. 그것은 명덕 개념 그 자체 내용의 논리보다는 그 배경이 된 주자
의 확고한 도덕에 대한 신념으로 그렇게 인식되는 편이었다. 진량陳亮과
가진 논쟁이 그의 도덕에 대한 신념을 잘 웅변해 준다. 사실 주자의 명덕
개념의 논리 자체에는 그 어디에도 사공을 못 받아들이도록 하는 배척적
장치가 없다. 외적으로는 아주 포괄적으로 규정되어 있다. '중리衆理' 가
운데 사공에 대한 욕구·판단·지능 등의 이理가 소속된다고 해서 외적
으로 무슨 변개가 일어나는 것이 아니다. 정조는 바로 이 점에서 착안하
여 사색한 듯하다. 그래서 명덕과 사공을 직접 연결시키고자 하였다.

> 후세의 유자儒者 가운데는 심心을 말하고 성性을 말하는 데에는 능언이나
> 실지實地 사공事功에 이르러서는 캄캄하게 무엇인지 알지 못하는 이가 있다.
> 이것은 곧 체體는 있되 용用은 없는 학문이다.[75]

라고 하여 그는 그 연결을 우회적으로 표현하였다. 인용문에서 말한 심
과 성은 바꾸어 말하면 명덕에 다름 아니다. 이리하여 명덕과 사공은 정
조에 의해 체용體用 관계로 정립되었다. 사공이 명덕을 체體로 삼고, 명덕
이 사공을 용用으로 삼음으로써 둘을 통일적으로 이해하게 되었다. 그리
고 주자 명덕 개념의 논리가 내적으로 확충되어 '구중리具衆理, 응만사應
萬事'라는 표현에 더욱 가깝게 된 것이다. 이로 보면 그도 또한 주자를 존
숭했지만 맹목적인 존숭은 아니었다. 그는 학문하는 방식으로 다른 사람
의 학설을 맹종하는 태도를 거부하는, '운의창지運意刱智'의 '활법活法'을
거듭 강조해 마지않았다.

  그는 또,

---

75) 〈日得錄·文學〉,《全書》권 164, 제5책, 8쪽 하단, "後世儒者, 有或能言於說心說性,
　　而至於實地事功, 昧然不知爲何物, 這便是有體無用之學."

> 학문과 사공은 두 가지 일이 아니다. (중략) 큰 일 작은 일 할 것 없이 일마다 스스로 이 이치가 있다. 이 이치를 궁격窮格하고, 그것을 발용發用해서 사공으로 삼는다.[76]

라고 했다. '궁격득차리窮格得此理'의 주체는 명덕이고, '발지위사공發之爲事功'의 주체도 명덕이다. 즉 명덕을 매개로 하여 궁격(전통적으로는 도덕적인 문제에 중점이 주어졌음)과 사공이 하나의 연속체제로 파악된다. 이렇게 학문하는 활법에 따라 명덕과 사공을 통일적으로 파악하게 된 그는,

> 학문에는 활법活法과 사법死法이 있는데 우리 동유로서 성리를 천명하는 이들이 많지 않은 것이 아님에도 모두 본뜨는 병폐, 구속받음의 병폐가 있어 대영웅의 기상이 없다.[77]

고 하여 주로 주자를 맹종하여 '의양구속依樣拘束'하는 동유東儒를 비판하였다. 그가 명덕과 사공의 통일적 관계를 논설 형식의 직설로 천명하지 못하고 우회적으로 완곡하게 표명한 것은, 주자학으로 왕도정치를 펼치려는 그의 이상이 혹시라도 손상될까 하는 우려와 함께 바로 이 맹목적인 주자주의자들의 여론 때문이었다. 사공은 곧 공리功利와 통하기 때문에 공리와 명덕을 통일적으로 이해하는 그의 견해가 이 주자주의자들의 여론을 격동시키기에 충분했다. 당시 조선왕조에서 제왕의 신분으로 주자의 학설에 내적으로나마 변개變改를 가하는 견해를 직설로 밝힌다는 것은 바로 나라의 뿌리를 뒤흔드는 대사건일 수 있었다.

이렇게 정조는 주자의 명덕 개념을 외형적으로는 그대로 둔 채 내적으

---

76) 앞의 글, 《全書》 권 163, 제4책, 759쪽 상단, "學問事功非兩件事. (中略) 毋論大小事, 事事上, 自有箇此理. 窮格得此理, 發之爲事功."

77) 앞의 글, 《全書》 권 163, 제4책, 763쪽 하단, "學問有活法, 有死法. 我東儒者, 闡明性理者, 不爲不多, 而率皆有依樣拘束之病, 所以無眞正大英雄氣像."

로 그 실질을 확충해서 사공이 그 용用의 관계가 되게 함으로써 실학의 철학적 기반을 마련하였다. 그래서 제왕으로서 실학적 시정施政, 실학적 시책施策을 하는 데 자기갈등自己葛藤의 소지를 없애고 당당하게 할 수 있었다. 바로 이 정조의 치세기간에 조선의 실학이 활발했던 역사 현상이 결코 우연이 아니었다.

정조가 추진했거나 추진하려 했던 실학적 사공으로는, 상업 발달에 획기적인 성과를 가져온 통공발매정책通共發賣政策, 신분제 아래에서 부당한 대우를 받고 있던 서얼들에 대한 허통許通 정책, 노비제 혁파 계획, 그리고 화성華城 신도시 건설 등이었다. 또 그가 재위하는 동안 몸소 지휘하는 가운데 《무예도보통지武藝圖譜通誌》를 비롯한 여러 책이 나왔다. 또 그는 제왕으로서 직접 실학적 사공에 관한 저술을 남기기도 했다. 〈주교지남舟橋指南〉, 〈악통樂通〉, 〈화성주략華城籌略〉 등이 그것이다. 그리고 그는 "근래 연중燕中에서 새로 사들인 책들에서 예악·병형兵刑·전곡錢穀·갑병甲兵 등 실용할 것은 하나도 보이지 않는다"78)고 중국에서 실용 지식을 담은 책을 사오지 않았다고 개탄했다.

정상적인 제왕이라면 다 사공을 이룩하려 할 것이다. 그런데 여기서 정조의 사공을 특히 실학적이라 하는 것은 실학이 흥기하는 시대에 치세治世하면서 실학의 흥기를 추동推動하는 방향으로 사공을 도모해 갔기 때문이다. 즉 그의 사공의 도모가 역사적인 의미를 띠고 있기 때문이다.

---

78) 앞의 글, 《全書》 권 162, 제4책, 752면 상단, "近看燕中新購之書, 如禮樂兵刑錢穀甲兵 等有實用者, 一不槪見."

184

6. 맺는 말

정조는 결국 주자학자이면서 아울러 실학자였다. 정조의 이러한 면모는 그 시대의 홍대용洪大容과 흡사하다. 그러나 두 사람에게서 주자학과 실학이 연계되고 있는 국면의 강조는 각기 그 양상이 다르다. 홍대용은 세계관에서, 즉 주자학적 세계관과 실학적 세계관 사이의 상수적相須的 연계 관계를79) 통해서 표명된 데 대하여, 정조의 경우는 체용體用 관계, 즉 명덕의 체에 사공[공리]의 용으로 표명되었다.80) 어쨌든 실학을 도학과 주로 단절적으로 인식해 온 학계의 일부 관점은 극복되어야 할 것이다. 그렇다고 해서 물론, 개별 실학자들의 사상을 전면적으로 도학과 연속으로 보는 것도 또한 오류다. 요컨대 한 가지로 몰아서 말할 수 없다. 개별 사상가들에 대한 구체적인 검증을 거쳐서 논정論定해야 할 것이다.

(《民族文化》 23집, 민족문화추진회, 2000, 일부 개고)

---

79) 이 책의 〈홍담헌 세계관의 두 국면〉 참조.

80) 정조와 홍대용은 정조가 세손世孫 시절 홍대용이 세손 익위사시직翊衛司侍直으로 있는 동안 서로 배우고 가르치는 처지에서 학문적으로 교류했다. 홍대용의 《湛軒書》에는 이때 문답한 〈桂房日記〉가 있다.

다산사상茶山思想에서 '상제上帝' 도입 경로에 대한 서설적序說的 고찰

1. 문제 제기

다산 철학사상을 이해하는 데 우리는 천주교의 영향을 실제 이상으로 과대 인식하고 있는 것은 아닌지 모르겠다. 그 영향의 정확한 정도는 주로 호한浩瀚한 경전經傳의 주석으로 펼쳐져 있는 그의 철학사상이 더 체계적, 구조적으로 구명되는 날에 저절로 밝혀지겠지만, 그 영향에 대해 과대 인식이 있다면 그것은 주로 그의 사상의 원두처源頭處에 인격적인 신神 상제上帝(또는 천天)가 등장하게 된 계기와 아울러 그것이 가진 특성을 거의 전적으로 마테오 리치의 《천주실의天主實義》류와 관계 속에서만 찾아온 데에 그 원인이 있지 않은가 생각된다.

다산의 상제는 그 초월성·전지전능성·주재성·최고 존재성·편재성遍在性 등에서 현상적으로는 《천주실의》에 묘사된 천주天主와 아주 비슷하다. 그러나 이런 특성들은 그것들 사이의 상대적인 강약의 정도에 차이는 있을지라도 선진先秦 경전 그 자체에 본래부터 일정 정도 묘사되어 있었다. 주자학朱子學의 관념에 따라 변개되었던 것을 다산이 본래 면모대로 밝히고자 한 결과로서 드러난 것이지, 선진 경전 속에 근거가 희박하거나 없었던 것을 다산이 《천주실의》의 천주를 모델로 가져다가 경전 주석에 억지로 그려낸 것은 아니다. 《천주실의》의 천주가 다산이 선진 고경古經 세계의 상제를 해명하는 과정에 어떤 신념을 북돋아 주었으리라는 것은 짐작하기 그리 어렵지 않다. 그러나 그렇다고 해서 다산의 상제를 천주의 부본副本쯤으로 생각한다면 큰 잘못이다. 《천주실의》의 천주에 대한 상제의 진정한 특성은 상제가 다산사상의 다른 범주들이나 논리들과 갖는 관계의 양태가 총체적으로 밝혀지면서 이것들이 위에 든 현상적 특성들을 내면적으로 어떻게 조명照明해 주고 어떻게 제약해 주고 있는가가 해명됨으로써 밝혀지게 될 것이다.

다산은 경전에 천명된 유교 윤리를 어느 하나 부정한 적이 없으며, 특히 효제孝悌의 윤리를 인仁의 근본이자 인간 윤리의 근본으로 강조해 마지않았다. 그런데 마테오 리치가 합유合儒의 전략, 보유補儒의 전략으로[1] 유가를 끌어들이려 고심에 찬 논리를 세워 나간 그의 《천주실의》에서조차 천주와 인간내人間內 윤리 사이의 관계를 어떻게 규정했던가? "무릇 사람은 이 세상에서 세 아버지를 가집니다. 첫째는 천주, 둘째는 국왕, 셋째는 가군家君입니다. (중략) 천하가 무도해져서 세 아버지의 영슈이 서로 배치하게 되면 아래아버지가 위아버지를 순종하지 않고, 자기 자식을 사유하여 자기만을 받들게 하고 그 위아버지를 돌아보지 않게 되는데, 이럴 경우 그 아들 된 자는 그 위아버지의 영을 따르고 비록 그 아래아버지의 영을 어긴다 하더라도 그 효孝 됨에는 관계치 않습니다. 만일 아래아버지를 따르고 그 위아버지를 어긴다면 참으로 큰 불효가 됩니다. 나에게 국왕과는 군신관계, 가군과는 부자관계가 되지만, 공부公父인 천주와 관계에 비한다면 세상 사람들끼리는 군신·부자 관계라도 평등하게 형제 관계일 따름입니다. 이 윤리는 명백히 해두지 않으

---

1) 侯外廬, 《中國思想通史》 제4권(下), 1207쪽, "(一)在對儒佛道三家的關系上是聯合儒家以反對二氏, 這卽所謂的合儒. (二)在對儒家的態度上是附會先儒以反對後儒, 這卽所謂的補儒."

면 안 됩니다"2)라고 했다.

이런 예에 비추어 다산이 1797년에 올린 자명소自明疏에서 "그 책 안의 상륜패리傷倫悖理의 설은 진실로 노복을 바꿔가며 헤아리게 해도 다 헤아릴 수가 없습니다"3)고 한 것 등의 피력을 특히 천주교 쪽 시각에서는 외면해서는 안 될 것이다. 요컨대 다산 상제를 천주교의 천주와 대비하는 것은 그의 상제가 그의 사상의 총체적인 체계 안에서 조명 받고 규정됨으로써 그 내적 특성—진정한 면모가 밝혀질 때를 기다려야 할 것이다.

이에 앞서 우리는 먼저 다산사상에 상제가 등장하게 된 계기를 이제까지 주로 《천주실의》와 가진 관계라는 횡적橫的 시각으로만 보아 온 인식을 지양하고, 이쪽의 경학사經學史 내지는 사상사와의 종적縱的 시각으로도 마땅히 탐구해 보아야 할 것이다. 왜냐하면 다산에게서 상제 도입의 계기는 우리 사상사의 한 국면이기도 하지만, 그에게서 상제 자체의 특성을 제약하는 조건 가운데 하나일 수도 있기 때문이다. 어제까지 무신론자였던 다산이 《천주실의》를 읽고 하루아침에 유신론자로 단절적斷絶的으로 돌아선 것은 아니었다.

종적 시각으로서의 접근에는 그 경로經路를 대체로 세 가닥으로 상정할 수 있을 것이다. 중국의 그것을 포함하는 경학사, 그리고 우리나라 사상사에서 도학사道學史와 여타 부문의 사적史的 가닥이 그것이다. 여기에서는 우리나라 도학사, 특히 다산 자신이 속해 있었던 퇴계 계열의 학통에 전개되었던 사상사적 움직임을 중심으로 그 도입의 계기 또는 도입의

---

2) 利瑪竇,《天主實義》하권 제8편, "凡人在宇內有三父, 一謂天主, 二謂國君, 三謂家君也. (중략) 天下無道, 三父之令相反, 則下父不順其上父, 而私子奉己, 弗顧其上, 其爲之子者, 聽其上命, 雖犯其下者, 不害其爲孝也. 若從下者逆其上者, 固大爲不孝者也. 國主於我相爲君臣, 家君於我相爲父子, 若使比乎天主之公父乎, 世人雖君臣父子平爲兄弟耳. 此倫不可不明矣."

3) 丁若鏞, 〈辨謗辭同副承旨疏〉, 《與猶堂全書》(新朝鮮社本) 1집, 9권 장44 a쪽(《與猶堂全書》에 한해서는 이하 《全書》, 1-9-44a식으로 표시함), "其書中傷倫悖理之說, 固不可更僕數之."

188

경로에 대한 탐색을 목표로 하여 우선 그 전제적인 문제들을 밝혀보고자 한다.4)

2. 다산의 경전 주석 태도와 이념

먼저 다산이 경전 주석에 어떤 태도로 임했으며 그 이념적 지향이 무엇이었는가부터 확인할 필요가 있다. 다산사상의 기본 처지가 여기에 있다고 생각되기 때문이다.

한마디로 다산은 선진先秦 고경古經의 세계가 함유하고 있는 사실과 사상을 본디 면모 그 자체로서 온전하게 드러내고자 하였다. 경전 그 자체를 떠난 자리에서 모종의 이념이나 이념에 대한 비전을 잡아두고 그것을 경전 주석에 관철시키고자 한 기미는 추호도 없다. 다산은 선진 고경의 세계가 한대漢代 이래 잡스러운 참위설讖緯說과 송학宋學의 사변적 관념으로 말미암아 겹겹이 가려지고 왜곡되었다고 보고, 이것들을 제거해 내고 선진 고경의 원초 모습을 드러내는 데 자신의 생애를 걸었던 것이다. 가령 그가 천주교의 신학이나 천주교의 교의를 경전 주석에 투사投射하고자 했다면 천주교 신학의 핵심구조의 일부인 천당天堂의 상모相貌를 그리기에 적합한 《시경》, 《서경》의 일련의 문구들을5) 충분히 활용했을 것이다. 아무리 천주교에 대한 금압의 분위기 속에서 적중謫中의 몸으로 경전 주석을 진행하고 있었다 하더라도 경전의 권위를 빌려 하기로 들었다면 충분히 가능했을 테지만, 그는 결코 마테오 리치의 관점에 서지 않

---

4) 이 논문의 구상에 李佑成 〈韓國儒學史上 退溪學派의 形成과 그 展開〉, 鹿菴 權哲身의 思想과 그 經典批判〉으로부터 시사 받은 바가 많았음.

5) 이를테면 《詩經》 大雅 〈文王〉의 "文王在上, 於昭于天", "文王陟降, 在帝左右", 《書經》 〈舜典〉의 "五十載, 陟方乃死"와 같은 것들을 가리킨다.

았다.6) 실은 그는 진작 천주교의 천당·지옥을 불교의 극락·지옥과 마찬가지로 사람을 공포로 위협하려는 장치라면서 그것을 부정하는 발언을 한 적이 있었다.7)

경전 자체에서 벗어나는 어떠한 이념적 시각도 개입시키려 하지 않았다는 점에서 다산의 경전 주석의 태도는 매우 객관적이라고 할 만하다. 이 점은 그가 경전 주석에서 특히 중시한 두 가지 방법, 즉 '이경증경以經證經'과 '선식원의先識原義'의 방법에서도 잘 드러나 있다.

'이경증경'은 선진 고경의 본지本旨는 선진 고경 자체 안에서 최종 증거를 찾아 밝히는 방법이다.

> 잠자고 먹는 것도 잊은 채 연구·탐색해 가는 데에 (후세의 주석들이) 마음에 합당하게 생각되지 않는 경우가 있으면 널리 옛 경적經籍을 상고하여 경문으로써 경문을 증거하여 성인이 나타내고자 했던 본지를 밝히기를 기약했다.8)

이러한 자술을 뒷받침하는 사례는 그의 경집經集 도처에 있으므로 예를 드는 것이 무의미하거니와, 이 '이경증경'의 방법 채택은 한편으로는 주자학을 넘어서기 위해서 그 위의 권위를 끌어오는 전략성이 없지도 않아 보일 법하나, 기본적으로는 선진 고경의 본지를 드러내는 데는 선진 고경 그 자체에서 찾아지는 증거가 가장 신빙성이 있다는 생각에서였다. 다음에 말할 '선식원의'의 방법과 함께 생각해 보면 다산의 의도는 더욱

---

6) 마테오 리치는 그의 《천주실의》 하권 제6편에서 주 5)에 예로 든 《시경》, 《서경》의 구절들을 가지고 중국 上古時代 天堂觀의 존재를 증명하려 하였다. 그러나 그는 地獄觀의 존재를 증명할 자료를 찾지 못해 그 까닭을 문헌의 滅失에 돌리는 등 구차한 변론을 했다. 마테오 리치의 補儒論의 破綻處라 할 만하다.

7) 주 3)과 같은 글, "其所謂死生之說, 佛氏之設怖令也."

8) 〈喪禮四箋序〉, 《全書》, 1-12-36a, "硏精究索, 忘寢與食, 其有不當於心者, 博考古籍, 以經證經, 期得聖人之旨."

190

분명해진다. 다산은 주자의 견해들을 날카롭게 비판하고 대규모적으로 부정했지만 자기의 어떤 이념을 대체시키기 위한 전투적 책략성 같은 것은 결코 띠지 않았다.

'선식원의'의 방법은 먼저 글자 원초의 뜻을 알아서 이를 우선적으로 적용해야 한다는, 말하자면 어원학적語源學的 접근방법이다.

> 문자의 근원은 육서六書에서 나왔다. 상형象形·회의會意·지사指事·해성諧聲이 조자造字의 근본이다. 우리나라 사람들이 '답畓'자를 만들되 회의會意해서 대상을 가리키기를 반드시 '수전水田[논]'을 '답畓'이라 하니 이것이 원초의 뜻이다. (중략) 내가 말하는 것은 '인仁', '의義', '예禮', '지智' 녁 자도 모두 원초의 뜻이 있으니 먼저 그 원초의 뜻을 알고 나서야 여러 경전에서 한 말의 본지를 파악할 수 있다는 것이다. 만일 글자 만든 사람이 애초에 나타내고자 했던 원초의 뜻을 알아보지도 않고 이치 따지는 사람들의, 원초의 뜻으로부터 전이轉移된 데에 근거한 주장을 먼저 취하여 '이理'니 '기氣'니 '체體'니 '용用'이니 한다면 고경의 본지와 합치되지 않는 수가 많을 것이니 이것은 필연의 형세다.9)

이 또한 예를 들 필요는 없거니와 다산이 순수한 선진 고경의 세계를 객관적으로 증명해 내려는 자세를 거듭 확인할 수 있다.

그의 중형 약전若銓이 다산의 경전 주석의 노작들을 보고 "도道가 상실된 지 천 년에 겹겹이 덮어씌워졌던 것들을 헤치고 쳐내어 그 어둑하게 휩싸여 있던 것을 활짝 터놓았구나"10)라고 찬탄했거니와, 다산 자신 후

---

9) 〈答李汝弘〉, 《全書》, 1-19-29b, "竊以文字之源, 出於六書. 象形會意指事諧聲者, 造字之本也. 東人創造畓字, 會意指事, 必以水田爲畓, 此原義也. (중략) 鏞之所言者, 仁義禮智四字, 皆有原義, 先識其原義, 然後諸經所言, 可得本旨. 若不問造字家之原義, 先取論理家之轉說, 曰理曰氣曰體曰用, 則古經本旨, 多不相合, 此必然之勢也."

10) 〈自撰墓誌銘(集中本)〉, 《全書》, 1-16-17b, "嗚呼! 道喪千載, 蒙之以百蔀, 披之剔之, 豁其翳薈, 豈汝之所能爲哉."

세의 잡다한 주석을 헤치고 선진 고경의 본래 면모를 밝히기에 몰입한 나머지 문제가 하나씩 풀려질 때마다 "마치 신명神明의 계시를 받는 듯했다"11)고 자술한 바 있다. 선진 고경의 세계를 밝혀내기에 다산이 얼마나 집념하고 열정적이었나를 알 수 있다.

경전 그 자체에 대해서 이토록 객관적이고자 했던, 따라서 외적으로는 몰이념의 지식주의자知識主義者의 그것과도 상통하는 다산의 주석 태도에는 그러나 그의 강렬한 이념적 지향이 놓여 있었다. 선진 고경의 세계 그것을 자기 시대에 계승하자는 것이 그것이다. 요堯·순舜·주공周公·공자孔子의 세계가 자기 시대에 새롭게 구현되기를 희구하는 열망으로 그토록 고경의 문맥 그 자체를 드러내기에 몰두했던 것이다. 우리는 그의 유명한 〈오학론五學論〉의 말미들에서 되풀이되고 있는 같은 내용의 말을 익히 알고 있다. "(성리학 등 5학 종사자들과는) 끝내 함께 손잡고 요·순·주공·공자의 문으로 돌아갈 수 없다(終不可以携手同歸於堯舜周孔之門)"고 한 여기에 그의 경전 주석의 이념이 선명하게 표방되어 있다.12)

실은 다산 자신이 경전 주석에 임하는 바람직한 태도와 이념을 다음과 같은 요지로 천명한 바가 있었다.

> 한대漢代의 주注에서 고훈詁訓을 찾고, 주자의 해석에서 의리를 찾되 반드시 경전 자체의 맥락에서 시비득실을 판결하여 육경六經·사서四書의 원의原義·본지本旨를 밝혀내어 이것을 자기화自己化하여 아래로는 수신·제가에 천하·국가를 다스릴 수 있도록 하고, 위로는 천덕天德에 통하여 천명天命으로 돌아갈 수 있도록 해야 한다.13)

---

11) 주 10)과 같은 곳, "每一悟解, 若有神明默牖, 多不可告於人者."

12) 李乙浩 교수는 茶山의 이러한 지향의 학문을 '洙泗學'이라 명명한 바 있다.

13) 〈五學論〉二,《全書》, 1-11-20b, "今之學者, 考漢注以求其詁訓, 執朱傳以求其義理, 而其是非得失, 又必決之於經傳, 則六經四書, 其原義本旨, 有可以相因相發者. 始於疑似, 而終於眞的；始於彷徨, 而終於直達. 夫然後體而行之, 行而驗之, 下之可以修身齊家爲天下國家, 上之可以達天德而反天命, 斯之謂學也."

그리고 그의 중형에게 보낸 편지에서 한 다음의 말은 다산이 경전 주석에서 표방했던 이념을 아주 명료하게 보여주고 있다.

> 제가 만약 병 없이 오래 살기만 한다면 《주례周禮》를 몽땅 주석하고 싶습니다만 아침 이슬[朝露] 같은 목숨이 언제 죽을지 모르니 감히 마음을 낼 수가 없군요. 그러나 마음으로는 삼대三代의 다스림을 진실로 회복시키고자 한다면 이 책이 아니고서는 손을 댈 만한 것이 없다고 생각하고 있습니다.[14]

그의 경전 주석에서 가졌던 이념적 지향 가운데 "아래로는 천하·국가를 다스릴 수 있도록 해야 한다"는 치인治人 부문의 이론적 실천인 1표 2서一表二書의 정점에 놓인 《경세유표經世遺表》가 굳이 《주례》의 구도를 그대로 채용한 까닭을 우리는 분명히 알 수 있다.

그런데, 특히 다산에게서 상제 도입, 바꾸어 말하면 천관天觀 변개變改의 소종래 문제와 관련하여 우리가 확인해야 할 사실이 있다. 다산이 학문적으로, 나아가서 현실로 선진 고경 세계의 복구를 표방한 것은, 다산 자신의 기록에 따르면, 그가 《천주실의》를 접하기 적어도 2년 이전부터라는 것이다. 이 문제에 관련해서는 다음 장에서 논의되겠거니와, 선진 고경 세계의 복구에서는 《천주실의》가 아니더라도 상제, 즉 천天의 인격성은 되살아나게 되어 있다는 말이다. 요컨대 선진 고경 세계의 회복, 이것이 다산의 생애를 일관하는 학문적·사상적 일념一念이었다. 따라서 우리는 이것이 바로 다산사상 이해의 원점임을 확인하게 된다.

---

14) 〈答仲氏〉, 《全書》, 1-20-15b, "我若無病久生, 則欲全注周禮, 而朝露之命, 不知何時歸化, 不敢生意. 然心以爲三代之治, 苟欲復之, 非此書, 無可著手."

3. 다산과 이벽李檗의 초기 학문적 동태

1) 다산의 《중용강의中庸講義》와 《천주실의》와의 관계

경학에 관한 다산의 최초 저작은 그가 23세가 되던 해(1784)의 여름에 성균관 유생으로서 정조가 내린 〈중용의문中庸疑問〉 70조에 답한 《중용강의》가 그것이다. 이 저작은 8년 뒤 32세(1793) 때에 정고整稿되어 강진康津에 있던 53세(1814) 무렵 《중용자잠中庸自箴》을 저작할 때에 수정·증보하여 《중용강의보中庸講義補》 6권으로 완성되었다.15) 이 저작에서 우리가 특히 주의를 기울여 볼 대목은 《중용강의》 부분이다. 그것은 이 저작이 경학에 관한 다산의 최초 저작이기도 하려니와 그 저작 시기가 바로 다산이 최초로 《천주실의》를 접했던 시기와16) 같다는 사실 때문이다. 이 《중용강의》에서부터 다산은 송유宋儒들에 의해 그 인격성이 제거되었던 '천天'에 다시 인격성을 부여하고 있음을 보게 된다. 즉 《중용》첫머리의 '천명지위성天命之謂性'을 다산은 "위대하신 상제가 아래세상의 백성들에게 중中을 내려 주시어 이것을 따라서 항성恒性을 가지게 되었

---

15) 《全書》, 2-4-1ab ; 《中庸講義補》 권 1 前文 참조.

16) 〈先仲氏墓誌銘 附見聞話〉, 《全書》, 1-15-42a, "甲辰四月之望, 旣祭丘嫂之忌, 余兄弟與李德操, 同舟順流. 舟中聞天地造化之始, 形神生死之理, 惝怳驚疑, 若河漢之無極. 入京又從德操, 見實義七克等數卷. 始欣然傾嚮, 而此時無廢祭之說." 李德操[檗]는 다산의 죽은 맏형수 慶州李氏의 동생이다. 그래서 다산 형제들과 함께 누이의 제사 뒤에 소내[笤川]에서 함께 배를 타고 서울로 오게 된 것이다. 그런데 최초로 《천주실의》를 접한 여기 이 '甲辰'이란 1784년이다. 한편 달레의 《한국천주교회사》에는 이 사실이 1783년에 있었던 것으로 기록되어 있다(安應烈·崔奭祐 역주본 상, 분도출판사, 1979, 302～303쪽 참조). 또 한편으로는 《全書》, 1-1-14a에 '四月十五日'이란 註記가 달린 〈同友人李德操檗乘舟入京〉이라 제목한 시가 있는데, 편년으로 엮어진 이 시집의 辛丑(1781) 부분에 실려 있다. 그런데 여기 '四月十五日'은 곧 위의 '甲辰四月之望(十五日)'과 같은 날짜로, 辛丑(1781)에 편입된 것은 분명 編次의 잘못이다. 요컨대 다산이 최초로 天主敎書를 접한 시기에 대해서는 다산 자신의 확실한 기록을 믿어야 할 것이다.

194

다”[17]고 한 《서경》의 말로 그 의미를 대체하고 있다.[18] 그러나 이것만 가지고는 그 인격성의 부여 여부를 분명하게 판가름하기는 어렵다. 《서경》의 이 구절은 비인격성으로도 흔히 인용해 왔기 때문이다. 그런데 귀신의 존재에 관한 논의에서 상제나 귀신이 분명한 인격성으로 제시되어 있다.

> 귀신은 이기理氣로 말해서는 안 됩니다. 신臣은 생각하건대, 천지귀신이 밝고 삼엄하게 벌려 있는데, 그 가운데 지극히 존귀하고 지극히 위대한 것으로는 상제가 그것입니다. '문왕文王이 공경한 마음가짐을 하고 밝게 상제를 섬기었다' 했으니 《중용》의 계신戒愼·공구恐懼가 어찌 바로 그 '밝게 상제를 섬기는' 학문이 아니겠습니까?[19]

《중용강의》는 뒷날 수정이 가해졌다 하나 그것이 정조의 질문에 답한 것이고 보면, 더구나 정조의 사후인지라, 그 수정은 지극히 제한적이었다고 보아야 할 것이다. 적어도 원초에 '천天'을 비인격적 존재로 보았던 것을 수정해서 인격적 존재로 바꾼 일 같은 것은 결코 없었을 것이다.

그런데 이 《중용강의》는 《천주실의》와 직접으로든 간접으로든 교섭이 있었던 것은 분명하다. 4단7정四端七情의 이발理發·기발氣發 문제에 대한 정조의 질문에 대한 답변에서 다산이 기氣를 '자유지물自有之物', 이理를 '의부지품依附之品'으로 규정한 데에 분명히 그 교섭의 흔적이 보인다.[20] 《중용강의》가 이루어진 객관적 정황에서도, 다산이 이벽으로부터

---

17) 〈湯誥〉, 《書經·商書》, "惟皇上帝, 降衷于下民, 若有恒性."

18) 《中庸講義》, 《全書》, 2-4-3a 참조.

19) 《中庸講義》, 《全書》, 2-4-23a, "鬼神不可以理氣言也. 臣謂天地鬼神, 昭布森列, 而其至尊至大者, 上帝是已. 文王小心翼翼, 昭事上帝, 中庸之戒愼恐懼, 豈非昭事之學乎."

20) 마테오 리치는 《천주실의》 권 上 제2편에서 物의 宗品을 '自立者'와 '依賴者'로 나누어 설명한 바 있다. 다산의 '自由之物'과 '依附之品'이 마테오 리치의 그것과 같은 사고논리와 양식으로 되어 있다. 그런데 이러한 사고논리와 양식은 가령 다산이 지지한 율곡

《천주실의》를 구해 본 것은 23세(1784) 때 4월 15일(음력)에서 멀지 않은 날이었을 것이고, 《중용강의》가 저작된 것은 같은 해 음력 4월과 6월[21] 사이의 어느 때였으므로 직접적인 교섭이 이루어졌을 개연성이 높다. 한편 이 저작의 원고가 이벽과 가진 담토談討를 거쳐 함께 작성한 것이라는 점에서[22] 적어도 간접적 교섭은 확실하다.

그렇다면 과연 다산이 《천주실의》를 읽고, 또는 이벽과 함께 이 《중용강의》를 작성하면서 어제까지만 해도 무신론자였던 사람이 바로 유신론자로 돌아섰던 것일까? 이 논문이 바로 그렇게 보는 견해에 대한 반론反論으로 씌인 것이라 앞으로 해명되어 갈 것이나 여기서는 먼저 《중용강의》를 작성하던 당시 유학(도학)상의 중요 문제에 대한 다산과 이벽 사이의 견해차 유무를 확인할 필요를 느낀다. 이 책과 그리고 《중용자잠》에 다산이 추기追記한, 이벽과 가진 담토 과정에 있었던 문제에 대한 주기註記가 중요한 단서가 될 것 같다.

한 가지는 4단7정의 이발·기발 문제에서 다산 자신은 율곡栗谷의 기발이승일도설氣發理乘一途說을 지지한 반면, 이벽은 퇴계의 이기호발설理氣互發說을 지지하여 견해의 일치를 보지 못했다는 것이고,[23] 다른 한 가지는 《중용》의 희로애락喜怒哀樂의 미발未發·이발已發 문제에 대해서는 그 당시 이벽도 개운하게 풀지 못했다는 것이다.[24] 이런 주기를 통해서 우리가 알 수 있는 것은 《중용》을 놓고 두 사람이 담토하는 과정에서 별로 견해의 대립이 없었다는 점이다. 가령 천天의 인격성 여부 같은 《중

의 '氣發而理乘之' 같은 命題에서도 발상을 얻을 수 있는 가능성이 전연 없지도 않으나 그 표현 감각이 《천주실의》의 그것과 매우 비슷하다.

21) 《中庸講義補》의 前文에 "甲辰夏, 內降中庸疑問七十條"라고만 했는데, '夏'는 음력으로 4월과 6월 사이를 가리킨다.

22) 《中庸講義補》 권 1 前文 ; 《全書》, 2-4-1a, "甲辰夏, 內降中庸疑問七十條, 令太學生條對. 時亡友廣菴李檗, 在水橋讀書, 就問其所以對, 廣菴樂之爲談討, 相與草創."

23) 《全書》, 2-4-65b 참조.

24) 《全書》, 2-3-7b 참조.

용》의 핵심 문제(따라서 유가 철학의 핵심 문제)에 대해 종래는 서로 견해를 달리했던 것을 이 담토 과정에서 일치를 보았다면 어떤 형태로든, 즉 명시적으로든 암시적으로든 그 사이의 소식消息을 응당 전해 놓았을 법하기 때문이다. 더구나 이벽은 33세로 요절하기는 했지만 다산에게는 15, 16세 이래로 생애의 지우知友였던 점을25) 고려한다면 더욱 그러하다.

이런 논의 이전에 실은 경전 해석에 관한 한 다산과 이벽을 별개로 갈라 보는 것 자체가 무의미하다고 할 수 있다. 천·상제를 비롯한 경전상의 주요 문제에 관한 다산의 견해는 그 혼자만의 고립적인 견해가 아니다. 그것은 성호星湖 문하 녹암계鹿菴系 학자들의 공통된 견해라고 보아야한다. 다산의 중형이 다산의 경전 주석에 관한 저작을 읽고 전적으로 동의하고 찬탄해 마지않았던 것은 결코 형제 사이의 우애에서만 나온 것이아니다.26) 당시 허다한 지식인군들 가운데서도 유독 이 녹암계 지식인들이 천주교에 기울어진 적이 있었던 것은 바로 이 경전 해석에서 견해의공통성이 그 직접적 기반으로 작용했기 때문이라고 보아야 할 것이다.그러므로 이 상제문제에 대한 논의는 크게는 녹암계에 그대로 적용될 것이다.

2) 다산의 초기 학문적 이력

여기에서 우리가 분명히 알아두어야 할 것은 다산의 학문적 생애 가운데 초기 이력이다. 다산이 학문, 즉 경학으로 입신할 것을 작심한 것은16세 때 이가환李家煥·이승훈李承薰 등을 통해 성호의 저작을 얻어 읽고나서부터다.27) 다산은 자질子姪들에게 항상 "나의 깊은 꿈은 성호 선생을

---

25) 다산이 16세 때 이벽에게 준 詩 〈贈李蘗〉이 《全書》, 1-1-4b에 나온다.

26) 다산은 仲兄을 인격적·학문적으로 매우 존경하여 '先生'이라 불렀다.

27) 〈自撰墓誌銘(壙中本)〉, 《全書》, 1-16-1b, "旣娶, 游京師, 則聞星湖李先生瀷, 學行醇

사숙하는 가운데서 깨어 나온 것이 많다"고[28] 했다고 한다. 그리고 적소 강진에서 중형에게 보낸 편지에서 "생각해 보건대 우리들이 능히 천지의 큼과 일월의 밝음을 알 수 있게 된 것은 모두 이 어른(성호)의 힘이라고 하겠습니다"[29]라고 토로한 적이 있다. 여기서 깊은 꿈에서 깨어 나와 천지의 광대함과 일월의 광명함을 알게 되었다는 말은 무엇을 뜻할까? 그것은 《사서》, 《오경》, 그리고 《성리性理》까지 포함하는, 저 주자학적 해석체계로 밀폐된 《대전大全》 세계로의 매몰로부터 깨어남에 다름 아니다.

경의經義로 진사進士가 된,[30] 그리고 남달리 총명하고 조달早達했던 다산의 《대전》본에 의한 경서 공부는 16세 무렵에는 이미 통숙通熟해 있었던 것 같다. 여기서 성호의 문집을 비롯한 《사설僿說》, 《질서疾書》 등 호대浩大하게 개방된 학문세계, 경학세계 앞에서 비약적인 자기반성이 일어났던 것이다. 위에 인용된 그의 말에서 '꿈에서 깨어 나왔다', '천지의 큼', '일월의 밝음' 등과 같은 이미지로써 표현한 점이 이를 잘 말해 주고 있다. 이때부터 다산의 내부에 이미 자리 잡아 있던 《대전》식 해석체계는 근저에서부터 동요와 균열이 일어나기 시작했던 것 같다.

17세 때 부친의 임지任地인 화순 동림사東林寺에서 중형과 함께 《맹자》를 읽으면서 〈제선왕견맹자어설궁장齊宣王見孟子於雪宮章〉에 인용된 〈하언夏諺〉의 분절分節 오류를 지적한 일 등은[31] 그가 이때부터 이미 《대전》본

篤, 從李家煥李承薰等, 得見其遺書, 自此留心經籍."；丁奎英, 《俟菴先生年譜》, "正祖宣皇帝元年丁酉 公十六歲, 始見星湖李先生遺稿."

28) 丁奎英, 《俟菴先生年譜》, "時一世後學, 莫不祖述李先生之學, 公亦以爲準則. 常語子姪曰：余之大夢, 多從星湖私淑中覺來."

29) 〈上仲氏〉, 《全書》, 1-20-22b, "自念吾輩能識天地之大, 日月之明, 皆此翁之力."

30) 〈自撰墓誌銘(壙中本)〉, 《全書》, 1-16-1b, "二十二, 以經義爲進士."

31) 《孟子》 梁惠王下〉의 〈齊宣王見孟子於雪宮章〉에 인용된 〈夏諺〉은 "吾王不遊, 吾何以休. 吾王不豫, 吾何以助. 一遊一豫, 爲諸侯度"까지는 위의 절에, "今也不然, 師行而糧食. 飢者弗食, 勞者弗息. 暗暗胥讒, 民乃作慝. 方命虐民, 飮食若流. 流連荒亡, 爲諸侯憂"까지는 아래의 절에 나누어 놓았으니 이는 앞부분만 〈夏諺〉으로 보고, 뒷부분

198

경서를 비판적으로 읽기 시작했던 소식을 단적으로 말해 주고 있다. 그래서 20대에 들어설 무렵 그는 이미 《대전》식 해석체계를 오시傲視할 만큼 경전에 대해 자기대로의 새로운 해석─선진 고경 세계의 복구 구도構圖를 세우고 학문적 실천을 구체적으로 해가고 있었던 것으로 보인다.

다산이 21세 때 쓴 〈술지述志〉라는 제목의 2편의 연작시는 그 사이의 소식을 전해 주는 귀중한 자료다. 그 첫 수는 다음과 같다.

弱歲游王京,	어린 나이에 서울에서 노닐어,
結交不自卑.	사람 사귀기를 낮게 하지 않았네.
但有拔俗韻,	적어도 세속 빼어난 풍취風趣는 있어야,
斯足通心期.	이에 심기心期를 통할 만했네.
戮力返洙泗,	수사洙泗로 돌아가길 힘쓰고 힘써서,
不復問時宜.	지금 시대에 맞을지는 묻지도 않네.
禮義雖暫新,	예의禮義가 잠시 새롭더니만,
尤悔亦由玆.	허물과 후회도 이로부터 오네.
秉志不堅確,	각오가 단단하지 않고서는,
此路寧坦夷.	이 길이 어찌 평탄하리.
常恐中途改,	항상 두려운 것은 중도에 뜻이 달라져,
永爲衆所嗤.32)	길이 뭇사람들의 웃음거리가 되는 것이네.

수사洙泗로 회귀─선진 고경 세계의 복구를 현실적으로 실현하는 일─는 그 시대 예제禮制의 회복으로 구현되게 되어 있었다. 다산은 그의 《경세유표》의 저작에 《주례》의 구도를 모델로 취했거니와 국가구조로서의 예禮의 차원에서뿐만 아니라 그 하위 차원의 예에서도 고례古禮를 회복

은 齊景公 시대의 현실을 그려낸 롱뽷의 말로 보았기 때문이다. 그런데 다산은 아랫부분까지 모두 '夏諺'의 글로 보았다. 그의 仲氏가 무릎을 치며 지지했다고 한다. 《孟子要義》, 《全書》, 2-5-10a 참조.

32) 〈述志〉, 《全書》, 1-1-15b.

코자 했다. 그리고 '인仁'의 해석에서도 예를 특히 힘주어 말했다. 그래서 다산에게 고경 세계의 사실구조事實構造는 곧 고례의 구조 그것이라 해도 과언이 아니다.

따라서 후세의 사실과 관념에 따라 얼크러지고 변질된 고례를 본디 면모대로 실현하기 위해서는 고례의 사실구조에 대한 새로운 고증과 아울러 이것을 뒷받침하고 있는 정신구조에 대한 새로운 해석, 바꾸어 말하면 선진 고경에 대한 새로운 고증과 해석이 요구되었다. 위의 시에서 '예의禮義'는 바로 이런 의미의 문맥을 거느리고 있다. 물론 구체적으로는 그때 어떤 고례, 이를테면 향음주례鄕飮酒禮나 향사례鄕射禮 같은 예를 고법古法대로 재현해 본 사실을 가리키고 있겠지만,33) 그것이 단순한 일과성一過性의 고립적 행사가 아니었음은 '수사洙泗로 돌아가길 힘쓰고 힘써서'라는 구절과 함께 시의 결단結段에서 생애를 건 신념을 다지는 내용으로 보아 의심의 여지가 없다.

'세속 빼어난 풍취'의 사람이란 특히 이벽을 비롯한34) 녹암계 인사들일 터이다. 주변 속유俗儒들로부터 빈축을 사고 지탄받는 가운데 회의懷疑와 좌절의 위험을 느끼며 고법古法·고도古道 실현에 대한 비전을 가지고 선진 고경의 추구에 열정을 쏟아가던, 20세 전후의 다산을 비롯한 녹암계 인사들의 움직임을 위의 시는 잘 전해 주고 있다.

같은 제목 아래의 나머지 한 편도 아울러 살펴볼 필요가 있다.

嗟哉我邦人,   딱하구나 우리나라 사람,
辟如處囊中.   주머니 속에서 사는 것 같네.

---

33) 이승훈이 1779년 무렵에 서울 西郊에서 鄕射禮를 시행한 적이 있다. 〈先仲氏墓誌銘〉, 《全書》, 1-15-39a, "當此時, 李承薰亦淬礪自强, 就西郊行鄕射禮 ; 沈溦爲賓, 會者百餘人. 咸曰 : '三代儀文, 粲然復明.'" 이 글의 '三代儀文, 粲然復明.'이란 말을 특히 음미할 필요가 있다.

34) 다산은 李檗의 輓詞에서 "仙鶴下人間, 軒然見風神"이라고 그를 묘사한 적이 있다. 〈友人李德操輓詞〉, 《全書》, 1-1-26a 참조.

三方繞圓海,	삼면三面은 바다로 둘려 있고,
北方縐高崧.	북쪽은 높은 산악이 겹겹.
四體常卷曲,	사지를 항상 웅크려 있으니,
氣志何由充.	지기志氣가 어떻게 충만하랴.
聖賢在萬里,	성현聖賢은 만 리 밖에 있으니,
誰能豁此蒙.	누가 이 답답함을 활짝 터주랴.
擧頭望人間,	머리 들어 세상을 바라보노라니,
見鮮情曈曨.	깨이어 오는 이가 드물구나.
汲汲爲慕傚,	흠모하여 모방하기에 급급해,
未暇揀精工.	정밀하게 가려낼 겨를이 없구나.
衆愚捧一癡,	뭇 바보들이 한 멍텅구리를 떠받들고,
口沓唅令共崇.	시끌벅적 숭배들 하네.
未若檀君世,	질박하게 고풍古風이 있었던,
質朴有古風.[35]	단군檀君 세상이 낫구나.

여기에는 자기 시대의 학문·문화 정황에 대한 다산의 인식이 생생하게 형상화해 있다. 위축된 기개氣槪, 고루한 식견, 몰자각적 모방, 맹목적인 숭배들이 자기 시대의 학문·문화의 실태라고 보았다. 교조적 주자주의에 억눌리고 《대전》적 세계 인식 안에 갇힌 채 지리멸렬한 논쟁이나 하며 파당을 지어 서로 우두머리를 받드는 실태—바로 뒷날 〈오학론五學論〉의, 특히 '성리지학性理之學'에서 논파된 인식을[36] 이때 이미 통절히 갖고 있었던 것이다. 이러한 인식의 이면에는 다산의 자신에 찬 오연傲然한 기개가 도사리고 있는데, 이 기개는 경전의 《대전》적 해석체계에 대

---

35) 〈述志〉, 《全書》, 1-1-15b.

36) 〈五學論〉의 저작 시기는 현재 정확히는 알 수 없으나, 舊 藏書閣所藏筆寫本의 〈田論〉一의 題左 註記에 따르면 〈전론〉1은 다산의 38세 때의 작품이고, 新朝鮮社刊本의 편차에, 이 〈전론〉의 뒤쪽에 편입되어 있는 〈立後論〉三은, 그 題下註記에 따르면, 41세 때의 작품인 점으로 미루어 짐작컨대, 이 〈입후론〉의 뒤쪽에 편입되어 있는 〈오학론〉의 저작 시기도, 대체로 다산이 30대 후반에서 40대에 걸치는 것이 아닐까 생각한다.

체할 자신의 새로운 해석구도─고경 복구의 구도를 잡은 확신에 찬 전망에서가 아니고는 그 소종래를 따로 찾을 데가 없다. 시의 끝 연聯의 '단군시대의 고풍'은 자신이 희구하는 고경 세계에 대한 비전과 상관없이 드러난 것이 결코 아니다.

끝으로 위의 시에 나오는 '성현聖賢'이 가리키는 대상에 관해서이다. 여기 성현은 분명히 서양의 성현을 가리킨다. '만 리 밖에 있다'는 표현이 그것을 증명한다. 그런데 분명한 것은 천주교의 '종교적 성현'을 가리키는 것은 아니라는 사실이다. 다산이 이벽을 통해 천주교를 처음 접한 것은 이 시가 씌어지기 2년 뒤라는 사실은, 다산 본인이 '4월 15일', '두미협斗尾峽을 내려가는 배 안에서'라고 날짜·장소까지 밝혀 놓았고, 그 때의 소감까지도 시로 써놓은 데서도 알 수 있다.37) 여기 '성현'은 다름 아닌 서양의 '과학의 성현'을 가리킨다. 즉 천문·역법·수학에서 업적을 이룩한 서양 과학자들을 가리키는 말이다. 전통적으로 동양에서는 천문·역법 등 우주간사宇宙間事는 성인만이 관장할 수 있다고 생각해 오지 않았던가. 당시 견문을 넓히려는 지식인들 사이에는 천문·역법 등의 책을 구해 읽는 것이 하나의 풍조를 이루다시피 했고38) 다산 또한 이런 책을 진작 읽었음은 그 자신의 진술을 통해서 알 수 있다.39)

---

37) 주 16) 참조. 〈自撰墓誌銘(集中本)〉, 《全書》, 1-16-3a, "甲辰夏, 從李檗, 舟下斗尾峽, 始聞西教"; 〈同友人李德操檗乘舟入京〉, 《全書》, 1-1-14a, "蘇軾才高談水月, 李膺名重若神仙. 深知拙劣終無賴, 欲把殘經報昔賢." 인용된 부분의 첫째 구가 바로 이벽이 天地創造·天堂地獄 등의 천주교 신학을 이야기한 사실을 뜻한다. 蘇軾이 〈前赤壁賦〉에서 하늘의 달과 땅 위의 강물을 들어 불교의 變·不變의 세계관을 형상적으로 표현한 것을 빌려다 쓴 것이다. 둘째 구는 다산 중형의 인품을 표현한 것이다. 이 천주교 신학을 들으면서 자신의 할 일은 '殘經'을 가지고 옛 현인에 보답하는 것이라고 다짐한 마지막 구는 거듭 음미해 볼 필요가 있다.

38) 安鼎福, 〈天學考〉, 《順菴先生文集》 권 17, 장 1, "西洋書, 自宣廟末年, 已來于東. 名卿碩儒, 無人不見, 視之如諸子道佛之屬, 而備書室之玩 ; 而所取者, 只象緯句股之術而已."〈辨謗辭同副承旨疏〉, 《全書》, 1-9-43a, "此時原有一種風氣, 有能說天文曆象之家, 農政水利之器, 測量推驗之法者, 流俗相傳指爲該洽."

39) 주 38)의 둘째 조항의 글에 이어 "臣方幼眇, 竊獨慕此. 然其性力躁率, 凡屬艱深巧密之

특히 시의 앞부분에서 여러 구절에 걸쳐 우리나라 지세의 협소함을 묘사한 것은 이런 책을 통해 세계에 대해 광활한 시야를 가지게 된 다산의 민족적 자아 회시回視의 한 표현이다. 다만 이어지는 '성현'이 나오는 연聯에는 서양을 문명화한 낙국樂國으로 보는 비전이 있으니, 이것이 뒷날 천주교에 대한 하나의 유인誘因으로 작용하게 된 것은 사실이다.40)

3) 이벽의 천주교 수용시기 문제

다산을 비롯한 녹암계 지식인들에게 천주교를 전달한 장본인은 주지하듯이 이벽이다. 따라서 이 논문의 취지상 이벽의 천주교 수용시기가 언제였느냐는 매우 중요한 문제 가운데 하나다.

달레의 《한국천주교회사》에 따르면 이벽은 적어도 1777년(丁酉) 이전에 이미 천주교를 받아들인 것으로 되어 있다.41) 이 문제는 교회 쪽과 학계 사이의 시비가 되어 왔거니와 달레의 이 기록은 믿을 수가 없다. 무엇보다 달레의 이 부분 기록에 중대한 당착이 있다.

달레의 기록에 따르면, 1777년 겨울에 이벽은 다산의 기록에 나오는 녹암계 학자들의 '천진암주어사강학회天眞菴走魚寺講學會'(실제는 1779년에 있었음)로 보이는 모임에 가서 그들과 함께 유학 관련 강학 끝에 "서양 선교사들이 한문으로 지은 철학·수학·종교에 관한 책들을 검토하고, 그 깊은 뜻을 해득하기 위하여 가능한 한 주의를 집중시켰다"42)고 했다.

文, 本不能細心究索. 故其糟粕影響, 卒無所得"이라고 했다.

40) 이 〈述志〉시에 대한 천주교 쪽 해석은 지나치게 아전인수식 臆斷이다. 문면의 기본 뜻은 일단 존중하고 그 뒤에 의미나 의도를 찾아야 할 것이다. 朱在用, 《先儒의 天主思想과 祭祀問題》, 京鄕雜誌社, 1968, 259~260쪽 참조.

41) 샤를 달레 著, 安應烈·崔奭祐 譯註, 《韓國天主敎會史》上 , 분도출판사, 1979, 299~301쪽 참조.

42) 위의 책, 301쪽.

그리고는 "즉시로 그들은 새 종교에 대하여 아는 것은 전부 실천하기 시작하여, 아침저녁으로 엎드려 기도를 드렸다"[43]고 했다. 전통적으로 이단에 대한 강한 저항성을 체질적으로 지녀온 유학자들이 유학을 강론한 끝에 천주교리에 대한 해득을 하고 나서 바로 종교적 실천으로 들어갔다는 이 기록이 사리에 닿지 않는 것임은 두말할 필요가 없다.

다음으로 이벽은 1784년(甲辰) 9월에 양근楊根의 권씨 집으로 갔는데 "도착하자마자 종교에 대한 강의가 시작되었고, 오래지 않아 진리가 환하게 빛났다"[44]고 했다. 그리고는 "맏이 철신哲身은 중국 경서의 철학과 윤리를 연구하는 데 일생을 보낸지라 처음에는 망설였다"[45]고 했다. 달레의 앞 기록대로라면 녹암은 이미 7년 전에 입교入敎하여 '아침저녁으로 엎드려 기도'까지 드린 것이 되는데, 뒤의 기록에 와서는 7년 뒤 이벽의 전교에 녹암은 입교를 망설인 것이 된다. 더 따질 것 없을 것이다.

사실 자체의 기록에 이런 당착이 있는 터이니 가령 '벽檗'을 별호라 하고 그의 자字 '덕조德操'를 이름처럼 안 오류 같은 것은[46] 아예 거론할 필요도 없을 것이다. 요컨대 역시 전문傳聞에 따른 기록의 한계를 여지없이 드러내고 있다.[47] 그런데도 천주교 쪽은 달레의 이 기록만 믿고 정작 사실들을 현장의 측근에서 겪은 다산의 기록은 믿으려 들지 않을 뿐 아니

---

43) 위의 책, 302쪽.

44) 위의 책, 311쪽.

45) 위의 책, 311쪽.

46) 위의 책, 299쪽.

47) 다산 문제와 관련하여 달레의 기록이 가진 중요한 撞着의 또 다른 한 가지는, 다산이 임종 무렵에 劉方濟 신부로부터 終傳聖事를 받았다는 것이다. 주 41)의 책 中권 186쪽의 "유(방제) 신부는 서울에 도착하여 조선말을 배우려고 하지 않아 신자들의 대부분으로 하여금 거의 성사를 받지 못하게 하였다", "그는 唾棄할 만한 不道德으로 자기의 司祭職을 공공연하게 더럽혔다", "모방(Maubant) 신부는 마침내 조선 포교지의 長으로서 교황청으로부터 받은 권한으로 聖務 정지처분을 내릴 수밖에 없었다"는 등의 기록에 비추어 보면, 그것을 신빙할 수 없음이 자명하게 드러난다. 이 문제에 대한 자세한 고증은 金相洪 교수의 〈茶山의 天主教信奉論에 대한 반론〉(1990.3.24, 한국한문학연구회 제101차 월례발표회)에 미룬다.

라, 오히려 그 문맥을 아전인수식으로 자의적恣意的으로 해석하여 증거로 삼고 있기까지 하는 실정이다. 그래서 마침내 순수한 유학 강학의 모임이었던 주어사走魚寺 강학을 천주교 교리연구의 모임으로 규정하기까지에 이르렀다.48)

한마디로 녹암계 학자들의 주어사 강학은 천주교와 아무 관계가 없다.

> 녹암이 손수 규정規程(생활규칙)을 주어 새벽에 일어나 얼음을 깨고 샘물을 움켜 세수와 양치질을 하고는 〈숙야잠夙夜箴〉을 외우고, 일출 때는 〈경재잠敬齋箴〉을 외우고, 정오에는 〈사물잠四勿箴〉을 외우고, 일몰 뒤에는 〈서명西銘〉을 외우게 했는데, 장엄각공莊嚴恪恭하여 규도規度를 잃지 않았다. 이때를 당하여 이승훈李承薰도 또한 스스로를 연마하기를 노력하여 서울 서교에 나아가 향사례를 시행했다.49)

이와 같이 다산이 묘사하고 있듯이50) 주어사 강학회는 순전히 유학을 강마講磨하기 위한 모임이었다. 강학회 묘사에 뒤이은 이승훈 관계 기록은 이 점을 더욱 분명하게 말해 주고 있다. 그런데 우리가 특히 주목해야 할 한 가지 사실이 있다. 그것은 '장엄각공莊嚴恪恭'이라고 묘사되어 있듯이, 바로 이 강학회를 지배한 종교적인 분위기이다. 그들이 날마다 네 차례나 걸쳐 외운 잠명箴銘들이 종교적으로 고양高揚된 긴장성을 함유하고

---

48) 한국교회사연구소, 《한국가톨릭대사전(부록)》, 1989년 재판, 439쪽, "李檗, 權哲身, 丁若銓 등 走魚寺에서 강학을 열고 천주교 교리연구 시작." 뿐만 아니라 경기도 廣州郡 退村面 牛山里의 天眞菴 古墟를 한국천주교회의 발상지로 잘못 알고 성지화하기에 이르고 있다.

49) 〈先仲氏墓誌銘〉, 《全書》, 1-15-39a, "鹿菴自授規程, 令晨起, 掬氷泉盥漱, 誦夙夜箴, 日出誦敬齋箴, 正午誦四勿箴, 日入誦西銘, 莊嚴恪恭, 不失規度. 當此時, 李承薰亦淬礪自强, 就西郊行鄕射禮."

50) 다산 자신은 이 강학회에 직접 참석하지는 않았던 것이 확실한 듯하다. 그것은 〈자찬묘지명(집중본)〉에서 자신의 少時 和順의 東林寺, 醴泉의 廢廡 等處에서 공부한 사실까지 기록해 둔 점으로 미루어 보아, 주어사 강학회에 참여했다면 그 사실을 기록하지 않았을 리가 없을 것인 점으로도 알 수 있다.

있거니와 여기에 바탕을 둔 그들의 강마 생활이 매우 종교적으로 고양된 분위기 속에서 이루어졌음을 알 수 있다.51) 이 종교적인 분위기는 그러나 천주교와는 상관이 없다. 그것은 그들이 존모尊慕해 마지 않았던 퇴계退溪에서부터 유래해 왔으며 회재晦齋에게까지도 거슬러 올라간다. 그러니까 이 주어사 강학회의 종교적인 분위기는 위로 회재에게까지도 소급되는 퇴계학통退溪學統의 사상의 전개과정에서 지속되어 온 종교성의 고양 그것의 한 극점적極點的 표출이라고 할 수 있다. 그리고 여기에는 이미 상제 또는 인격천人格天이 전제되어 있었다.52)

그리고 근래에 그 신빙성이 희박한 달레의 기록을 보강하기 위해 다산의 관계 기록, 특히 다음의 대목을 매우 자의적恣意的으로 해석한 사례가 보고되어 있기에53) 이에 대해 해명해 두고자 한다.

昔在己亥冬, 講學于天眞菴走魚寺. 雪中, 李蘗夜至, 張燭談經. 其後七年而謗生. 此所謂盛筵難再也.54)

특히 가점加點 부분의 문맥을 1785년의 '을사추조적발사乙巳秋曹摘發事'와 관련하여 이 사건 발생의 소종래가 주어사 강학회에서부터 있었던 것으로 보고, '담경談經'의 '경經'까지를 유가의 경서만이 아닌 천주학 관계 문헌으로까지 보려 하는데, 지나치게 아전인수식 해석이다. 이 문맥은

---

51) 이우성 선생도 "이 '莊嚴恪恭'은 곧 '敬'의 종교적 실천이다"라고 논급한 바 있다(〈鹿菴 權哲身의 思想과 그 經典批判〉, 《韓國의 歷史像》, 창작과비평사, 102쪽).
52) 회재와 퇴계의 上帝 또는 人格天은 성격이 다소 착잡한 데가 있다. 漢代 이래 전통적으로 내려온, 인간의 災異와 休祥에 관계하는 天人感應說的 인격천의 색채가 짙으나, 도학자인 이들의 人格天觀은 근본적으로 깊은 내면의 수양을 거쳐 종교적 嚴肅과 高揚이 지향하는 대상으로서의 성격이 중심이다. 이러한 인격천의 성격은 회재·퇴계뿐만 아니라 조선시대 도학자들 거의 모두에게 그러하다.
53) 李元淳, 《韓國天主敎會史硏究》, 한국교회사연구소, 1986, 85·96쪽 참조.
54) 〈鹿菴權哲身墓誌銘〉, 《全書》, 1-15-35a.

1801년 천주교 관계 사건으로 죽은 인사들에 관해 다산이 쓴 일련의 묘지명 전체와 가진 연관 속에 놓고 보아야 한다.

주지하듯이 이들 묘지명은 그 주인공들이 천주교도가 아니었는데도 벽파僻派의 정치적 음모에 따라 억울하게 교도로 몰려 죽었음을 변호하려고 다산이 쓴 것이다. 그런데 이벽과 이승훈은 분명하게 신봉자였다. 따라서 다산의 이 문맥 의도는 뒷날 천주교를 신봉한 이벽도 주어사에서 강학하던 이때(기해년, 즉 1779년의 겨울)에는 유학에 그토록 전심했음을 드러내고자 한 것이었다. 그리고는, 주어사 강학회가 녹암계 사우간師友 間 학문의 강마와 정의의 교환이 융성하게 이루어진 기념할 만한 모임이 었는데, 그 뒤 이벽의 전교傳敎 결과로 을사추조적발사가 일어나기도 하 여 그런 좋은 모임이 다시는 없게 되었음을 안타깝게 여긴 것이다. "이벽 이 밤에 이르러 촛불을 밝히고 경전을 담토했다"는 사실을 밝힌 다산의 의도는 같은 주어사 강학을 다룬 그의 〈선중씨묘지명先仲氏墓誌銘〉에서 는 이승훈을 떠올려서 "이때(주어사 강학 당시)를 당하여 이승훈도 또한 스스로를 연마하기를 노력하여 서울 근교에 나아가 향사례鄕射禮를 시행 했다"고 하여 이승훈의 사실과 조응照應되게 되어 있는 데서 분명하게 드 러난다. 두 사람 다 이때만 하더라도 유학에 힘을 쏟았다는 사실을 다산 은 어떻게든 밝혀 기록으로 남기고 싶었던 것이다.

주어사 강학회가 천주교와는 아무런 관계가 없다는 것이 명백한 만큼 이벽의 천주교 수용의 시기는 주어사 강학 이후의 어느 때가 된다. 이 추 정의 증거 또한 분명하다.

우선 이벽이 다산 형제에게 천주의 천지 창조와 영혼 불멸, 천당·지 옥 등 천주교 신학을 최초로 들려준 것이 1784년의 일이다. 두루 알다시 피 이벽은 다산 형제와는 사돈 사이이기도 하지만, 그보다는 서로 지우知 友로서 자주 어울렸다. 특히 다산이 15세에 서울에 와서 결혼하고 거주한 뒤로 이벽과는 줄곧 어울려 온 것이 분명해 보이는데도 다산의 어느 기록에도 1784년 이전에 이벽을 통해 천주교를 접한 흔적은 없다.

다음으로 이벽이 천주교를 전하러 녹암 집안에 찾아간 것도 1784년의 일이다. 달레의 기록에도 그러하거니와[55] 순암順菴이 1784년에 녹암에게 보낸 편지의 다음 대목은 그 정황의 일단까지 알려주고 있다.

> 이제 들으니 덕조德操가 상당량의 책을 안고서 그곳(녹암의 처소)으로 갔다는데, 이번에는 이곳(순암이 사는 마을)을 지나치면서도 보러 오지 아니하니 그 까닭을 알 수가 없소. 그 도道가 서로 같지 않다고 해서 서로 꾀하지 않는 것인가요?[56]

이벽이 녹암에게 안고 간 '상당량의 책'이란 물론 천주교 관계의 책을 말한다. 당시 천주교 전교에 분주하던 이벽을 떠올릴 만하다. 특히 '이번에는 이곳을 지나치면서 보러 오지 아니하니'라는 대목에 주의할 필요가 있다. 이벽이 녹암 처소로 가자면 순암이 사는 마을을 거쳐 가야 했던 모양인데, 평소에는 그렇지 않더니 순암이 녹암에게 이 편지를 보낼 무렵에는[57] 과문불입過門不入했다는 것이다. 이 사실은 이벽이 천주교를 받아들인 때가 이 시기에서 그리 멀지 않음을 뜻한다.

그리고 순암의 다른 기록에서도 "계묘·갑진년(1783·1784년)부터 재기才氣 있는 연소배年少輩(녹암계를 가리키는 듯)들이 천학설天學說을 부르짖기 시작했다"[58]고 증언한다.

위의 여러 증거로 보아 이벽이 천주교를 받아들인 시기는 아무리 올려 잡아보아도 1783년을 넘어서지 않는다고 본다.

---

55) 주 44) 참조.
56) 〈答權旣明書〉, 주 38)과 같은 책, 권 6, 장 29, "今聞德操抱多少書而進去. 今者過此不見, 未知其故也. 豈以其道不同而不相謀耶?"
57) 주 44)의 글에 따르면, 이벽이 녹암에게 전교하러 찾아간 것은 1784년 9월로 되어 있다.
58) 주 38)과 같은 글, "自癸卯甲辰, 少輩之有才氣者, 倡爲天學之說."

4. 맺는 말

이상으로써 우리는 다산사상에서 상제 도입의 계기를 전적으로 《천주
실의》류에서만 찾을 수 없음을 다산의 경전 주석에 대한 기본적인 태도
와 이념, 청소년기의 학문적 이력, 그리고 이벽의 천주교 수용시기 같은
주로 외적 조건들을 살펴봄으로써 밝히려고 했다. 그리하여 우리는 그
자신이 속해 있던 녹암계 지식인들에게 처음으로 천주교를 전한 장본인
인 이벽의 천주교 수용시기가 1783년을 넘어서지 않으며, 1784년에 처음
으로 천주교를 접한 다산은 그 이전부터, 즉 1782년 그의 21세 이전부터
이미 경전의 주자학적 해석체계에 회의를 품고 그의 일생의 학문적, 사
상적 과제였던 선진 고경 세계의 복구를 기도企圖하고 있었음을 밝혔다.
선진 고경 세계의 복구는 그 핵심 범주인 천·상제의 인격성 회복을 떠
나서는 생각할 수 없다는 점을 떠올린다면, 다산사상에 인격신으로서의
상제가 등장하게 된 원초적 계기가 어디에 있는지는 자명해진다. 즉 천
주교 수용에서가 아니라 우리 사상사 내부로부터 비롯된 것임을 우리는
알게 된다. 여기에서 우리는 다산사상에서 상제 도입의 동인을 우리 사
상사의 내적 변화의 맥락 속에서 찾을 수 있는, 주로 외적 근거를 얻게
된다. (碧史李佑成敎授停年紀念論叢, 《民族史의 展開와 그 文化》 下, 창작과비평사, 1990)

다산사상茶山思想에서 '상제上帝'의 도입 경로와 성격

1. 머리말

외부로부터 난입攔入해 온 사상이 오랜 기간 그 흐름을 가로지르는 경우가 아닌 한, 사상사에는 엄밀한 의미에서 단절은 없다고 보아야 할 것이다. 앞뒤 시대의 사상 사이는 그 구조·국면·요소 등 어느 것을 통해서라도, 그리고 지속·전변·비약 등 어떤 형태로든 연계되어 있다고 보아야 할 것이다. 심지어 반대 관계도 연계의 한 형태일 수가 있다.

일찍이 이우성李佑成 선생이 근기실학파近畿實學派를 퇴계학통退溪學統에 접맥시킨 논문을 발표했거니와[1] 이제 우리는 실학사상에 대해 그동안 주로 도학과의 변별적 시각에서 추구되어 온 성과를 가지고 앞 시대 도학사상과 연계상連繫相의 추구로 나아가야 할 계제라고 생각한다. 더구나 다산사상의 경우는 천주교적 견해의 가세로 앞 시대 도학사상과는 거의 단절적으로 인식되기에 이른 감조차 없지 않다. 이 발표는 바로 이러한 문제의식에서 나오게 된 것이다.

---

1) 李佑成, 〈韓國 儒學史上 退溪學派의 形成과 展開〉, 《退溪學報》 26집, 퇴계학연구원, 1979 ; 李佑成, 〈鹿菴 權哲身의 思想과 그 經典批判〉, 《退溪學報》 29집, 퇴계학연구원, 1982.

다산사상에서 '상제上帝'가 차지하는 비중은 새삼스럽게 말할 필요가 없을 것이다. 나아가 다산사상이 우리 사상사에서 차지하는 비중을 생각하면 상제문제의 사상사적 연관의 비중은 짐작하고도 남음이 있다.

문제의 향방은 두 가지다. 다산사상에서 상제의 내원來源 및 이것의 도입 경로와, 이와도 무관하지 않은 다산 상제의 성격 여하가 그것이다. 이제 이 문제에 대해 주로 외적 상황을 밝혔던 이전의 서설적序說的 고찰[2]에 이어 더 내적 연계상을 토구討究해 볼까 한다.

2. 다산의 천주교 접촉 전후의 정황

주지하듯이 다산사상에서 상제의 근원을 천주교의 '천주'로 보고 그 도입 경로를 《천주실의天主實義》로 보는 주장이 강하게 대두되어 왔다. 그러므로 사상사의 내적 맥락으로 들어가기 전에 다산이 천주교를 처음으로 접하던 시기의 학문적 정황에 대한 사실적 이해는 이 문제를 해명하는 데 중요한 단서를 제공해 줄 것이다.

1) 다산의 약관弱冠 무렵 학문 방향

다산이 천주교를 최초로 접한 것은 그의 나이 23세이던 갑진년甲辰年(1784) 4월 15일 향리 소내[苕川]에서 서울로 가던 배안에서 이벽李蘗과의 담화를 통해서였다. 이때의 일을 다산은 뒷날 다음과 같이 적고 있다.

> 갑진년(1784) 4월 보름날 맏형수의 제사를 마치고 우리 형제가 이덕조李德

---

2) 이 책에 있는 〈다산사상에서 '상제' 도입경로에 대한 서설적 고찰〉을 가리킴.

操(다산 맏형수의 동생)와 함께 배를 타고 (한강을) 내려왔다. 배 안에서 천지조화의 시초와 형신形神·생사生死의 이치를 듣고는 어찔하고 놀라워서 마치 저 은하수의 가이없음에 맞닥뜨린 것 같았다.3)

천지창조, 영혼불멸 등에 관한 이야기를 처음 듣고 아주 놀라워했다고 했다. 이 이야기를 듣고 난 자리에서 다산은 다음과 같은 시 한 편을 썼다.

〈同友人李德操蘗乘舟入京〉

蘇軾才高談水月,	재주 높은 소식蘇軾은 물과 달을 담론하고,
李膺名重若神仙.	명망 무거운 이응李膺은 신선과도 같아라.
深知拙劣終無賴,	나만이 무뢰했음 깊이 알겠으니,
欲把殘經報昔賢.	잔경殘經을 가지고 옛 현인에 부응하련다.4)

시의 첫째 구가 바로 이벽이 천지 창조, 영혼 불멸 등을 이야기한 사실을 의미한다. 소식蘇軾이 〈전적벽부前赤壁賦〉에서 하늘의 달과 땅 위의 강물을 들어 불교의 세계관을 형상적으로 표현한 것을 빌려다 쓴 것이다. 그런데 우리가 주목할 대목은, "잔경殘經을 가지고 옛 현인에 부응하련다"라는 마지막 구절이다. 천주의 천지창조를 비롯한 일련의 천주교 교의를 접한 사실과, 다산이 새삼 치경治經에 대한 결의를 다진 사실 사이에는 어떤 내적 연계가 있을까?

여기에서 우리는 다산이 이보다 2년 전(21세)에 쓴 〈술지述志〉라는 시 가운데 다음 한 연을 떠올릴 필요가 있다.

---

3) 〈先仲氏墓誌銘 附見閒話〉, 《與猶堂全書》(新朝鮮社本), 1집, 15권, 장42a면(이하 《全書》, 1-15-42a식으로 약호로 표기), "甲辰四月之望, 旣祭丘嫂之忌, 余兄弟與李德操, 同舟順流. 舟中聞天地造化之始, 形神生死之理, 怳怳驚疑, 若河漢之無極."

4) 《全書》, 1-1-14a, 그런데 이 시는 편년으로 엮어진 다산의 詩集에서 辛丑年(1781)에 잘못 편입되어 있다. 마땅히 甲辰年(1784)에 편입되어야 할 것이다. 이 책의 〈다산사상에서 '상제' 도입 경로에 대한 서설적 고찰〉 주 16) 참조.

戮力返洙泗,　　　수사洙泗로 돌아가길 힘쓰고 힘써서
不復問時宜.　　　지금 시대에 맞을지는 묻지도 않네.5)

이 시구를 통해 다산은 이때 이미 주자학적 경전 해석을 헤치고 수사
고경 세계洙泗古經世界로 돌아가는 쪽으로 자신의 치경 방향을 잡고 힘써
실행하고 있었음을 알 수 있다. 수사 고경 세계로 들어가는 관문은 주자
학의 '이理', '태극太極'에 의해 밀려나 버린 '상제上帝'를 본래의, 세계의
정점에 세움으로써만이 열리게 되어 있다. 그러니까 다산은 천주교를 접
하기 이전에 이미 인격신 상제를 자신의 경학사유經學思惟의 중심에 세워
놓고 있었던 것이 분명하다. 그래서 이벽으로부터 천주 이야기를 듣고는,
"지금 시대에 맞을지는 묻지도 않네(不復問時宜)"에 나타난, 주자학을 거
스르는 데서 오는 심적 부담을 떨쳐버리고 자신의 치경 방향에 대한 확
신을 얻게 되는 고무·격려를 받을 수 있었고, 그리고 앞 시의 마지막 구
절과 같은 결의를 표백하게 되었던 것이다.

2)《중용강의中庸講義》와《천주실의》의 관계

다산의 경학 관계 최초의 저작으로서 이벽으로부터 천주교에 관해 듣
고 난 직후에 씌어진《중용강의》는《천주실의》를 일정하게 받아들인
것이 분명하다. 가령 기氣를 '자유지물自有之物'로, 이理를 '의부지품依附之
品'으로 표현한 예 등이 그 증좌다.《천주실의》에서 물物의 두 종품宗品
을 '자립자自立者'와 '의뢰자依賴者'로 표현한 것과 그 사고와 감각에서 매
우 비슷하다.

그러나 이러한 증좌를 가지고 이 저작의 '천天'을 '상제'로 해석하게

____

5)《全書》, 1-1-15b.

된 발단을 《천주실의》에서 찾는 것은, 《천주실의》를 접하기 이전의 다산의 치경 방향을 살펴보아 무의미한 일임을 알 수 있다. 그리고 앞으로 밝히겠지만 실은 다산 이전에 다산으로 이어지는 학통學統에서 이미 《중용》의 '천'을 인격성人格性에 바탕을 두고 해석한 선례가 있다.

3. 다산사상에서 '상제' 도입의 사상사적 경로

다산사상에 상제가 도입된 사상사적 경로를 특히 다산이 귀속되는 퇴계학통退溪學統에서 도학의 전승을 주로 해서 추적하고자 한다.

1) 도학의 종교성과 상제

(1) 주자학 체계에서 인격천人格天 문제

주자학은 선진 고경先秦古經에서 말하는 '상제' 또는 '천'을 '이理' 또는 '태극'으로 대체함으로써 체계를 세웠는데, 그렇다면 주자학은 인격천人格天(上帝)을 아주 제거해 버렸는가?

주자학은 크게 이기론理氣論과 심학心學 두 부문으로 구성되어 있다. 그런데 이기론의 영역에서는 인격적 구극존재究極存在는 그 어디에도 설 자리가 없다. 아래의 퇴계退溪의 논단은 이기론의 논리 안에서 인격천이 어떻게 용해溶解되는가를 단적으로 보여주고 있다.

태극에 동정動靜이 있음은 태극 스스로 동정함이고, 천명의 유행은 천명 스스로 유행함이다. 어찌 여기에 그렇게 하도록 시키는 자가 다시 있겠는가. 다만 무극지진無極之眞과 이오지정二五之精이 묘합妙合해서 응성凝成하여 만물을 화생化生하는 국면에 나아가 보면 마치 주재主宰·운용運用하여 이렇게 되도록 시키는 자가 있는 것 같다. 바로 《서경》에서 이른바 "위대하신 상제께서 중中을 하민에게 내리신다"는 것, 정자程子의 이른바 "(天을) 그 주재의 측면으로는 제帝라고 한다"는 것 등이 바로 이런 경우를 두고 이른 것이다. 대개 이기理氣가 합해서 물物을 낳음에 그 신용神用이 스스로 이와 같다는 뜻일 뿐이다. 천명이 유행하는 곳에 (천명 스스로를 제하고) 또한 따로 시키는 자가 있다고 할 수 없다. 이 이理는 극존무대極尊無對해서 물을 명명命하기는 하나 물에 명을 받지는 않기 때문이다.6)

고경古經에서 엄연한 절대존재였던 '거룩한 상제'가 한갓 이기 작용의 신묘성神妙性 정도로 비실체화, 속성화하고 있음을 본다.

그러나 심학의 영역에서는 지각知覺과 위능威能을 갖춘 인격천(상제)으로 의연히 존재했다. 주지하듯이 《심경心經》의 머리 부분에 "상제가 네게 임하셨으니, 네 마음에 의심을 내지 말라(上帝臨女. 無貳爾心)", "의심 말고 걱정 말라, 상제가 네게 임했느니라(無貳無虞. 上帝臨女)"는 《시경》의 구절을 매개로 하여 상제를 받들어 놓았다. 뿐만 아니라 《심경》 전체가 그 부주附註를 편찬한 정민정程敏政의 말대로 '엄연히 상제가 하림下臨한 것 같은'7) 엄숙・경건성으로 가득 차 있기도 하다.

위에서와 같이 상제를 이기의 한 속성—그 작용의 신묘성 정도로 흡수했던 퇴계도 심학적 수성修省의 장場에서는 다음과 같이 본래의 실체성 상제를 내세우고 있다.

참으로 인군人君된 이가 하늘[天]이 나를 인애仁愛하는 소이를 안다면 (중

---

6) 李滉, 〈答李達李天機〉, 《退溪集》 권 13, "太極之有動靜, 太極自動靜也. 天命之流行, 天命自流行也. 豈復有使之者歟. 但就無極二五妙合而凝, 化生萬物處看, 若有主宰運用, 而使其如此者, 卽書所謂 : '惟皇上帝, 降衷于下民'. 程子所謂 : '以主宰謂之帝', 是也. 蓋理氣合而命物, 其神用自如此耳. 不可謂天命流行處, 亦別有使之者也. 此理極尊無對, 命物而不命於物也."

7) 程敏政, 〈心經附註序〉, "西山先生眞文忠公, 嘗撫取聖賢格言爲心經一編. 首危微精——十有六言, 而以朱子尊德性之銘終焉. 走每敬誦之, 蓋儼乎若上帝之下臨, 聖師之在目也."

략) 반드시 저 높이 위에 계시면서 날마다 여기를 굽어 살피므로 털끝만한 것도 속일 수 없음을 알 수 있을 것입니다. (중략) 천심天心을 알지 못하고 그 덕을 삼가 지키지 못하는 자는 일체 이와는 반대로 합니다. 그러므로 상제가 이제 진노해서 화패禍敗를 내리니 하늘[천]도 그만둘 수 있는 것이 아닙니다.8)

주자학의 전체 체계 안에서 인격천, 즉 상제가 갖는 존재성存在性 해명은 물론 간단치 않다. 그러나 여기서 우선 중요한 것은 심학 부분에서는 고경古經 이래의 인격천(상제)이 동중서류董仲舒類의 천관天觀이 더해진 채로 그 중심 위치를 엄연히 유지해 왔다는 사실이다.

(2) 도학의 종교성

다산의 〈선중씨묘지명先仲氏墓誌銘〉에는 1779년 녹암鹿菴 권철신계權哲身系 학인學人들의 주어사走魚寺 강학講學 기간의 생활의 한 면모가 다음과 같이 그려져 있다.

녹암鹿菴이 손수 규정規程을 주어 새벽에 일어나 차가운 샘물을 움켜 세수와 양치질을 하고는 〈숙흥야매잠夙興夜寐箴〉을 외우고, 일출 때는 〈경재잠敬齋箴〉을 외우고, 정오에는 〈사물잠四勿箴〉을 외우고, 일몰 뒤에는 〈서명西銘〉을 외우게 했는데, 장엄각공莊嚴恪恭하여 규도規度를 잃지 않았다.9)

날마다 일정한 시간에 일정한 내용의 잠명을 외우는 행위 자체에 이미 일정한 종교적 동기가 개입되어 있거니와 '장엄각공'이라고 묘사되었듯

---

8) 李滉, 〈戊辰六條疏〉, 《退溪集》 권 6, "誠使爲人君者, 知天之所以仁愛我者. (중략) 其必能知高高在上, 而日監于玆, 不容有毫髮之可欺矣. (중략) 惟其不知天心, 而不愼厥德者, 一切反是. 故帝乃震怒, 而降之禍敗, 非天之所得已也."

9) 《全書》, 1-15-39a, "鹿菴自授規程, 令晨起, 掬冰泉盥漱, 誦夙夜箴, 日出誦敬齋箴, 正午誦四勿箴, 日入誦西銘. 莊嚴恪恭, 不失規度."

이 강학회의 분위기가 매우 종교적으로 고양되어 있었음을 알 수 있다. 이러한 고양의 원천은 이들 잠명의 내용을 주체화하려는 지향에 있었을 터이다.

〈숙흥야매잠夙興夜寐箴〉에서는,

提掇此心,　　　　이 마음 떨쳐 깨우니,
皦如出日.　　　　환하기 돋는 해 같아.
(중략)
明命赫然,　　　　(하늘의) 밝은 명 뚜렷이 빛나,
常目在之.　　　　언제고 눈에 있네.

라고 했다.

〈경재잠敬齋箴〉에서는,

潛心以居,　　　　마음 깊숙이 가라앉혀,
對越上帝.　　　　상제를 우러르네.
(중략)
惟心惟一,　　　　마음을 하나로 하여,
萬變是監.　　　　온갖 변동 굽어 살피네.

라고 했다.

〈사물잠四勿箴〉에서는,

制之於外,　　　　바깥을 제어하여,
以安其內.　　　　내면을 안돈케 해.
克己復禮,　　　　나를 이겨 예로 돌아가,
久而誠矣.　　　　오래면 참되리.
(중략)

造次克念,　　　　별안간도 생각을 놓치지 않아,
戰兢自持.　　　　두렵게 두렵게 나를 가지리.

라고 했다.

〈서명西銘〉에서는,

乾稱父,　　　　하늘은 아버지,
坤稱母.　　　　땅은 어머니.
予玆藐焉,　　　　나 조그만 존재로,
乃混然中處.　　　혼연히 이 가운데에 있네.
(중략)
不愧屋漏爲無忝,　아무도 없는 곳에서도 부끄럽지 않음이 어버이
　　　　　　　　　(하늘)를 욕되지 않게 함이오,
存心養性爲匪懈.　마음을 보존하고 성품을 기름이 어버이(하늘)를
　　　　　　　　　섬김에 게으르지 않음일세.
(중략)
貧賤憂戚,　　　　가난·천함·근심·슬픔은,
庸玉女于成也.　　(하늘이) 너를 소중히 여겨 성취시키자는 뜻.
存吾順事,　　　　살아선 내 (하늘을) 잘 섬기리,
沒吾寧也.　　　　죽어선 내 편안하리.

라고 했다.

　이상이 잠명들의 주요 내용이다. 요컨대 '상제', '명명明命', '천지'와 같
은 초월적 존재에 대월對越하여 도덕적 순결성, 의식의 명각성明覺性을 확
보함으로써 자기 고양을 수행하는 것이 이 잠명들의 주된 효능이다. 그
의식 성향이 본질적으로 종교적이라 할 수 있다.

　주어사 강학회에서 행해진 이 같은 일종의 종교적 실천의 연원은 우선
퇴계에게 소급되고, 그 시원은 송대부터이다. 바로 《심경》을 편찬한 진

덕수眞德秀는 날마다 새벽에 일어나 향을 사르며 단정히 앉아 이 책을 10여 차례씩이나 외웠다고 한다.[10] '《심경》을 신명처럼 믿고 엄부嚴父처럼 공경함'[11]으로써 그 사상의 바탕을 《심경》에서 얻어, 마침내 그 사상이 종교성을 짙게 띠게 된 퇴계는 심성 수양에 요긴한 잠명류箴銘類를 손수 편성하여 《고경중마방古鏡重磨方》이라는 책을 만들기도 했거니와, 역시 닭이 울면 일어나 앉아 본원本原을 함양하기도 하고 유훈遺訓을 묵송하기도 했다.[12] 그리고 퇴계학통의 우담愚潭 정시한丁時翰 또한 닭이 울면 일어나 앉아 경의敬義를 주지主旨로 한 선유들의 잠명 8·9편을 묵송했다.[13] 주어사 강학회에서 도학적 종교성 실천은 퇴계학통의 이러한 전승 끝에 놓여 있는 것이다.

도학적 종교성 실천은 곧 도학의 '경敬'의 실천이다. 그리고 그 양태는 앞에서 말한바 도덕적 순결성, 의식의 명각성 확보를 통한 자기고양의 지향이다. 이 자기고양 과정의 지평 위에는 이처럼 상제나 명명이 임해 있었던 것이다.

2) 주자의 경전 해석에 대한 비판의식의 대두와 전승
— 윤휴尹鑴와 권철신權哲身의 '천天' 해석

경전 해석에 대한 다산의 자세나 방향에 결정적인 영향을 끼친 사람은 이익李瀷이다. 경의經義로 진사가 된, 그리고 남달리 총명·조달했던 다산은 16세 때 성호星湖의 저작을 읽고 나서 경학으로 입신할 것을 마음먹

---

10) 程敏政, 〈心經總目贊後識〉, 《心經附註》, "輯成是書, 晨興必焚香危坐, 誦十數過."
11) 〈學問〉, 《退陶先生言行通錄》 권 2, "先生自言, 吾得心經而後, 始知心學之淵源, 心法之精微. 故吾平生信此書如神明, 敬此書如嚴父."
12) 〈行實〉, 《退陶先生言行通錄》 권 3, "(先生)鷄鳴而起, 擁衾而坐, 或涵養本原, 或默誦遺訓."
13) 〈行狀〉, 《愚潭先生文集》 권 13, "(先生)每日鷄鳴而寤, 擁衾而坐, 嘿誦詩經小旻小宛數篇及先儒敬義箴銘八九篇."

었다. 뒷날 그 자질子姪들에게 항상 "나의 깊은 꿈은 성호선생을 사숙하는 가운데서 깨어 나온 것이 많다"14)고 한 말이나 적소謫所에서 중형에게 보낸 편지에서 "생각해 보건대 우리들이 능히 천지의 광대함과 일월의 광명함을 알 수 있게 된 것은 모두 이 어른(성호)의 힘이라고 하겠습니다"15)라고 한 말은 모두 성호의 호대浩大하게 개방된 학문세계, 경학세계 앞에서 그때까지 자신이 잠겨 있었던 주자학적 해석체계로부터 비약적인 자기반성에 도달했음을 뜻함에 다름 아니다.16)

이처럼 성호에 대한 사숙으로 치경治經의 기본자세를 얻은 다산은 백호白湖 윤휴尹鑴와 녹암鹿菴 권철신權哲身의 경전 해석을 일정하게 접수한 것이 분명하다. 특히 여기서 문제 삼고 있는 '천天'의 인격적 해석으로는 같은 시대 녹암의 선례를 다산이 진작 접했음은 헤아리기 어렵지 않다. 즉 백호와 녹암에 의해 도학의 심학 영역에만 위능威能을 발하던 상제는 다시 이理·태극의 자리로 돌아온 셈이다. 다산 자신이 〈녹암권철신묘지명鹿菴權哲身墓誌銘〉에 수습해 놓은 단편에 따르면 《중용》 수장首章의 해석과 관련하여 녹암의 다음과 같은 견해가 있었다.

> 《중용》을 논함에는 '들리지 않는 바(所不聞)'와 '보이지 않는 바(所不睹)'를 '상천의 일의 소리도 없고 냄새도 없음'으로 해석했다.17)

'천'의 인격적 해석이 명시적으로는 표현되지 않았지만 행간에 그런 비전이 깃들어 있음을 감지하기 어렵지 않다. 더구나 다산은 녹암의 경설經說 단편들을 소개하고 나서 "이 모든 설은 비록 주자가 논한 바와는 이동異同이 없지 않지만"18)이라고 하여 주자의 해석과는 크게 다른 것만

---

14) 丁奎英, 〈俟菴先生年譜〉, "常語子姪曰 : 余之大夢, 多從星湖私淑中覺來."
15) 《全書》, 1-20-22b, "自念吾輩能識天地之大, 日月之明, 皆此翁之力."
16) 이 책의 〈다산사상에서 '상제' 도입 경로에 대한 서설적 고찰〉 참조.
17) 《全書》, 1-15-34b, "其論中庸, 以所不聞所不睹爲天載之無聲無臭."

220

수습했음을 밝혀 놓은 사실과, 다산이 《중용강의》에서 "'보이지 않고 들리지 않는 것'이란 어찌 이른바 '천명'이 아니겠는가"19)라고 한 점에 비추어 보면 더욱 분명해진다. 여기서 다산의 '천명'은 바로 《중용자잠》에서 말한 "하늘[天]의 후설喉舌이 도심道心에 부쳐 있으니 도심의 경고가 황천皇天이 명계命戒하는 바"20) 그것을 가리키기 때문이다.

녹암은 젊을 때 윤백호를 존모하여 일찍이 "퇴계 뒤에는 하헌夏軒(윤휴의 다른 호)의 학문이 본本이 있고 말末이 있으며, 하헌의 뒤에는 성옹星翁의 학문이 앞 시대를 이어 뒤 시대를 열었다"고 말했다 한다.21) 녹암이 사숙을 통해 백호와 일정한 학문적 연계가 있었음을 뜻한다. 그런데 백호는 《중용》 수장을 다음과 같이 해석했다.

도를 떠날 수 없는 것은 그것이 천명이기 때문이다. (중략) 군자만이 그 떠날 수 없음을 알아 닦으니 이것이 바로 하늘[天]을 섬기는 길이다. '계신戒愼·공구恐懼'는 군자가 하늘을 두려워하는 마음이다. (중략) '보이지 않고 들리지 않는 것'은 시청이 미치지 못하는 곳이니 천명이 있는 곳이다.22)

앞의 녹암의 해석이 백호의 해석과 기본적으로 같음을 알 수 있다. 백호의 경우도 '천'의 인격성을 분명하게 표출시키지는 않았지만, '하늘을 섬기는 길(所以事天)', '하늘을 두려워하는 마음(畏天之心)' 등의 말에서 그 인격성을 강력히 시사 받을 수 있다. 더구나 백호는, 비록 경전 해석

---

18) 앞과 같은 글, "凡此諸說, 雖與朱子所論, 不無異同."
19) 《全書》, 2-4-5a, "不睹不聞, 豈非所謂天命乎."
20) 《全書》, 2-3-3b, "天之喉舌, 寄在道心, 道心之所儆告, 皇天之所命戒也."
21) 《全書》, 1-15-35b, "公少時慕夏軒, 嘗曰：'退溪之後, 夏軒之學, 有本有末. 夏軒之後, 星翁之學, 繼往開來.'"
22) 尹鑴, 〈中庸朱子章句補錄〉, 《白湖集》 권 36, "道之所以不可離者, 天命也. (중략) 唯君子知其不可離而修之, 所以事天也. 戒愼恐懼, 君子畏天之心. (중략) 不睹不聞, 視聽之所不及, 天命之所在也."

그것과는 영역을 달리하는 저작에서이긴 하지만 여러 곳에서 아주 또렷하게 '상제'를 제시해 놓았다. 일례만 든다.

〈畏天〉

兢兢業業,	조심하고 두려워해야지,
一日二日.	하루 이틀 사이에도 오만 가지 화환禍患의 기미.
翼翼皇皇,	삼가고 맘 놓지 말아서,
惟時惟幾.	언제나 조심하고 조짐 보아 조심해야지.
一則曰上帝,	첫째도 상제,
二則曰上帝.	둘째도 상제.
欽哉欽哉,	공경스럽고 공경스러워라,
洋洋乎達于上下,	양양히 위 아래로 사무쳐,
如在其左右.	왼쪽에도 오른쪽에도 있는 듯.
堯舜禹勅天之心也.	요·순·우가 하늘의 명을 삼가는 마음이라.23)

여기서 다산 《중용강의》에서 '천명天命' 구句에 대한 해석을 백호 〈중용분장대지中庸分章大旨〉에서 해당 구절과 대조해보면 흥미로운 사실을 발견할 수 있다. 먼저 다산의 해석은 다음과 같다.

書曰 : 惟皇上帝, 降衷于下民, 若有恒性, 此豈非天命之性乎.24)
《서경書經》〈탕고湯誥〉에 이르기를 "위대하신 상제가 아래 세상의 인류들에게 중中을 내려주시어 여기에 따라서 항성恒性을 가지게 되도록 하셨다"고 하였으니, 이것이 어찌 '천명의 성性'이 아니겠습니까.

다음은 백호의 해석이다.

___

23) 尹鑴, 〈辛巳孟冬書〉, 《白湖集》 권 33.
24) 《全書》, 2-4-3a.

書云 : ‘天降衷于下民, 若有恒性’, 此中庸之說, 而卽天命精微之本體然也.[25]
《서경書經》〈탕고湯誥〉에 이르기를 “하늘이 아래 세상의 인류들에게 중中을 내려주시어 여기에 따라서 항성恒性을 가지게 되도록 하셨다”고 했으니, 이것이 《중용》의 설이자 곧 ‘천명天命 정미精微함의 본체’가 그러하다는 것이다.

이 둘을 비교해 보면 그 내용의 논리적 근접성近接性과 함께 표현 감각 또한 흡사한 데가 많음을 알 수 있다. 다산이 일찍이 《대학》에 관한 책문策問에 응대하는 글에서 백호의 설을 취하여 ‘명덕明德’을 효孝·제弟·자慈로 해석한 사실[26]과 연관시켜 생각해 보면 우연의 일치로 보아 넘길 수 없지 않을까 한다.

이상으로 우리는 경전의 주자학적 해석에 대한 비판이 백호–성호–녹암–다산으로 이어져 온 사실을 확인할 수 있고, 그 가운데 특히 ‘천’에 대한 인격적 해석이 백호–녹암–다산으로 이어져 왔음을 알 수 있다.
그런데 한 가지 짚고 넘어갈 것은 백호와 《천주실의天主實義》와의 관계 문제다. 백호의 다음 기록을 보면 그가 《천주실의》를 접했을 법하다.

서양의 학문은 그 큰 것으로 5과五科가 있으니 첫째가 도과道科, 둘째가 치과治科, 셋째가 이과理科, 넷째가 의과醫科, 다섯째가 문과文科이다.[27]

그러나 이것은 《직방외기職方外記》의 다음 기록과 내용이 흡사하다.

---

25) 尹鑴, 앞의 책, 권 36.

26) 《全書》, 1-15-32a, “余嘗對御策大學之問, 以孝弟慈爲明德之應, 上欲置第一. 樊翁以命官降置第二. 數後日, 樊翁謂余曰 : 驪江[尹白湖]嘗以明德爲孝弟慈, 李士興[基讓]亦從是義. 君之策對, 亦必有取於是, 故吾降置第二也.”

27) 주 23)과 같은 글, “西洋之學, 其大者有五科. 一道科, 二治科, 三理科, 四醫科, 五文科.”

> 대학大學은 4과四科로 해서 사람들 스스로의 선택에 따른다. 하나는 의과醫科이니 질병 치료를 주로 하고, 다른 하나는 치과治科이니 정사政事 익히기를 주로 하고, 또 다른 하나는 교과敎科이니 교법敎法 지키기를 주로 하고, 또 다른 하나는 도과道科이니 교화 흥기를 주로 한다.[28]

따라서 앞의 기록은 백호가 몸소 서학서西學書를 박람한 뒤에 귀납적으로 분류한 것으로 보기는 어려울 듯하다. 주로 서양의 과학서만 접하고 갖게 된 지식일 것이다. 백호가 만일 《천주실의》를 접하고 그 내용을 일정하게라도 받아들였다면 '천天'에 대한 경전經典 당처當處에서의 인격성 투사投射가 그 정도에 그쳤을 리 없을 것이다.

3) 다산에게서 '상제' 도입의 동인

다산은 왜 그토록 인격신에 대해 적극적이었을까? 여기에는 여러 가지 원인이 있겠지만 다산의 자술을 통해 보면 전능한 도덕적 감시자에 대한 강렬한 요구가 그 직접적 주요 동인임이 분명하다.

심학의 영역에 인격천이 있어 오기는 했지만 도학(주자학) 체계의 중심은 아무래도 존재론에서 인성론에까지 관철하는 이기론 그것이다. 그리고 이를 '극존무대極尊無對'라 했다. 따라서 도학 전체 체계 안에서 인격천의 위능威能은 제한적일 수밖에 없었다. 그런데 다산은 정작 지존의 존재인 "이理는 본래 지각도 없고 위능도 없어 인간의 도덕 영역에 관여할 능력이 없다"고 보았다.[29] 그리고 그는 또 다음과 같이 말했다.

---

28) 《天學初函》,〈職方外記〉권 2, 歐羅巴總說, "大學爲四科, 而聽人自擇. 一曰醫科, 主療疾病. 一曰治科, 主習政事. 一曰敎科, 主守敎法. 一曰道科, 主興敎化."

29) 《全書》, 2-3-5a, "今以命性道敎, 悉歸之於一理, 則理本無知, 亦無威能, 何所戒而愼之, 何所恐而懼之乎?"

지금 사람들은 천天을 이理로 하고, 귀신을 공용功用으로 하고, 조화의 자취를 이기二氣의 양능良能으로 하여 마음이 그것을 앎이 아득하고 어둑해서 한결같이 아무런 지각도 없는 것 같다. 그래서 아무도 보지 않는 곳에서는 마음을 속여 아무런 거리낌이라고는 없다. 종신토록 도를 배워도 더불어 요순의 경역境域에 들어가지 못하는 것은 모두 귀신의 설에 밝지 못한 바가 있기 때문이다. (중략) 귀신은 하늘[天]이 아닌가.30)

다산으로 하여금 전능한 도덕적 감시자를 이토록 강렬히 요구하게 한 더욱 원천적인 동인은 당시 사회상에서 찾을 수 있다. 특히 지배층의 광범한 타락이 그것이다.

아무도 없는 곳에서 마음을 속여 삿되고 망령된 생각을 하고, 간음을 하고 도둑질을 하고도 그 다음 날 의관을 정제하고 단정히 앉아 얼굴을 그럴 듯하게 꾸미고 있으니 수연粹然히 흠 없는 군자다. 관장官長도 알지 못하고 군왕도 살피지 못해서 종신토록 거짓을 행하고도 당세의 미명美名은 잃지 않고, 꺼림 없이 악을 저지르고도 능히 후세의 숭앙까지 받는다. 이런 자들이 천하에 널려 있다.31)

당시 위군자僞君子·가도학假道學의 횡행을 생생하게 그려내고 있다. 여기에서 다산이 도덕적 감시자로서 인격신을 요구하게 된 동인을 또렷이 알 수 있다. 즉 조선 후기 지식인 사회에 경敬의 진지한 실천으로 상당히 높은 수준으로 형성된 진도학층眞道學層(소수의 도덕적 엘리트층) 말고도 앞에서 그려진 바 가도학층(도덕적 저열층低劣層)이 미만瀰滿해 있는

---

30) 《全書》, 2-4-21a, "今人以天爲理, 以鬼神爲功用, 以造化之跡爲二氣之良能. 心之知之, 杳杳冥冥, 一似無知覺者然, 暗室欺心, 肆無忌憚. 終身學道, 而不可與入堯舜之域, 皆於鬼神之說, 有所不明也. (중략) 鬼神非天乎."

31) 《全書》, 2-3-4b, "夫暗室欺心, 爲邪思妄念, 爲奸淫, 爲竊盜. 厥明日, 正其衣冠, 端坐修容, 粹然無瑕君子也. 官長莫之知, 君王莫之察, 終身行詐, 而不失當世之美名 ; 索性造惡, 而能受後世之宗仰者, 天下蓋比比矣."

상황을 보았기 때문이다. 이理나 태극으로는 어찌할 수 없는 이 광범한 도덕적 타락 앞에서 다산은 더욱 자율적인 도덕원리로서 도학이 가진 이상주의보다 원칙적으로 타율적인 도덕원리인 상제감림上帝監臨의 현실주의를 선택하게 된 것이다. 이와 더불어 주자주의가 왕권까지도 압박하는 당시 벌열정권閥閱政權의 교조적 이데올로기로 기능하는 데서 주자적 경전해석—천·상제를 이理·태극으로 대체하는 데 대해 더욱 저항의식을 가졌을 것이다.

4. 다산 ‘상제’의 성격

1) 제3의 인격신으로서의 상제

다산이 경학을 통해 완성해 놓은 최종적 상제의 특성은 그의 사상의 총체적인 체계 안에서 조명 받고 규정됨으로써 정밀하게 드러나겠지만, 우선 몇 가지 두드러진 면모만으로도 그 성격의 윤곽을 충분히 알 수 있다. 다산은 상제를 다음과 같이 규정했다.

> 상제란 무엇인가? 이는 천지·귀신·인간의 바깥에서 천지·귀신·인간·만물의 유를 조화造化해서 재제宰制하고 안양安養하는 자이다.[32]

다산 상제의 최종적인, 또는 원초적인 면모에 대한 이 정의만 가지고 보면 《천주실의》의 첫머리에서 마테오 리치가 묘사한 천주의 권능 즉,

> 천주가 천지·만물을 처음 제작해서 주재하고 안양安養함.[33]

---

32) 《全書》, 2-36-24a, “上帝者何? 是於天地神人之外, 造化天地神人萬物之類, 而宰制安養之者也.”

226

이란 면모에 방불하다. 신후담愼後聃은 《천주실의》 비판에서 주재·안양은 유가의 상제의 권능에 근사하나 천지의 성립이 천주의 제작을 통해서 되었다는 것은 망론妄論이라 하여 부정하였거니와,34) 다산 상제에서 "천지·귀신·인간 바깥에서 천지·귀신·인간·만물의 유를 조화한다"고 한 묘사는 천주의 천지·만물 창조의 형상과 흡사하여 종래 유가의 상제 묘사에서는 찾을 수 없는 부분이다. 더구나 하늘이 사람에게는, 초목금수에게와는 달리, 각기 배태할 적에 '영명靈明'을 부여하여 만류萬類를 초월케 함으로써 만물을 향용享用하게 하였다35)는 천·인·물 3자 사이의 관계에 대한 규정 또한 《천주실의》의 "오직 이 한 천주만이 천지·만물을 화생하여 사람을 존양存養하니, 우주 안에 우리 사람을 양육하기 위한 것이 아닌 물건은 하나도 없다"36)고 한 것과 무관하지 않고 보면, 다산의 상제에는 일정 정도 천주적 요소가 섭입攝入된 것이 분명하다. 그러나 다산의 상제는 천주 그것은 분명 아니다.

첫째 다산의 상제는 유일신唯一神이 아니라 고경古經에서 드러난 모습 그대로의 최고신最高神이다. 다산은,

> 천지귀신들이 환하게 배포排布되어 있고 삼엄하게 벌여 있는데, 그 지극히 높고 지극히 큰 존재가 바로 상제다.37)

라고 했다.

---

33) 마테오 리치, 《天主實義》 上, "首篇論天主始制天地萬物, 而主宰安養之."

34) 愼後聃, 〈天主實義〉, 《西學辨》, "程子曰 : '以主宰謂之帝', 則彼謂天主之主宰天地者, 其說可矣. 朱子曰 : '萬物隨帝而出入', 則彼謂天主之安養萬物者, 其義亦近之. 而至謂天地之成, 由於天主之制作, 則此乃於理無徵, 於經無稽, 而特出於妄度之論也."

35) 《全書》, 2-4-2b, "況草木禽獸, 天於化生之初, 賦以生生之理, 以種傳種, 各全性命而已. 人則不然, 天下萬民, 各於胚胎之初, 賦此靈明, 超越萬類, 享用萬物."

36) 마테오 리치, 앞의 책 上, "要惟此一天主化生天地萬物, 以存養人民, 宇宙之間, 無一物非所以育吾人者."

37) 《全書》, 2-4-23a, "臣謂天地鬼神, 昭布森列, 而其至尊至大者上帝是已."

둘째, 다산의 상제는 그와 연관된 천당·지옥관이 없다. 가령 《시경》〈문왕〉 편의 "문왕께서 위에 계셔 / 오호! 하늘에 밝으시네 // (중략) 문왕께서 오르내리시어 / 상제의 곁에 계시네[文王在上, 於昭于天. (중략) 文王陟降, 在帝左右]" 같은 대목의 해석에서도 천당을 투사시키려 한 흔적을 찾을 수 없다.[38]

셋째, 다산의 상제는, 《천주실의》에서 말하는 천주와는 비교도 안 되게, 그리고 고경古經에서 말하는 상제에 비해 현격하게, 인간에 대한 도덕적 감시권능監視權能이 특히 강화되어 있는 면모다. 거의 이 한 방면에 치우쳐 있는 면모라 해도 지나친 말이 아니다.

> 하늘이 굽어 살펴 임함에는 동정動靜에 차이가 없기에 반드시 정좌靜坐한 뒤에만 조심해서는 안 됩니다. (중략) 굽어 살펴 임함의 위능이 그 위에 있는 듯하고 그 좌우에 있는 듯하니, 이것이 이른바 '숨은 것보다 더 드러난 것은 없고, 미세한 것보다 더 뚜렷한 것은 없다'는 것입니다.[39]

하늘이 사람의 동정을 살피는 시선이 위와 좌우에서 환히 비치고 있으니 이것이 《중용》의 '숨은 것보다 더 드러난 것은 없고, 미세한 것보다 더 뚜렷한 것은 없다'는 것이다. 그는 '하늘의 목구멍과 혀가 도심에 부쳐 있으니, 도심의 경고가 곧 하늘의 계고'라고 하고,[40] 또 하늘과 도덕

---

38) 다산의 〈詩經講義〉(《全書》, 2-3-13b)에서 〈文王〉 편의 해당 부분에 대한 해석은 다음과 같다. "聖人之於天也, 生而昭事, 死而陟配, 故孝經曰 : '孝莫大於嚴父, 嚴父莫大於配天'. 宗祀文王, 以配上帝者, 周公之所以孝於其父也. 陟配之理, 苟不眞的, 周公之孝其親, 豈不虛假乎哉. 二典三謨之註, 朱子之手澤也. 其釋陟之義, 訓之爲陟遏昇天, 則朱子於此, 本有定論. 但所謂 : '一上一下', 臣亦疑之. 魂本無形, 其升其降, 豈如生人之往來乎? 陟降也者, 疑之之詞也. 古人求神之法, 於彼乎, 於此乎, 焄蒿悽愴, 如在其上, 如在其左右, 上下升降, 悠揚恍忽, 而不可一定, 故謂之陟降, 非指一上而一下也." 그리고 그의 〈詩經講義補遺〉의 해당 부분에서는 몇 가지 어휘에 대한 訓詁的 고증만이 상세하게 開陳되어 있을 뿐이다.

39) 《全書》, 2-4-5ab, "天之監臨, 無間動靜, 則不必靜坐而後, 乃可小心. (중략) 監臨之威, 如在其上, 如在其左右, 此所謂 : '莫見乎隱, 莫顯乎微也.'"

40) 《全書》, 2-3-3b, "天之喉舌, 寄在道心, 道心之所儆告, 皇天之所命戒也."

적 불량인不良人과의 관계를 임금과 관리가 범죄자를 벌주고 죽이기까지 하는 엄혹嚴酷함에 빗대어 말하기도 했다.

> 백성이 태어남에 욕심이 없을 수 없다. 그 욕심을 따라 끝까지 다 채우려 들면 멋대로 나쁜 짓을 하지 않을 사람이 없다. 그러나 백성이 감히 드러내 놓고 범하지 못하는 것은 삼가고(戒愼) 두려워하기(恐懼) 때문이다. 왜 삼가는가? 위로 관리가 있어 법을 집행하기 때문이다. 왜 두려워하는가? 위에 임금이 계셔 능히 베어 죽이기 때문이다.[41]

다산 상제의 이러한 성격은 도학의 "인욕을 막고 천리를 보존한다[遏人慾, 存天理]"는 명제 아래 엄숙히 함양·성찰하는, 그리고 적어도 함양·성찰하는 동안은 환히 밝게 내림來臨하는, 심학적 상제를 흡수해서 성립된 것이며, 다산 상제의 가장 두드러진 특성이다.

결국 다산의 상제는 선진 고경의 상제에 천주적 요소가 섭입攝入되고 도학적 요소가 흡수된, 말하자면 제3의 인격신이라고 할 수 있다.

2) 상제에 대한 다산의 신앙

다산은 상제를 단순히 경전 해석의 도구道具 범주로만 쓰지 않고 분명히 종교적으로 신앙했다. 가령 광중본壙中本 〈자찬묘지명自撰墓誌銘〉의 "소인들이 득세하자 / 하늘은 이로써 너를 좋이 성취시키고자 하셨네 // 이제 거두어 땅속으로 묻히노니 / 장차 이를 가지고 드높이 오르리라(憸人旣張, 天用玉汝. 歛而藏之, 將用矯矯然遐擧)"[42] 같은 대목은 퇴계의 〈자

---

41) 《全書》, 2-1-4b, "民之生也, 不能無慾, 循其慾而充之, 放辟邪侈, 無不爲已. 然民不敢顯然犯之者, 以戒愼也, 以恐懼也. 孰戒愼也? 上有官執法也. 孰恐懼也? 上有君能誅殛之也."

42) 〈自撰墓誌銘(壙中本)〉, 《全書》, 1-16-2b.

명自銘〉 후반부의 "근심 가운데 즐거움 있고/ 즐거움 가운데 근심 있네 // 자연의 변화 타고 다함으로 돌아가니 / 다시 무엇을 구할까 보냐(憂中有樂. 樂中有憂. 乘化歸盡, 復何求兮)"[43]라고 한 것과는 그 내용적 지향을 아주 달리하고 있다. 즉, 퇴계의 그것에는 사후死後 세계에 대한 어떠한 기대도, 예측도 비쳐져 있지 않았음에 대하여 다산의 그것에는 '천'과 연관하여 사후 세계에 대한 일정한 비전이 드러나 있다. 그리고 집중본集中本 〈자찬묘지명〉에서 "육경·사서(주석서) 및 일표이서一表二書의 자기 저작을 알아주는 이는 적고 성내는 사람은 많은데, 만일 천명이 윤허하지 않는다면 비록 한 횃불로 태워버려도 좋다"고 한 대목[44]에서도 천에 대한 그의 고양된 종교적 의식과 정서로 이해할 수도 있다.

이제까지 논의에서 드러난 바와 같이 다산이 신앙한 상제 또는 천天은 그러나 천주교 쪽이 그렇게 보거나 기대하듯 위장僞裝된 천주는 결코 아니다. 그의 천(상제)에 대한 신앙은 어디까지나 그가 곧잘 말한 "육경· 사서 이것으로 몸을 닦는다"[45] 또는 "육경·사서를 체득해 행하고, 행해서 징험한다"[46]고 한 것의 실제實際일 뿐이다. 그렇다고 해서, 역시 앞에서 이미 밝혀졌듯이, 선진고경에서 말하는 상제 그 자체도 물론 아니다. 다산 자신의 학문적, 종교적 탐구로 도달한 제3의 인격신으로서의 천(상제)이다. 다산이 천(상제)에 대한 신앙의 강도가 상당히 돌출적인 것은 아무래도 20대 후반에 깊이 빠져들었던 천주교를 통한 종교적 심성의 일정한 심화 탓일 것이다. 그러나 다산이 이로 해서 자신의 통유通儒·달유적達儒的 폭도幅度가 더 증익增益되기는 했어도 외유내야外儒內耶는 결코 아니다.

---

43) 李滉, 〈先生自銘〉, 《退陶先生言行通錄》 권 1.
44) 《全書》, 1-16-18a, "六經四書, 以之修己 ; 一表二書, 以之爲天下國家, 所以備本末也. 然知者旣寡, 嗔者以衆. 若天命不允, 雖一炬以焚之, 可也."
45) 주 41) 참조.
46) 《全書》, 1-11-20b, "六經四書 (중략) 體而行之, 行而驗之."

230

다산은 자신의 인간 완성의 최종 귀숙처歸宿處로 《심경》을 택했다.

> 이제부터 죽는 날까지 마음 다스리는 방술에 온 힘을 쓰려고 하니, 경전
> 을 궁구한 성과를 《심경》으로 매듭짓자는 것이다.[47]

퇴계가 자기 학문의 근저根底로 삼았던 《심경》을 다산이 자기 학문의
귀결로 삼은 이 사상사적 연계는 홍미로운 일이 아닐 수 없다.[48]

뿐만 아니라 다산의 천에 대한 신앙의 내면 양태는, "밤낮으로 성찰하
여 천명의 성性을 회복한다(蚤夜省察, 以復乎天命之性)"[49]와 같은 예에서 단적
으로 보듯이 도학의 심성론적 구조를 밑바닥에 두고 있는 듯하기도 하다.
요컨대 다산의 천天에 대한 신앙은 상당히 도학적이다.

5. 맺는 말

이상의 논의로 우리는 다산사상에 도입된 상제는, 그 내원은 선진 고
경에서의 그것이고, 도입된 계기는 주자학적 경전 해석의 극복 지향이요,
그 도입 경로로서 사상사적 노맥路脈은 도학의 종교성—그 자기성찰 또
는 경敬의 실천 지평 위에 '상제(天)' 또는 '명명明命'이 임해 있었던—의,
특히 퇴계 학통에서 고양적 전승傳承이었음을 밝혀내고, 아울러 《천주실
의》의 천주의 측면적 고무와 섭입攝入도 가세했음을 확인하였다. 그 결

---

47) 〈心經密驗〉, 《全書》, 2-2-25a, "從今至死之日, 意欲致力於治心之術, 所以窮經之業,
結之以心經也."
48) 李光虎 교수 또한 〈李退溪 哲學思想이 丁茶山의 經學思想 形成에 미친 영향에 관한
고찰〉(《退溪學報》 90집, 退溪學研究院, 1996. 6.)에서 《心經》을 매개로 한 다산과 퇴
계의 관계를 다룬 바 있다. 그러나 문제 추구의 방식이나 방향에서 이 논문은 필자의
그것과 상당히 달리하고 있다.
49) 《全書》, 1-16-2a.

과 다산사상에서 상제(天)의 성격은 도덕적 지각·위능 위주의 최고신으로 드러났고,《천주실의》의 천주도 선진 고경 속의 상제 자체도 아닌 제3의 인격신인 것으로 규정하게 되었다.

이러한 성과를 바탕으로 하여 우리는 다산사상이 그 앞 시대의 도학과 결코 배치적背馳的이기만 한 것이 아니라 그 연계상連繫相의 한 중요 국면을 알게 되었다. (《民族文化》 19집, 민족문화추진회, 1996)

조선 후기 문학사상과 문체의 변이

조선 후기 정신사의 흐름에 일어난 새로운 변화들의 어느 경우나 그러하듯이, 이 시기 문학사상이나 문체의 변이도 주자학적 세계관의 동요·이완·해체 과정의 일부거나 또는 그 과정과는 무관할 수 없는 역학 관계 아래에서 전개되었다. 따라서 그 변이의 양상들에 대한 인식은 일단 주자학적 문학사상이나 문체미학을 시각의 기점起點으로 하여 접근하지 않을 수 없다.

문학사상은 문학작품에 함유되어 있는 사상이 아니라 문학 그 자체에 대한 기본적인 사고를 가리킨다. 문학관이란 말과 유사한 뜻을 가지나 이보다는 포괄성을 갖는 말이다. 논의의 전제로 주자학적 문학관에 대한 간단한 정리가 필요할 것 같다.

주자학적 문학관은 주지하듯이 도문일치道文一致이다. 잠정적으로 규정해 둔 이 도문일치에는 그러나 엄격히는 도道와 문文의 결합형태로 보아 두 가지 처지가 있다. '문으로써 도를 실음(文以載道)'과 '도가 근본이고 문은 말단임(道本文末)'이 그것이다. 전자는 도와 문의 분리가 전제된 결합이고, 후자는 도와 문이 분리되지 않은 일도연속一途連續으로서의 결

합이다. 전자는 주돈이周敦頤가 이한李漢(=한유韓愈)의 관도설貫道說(문이 도
를 꿰뚫는다는 주장)에 대한 비판적 대안(관도라고 할 경우는 문이 주主, 도
가 종從이 된다고 보아, 수레가 사람을 싣는 도구에 불과하듯 문은 도를 싣는
도구이어야 한다는 생각)으로 제시한 것인데, 주자에 이르러 '문은 다 도
가운데서 유출함(這文皆是從道中流出)'(《주자어류朱子語類》〈논문論文〉 상上)
으로 보아 도와 문의 관계를 더욱 긴밀한 형태로 결합시킨 것이 후자다.
두 가지가 다 문학에 대한 효용론적 관점에 서는 것이지만, 전자는 문학
의 형식적 측면에 대한 일정한 고려가 허용되는 데 반하여, 후자는 형식
적 측면은 거의 무시되는 한편 주제주의적 성격을 가지게 되는 차이점이
있다. 이러한 구분을 우리나라의 한문학사에 적용한다면 대체로 '문이란
도를 싣는 그릇(文者載道之器)'이라는 정도전鄭道傳의 공식 표명이 나오기
전후의 주자학 수용 초기에서 16세기 초 사림파士林派 대두 전까지가 전
자에 해당함 직하고, 주자학이 토착 개화한 사림파 주도기가 후자에 해
당하는 셈이다. 사림파 대두를 고비로 도가 더욱 내재화하면서 주자학적
도문일치관이 한층 강화된 형태로 표방되었던 것이다.

그런데 과거 이 술어의 사용에는 위에서 보는 바와 같이 엄격하게 구분
되어 쓰이지 않았던 것 같다. 가령 이이李珥의 경우도 도본문말로서 '문이
란 도의 드러남(文者道之著)'이라고 규정하면서, 심지어 '관도'라는 용어조
차도 '도지저道之著'와 같은 의미로 쓰고 있다(《문책文策》). 허균許筠도
'문으로써 그 도를 실어 전한다(文以載其道以傳)'라 하면서 후세에 '문여도
위이文與道爲二'라 하여 형식주의에 빠진 것을 탓하고 있는 것으로 보아
(《문설》) '재도'를 문과 도의 미분리로 이해하고 쓴 셈이다. 정약용丁若鏞
도 여러 논설(〈위양덕인변지의증언爲陽德人邊知意贈言〉, 〈위이인영증언爲李
仁榮贈言〉 등)에서 도문일도적道文一途的 사고형태를 취하면서도 '문소이재
도文所以載道'(〈서원유고서西園遺稿序〉)라 표현했다. 이런 현상은 단순히 용
어의 혼란에 그치는 경우도 있겠지만 한 작가의 문학관의 변이나 복합성

의 표현일 가능성도 배제할 수 없으므로 간단히 보아 넘길 문제는 아니나, 용어의 혼란에 국한해 본다면 '재도'와 '도본문말'이 같은 의미범주로 쓰일 수 있었던 근거는 재도의 경우도 주돈이가 비유한바 사람과 수레의 관계에서 사람은 주主(本), 수레는 종從(末)이라는 암묵적 지시가 주어진 데서 말미암은 것이 아닌가 여겨진다.

생生의 질서에 대한 존재론적으로 심화된 조망과 이것의 도덕적 구현을 강조하고 나온 주자학적 문학관은 이것을 성립, 존립케 했던 사회체제와 일단 분리시켜 본다면 상대적으로 일정한 가치가 인정될 것임에 틀림없다. 그러나 그 가치와 표리관계에 있는 도의 배타적 절대화, 특히 사림파에서 그것의 내향편중, 그리고 규범성이나 보편지향성과 같은 역작용을 불러일으킬 속성들이 있었다. 이 속성들로 말미암아 문학에서, 주자학적 문학관은 가장 효용론적 관점을 취하면서도 현실과 유리하게 되었으며, 인간 감정의 다양한 질質 가운데 특정의 것만 수용하려 했을 뿐 아니라, 개인이나 민족 차원에서 개성과 독자성의 구현을 둔화시키는 부정적인 측면들이 뒤따르게 된 것이다. 조선 후기 문학사상의 변이는 주자학적 문학관의 바로 이 부정적인 측면들의 극복과정인 것이다.

우리나라 문학사상에 대한 본격적인 관심의 대두는, 1960년대 중반 시화詩話에 대한 연구에서 비롯되나, 시화가 주로 다룬 지엽적인 문제를 넘어서서 우리 문학의 더욱 본질적인 문제로 다가간 것은 대체로 1970년대에 들어와서다. 초기의 간헐적인 연구보고에 이어 조동일趙東一이 이 방면의 전저專著[1]를 내놓아 집중적인 성과를 가지게 되면서 학계의 새로운 관심사로 떠올랐고, 특히 조선 후기의 그것에 주로 쏠리고 있다. 관심이 이 시기에 주로 쏠리는 이유는, 실학시대實學時代가 그 중심권에 놓여 있는 이 시기의 이행기적 혼돈상混沌狀에 거는 다양한 문제성에 대한 기대,

---

1) 趙東一, 《韓國文學思想史試論》, 지식산업사, 1978.

우리 근대문학 형성문제에 대한 문제의식, 그리고 이 기대와 문제의식을 족히 모을 만한 허균·박지원朴趾源·정약용과 같은 거장들이 포진하고 있었기 때문일 것이다. 그래서 현재까지 이 방면의 연구성과도 이 세 사람의 그것을 대상으로 삼은 것이 우위에 있다. 여기서도 주로 이들에 대한 그 사이의 성과를 중심으로 살펴보고자 한다.

허균은 진작부터 우리 문학사의 문제아로 떠올랐고, 그런 만큼 문학사상이란 시각에서도 특히 문제성을 많이 가지고 있을 것으로 예견되었던 문인이다.

먼저 조동일은 그를 서경덕徐敬德의 주기론主氣論의 연장선상에 놓고 그의 문학사상을 유교적 예교에 맞서 이理보다는 정情의 분방한 표현을, 기존 규범의 탐구가 아니라 자기대로 세계와 부딪친 험난한 경험의 표현을 중시하고, '도를 싣는 그릇(載道之器)'의 도를 유가사상의, 성리학의 그것으로 한정시켜 보지 않고, 제자백가諸子百家의 도와 나란히 상대화했으며, 개인의 독창성, 문학의 시대성, 그리고 우리 것에 대한 일정한 각성이 있었던 것으로 보고했다.

반드시 조동일의 보고에 대한 반론의 성격을 띠는 것은 아니지만, 최웅崔雄은 허균을 이수광李睟光과 같은 범주의 문인·사상가로 묶고서 그에게서 '무실務實=실학정신實學精神'을 뽑아내 천관우千寬宇의 실학논리에 따라 그를 후세 실학파의 연원의 자리에 놓고, 이 실학정신에 의해 개개 사물의 진수를 파악할 수 있다고 보았다. 그러므로 그는 공리성만을 추구하는 효용론적 관점을 떠나 좀 더 문학의 본연성을 찾아보자는 데 근거를 두고, 문학의 본질은 현상의 진수를 표현하는 것 등으로 제시하였으며, 이를 탈주자학적 문학관으로 규정했다. 그리고 이 문학관이 김시습金時習에서 임제林悌에 이르는 방외인方外人의 문학세계와 서로 통하는 점이 있다고 했다.[2]

허균이 실학정신을 가졌다면, 그것과 효용론적 관점이 어째서 양립할

236

수 없는지에 대한 최웅의 논리에 석연찮은 점이 있으나, 그가 제기한 허균 문학사상의 다양한 면모는 그의 사상사적 맥락과 아울러 드러난 셈이다. 여기서 앞으로의 과제는, 이것은 사실 일반 사상사 쪽에 더 가까운 것이기는 하지만, 위 두 사람이 제기한 허균의 사상사적인 위치 즉 서경덕의 연장으로서의 발전, 실학파의 연원이라는 파악의 당부當否에 대해 한층 더 논리적인 해명을 가하는 일이거니와, 이와 아울러 허균 문학사상의 그 뒤의 행방을 추적하는 일도 중요하다. 이러한 논의는 후세 실학 시대의, 특히 박지원과 정약용에게서 볼 수 있는 문학사상의 여러 국면들을 두루 갖추고 있었던, 따라서 주자학적 문학사상에 대한 반명제의 확실한 선두인 셈인데, 이 허균에게서 일어난 변화의 맥락이 박지원에 이르기까지 거의 한 세기 반 동안의 행방이, 현재로서는 그 잠재태潛在態로든 현재태顯在態로든 또렷하게 잡히지 않고 있기 때문이다. 물론 조동일이 그 사이를 장유張維·김만중金萬重·홍만종洪萬宗 등으로 연결을 시도하였지만,3) 이는 주자학의 주리론主理論에 대한 양명학·불교·도가 사상적 처지에서의 도전이란 시각에 중점이 두어졌으므로 허균에게서 시작된 변화의 그 뒤 예상 가능한 굴절·변용·전이 등의 추적이란 관점에서는 미흡할 수밖에 없다. 허균에 대해 단순히 중세의 이단자라는 정도의 인식만으로는 만족할 수 없다.

　한편 허균의 문학사상에 명말明末 이탁오李卓吾의 절가순진絶假純眞·욕망긍정慾望肯定 등의 사상이 영향을 주었다는 보고가 유명종劉明鍾에 의해 있었다.4) 여기 유명종의 성과와는 상관없이 제언해 두고 싶은 바는 우리나라 한문학에 대한 이런 방향으로의 접근은 매우 신중을 기하지 않으면 안 된다는 것이다. 우리나라 한문학의 의미 있는 유산들은 우리 민

---

2) 전형대·정요일·최웅·정대림, 《한국고전시학사》, 弘盛社, 1979.
3) 趙東一, 주 1)의 책.
4) 劉明鍾, 〈許筠과 朴趾源의 文體改革精神〉, 《韓國哲學研究會 學術發表論文》.

족의 역사현실과 민족의 삶의 양식에 기초하여 발전해 왔다는 투철한 인식과 이 인식의 실천적 정립이 없이 소박한 피상적인 대비에 따른 접근은 진실을 가려 버릴 우려가 있기 때문이다.

적어도 현재까지, 박지원은 조선 후기 한문학의 변화 흐름에서 가장 정채精采 있는 파고波高로 되어 있다. 그는 한문학 주류의 말폐적末弊的인 흐름에 대해 일대 반성을 제기함으로써 자신의 문학적 견해를 새로이 정립하려 했고, 그래서 우리나라 문인들 가운데 문학론에 관한 저술도 비교적 많이 남기고 있는데, 이들 자료에 대한 본격적인 접근이 최근에야 이루어졌음은 그 사이의 그의 작품, 특히 소설 연구를 통해 파악된 현실 비판 지향, 풍자적 수법, 따라서 사실주의 경향 등의 특성을 그대로 그의 이론으로서의 문학사상으로 대치시켜 인식하고 만족해 버린 소치가 아닌가 한다. 이론적 저술을 통한 문학사상에 대한 접근이 설령 결과적으로 작품 실제에서 추출된 바와 같아진다고 하더라도 추출된 개념들에 대한 일정한 내용 부여나 개념들 상호 간의 구조적 맥락과, 그것들의 철학적, 세계관적 근거가 뒤따라야 마땅할 것이다.

박지원의 문학사상은, 이가원李家源이 그의 소설을 연구하는 과정에서 '법고창신法古刱新', '사의위주寫意爲主' 등 고증적으로 제시한[5] 뒤, 조동일과 이동환李東歡[6]이 다시 논의하기에 이르렀다.

조동일은 연암문학燕巖文學의 성격을 관료 진출에 필요한 사장詞章도, 산림에서 심성을 기르는 데 필요한 재도지기載道之器도 거부한 자리에 놓이는 것임을 전제하고, 현실의 비판·공격에 목적을 둔 문학관을 정립하여 내용을 선행시키면서도 이 목적을 효과적으로 수행하기 위하여 직설법을 배격하고 비유·억양·반복 등 계획된 표현방법을 두루 동원하는

---

5) 李家源, 〈燕巖의 文學觀〉, 《燕巖小說硏究》, 乙酉文化社, 1965.
6) 李東歡, 〈朴趾源의 文學思想〉, 《震壇學報》 44, 1978.

형식 중시의 태도와 풍자로서의 희문관戱文觀을 가졌다고 했다. 또 박지원 문학사상의 철학적 근거로서 이理는 기氣 자체의 원리에 불과할 뿐이라고 보는 일원론적一元論的 주기론을 제시하고, 이것이 가지는 대립적 발전론에 따라 복고적인 문학관을 근저에서부터 부정하고 시대마다 새롭고, 민족으로서 독자적이고, 개인으로서 개성적인 창신創新의 문학사상을 주장했다고 했다. 그리고 언어는 사물의 분별기능을 가지며 형상을 창조한다는 박지원의 언어관까지 제시했다.7)

한편 이동환은 문학에 대한 박지원의 기본 견해를 폐쇄적인 체계의 미적 구조체로서가 아니라, 세계의 현실적인 인식에 중점을 두면서 가치구현에 이르는 장場으로서 보았다고 규정, 이런 점에서 가치의 주관적인 구현에 중점을 두었던 종래의 재도적 문학관과 구별된다고 전제하고, 역시 그의 언어관—언어의 내원來源으로 이기理氣(天)라는 본체론적 근거를 들고 있는 점에는 종래의 예(박팽년朴彭年 · 이이李珥)와 상통하면서도 사물에 결합시켜 그 인식 · 형상화 기능을 간파했다는 점에서는 종래와는 다른 언어관을 들었으며, 이들 전제에 따른 논리적인 연쇄로 종래의 '달의達意'관에 대하여 '사의寫意'관, 현실의 가식 없는 인식과 그것의 정직한 사출寫出의 의미로서 '진眞'의 강조, 고전적 모델에 대한 추수追隨인 '방고倣古'의 배격을 제시하고, 여기에서 그의 세계관의 주요 범주로 역사주의적 지향과 이에 뒤따르는 민족주의적 지향을 이끌어냈다. 그리고 그의 문학사상을 중세적 전원문학, 중세적 지배계급의 문학에서 근대적인 시정문학市井文學을 전망한 눈길이 있는, 중세문학 질서 안의 양질의 개량론에 머물 성질의 것이 아닌, 문학에 대한 근대적 인식에 근접한 하나의 개혁적 전환이라 성격 지웠다.8)

---

7) 趙東一, 주 1)의 책.
8) 李東歡, 주 6)의 책.

이 두 사람의 논의는 박지원의 문학사상을 지나치게 현실 지향 일변도로만 바라보려는 문제점이 있다. 박지원의 문학사상은 사실 그렇게 여유 없는 투쟁적인 성격의 것만은 아니다. 당장 무어라고 개념을 부여할 수는 없지만, 박지원의 바로 이 '여유의 공간', 이것의 탐구가 금후 과제 가운데 하나일 것이다. 그리고 또 하나의 문제는 조동일이 박지원 문학사상의 철학적 근거를 일원론적 주기론으로 규정한 것과 관련이 있는데, 박지원을 주기론으로 보는 데도 이의가 없을 수 없겠으나, 그것이 반드시 일원적이냐는 연구자 자신이 인용한 복숭아의 과육果肉과 핵核의 비유로 보나 '이'가 없으면 기는 지나는 길손이다(無理則氣是過客)'라는 표현으로 보아 난점이 없지 않아 더 세밀한 검토가 있어야 할 것 같다.

박지원이 재도·도본문말 등의 전통적인 사고논리를 넘어서려는 자리에서 문학을 새로이 생각하려 한 데 대하여, 정약용은 종래의 그런 논리를 계승하면서 문학에 대한 새로운 이론을 정립하려 하였다. 따라서 다산茶山 문학론에 대한 접근에서 핵심문제는 도의 개념 내용 또는 도의 지향이 종전과 어떻게 달라졌는가를 이해하는 것이 되겠다.

최초의 성과는 최신호崔信浩에 의해 이루어졌다. 최신호는, 정약용의 문학사상은 경전의 사상과 문체에 기반하고 있으며, 다 같이 경전에 기반을 둔 조선 초기 서거정徐居正·김종직金宗直과 다른 점으로 후자는 도학파道學派와 사장파詞章派의 쟁점을 변증법적으로 초극해 보려는 관념적인 이론임에 대하여, 전자 정약용은 경세經世나 목민牧民을 위한 다분히 사회지향적 성향을 가지고 있다고 했으며, 역사서와 고전으로 역사의 법칙성과 치란治亂의 이로理路를 터득할 것을 강조한 점을 지적했다. 그리고 정약용의 시경시법詩經詩法 존중을 지적하고 이는 시가 가지는 순감純感을 정치교화에 돌리기 위함과, 시가 가지는 풍자성을 높이 평가한 때문이라고 하고, 원명소설元明小說의 배격을 하나의 결점으로 지적했다.9)

한편 송재소宋載邵는 정약용의 '조선시선언朝鮮詩宣言'을 떠올렸다. 그 배경으로서 우리나라 사람들이 한시 창작에서 갖는 성률의 어려움과 중화사상에서 탈피하려는 정약용의 민족적 주체성을 들고, 그리고 그 양상으로 우리나라 방언을 한자화해 쓴 시어詩語, 우리나라 고전에 의거할 것을 강조한 용사用事, 그리고 당대 현실을 형상화한 시정신의 측면을 들어 입증했다.10)

이 두 사람의 성과를 수용하여 조동일은 더 해석적이고 구조적으로 심화시킨 성과를 이룩했다. 그는 유학의 도를 실학으로 정립하려는 과업에 따라 실학과 어긋나는 방향으로 나아가고 있는 문학을 신랄히 비판하는 자리에 정약용의 문학사상을 정립시키고, 농민적 사고를 가진 다산은 시정적 의식을 가진 박지원과는 문학적으로 상반된다는 전제에서 논의를 출발해, 도문분리道文分離 현상에 대한 비판, 표현을 중시하지 않는 견해, 천인天人·성명지리性命之理를 알고 인심人心·도심지분道心之分을 살펴 뜻을 바르게 가져야 한다는 등의 정약용의 주장은 보수적인 문학관을 재확인하는 것처럼 보이나 아래와 같은 점으로 그렇지 않다고 했다. 즉, 정약용은 문장의 성립 근거가 되는 자아가 세계와 부딪쳐 성립되는 사람·천지·귀신을 감동시킨다는 문장의 기능에서는 천인합일天人合一이 성립된다고 생각했는데, 이것은 문장이 도덕적 당위로서의 이理를 지니기 때문이 아니라 존재 원리로서의 이理를 지니기 때문에 이루어지며, 따라서 문학은 현실에 관한 객관적인 경험에서 이루어지고 현실을 변화시키는 구실을 한다는 생각을 가진 것이라 했다. 나아가 그는 정약용이 강조한 자아와 세계의 부딪침은 곧 자아와 세계의 대립적 구조라 했다. 이 논리에 따라 정약용이 유교의 경전을 들어 문학이 갖추어야 할 규범의 객관성을 입증하기 위한 이론은 결과적으로 인식의 객관성을 입증하는 이론

---

9) 崔信浩, 〈丁茶山의 文學觀〉,《韓國漢文學硏究》1, 韓國漢文學硏究會, 1976.
10) 宋載邵, 〈茶山의 '朝鮮詩'에 대하여〉,《韓國漢文學硏究》2, 韓國漢文學硏究會, 1977.

이라 해석했고, 송대宋代 이래의 도학보다 앞서는 권위로써 송대 이래의 도학을 청산하려는 생각을 문학에도 적용하여 자기 시대의 현실문제, 특히 가난하고 무력한 사람들의 문제를 다루는 것을 사명으로 보았다는 데서 문학은 객관적인 것이어야 한다는 생각이 거듭 강조된다고 했다.[11]

조동일의 논의 가운데 정약용에게서 존재 전반의 원리로서 이해된 도의 내용·성격이, 김흥규金興圭의 성과에서는 또렷한 윤곽으로 수렴되어 이해되고 있다. 김흥규는 도·문의 관계를 정주학자나 사림파에서 이미 제시된 바 있는 '재도지문載道之文'적 문학관의 연장선상에서 생각, 도·문의 분리를 부정하고 연속적인 것으로 이해, '내부에 축적된 경험·앎·감정 등의 총체'로서의 도가 외계에 감응되어 필연적으로 나타난 것, 곧 '드러난 도'로 보았다고 했다. 그래서 사림파가 주로 개인의 심성 수양에 치중하여 도를 파악한 데 비해, 그는 어지러운 시대를 인식하고 극복할 수 있는 사회적 실천의 힘으로의 도를 지향, 중세적 문예의식으로부터 중요한 진전을 이룩했다고 했다.[12]

정약용의 도의 해석에 대한 조동일과 김흥규의 차이는 단순히 확산적임과 수렴적임이라는 인상의 차이에만 그치는 것은 아니다. 두 사람 다 분명하게 언표한 바는 없지만, 조동일이 그 객관성을 거듭 강조하여 '세계로부터 자아로'의 방향으로 해석하고 있는 데 대하여, 김흥규는 다분히 '자아로부터 세계로'의 방향으로 해석하고 있다. 이 문제는 정약용의 세계관적 기저基底에 관련되는 것이므로 결코 가볍지 않은 과제이다. 그리고 조동일이 '농민적 사고'와 '시정적 의식'을 들어 정약용과 박지원의 문학적 관점을 상반관계로 설정했는데, '상반'은 표현의 과도라 치더라도 두 사람 문학사상의 비교 방법에 의한 논증으로 인식을 증진시켜야

---

11) 趙東一, 주 1)의 책.
12) 金興圭, 〈茶山의 文學論에 있어서의 道와 文〉, 《현상과 인식》 2-1, 1978.

할 것이 하나의 과제임에는 틀림없다.

이제까지 관심이 집중되어 있었던 세 중요 작가에 대한 논의를 중심으로 살펴보았거니와, 주로 실학시대 거의 전부를 대상으로 한 정대림鄭大林의 작업은 이 시기 문인군文人群을 관료군과 실학자군으로 나누고, '재도적 문학관'과 '개성적 문학관'이라는 두 개의 개념을 대립적인 것으로 사용하여 두 집단 사이 문학관의 차이를 인식하려는 각도에서 접근하였으나, 결과는 관료군이나 실학자군과 같이 재도적 성격과 개성적 성격의 양면성을 지니고 있는 것으로 보고되었다.[13] 그래서 당초의 접근방법이 스스로 무의미해졌고, 정약용에게서 보는 바와 같이 주자학 시대와 같은 용어를 사용하더라도 실학시대에 와서는 그 의미와 성격이 다를 수 있다는 고려 없이 '재도적'과 '개성적'의 개념을 획일적인 대립으로 고정시켜 본 문제점이 있음에도 불구하고 이 작업은 변화과정에 놓여 있는 조선 후기 문학사상의 혼효의 실상을 고증적으로 제시한 성과와, '개성적 문학관'의 전개로서 민족문학정신과 현실적인 언어관, 시대적 변화에 대응하는 문학정신, 자유로운 시 형식으로의 지향, 서민문학정신 등을 파악하여 전진적 변화의 양상을 인식하려 한 점에서는 일정한 진전을 가져왔다.

실학시대 말기에서 개화기로 이어지는, 우리의 근대문학 문제와 관련하여 특히 주목되는, 그래서 실학시대에 대한 성과가 성숙되면 관심이 몰릴 것으로 예상되던 이 시기 문학사상의 동향에 대한 이우성李佑成의 성과는 이 시기 문학사상의 이해에 중요한 거점이 될 것 같다. 즉, 그는 19세기의 대전환을 앞두고 문학, 특히 시대의식의 첨단에 서야 할 시문학이 어느 단계에 도달했으며, 얼마만큼 현실을 소화하고 시대에 대처하려는 자기 자세의 정립에 진지했던가의 시각에서 김정희金正喜 및 중인층의 성령론性靈論을 다루어 장지완張之琬에서의 '개성'이 최성환崔瑆煥에

---

13) 전형대 · 정요일 · 최웅 · 정대림, 주 2)의 책.

서 '아我의 자각自覺'으로 높여지고 정지윤鄭芝潤에서는 '자율적 자유'로 행동화하였다고 보고했다.14)

이제까지 문학사상에 관한 자료로서는 주로 문집의 서序·논문서論文書와 시화詩話 일부가 실증·분석의 대상이었다. 이 시기 이 방면의 자료로 방대하게 놓여 있었던 실학자들의 시경론詩經論에는 미처 손이 닿지 못했는데, 최근 이 자료를 헤치고 들어가 야심적인 작업을 벌이고 있는 김홍규의 중간보고에 따르면, 박세당朴世堂은 주자의 성정체용관性情體用觀과는 달리 정을 성과 평형적으로 인식한 심성론을 바탕으로 《시경詩經》 해석에 반주자적反朱子的 전환의 매듭을 마련했고,15) 이익李瀷 역시 주자설을 회의 비판하면서 시교詩敎에 대해 도덕적 효용론보다 풍자의 사회정치적 효용론 쪽에 더 비중을 둔 것으로 추정할 만한 단서가 보이며,16) 그리고 정약용에 와서는 그 반주자성이 특히 고조되어 송대 이전 시경론에서도 특히 그 현실주의와 정치적 지향성에 공감하면서 주자설에 도전, 사림파적 시론의 근거를 논파 극복하는 과제의 기초로 삼았다고 했다.17) '탁고개금托古改今'을 의도했던 실학사상의 경학적 기초의 일부란 점에서 예견만 되어오던 이 시기 시경론의 내용·방향·성격 등을 논증으로 밝혀낸 김홍규의 이 성과는 시경론 이외의 자료에서 검증된 이 시기 문학사상 변화의 인식에 그 폭과 심도를 한층 확충시켜 주었다.

이상으로 우리는 주자학적 문학관이 부대附帶하고 있었던 부정적인 측면들의 극복과정으로서 조선 후기 문학사상의 변화와 전개를 그 사이의 주요 성과들을 중심으로 살펴보고 그 성과들의 후속과제들도 선택적으로 점검해 보았다.

---

14) 李佑成, 〈金秋史 및 中人層의 性靈論〉, 《韓國漢文學硏究》 5, 韓國漢文學硏究會, 1981.

15) 金興圭, 〈西溪 朴世堂의 詩經論〉, 《韓國學報》 20, 1980.

16) 金興圭, 〈星湖 李瀷의 詩經論〉, 《현상과 인식》 5-1, 1981.

17) 金興圭, 〈茶山의 詩意識과 詩經論〉, 《民族文化硏究》 14, 고려대출판부, 1979.

그런데 이 단계쯤에서 우리는 이 방면에 대한 접근의 방법적 반성을 한번 해봄직하다. 시화연구에서 보는 일부 비평이론적 접근을 제외하고는 거의 획일적이다시피 우리가 지금 취하고 있는 방법은 일종의 이데올로기적 접근이다. 문학에 대한 과거의 본질적인 사고들을 다루려는 우리의 문제의식에는 문학의 일반이론 지향이 전제되어 있음에도 더욱 논리적 냉정성을 갖는 '문학론'이라든가 '문학이론'이라는 용어를 쓰지 않고 '문학사상'이라는, 다분히 기질적인 감각의 용어를 쓰고 있는 것도 과거의 문헌에서 '문학론'이라고 할 만한 체계적인 자료들이 없는 탓이기도 하지만, 취하고 있는 방법의 성격에도 일인一因이 없지 않을 듯하다. 우리의 과거 문학적 실정이 일차적으로 지금의 이 이데올로기적인 방법을 요구하고 있음이 사실이고 꼭 필요한 방법임에도 틀림없다. 그러나 특히 문학의 일반이론 참획參劃을 전망하면서 접근할 때에는 이 방법의 한계는 자명하다.

첫째, 이데올로기적 접근으로 얻어지는 성과의 대부분은 문학의 일반이론보다는 주로 특수이론의 영역에 들 성질의 것이기 때문이다. 이 점은 위에서 살펴본 바를 다시 돌아보면 짐작될 것이다.

둘째, 지금과 같은 방법으로 한 획일적인 접근이 우리에게 가져다 준 일반이론적 범주로는 효용론 하나밖에 없다 해도 과언이 아니다. 주자학 시대에도, 실학시대에도 이 각도에서는 변화를 찾을 길이 없다.

셋째, 이데올로기적 접근만으로는 문학론을 따지는 독자적인 의의의 확보가 희박하다. 얻어지는 결과가 가까이는 작품 실제에서 검증한 내용과 조금 떨어지게는 일반 철학·종교사상이나 사회사상의 그것과 별로 다를 것이 없다. 실제 지금까지의 성과에는 작품 내용의 검증 결과로는 물론이고 다른 사상사의 그것으로 대체해도 조금도 이상할 것이 없고, 오히려 이 편이 더욱 풍부하고 명확하게 인식됨직한 경우가 적잖다.

요컨대 방법적 시각을 복수적으로 가질 필요가 있다. 자료의 한계가 예견되지만 한문학 용어가 갖는 개념의 통합성에 착안하여 분석해 들어가면 일정한 성과를 보장할 수 있을 것이다. 손쉬운 예로 앞에서도 잠깐 비쳤지만, 사림파의 '도본문말'에서는 형이상학적 표현론(반영론의 상대 개념으로 쓰임)적 개념까지 얻을 수 있어 효용론 한 측면만의 단일한 인식을 지양시켜 줌과 같은 것이다. 특히 시론·시화·시작품들에서는 더욱 다양한 이론을 이끌어 낼 수 있는 여지가 많다. 이 경우 현재 서구문학 중심으로 정립되어 있는 일반이론의 범주에서 되도록 자유롭게 접근할 필요가 있을 것이다. 현재의 이데올로기적 시각에 의한 종적 접근에 이러한 횡적 접근을 아울러 시도할 때 우리의 문학론, 나아가서 정신의 양식樣式이 더욱 다양하게 포착될 것이고, 따라서 이데올로기적 접근도 새로운 각도에서 그 의의가 강화될 것이다.

이 글의 두 번째 과제인 조선 후기 문체의 변이에 대해 논급할 차례다. 문체 즉 스타일은 문학행위에서 한 작가 개인의 일정한 조건 아래서의 전인적全人的 표현이면서 한 시대의식·시대정신의 동향이 가장 민감하게 반영된 것이다. 문체의 이런 점을 진작 간파한 한문학에서는 한 작가나 작품의 미의식의 평가란 차원에서뿐 아니라 시대의식·시대정신의 관리라는 차원에서 정치성을 강하게 띠고 문체가 특히 중시되어 왔고, 그것은 주로 산문을 대상으로 하여 논의되어 왔다.

주자학적 문학관이 성립되면서 이 문체의 문제가 더욱 본격적으로 떠올랐는데, 이 시기에 하나의 당위로 표방되었던 문체는 알다시피 이른바 고문古文의 문체였다. 고문이라고 하지만 그 전범은 단일하지 않아서, 그 전범이 될 고전古典들의 개개 편차는 차치하고서라도 크게 선진先秦·양한兩漢의 경전經典·사서史書와, 그리고 이들을 전범으로 하여 성립된 당송고문唐宋古文으로 이원화되어 제시된 만큼 그 수용 방향에서도 결코 단일할 수 없을 것이 예견될 터이었다. 그럼에도 이 시기에는 주지하듯이 순정醇正의 문체에 그것이 절대화되어 강조되었는바, 이는 다름 아닌 주

자학이 지향하는 가치관의 감성적 요구이자 당시 통치체제의 성격에서
나온 요구인 것이다. 한 시대가 표방하는 이념이 곧 그대로 개개의 작가
나 작품의 실제라고 볼 수는 없으나 하나의 미의식의 보편적 강조 속에
서 개성이 제어될 수밖에 없었다. 그래서 이 시기 문인들 사이에 이미 비
정통적 산문인 패설稗說·잡록류雜錄類를 통해 더욱 자유로운 개성적 문
체에 대한 욕구를 보이기도 하고, 또는 최립崔岦에게서 보는 바와 같이
선진·양한의 고경古勁의 문장미를 통해 새로운 문체를 모색하려는 경향
도 나타났다. 이런 움직임이 조선 후기에 들어와 다양한 변용을 보이면
서 문체 변이의 질적, 양적 확충이 이루어졌다.

　문체가 한 시대의식의 민감한 반영이란 점에서 하나의 통합된 역사질
서가 해체되어 가는, 따라서 개인이나 사회가 새롭고도 다양한 경험을
겪게 되는 시대에는 문체 또한 다양하게 갈라질 수밖에 없었다. 그래서
조선 후기에 접어들면서 다음과 같은 주목할 현상들이 나타났다.

　먼저 종래 선진·양한의 문장과 당송고문을 전범으로 한 그 고문의 전
범성을 무효화하려는 이론이 나타났다. 허균은 《서경》 제편諸篇의 글들
도 결국은 그 시대의 상어常語를 쓴 글이라고 전제하고 후세에 전범으로
삼는 문장가들의 글들도 모두 자기 시대의 마땅함에 바탕을 두어 자기의
개성을 따라 쓴 글이라 주장했고(〈문설文說〉), 정통 고문가로 알려진 이
식李植조차도 고금은 풍속이나 사정이 현격히 다르므로 고인이 금세에
태어난다 하더라도 반드시 금세의 글을 쓸 것이라고 했다(〈작문모범作文
模範〉). 뒤의 박지원이 적어도 이론상으로는 위 두 사람과 같은 견해였음
은 두루 아는 사실이다. 이들의 주장은 고문이란 결국 특정시대의 시문時
文이란 논리로서, 종래 고문의 보편적 전범성을 무효화함으로써 자기들
의 시문 창작을 합리화하자는 것이다.

　다음은 앞 시대 패설·잡록류의 질적, 양적 대폭 확충으로 나타난, 최
근 그 장르 설정이 모색되고 있는, 《청구야담靑邱野談》, 《동야휘집東野彙

輯》 등에서 보는바 문체다. 우리말의 어투와 시정의 상어들이 대량 섭취되어 이 시기의 가장 사실적이고 비속卑俗의 미학을 전형적으로 보여주는 이 문체는 이 시기 시대의식의 한 상징적인 존재라 할 만하다.

다음은 정조正祖에 의해 제어를 당한 박지원의 문체다. 박지원의 문체를 일규一揆로 볼 수는 없거니와, 그 대표적인 것이 《열하일기熱河日記》의 그것임은 주지하는 바다. 어느 경우에나 비슷한 사정에 놓여 있지만, 이 《열하일기》의 문체에 대해서도 아직 개념적 파악이 이루어져 있지 않다.

다음으로 주목할 한 가지는 우리말의 어투와 속담 가운데 상용어들이 위의 《청구야담》과 박지원의 산문뿐만 아니라 시에서도 같은 현상이 일어났다는 점이다. 서울 시정의 일상어를 대량 섭취한 이옥李鈺의 시와 특히 호남 지방 토속어를 한자화해서 구사한 정약용의 시에서 그 전형적인 예를 볼 수 있다.

위와 같이 조선 후기 한문학에 일어난 새로운 문체 현상들의 대략을 지적했거니와, 이 시기 문체 문제의 웅변적 사건인 문체반정책文體反正策을 주도한 정조는 이 시기 새로운 문체들에 대한 감각적 진단을 험괴險怪·첨산尖酸·비리鄙俚·초쇄噍殺·섬미纖靡·위약委弱·부박浮薄·기교奇巧·경발警拔 등으로 하고 이에 대처하여 문체반정을 기도했던 것이다. 문체의 다양화는 곧 의식의 다양화이므로 하나의 통합적 신념을 필요로 하는 중세적 통치자에게는 그것이 이념의 위기로 받아들여질 수밖에 없었기 때문이다.

아직 연구 초기에 있는 이 분야의 관심은 작품실제에 대한 분석적 접근은 거의 없는 편이고, 주로 박지원의 《열하일기》를 계기로 하나의 파동으로 표면화되었던 정조의 문체반정책 문제에 쏠렸다. 이 문제에 대한 최초의 보고는 1932년 일인학자 고교형高橋亨에게서 나왔다.[18] 그의 보고는 당시 문장가들의 문학적 동태의 표면적 파악에는 일정한 성과가 인정되나 그 속사정까지는 들여다보지 못했거나, 혹은 보려 하지 않았다. 다음 이가원은 당시 남인·노론·정조 사이의 정치역학 속에서 해명했다.[19] 여기에 이 시기 문체정책의 주인공인 정조 그 자신의 학예사상學藝思想을 이해하려는 정옥자鄭玉子의 노력[20]과, 정조가 사용한 바 있었던 연암체燕巖體라는 말을 하나의 문학사적 개념으로 정립하려는 김혈조金血祚의 시도[21]와, 정조의 시책에 호응한 것으로 되어 있는 정약용의 견해에 대한 송재소의 일정한 해석[22]은 이 문제에 대한 인식을 더 진전시키고 있다.

연구 초기단계에 있는 이 분야의 과제들을 여기에서 개별로 지적하는 것은 오히려 무의미한 노릇이다. 다만, 문체에 대한 접근의 본령은 작품 실제에 있는 만큼, 먼저 앞서 지적한 현상들에 대해서라도 작품 실제에 대하여 분석적으로 접근함으로써 더욱 이론적인 인식에 이르러야 될 것이다. 이런 점에서 정양완鄭良婉의 시도[23]를 그 선례로 들고 싶다.

(《韓國文學研究入門》, 지식산업사, 1982)

---

18) 高橋亨, 〈弘齋王の文體反正〉, 《靑丘學叢》 7, 1932.
19) 李家源, 〈燕巖文學의 文體波動〉, 《燕巖小說研究》, 乙酉文化社, 1965.
20) 鄭玉子, 〈正祖의 學藝思想〉, 《韓國學報》 11, 1978.
21) 金血祚, 〈'燕巖體'의 成立과 正祖의 文體反正〉, 성균관대 석사논문, 1981.
22) 宋載邵, 〈茶山의 '文體策'에 대하여〉, 《韓國古典散文研究》, 同和文化社, 1981.
23) 鄭良婉, 〈柳得恭詩의 音響性에 대한 一試攷〉, 《冠岳語文研究》 4, 1979.

조선 후기 '천기론天機論'의 개념 및 미학 이념과 그 문예·사상사적 함의

1. 머리말

'천기론天機論'은 1982년 장원철張源哲의 논문이[1] 제출된 이래로 많은 동학들이 전제專題로, 또는 부분제部分題로 다루어 오고 있어서, 근래 우리 학계의 주요 관심문제로 되어 왔다. 관련된 첫 논문이 발표되고 나서 그리 오래되지 않았음에도 그 연구 성과를 일일이 다 찾아 챙기기 어려울 정도로 축적되어 있다.

여기에는 다음 몇 가지 이유가 있을 것 같다. 첫째는 조선 후기 문학사 또는 비평사에서 천기론이 차지하는 비중이 매우 크다는 인식이 확산·공유된 때문일 터이고, 둘째는 천기론이 쉽사리 명쾌하게 해명될 수 있도록 단순·명백한 문제가 아니라 그 내포와 외연이 매우 문제함축적인 때문일 터이며, 셋째는 둘째 이유와 무관하지 않는데, 논문이 축적되어 왔어도 그 해명에는 여전히 미진한 국면이 남아 있거나 발견되기 때문일 것이다.

---

1) 장원철, 〈朝鮮後期 文學思想의 展開와 天機論〉, 한국정신문화연구원 한국학대학원 석사논문, 1982.

내가 보기에도 이 천기론의 개념 문제에서부터 그것이 갖는 다방면의 역사적 함의에 이르기까지 그 가진 질량과 비중에 상응하는 해명에는 아직 이르지 못한 것 같다. 그래서 어쩌면 더 크게 미진한 국면을 남기게 될지도 모를 위험을 무릅쓰면서도 여기에 다시 거론하게 된 것이다. 그 동안 앞선 성과의 축적이 있었으므로 이렇게 논의의 진일보를 기도할 수 있음은 두말할 것도 없다.

2. '천기'가 우리나라 문학·예술 이론에서 차지하는 위상

종래에 천기 문제는 문학 이론, 특히 시詩 이론理論의 위상에서 다루어 왔다. 이것은 관련된 일차 자료가 주로 시 이론의 형태로 표출된 정형情形에 비추어 보면 자연스러운 현상이라고 할 수 있다. 그러나 조선 후기 천기론은 그것이 비록 시 이론의 형태로 표출되었다 하더라도 단순히 시 이론으로만 한정시킬 수 없는 몇 가지 이유가 있다. 다음에 개진하는 이유들에 근거하여 나는 조선 후기의 천기 개념을 우리나라 미학사유美學思惟의 한 범주로 정립하고자 한다.

첫째로는, 알다시피 시가 단일 장르로서는 문학·예술의 5보편인소普遍因素를 가장 집중적으로 함유涵有하고 있어서 시 이론에서 어떤 최고 내지 상위 범주의 개념은 문학 예술의 일반 이론적 성격으로 발전될 소지가 농후한바, 조선 후기의 천기 개념이 바로 여기에 해당된다고 생각하기 때문이다.[2] 다시 말하면 조선 후기의 시 부문뿐만이 아닌 문학·예술 전반의 사적史的 전개에서 천기론에 상응할 만한 실제 현상이 하나의

---

2) 천기론의 詩理論的 실상은 기존 논문들에서 이미 충분히 논의되었으므로 여기에서 다시 예증할 필요를 느끼지 않는다.

새로운 지평으로 그 역사적 의미를 충분히 인정할 만큼 일어나 있는 데다, 아울러 여기에 대응하여 천기론에 대한 이론적 열정과 이에 따른 일정한 이론적 확충이 이루어져서 시론詩論의 개념으로서의 천기가 문학·예술 일반 이론의 개념 성격으로 이미 잠재적으로 발전해 있었다고 생각하기 때문이다.

둘째로는, 매우 희소하기는 하나 산문 이론으로서는 말할 것도 없지만 글씨·그림 이론으로서도 직접적으로 표출된 자취도 포착할 수 있어서 천기 개념이 문학·예술 일반 이론적 성격으로 잠재적으로만 발전되어 있는 데 그치지 않고 일정한 현재화顯在化 추세에 있었음이 드러나기 때문이다. 아래에 그 유관 자료를 제시한다.

[자료 1] 이른바 문장이란 또 무엇인가? 가슴에서 취하여 사경事境에 닿도록 함에 그 천진天眞을 잃지 않음이 옳다. 또한 어찌 분칠과 짙은 냄새를 쓸까 보냐. (음식을 만듦에) 조리調理가 지나치면 도리어 그 바른 맛을 잃듯이 (글을 지음에) 퇴고가 너무 많으면 도리어 그 참된 맵시[眞姿]에 누가 된다. 어허 그 말세의 문폐로다.3)

[자료 2] 문文이란 의사를 묘출描出해 내면 그만이다. 저 글제를 앞에 놓고 붓을 잡고는 문득 고어古語를 생각하고 억지로 경지經旨를 찾아내며 짐짓 근엄한 척하여 글자마다 장중하게 꾸며대는 자는 비유하자면 화공을 불러 초상화를 그릴 적에 얼굴이며 자세를 고치고 앞에 나서는 것과 같다. 눈길은 뻣뻣하게 굳어 움직이지 않고, 옷 주름은 말끔하게 펴져 있어 그 평상시의 태도를 잃어버리면 비록 훌륭한 화가라 하더라도 그 참 모습을 얻기 어려울 것이다. 글을 짓는 것 또한 이것과 다를 것이 무엇이겠는가. (중략) 글을 짓는 데는 오직 참[眞]일 따름이다.4)

---

3) 金昌翕, 〈雪沙集序〉, 《三淵集》 권 23, "且所謂文章, 亦何物哉? 取諸襟抱, 達于事境, 不失其天眞可矣. 亦焉用粉澤與醲郁也哉! 調胹過多, 則反失正味 ; 塗抹太盛, 則却累眞姿. 噫! 其末世之文弊也已."

4) 朴趾源, 〈孔雀館文稿自序〉, 《燕巖集》 권 3, "文, 以寫意則止而已矣. 彼臨題操毫, 忽

[자료 3] 선비들의 교육을 해치는 것이 둘 있는데 과문科文은 여기에 속하지 않는다. 시율詩律과 필법筆法이 그것이다. 비록 경중의 차이는 있으나 둘 다 쓸데없는 재주에 지나지 않는다. (중략) 세상이 더욱 부과浮誇해지면서 날로 거짓을 향하고, 그 본本을 버리고 획畫의 공졸工拙에 전심하게 되어 점과 획을 더하거나 깎기도 하여 체재體裁를 달리하기도 한다. 이에 날捺·엽擫·구鉤·게揭·책策·늑勒·별撇·역磔 등의 기술이 분분히 다투어 일어나 날을 다하고 해를 마치도록 사람으로 하여금 그 사이에서 늙어 죽게 하니 그 미혹됨이 어찌 이다지도 심한가!5)

[자료 4] 보내신 편지에 "시도詩道는 성정性情이 귀하고, 성정은 무위無爲가 묘하니, 무위는 함이 없으면서 하지 않음이 없음입니다. 청컨대 시도를 가지고 글씨 쓰는 도(筆道)로 옮겨 보십시오"라고 말했습니다. 깊도다 말이여! 서도書道의 묘를 다할 만합니다. 그러나 무위는 공자와 노자가 다같이 말해서 그 함의를 말하기 참 어렵습니다. 저는 일찍이 생각하기를 노자의 무위는 기機를 감추고서 홀로 운용하는 것이고, 공자의 무위는 이理를 따르고 자의식하지 않는 것으로, 실로 공과 사의 나뉨이 있다고 했습니다. 그러므로 내가 일찍이 그 말을 뒤집어 표현하기를, 노자는 '함이 없으면서 하지 않음이 없고', 공자는 '하지 않음이 없으면서 함이 없다'고 했습니다. 무릇 성인聖人이 만사에 응함에 한결같이 자연의 이치를 따르고, 함에 뜻을 두지

思古語, 强覓經旨, 假意謹嚴, 逐字矜莊者, 譬如招工寫眞, 更容貌而前也. 目視不轉, 衣紋如拭, 失其常度, 雖良畫史, 難得其眞. 爲文者, 亦何以於是哉? (중략) 爲文者, 惟其眞而已矣."

5) 李瀷, 〈書蘭亭圖〉, 《星湖集》 권 56, "儒士之害敎有二, 科文不與焉. 詩律也, 筆法也. 雖有輕重之別, 等是無用之技. (중략) 世益浮誇, 日趨虛僞 ; 舍其本而專於畫之工拙, 添刪點畫, 辨別體裁. 於是捺·擫·鉤·揭·策·勒·撇·磔之術, 紛紛然爭起, 窮日竟歲, 使人老死於其間, 何其惑之甚也!"
　이익의 이 자료와 관련하여 金南馨은 〈朝鮮後期 近畿實學派의 藝術論 硏究〉(고려대 박사논문, 1988) 76쪽에서 다음과 같이 논평한 바 있다. "藝術로서의 書를 부정하는 듯한 입장을 취하고 있는 것으로 보인다. 그러나 이와 같은 星湖의 言表는 造形美에만 경도되어 筆畫(획)을 마음대로 添削하거나 字樣을 변형시켜 書法藝術이 요구하는 가장 기본적인 조건에서 이탈하고 있던 당대 書家의 書風을 강하게 비판하고 技巧 이전에 書家들이 익혀야 할 書法의 본질적 部面에 대하여 환기하기 위한 것으로 이해된다." 원칙적으로 천기론의 논리 磁場 안으로 포섭될 수 있는 논리라고 생각한다.

않으면서 스스로 하지 않음이 없습니다. 하지 않는 바가 없으면서 일찍이 함이 있어 본 적이 없습니다. 그 서書에 대해서도 또한 그러합니다. 서란 무엇입니까? 조화의 자취입니다. 상형象形에서 시작할 때부터 역시 자연의 이치를 따랐을 뿐입니다.6)

[자료 5] 고금의 산수도를 보면 반드시 눈을 찌르게 하고 심장을 놀라게 하니 그것은 온갖 기이함과 허황함이 그 속에 나고 들게 하여 오직 사람을 기쁘게 하고자 해서 그렇다. 요컨대 십분 찬찬히 살펴보면 필경 그러한 풍경은 없을 터이다. 비록 귀신들로 하여금 우주 안을 두루 돌아다니게 하여도 과연 어디서 그 진경眞境을 발견할 수 있겠는가. 사람에 비유할 것 같으면 헛된 말을 날조하고 수식하여 사람을 속이는 것에 지나지 않으니 어찌 그러한 것을 취하랴.7)

[자료 6] 무릇 그림은 고인을 모방하면 필세가 제한받아 천기天機가 살지 못합니다. 표제標題를 한정하면 의장意匠이 마르고 정신이 둔감해집니다. 모름지기 고인을 모방하지 않고, 표제를 한정하지 않고 난 뒤에야 자연 기운氣韻이 생동하고 의태意態가 구족具足하게 되어 바야흐로 신품神品에서 나와

---

6) 洪良浩, 〈答宋德文論書書〉, 《耳溪集》 권 15, "來論曰：'詩道貴於性情, 性情妙於無爲；無爲者, 無爲而無不爲也. 請以詩道, 移之筆道.' 深哉言乎! 可以盡書之妙矣. 然無爲者, 孔與老俱言之, 誠難言也. 僕嘗謂：'老氏之無爲, 藏機而獨運；孔氏之無爲, 循理而無情, 寔有公與私之分焉.' 故余嘗反其言曰：'老氏無爲而無不爲, 聖人無不爲而無爲.' 夫聖人之應萬事也, 一循自然之理, 無意於爲, 而自無不爲；無所不爲, 而未嘗有爲也. 其於書亦然. 書者何? 造化之跡也. 始起於象形, 亦循其自然之理耳."

　이 자료가 들어 있는 홍양호 편지의 다른 부분과 관련하여 陳在敎는 그의 《耳溪 洪良浩 文學 硏究》(성균관대 대동문화연구원, 1999) 147쪽에서 "이계는 天機論을 詩論에 한정하지 않고 書論에까지 적용하여 예술일반론으로 확대시킨다"라고 언급한 적이 있다.

　천기론은 근본적으로 道家的 '함이 없음(無爲)'의 자연주의에서 발상했으나 '하지 않음이 없으면서 함이 없음(無不爲而無爲)의 孔子的 자연주의도 여기에 포섭되어 있다.

7) 이익, 〈武夷九曲圖跋〉, 앞의 책, "余見古今山水圖, 必劇目鉥心, 千奇出而百詭入, 惟悅人是趣. 要爲十分妙觀, 畢竟無其物. 雖使神遊鬼走, 遍歷宇內, 果何處得眞境看? 比諸人, 不過捏造虛話, 粧點以謾乎人, 奚取焉?"

　이 자료와 관련하여 김남형은 앞의 논문 92쪽에서 "星湖가 酷評하고 있는 山水畫는 東洋的 理想鄕을 상상하여 그린 中國의 李郭派 내지 浙派系 畫風을 모방한 定型山水圖로 생각된다. 胸中의 丘壑을 그린다는 中國畫譜風의 定型山水圖는 (중략) 대부분의 직업 화가들의 소양으로 원래 그 畫風이 지닌 理念的 繪畫美는 표현하지 못한 채 기묘한 구도나 모방할 따름이다"고 논급했다. 이 또한 그림에서의 천기론 주장이라고 할 만하다.

묘품妙品으로 들어가는 경지가 있을 것입니다.[8]

　위의 자료 [1]·[2]는 산문을, [3]·[4]는 글씨를, [5]·[6]은 그림을 대상으로 한 천기론의 개진이다. 천기론은 한마디로 '인위를 피하고 자연에 맡기자는 이론'이다. 위의 자료들의 문맥에서 각각 지지를 받고 있는 [1]에서의 '천진', '진자眞态', [2]에서의 '진', [3]에서의 '획의 공졸과 상대시킨 본本', [4]에서의 '무위'와 '자연의 이치', 그리고 [5]에서의 '진경', [6]에서의 '천기'는 모두 '자연'의 개념에 그 하위로 포섭되거나 거의 동격의 개념들이란 점에서 천기론적 사유가 시 이론에만 국한되지 않았던 정황을 명백히 보여준다.

　셋째로는, 우리나라 미학사유의 기저적基底的 범주 가운데 하나인 '순자연順自然'과의 연관에서다. 순자연은 우리나라의 시원적始原的인 미학사유 내지 문화심리로서[9] 우리나라의 문예와 미학 내지 문화의 역사적 전개에 이러저러한 형태로 관여해 온바, 조선 후기에 이르러 바로 이 천기론으로 역사적 표출을 했다고 생각하기 때문이다. 여기서 특히 '역사적'이라고 규정한 것은 이 천기론의 출현이 조선 후기의 문학·예술 내지 문화가 스스로 안고 있는 모순의 핵심부를 겨냥한 도전으로서의 대응이면서, 그 대응의 역량이 다름 아닌 민족의 시원적 미학사유나 문화 심리로서, 특히 중국의 문예나 문화의 수용·누적 과정에 일정하게 잠세화潛勢化되어 있었던 순자연 그것으로부터 나왔다는 사실 때문이다.[10] 뒤에서 다시 논의할 기회가 있겠거니와 조선 후기 천기론은 요컨대, 의식하

---

8) 李夏坤, 〈與畵師書〉, 《頭陀草》 권 13, "凡畵, 倣古人, 則筆勢局促, 而天機不活 ; 限標題, 則意匠枯燥, 而精神鈍感. 須不倣古人, 不限標題, 然後自然氣韻生動, 意態具足, 方有出神入妙之境矣."

9) 이동환, 〈韓國美學思想의 探究(Ⅰ)〉, 《民族文化研究》 30, 고려대 민족문화연구소, 1997 참조.

10) 천기론이 順自然의 미학사유로부터 왔다고 보는 데는 역사의 변화는 직선이 아니라 다분히 螺旋形的이라는 나의 견해가 전제되어 있다.

지 않는 가운데(물론 김만중金萬重 같은 이는 명백히 의식했다) 점차 절박해져 가는 한문이라는 언어적 한계가 가로지른 상황에서, 우리 민족 본유의 그것과는 기본적으로 다른 중국 문예의 그 상대적으로 높은 정도의 격식지향성格式志向性에 대한 인순因循과 이로 말미암은 매너리즘, 그리고 유교 문화의 그 강한 전례주의적典禮主義的, 규범주의적 성향이 누적되어 일정한 한계에 도달했음을 지표하면서, 이 한계상황에 다다른 모순을 돌파하고자 발동된 민족 본유적 미학사유나 문화심리의 한 경신형태更新形態로서의 위상에서 파악해야 마땅하다. 이렇게 보는 데서 천기론의 이론 내용과 그 역사적 의미가 온전하게 읽혀질 것이다.

'천기'라는 술어와 그 개념의 기본 징표는 말할 것도 없이 중국으로부터 차용한 것이다. 그러나 이 술어의 개념이 문예이론사나 미학사에서 존재하는 방식에서는 우리나라와 중국이 현격하게 다르다. 중국의 경우 우리나라 조선 후기에서와 같이 일찍이 이 술어의 개념이 이 술어에 실린 채 하나의 미학 개념의 위상을 가질 만큼 발전한 적이 없다. 우리나라 조선 중기 이전에서와 마찬가지로 그 개념 규모에서 상대적으로 하층급에 속하는 비평 도구로 쓰여 왔을 뿐이다.

그러나 이 말이 중국의 문예이론사나 미학사에서 우리나라 조선 후기에 도달한 천기의 개념에 상통하거나 유사한 내용의 미학 개념이나 문예 사조가 없었다는 것을 뜻하는 것은 결코 아니다. 우리나라에서보다는 더 체계적이고 풍성하게 산출되었다. 16세기 후반기 이래 서위徐渭의 본색설本色說, 이지李贄의 동심설童心說, 탕현조湯顯祖의 유정설唯情說, 그리고 공안파公安派 삼원三袁의 성령설性靈說이 그것이다.

문제는 개념을 싣는 재체載體[11]와 이론 발생의 태반胎盤인 사상적 배경에 있다. 상통하거나 유사한 개념이라 하더라도 그 재체를 달리하는 데

---

11) '載體'라는 말은 carrier의 중국 譯語다. 예술과 관련해서는 예술의 表現媒材인 物質因素를 가리킨다. 여기서는 개념을 싣는 물질인소인 용어 자체를 가리킨다.

서 그 재체들의 제약에 따라 그 개념의 리얼리티—어감을 훨씬 상회하는 의미소를 말한다—가 일정하게 달라지게 마련이고, 또 바로 이 때문에 재체를 달리하게 되는 것이다. 그렇다면 상통하거나 유사한 개념의, 우리나라의 '천기'라는 재체가 빚어내는 리얼리티가 재체를 달리하는 중국의 그것들에 대해서 어떻게 다른가? 정밀하게 논구해야 할 문제이나 우선 역시 인간을 자연의 품 안으로 포섭하고자 하는, 바꾸어 말하면 주로 인간의 자연화自然化 지향에서 그 개념이 구성된다는 점이다. 실질 내용에서 중국의 동심설 등과 상통하거나 많은 부분 같기조차 한 것을 가지고 굳이 '천기'라는 재체를 고집하여 그토록 자연주의 성향이 강하도록 하게 했다는 것이다. 여기에 대해서 중국의 그것은 상대적으로 인간중심적, 시정중심적市井中心的이라고 할 수 있다. 그리고 이론 발생의 사상적 배경에서 중국의 이론들이 거의 모두 양명좌파陽明左派와 선학禪學의 고무를 받아 산출된 것임에 대하여 우리나라의 천기론은 기본적으로 도가사상을 계기로 삼고 있다. 천기론을 최초로 문예이론의 높은 위상에서 제창한 장유張維는 실은 노장사상老莊思想에 경도한 사람이다. 이렇게 우리나라의 천기론은 내용이 비슷한 중국의 이론들과 명백히 변별되는 것이다. 천기 개념이 본래의 재체인 '천기'라는 용어를 탈각하지 않은 채 고층급적으로 발전한 점이 중국의 경우와 대비할 때 드러나는 우리나라의 특징적 현상인 셈이다. 요컨대 자연주의로의 견인牽引이다. 이 자연주의로의 견인의 전사적前史的 잠재유인潛在誘因은 무엇인가? 앞에서 언급한바 우리 민족의 주축적인 미학이나 문화생리인 순자연, 그것을 제외하고는 따로 근원이 없다. 바로 여기에 천기론이 우리 민족의 특유한 미학 사유의 한 범주가 되는 근거가 있다.[12]

---

12) 任侑炅이 그의 〈18세기 천기론의 특징〉(《韓國漢文學硏究》 19, 1996)에서 필자와는 전혀 다른 이유에서 '천기'라는 용어가 조선의 문화적 특성을 반영한 점을 지적한 적이 있다.

3. 천기의 개념과 미학 이념

그동안 천기 문제를 다룬 논문이 많은 만큼 그 정의나 개념도 다양하게 제시되어 있다. 여기서는 천天과 인人 두 측면으로 나누어 제시하고자 한다.

천天의 방면으로는, '하늘의 비밀', '조화의 신비', '우주의 조화와 자연의 신비', '천지조화의 심오한 비밀', '하늘의 움직임', '천지의 기밀', '저절로 그렇게 되는 것', '물物에 저절로 촉발되는 은미한 작용의 일종' 등이다.[13]

인人의 방면으로는, '더럽혀지지 않는 마음 상태', '진정', '생래적인 본래의 진성眞性', '사람의 정情', '시인의 자유로운 창조', '생득적으로 갖추어진 심心·소질·능력 등', '인위적인 수식·조작이 가해지지 않은 자연 상태의, 본래적 순수성을 지닌 마음', '인위적 조작·통제를 떠난 본원적 자발성·천진성', '마음의 진실성', '모방을 배제한 순수한 심성으로서의 천성', '인위적인 기교나 수식이 없는 자연스러운 마음상태', '영감', '정서적 고양에 따른 자연스러움' 등이다.

위에 열거한 정의나 개념이 빗나간 예는 거의 없다고 할 수 있다. 뿐만 아니라 가령 '인위적 조작·통제를 떠난 본원적 자발성·천진성'의 경우와[14] 같이 천기 개념의 한 국면이 마땅하게 규정된 예도 있다. 그러나 전반적으로 이 용어의 개념이 성립되어 나온 세계관적 배경에 대한 고려가 희박하고, 그리고 더욱 체계적인 접근이 아쉽다고 하겠다.

---

13) 인용의 출처는 번다함을 피해서 생략한다. 이제까지 천기론에 관해 쓴 專題 또는 部分題의 모든 논문들이 이 논문의 밑거름이 된 것에 대해 감사한다. 인용의 편의상 정의나 개념을 지나치게 간편하게 절단해 온 경우도 없지 않음에 대해 양해를 바란다. 아래의 人의 측면에 대해서도 마찬가지다.

14) 金興圭, 《朝鮮後期의 詩經論과 詩意識》, 고려대 민족문화연구소, 1982, 173쪽.

천기는 일단 '비밀스러운 자연의 생명기작生命機作'이라고 정의할 수 있다. '천'은 '자연'을 가리키면서 동시에 '비밀스러움'의 의미를 함축하고 있다. 비밀스러움은 사람의 인식능력으로서는 그 기작의 소이연을 알지 못함을 뜻한다.

그런데 천기 개념은, 이 용어의 최초의 출전이 《장자》인 점에 이미 시사되어 있듯이, 천인天人·인물人物 연속의 생기론적生機論的 세계관을 배경으로 하여 성립되었다. 그래서 이천보李天輔는 "천기가 사람에게 부쳐 있음(天機之寓於人)"이라고[15] 표현했고, 김창흡金昌翕은 "물과 나 사이에 천기가 유동한다(物我之間. 天機流動)"고[16] 표현했다. 이러한 세계관적 함의를 고려하면서 위의 정의에 바탕을 두어 일단 그 개념의 기본 틀을 모색하면, '비밀스러운 자연의 생명기작과 이것의 인간에 대한 내재화로서 영성靈性·영능靈能'이라고 할 수 있다. 자연의 생명기작은 자연의 생성기작生成機作이 그 주 내용인데, 이 자연의 생성기작에 대해서는 주지하듯이 역대로 태극太極 또는 태일太一, 음양이기陰陽二氣, 수화목금토水火木金土 오행五行, 그리고 강유剛柔와 동정動靜 등의 재구材具와 개념을 가지고 혼돈에서 '품물유형品物流形'에 이르기까지 운동태를 사변해 와서 그 결과로 나온 것이 주돈이周敦頤의 〈태극도설太極圖說〉, 서경덕徐敬德의 〈천기天機〉 등의 글이 있지만 이것으로 천기 즉 자연의 생명기작의 내밀한 조직·운동의 양태가 설명되는 것은 아니다. 자연의 생명기작은 여전히 비밀로 남게 되는 것이다.

천기 개념은 인간 측면에서 다시 두 부문으로 나뉜다. 인식론적 측면과 창조론적 측면이 그것이다. 전자에서는 '비밀스러운 자연의 생명기작의 내재화로서 인간의 오성적悟性的 직관역량直觀力量'이니, 천기 문제와

---

15) 李天輔, 〈浣巖稿序〉, 《晉庵集》 권 3.
16) 金昌翕, 〈語錄〉, 《三淵集·拾遺》 권 31.

관련하여 자주 인용되는《장자》〈대종사大宗師〉의 "기욕이 깊은 자는 천기가 얕다(其嗜慾深者, 其天機淺)"는 명제에서 '천기'는 주로 이 개념이다. 후자에서는 '비밀스러운 자연의 생명기작의 내재화로서 인간의 창조역량創造力量'이니, 특히 시 이론 가운데 흔히 산견되는 '시란, 천기의 발한 바다 ; 천기로부터 발한 것이다 ; 천기의 움직임이다 ; 천기의 유출이다'라는 명제에서 '천기'는 바로 이 개념이다. 이렇게 인식론적 측면과 창조론적 측면이 개념상 일단 나뉘나 양자가 절연히 몰교섭沒交涉한 관계라고 할 수는 없다. 유기적 생명 현상에 이런 국면은 있을 수 없기 때문이다. 작동 과정에 일정한 상호 포섭이 이루어지게 마련이다.

그런데 이 '비밀스러운 자연의 생명기작의 내재화로서 인간의 창조 역량'은, 천기론을 처음으로 주창한 장유에 따르면 '영성靈性'과 '묘사妙思'의 두 측면을 가진다. 즉, 그는

> 원정元精은 (인간에게) 그 영성靈性을 부여하고, 화공化工은 (인간에게) 그 묘사妙思를 빌려주었다. (중략) 그러기 때문에 (시를 짓는 것이) 보잘것없는 한 기예技藝이지마는 실은 자연과 서로 유통流通한다.17)

라고 했다. '자연과 서로 유통한다'는 것은 천기의 작동을 그렇게 표현한 것에 다름 아니다. 즉 이 대목은 장유가 시 짓는 일을 천기에 관련해 설명하고 있는 것이다. 여기서 영성은 천기의 자질 측면이고, 묘사는 기능 측면이라고 할 수 있다. 즉 전자는 천기의 일종의 에너지 측면이고, 후자는 그 작동 자체의 측면이라고 할 수 있다. 장유의 이 영성과 묘사는 다른 천기론자들에 의해 흔히 '진眞'과 '천기자동天機自動'이라고 표상되는 것과 같은 실체로 보아도 좋을 듯하다. 즉 '조작적이지 않는 자연태'와

---

17) 張維,〈詩能窮人辯〉,《谿谷集》권 3, "殆是元精賦其靈性, 化工假其妙思. (중략) 故雖一藝之微, 而實與大化相流通."

‘규율에 구속 받지 않는 자유’ 그것이다.

그런데 이 영성과 묘사의 관계는 매우 미묘하다. 자질로서 영성은 기능으로서 묘사 작동의 에너지가 되면서도 실은 묘사의 작동에 따라 생성되는 그런 관계라고 할 수 있다. 이것은 바로 문학·예술 작품으로 발현하는 장에서 검증되는, 창작 주체의 창작에 대한 진정성, 즉 ‘조작적이지 않는 자연태’가 그러한 미를 빚어내는 합규율성에 도달할 수 있고, ‘규율에 구속받지 않는 자유’에 의한 합규율성이 창작 주체의 진실의 표현을 담보할 수 있는 사실에 대응된다.

천기 개념체계의 창조 역량 측면이 귀착되는 곳은 결국 ‘영성’ – ‘진’ – ‘조작적이지 않는 자연태’와, ‘묘사’ – ‘천기자동’ – ‘규율에 구속받지 않는 자유’가 그것이다. 자연의 생명 또는 생성의 기작機作이 바로 이 두 가지를 구유具有하고 있다고 관조하는 데서 문예·미학사유에서의 천기 개념이 성립되어 나온 것이다. 요컨대 인간의 문학·예술 창조는, 새 울고, 꽃 피고, 해·별이 빛을 내는 것과 동일 근원에서 발출하는 자연생기의 한 발동에 다름 아니므로 이 본래태本來態로서의 발현에서 미의 최고 형태가 구현된다는 논리다. 이 논리의 원론적原論的 또는 극론적極論的 국면에 따르면 결국 문학·예술 창조 과정에서 인간은 창조의 주체가 아니게 된다. 자연 생기가 그 주체이고 인간은 자연 생기의 자기 발현(작품 창조)의 단순한 매개자나 장場에 불과할 따름이 된다. 적어도 표면상의 논리는 그러하다. 그런 점에서 자신의 〈이언俚諺〉 창작의 주체를 ‘천지만물’로 설정하고, 이 ‘천지만물’의 자기 발현으로서 〈이언〉의 출현을, 석가모니가 공작의 입을 통해 배 속에 들어갔다가 이내 항문으로 빠져 나온 것에 비유하면서 인간 작자를 “천지만물의 한 통역관”에 비정比定하고, “한 부部의 전시全詩가 자연 가운데 출고出稿되었으니 그것은 이미 팔괘八卦를 긋고 서계書契를 만들어 쓰기 이전에 자연 속에 갖추어져 있었다”고 한 이옥李鈺의 〈이언인俚諺引〉 가운데서 〈일난一難〉 내용은 천기론의 한 극치를 보여준다.

위의 개념체계의 귀착 즉, '영성'－'진'－'조작적이지 않는 자연태'와 '묘사'－'천기자동'－'규율에 구속 받지 않는 자유'가 곧 천기 개념이 함축 또는 지향하는 핵심적인 미학 이념으로 전화된다. 작품 창작에서 허가虛假·조작을 멀리하고 번다한 형식적 장치에 저항하는 언설言說들이 많았던 것은 바로 이 미학 이념 때문이다.

그러나 천기 개념이 함축 또는 지향하는 미학 이념은 여기에 그치지 않는다. 우선 '조작적이지 않는 자연태'와 '규율에 구속받지 않는 자유'가 표상되는 경로가 자연 생기의 작동에 대한 사변적 추상을 통해서이기보다는, 새·꽃·해·별 같은 구체적인 자연 물상의 생명 동태를 그 자체대로 감각함에 있기 때문에, 감각되는 현실세계를 제외하고 따로 구극적究極的 실재를 찾는 지향이 희박해지게 된다. 이 점이 다 같이 천인·물아 연속의 생기론적 세계관을 배경으로 한 천리론天理論이 생명 동태 현상의 이면을 지향해 이理에 대한 추상 인식으로 구극적 실재를 확보하고자 하는 경향과 변별되는 근거다. 감각되는 현실세계가 곧 실재라고 보는 세계 인식은 현실의 이러저러한 잡란상雜亂相을 그 자체대로 인정하고자 하는, 아니 심미적으로 긍정하고자 하는 성향을 가지게 된다. 아래의 김창흡과 최성대崔成大의 논술들이 이 점을 잘 보여준다.

[자료 7] 물리物理에는 뒤섞여 어우러진 상태에서 그 묘함을 일컫게 되는 방면이 있고, 가려지고 변별된 상태에서 그 옳음(是)을 구하게 되는 방면이 있다. 이를테면 "화육化育이 유행流行하여 위아래에서 훤히 드러난다"는 명제의 방면에서는 나는 것, 물에 잠긴 것, 움직이는 것, 땅에 심겨져 있는 것들, 또는 가로로 움직이는 것, 세로로 서는 것, 거꾸로 서는 것 들이 모두 그 가운데에 있다. 여기서 비록 암수가 농탕치고, 강한 놈과 약한 놈이 서로 갈등하고, 또 호랑이·표범이 부르짖고 뱀·교룡이 똬리를 트는 것까지도 모두 천기天機라고 일러도 좋다. 만일 반드시 본원을 끝까지 궁구하여 그

순수·지선을 취한다면 까마귀의 인仁, 호랑이의 자慈, 벌의 의로움, 비둘기의 분별 있음이 비로소 천리天理다. 한 방면은 형기상形氣上에서 활의活意를 보는 것이고, 다른 한 방면은 성명상性命上에서 정리正理를 인식하는 것이다.18)

[자료 8] 나는 시詩에서 법도法度를 따지지 않고, 격률格律도 찾지 않고, 소리·모양새·빛깔도 관심하지 않는다. 내가 즐기는 것은 천기다. 하늘의 상象으로는 해·달·별·바람·비·서리·이슬들이 그것이고, 땅의 상으로는 멧부리·시내·풀·나무·새·짐승·고기들이 그것이다. 누가 이것들을 빚어내었는가, 누가 이것들을 빛나게 하였는가, 누가 일삼음이 없는 가운데 이토록 찬연하게 상을 이룩해 놓았는가! 그 (하늘과 땅의 상으로 된 것이) 인간 세계에서는 학사學士·일민逸民·협객俠客·되놈 같은 중·요염하게 꾸민 계집·청상과부들이 줄줄이 이어지기도 하고 머뭇거리기도 하는 노래·말·웃음·울음이 되는 것일 테다. 이들과 저 천홍만벽千紅萬碧이 난만히 저앙低昻하면서 자연히 펴지고 자연히 움직이는 만물들과 함께 가지가지가 천생天生이고 가지가지가 천취天趣인지라, 이 모든 것이 감흥을 일으킬 만하고(可以興), 볼 만하고(可以觀), 여럿이 한데 어울릴 만하고(可以群), 원망할 만하구나(可以怨).19)

보는 바와 같이 [자료 7]에서는 세계에 대한 천기론적 화해和諧가 종래의 천리론적天理論的 화해에 선명히 대조적으로 제시되어 있다. 즉 자연계에서 이러저러한 추악할 수도 있는 생명 동태들을 모두 '묘妙'의 시각

---

18) 金昌翕, 〈日錄〉, 《三淵集》 권 33, "物理有混倂而稱其妙者, 有揀別而求其是者. 如言化育流行, 上下昭著, 則飛潛動植, 橫豎顚倒, 擧在其中. 雖牝牡之交亂, 强弱之相凌, 虎豹之咆哮, 蛇蛟之結蟠, 摠謂之天機可也. 若必極本窮源, 取其純粹至善, 則烏之仁, 虎之慈, 蜂蟻之爲義, 雎鳩之有別, 方是天理. 一則從形氣上看活意也, 一則從性命上認正理也."

19) 申維翰, 〈筆園夜話有述五十韻-幷序〉, 《靑泉集》 권 1, " 吾于詩, 不以規矩, 不以格律, 不以聲容色澤, 而所把翫者, 天機也. 天之象, 日月星辰風雨霜露 ; 地之象, 山川草木鳥獸魚鼈, 孰陶鑄是, 孰磨光是 ; 孰居無事, 粲然而成象? 其在人而爲學士逸民任俠僧胡冶女孀姬之歌言笑泣, 繹如班如者, 與夫物之千紅萬碧, 爛熳低昂, 自然而舒, 自然而動者, 色色天生, 種種天趣. 是皆可以興, 可以觀, 可以群, 且怨乎哉."

에서 포섭하여 세계의 화해 구성 인소의 일부로 삼고 있다. 그래서 종래 성명性命 차원의 천리 인식을 통한 세계 화해에 대조되는, 형기形氣 차원의 활의活意 간취看取를 통한 세계 화해를 새로이 인식했다. 물론 종래 천리론적 화해관에서도 형기 부분이 배제되지는 않았다. 그러나 기氣의 청淸·탁濁·수粹·박駁이 천리를 제약한다는 명제 아래에서의 화해관은 천리의 완벽한 화해가 전제되고 현실의 비화해적인 국면들을 설명하기 위해 조건부로 견인해 놓은, 천리 중심의 화해관이었다. 그런데 여기서는 형기 측면의 중요도를 천리와 대등하게 안배하고, 그 활의 간취에 의한 세계의 화해를 인식한 것이다. 이에 따라 화해의 함의도 종래의 그것보다 현실적으로 변한 것이다.

[자료 8]은 [자료 7]의 자연계를 통한 상징적 방식의 제시를 넘어 직접 인간 현실계의 삼라만상을 '천생天生', '천취天趣'가 넘쳐나는 '활의活意'의 세계, 곧 천기의 세계로 포착했다. 세상에 존재하는 모든 것들은 현재 있는 그대로 다 화해하고 아름다운 것이다. 현실세계의 잡란상을 시경적詩境的 경계로 긍정하는 데로 나아갔다. 그래서 박지원朴趾源에 이르러서는 "말(문장)은 반드시 거창하게 일러야 할 것은 없다. 한 푼, 한 호毫, 한 리釐만한 일도 다 이를 만한 것이다. 기왓장이나 자갈이라 해서 어찌 버리랴. 그러기에 도올檮扤은 포악한 짐승이지만 초楚나라 역사책의 이름으로 취해졌고, 사람을 쳐 죽이는 흉악한 큰 도둑들을 사마천司馬遷과 반고班固 같은 이는 서술했던 것이다. 글을 짓는 데는 오직 진실뿐일 따름이다"라고[20] 과감하게 선언하고 나오게 된 것이다. 이 같은 현실세계의 '속적俗的 진실眞實'이 천기 개념이 함축 또는 지향하고 있는 미학 이념의 주요 지평인 것이다. 이것은 천리론의 '성적聖的 진지眞摯'의 미학 이념과 좋은 짝을 이루며 대조된다.

---

20) 박지원, 앞의 글, "語不必大道, 分毫釐所可道也. 瓦礫何棄! 故檮扤惡獸, 楚史取名 ; 椎埋劇盜, 遷固是叙, 爲文者, 惟其眞而已矣."

264

그러나 우리는 ‘속적 진실’의 미학과 ‘성적 진지’의 미학이 대립적이긴 하지만 양립할 수 없는 것으로 알아서는 곤란하다. ‘속적 진실’의 미학의 배후는 천기론이고, ‘성적 진지’의 미학의 배후는 천리론, 즉 성정론이다. 즉 교화론적으로 ‘성정의 정正’을 문제 삼는 논리다. 그런데 우리는 조선 후기 천기론은 성정론까지 그 자장으로 끌어들이려는, 또는 성정론이 천기론을 포섭하려는 지향성을 발동하고 있음을 본다. 특히 김창협金昌協·홍양호洪良浩의 논조에서 뚜렷이 드러난다.

> [자료 9] 송인宋人들의 시는 고실故實·의론議論을 위주로 하니 이것이 시가詩家의 큰 병통이다. 명인明人이 공격하는 것은 옳은 일이다. 그러나 명인 스스로 지은 것은 반드시 송인보다 우세하지 못하고 혹 도리어 그들에게 미치지 못한다. 무슨 까닭일까? 송인은 비록 고실·의론을 위주로 하나, 문학問學의 즈음에 축적한 것과 생각을 운용하는 사이에 온축한 것이 감격·촉발되어 뿜어져 나와 격조格調의 구속을 받지 않고 궤도軌道에 군박窘迫되지 않는다. 때문에 그 기상이 호탕豪蕩·임리淋漓하여 때로 천기의 발동에 가까워 읽으면 오히려 성정의 진眞을 볼 수 있다.[21]

김창협이 위의 글에서 언급한 ‘성정의 진眞’은 ‘성정의 정正’과 대대待對 관계에 있는 그런 ‘성정의 진’이 아니다. ‘성정의 정’을 넘어선 ‘성정의 진’이다. ‘정’을 소화한 ‘진’인 것이다. 그것은 ‘문학의 즈음에 축적한 것과 생각을 운용하는 사이에 온축한 것이 감격·촉발되어 뿜어져 나온 것’이란 논조에 자명하게 밝혀져 있다. ‘문학의 즈음에 축적한 것과 생각을 운용하는 사이에 온축한 것’이란 말할 것도 없이 성정의 정, 즉 바름

---

21) 金昌協, 〈雜識·外篇〉, 《農巖集》 권 34, “宋人之詩, 以故實議論爲主, 此詩家大病也. 明人攻之, 是矣. 然其自爲也, 未必勝之, 而或反不及焉, 何也. 宋人雖主故實議論, 然其問學之所蓄積, 志意之所蘊結, 感激觸發, 噴薄輸寫, 不爲格調所拘, 不爲塗轍所窘. 故其氣象, 豪蕩淋漓, 時有近於天機之發, 而讀之, 猶可見其性情之眞也.”

을 지향해 축적·온축해 온 것일 터이기 때문이다. 즉 '성정의 정'의 '규율에 구속받지 않는' 자유로운 유출로서의 '성정의 진'인 것이다.22) 따라서 김창협에게서 "시란 성정의 발출로서 천기의 발동이다"23)란 명제에서 '성정'도 당연히 '성정의 정'이다.

홍양호의 논지는 [자료 4]에 명료하게 표명되어 있다. "노자의 함이 없으면서 하지 않음이 없다"는 명제는 후세의 천기론에 대응되는 논리이고, "공자의 하지 않음이 없으면서 함이 없다"는 명제는 후세의 성정론에 대응되는 논리로서 두 명제는 상호 포섭 관계에 있기 때문이다.

여기서 우리는 천기가 가능 한도 안에서 그 개념을 확장, 조정措定하여 보다 풍부한 내포를 가짐으로써 일정 범위 안에서 보편성을 갖는 미학 개념을 지향하는 동태를 파악할 수 있다.

4. 천기론의 문예·사상사적 함의

조선 후기 문학·예술사의 사상事象으로서 천기론과 이러저러한 양태의 관계로 연계된 것이 참으로 적지 않다. 그런데 이들 가운데 많은 부분은 천기론적인 시각에 연결만 시키면 대개는 그대로 천기론과 연관이 되도록 이미 그 사실과 의미가 일정하게 밝혀져 공지되어 있기도 하다. 가령 문학에서 조선 후기 고시 양식古詩樣式 선호는 율시律詩의 까다로운 규율에 구속을 받지 않으려는 점에서, 의고擬古·모의模擬의 매너리즘에 대

---

22) 金惠淑은 〈韓國漢詩論에 있어서 天機에 대한 고찰(2)〉(《韓國漢詩研究》 3, 韓國漢詩學會, 1995)에서 性情論에 대한 종래의 教化論的인 개념을 부정하고, 천기론과 성정론은 대치 관계에 있지 않다고 하였다. 필자의 견해와 비슷한 것 같으나 크게 다르다. 필자는 성정론에 대한 교화론적인 개념을 인정하고, 무엇보다 천기론과 성정론 사이에는 대치되는 국면이 있다는 것을 인정한다.
23) 김창협, 위의 글, 위의 책, "詩者, 性情之發, 而天機之動也."

한 저항은 바로 진眞의 문학을 지향한다는 점에서 그러하다. 정철鄭澈의 3편의 가사歌辭를 김만중이 '천기가 자연히 발동된 진문장眞文章'이라고 규정하여 민족어 문학 추동의 발단으로 천기문학을 제기한 것은 깊이 생각할 문제다. 사설시조와 민요 취향 한시를 비롯한 연정문학緣情文學의 흥기는 천기론과 직결되는 문제다.

그리고 특히 회화사에서 정선鄭敾의 진경산수眞景山水, 신윤복申潤福의 풍속화風俗畵는 분명히 천기론의 자장 깊숙한 곳에 자리 잡는다고 보아야 할 것이다.

사상사적 함의로는, 우선 널리 알려진 것으로 중인층의 신분적 평등 열망을 위로해 주는 논리로 구사된 사회사상적 함의를 들 수 있거니와, 그보다 사상사 본류적으로는 조선 후기의 기론氣論 철학과 노장사상의 새로운 의미로서 그 기능을 선도先導 내지 연대했을 가능성을 제시할 수 있다. 특히, "일찍이 이자理字의 개념을 생각해 보니 모름지기 '자연' 두 글자가 이에 설진說盡했다. 당연當然·소이연所以然도 요컨대 그 귀결은 모두 자연이다"24)라는 임성주任聖周의 논리는 천기론과 성정론을 아우르려는 김창협의 논리와 구조적으로 같고, "오륜五倫 오사五事는 사람의 예의이고, 떼지어 다니면서 새끼를 먹이는 것은 금수의 예의이고, 떨기로 어우러지고 가지들이 쭉쭉 뻗는 것은 초목의 예의이다. (중략) 하늘의 관점에서 보면 사람과 물物(금수·초목)은 균등하다"25)고 한 홍대용洪大容의 '인물균론人物均論'도 천기론과 결코 무관할 수 없다. 그리고 노장사상과의 연관은 천기론의 발생 계기가 노장사상이란 점에서 조선 후기 사상사에서 노장사상의 새로운 기능을 실감할 수 있거니와, 천기론의 미학사

---

24) 任聖周, 〈鹿廬雜識〉, 《鹿門集》 권 19, "甞思理字之義, 須自然二字乃盡. 如當然所以然, 要其歸皆自然也."

25) 洪大容, 〈醫山問答〉, 《湛軒書》, 《內集》 권 4, "五倫五事, 人之禮義也 ; 群行呴哺, 禽獸之禮義也 ; 叢苞條暢, 草木之禮義也. (중략) 自天而視之, 人與物均也."

상 주변에서 일정한 연관으로서 움직여 조선 후기 사상사에서 새로운 맥락을 이루고 있음을 본다. 우선 노장사상의 담지자擔持者들을 대충 들어보면 천기론의 제창자 장유를 비롯하여 임상덕林象德, 홍대용, 박지원 등이 그들이다.

그런데 천기론의 사상사적 함의로 더욱 중요한 것은 아마도, 앞에서도 이미 언급한 바 있는, 민족의 시원적 미학사상이자 문화심리이기도 한 순자연의 자기경신적 표출일 것이다. '조작적이지 않는 자연태'와 '규율에 구속되지 않는 자유'의 이념은 비단 문예·미학상의 문제만은 아니다. 문화 일반, 삶 일반에 유관한 것이다. 여기에서 우리는 조선 후기 주자주의朱子主義의 예교주의禮敎主義 측면과, 여기에 부수된 예학의 고조를 떠올릴 필요가 있다. 예禮는 일정한 한계를 넘으면 인간을 속박하는 조작적인 규율로 전락한다. 우리는, 기본적으로 자연주의 성향이 강한 우리의 문화 생리와는 일정하게 거리가 있는 전례주의典禮主義 문화 및 규범성의 문화인 유교의 말폐에 대한 민족문화가 가진 저력의 신선한 저항으로서의 표출이란 함의를 천기론의 전개에서 인정할 수 있다.

5. 맺는 말

흔히 자연과 문화의 관계를 대립적으로 보고 있는데, 이것은 오류다. 자연에 순응하는 문화노선도 분명 문화를 이룩하는 길의 하나다. 그것은 자연과 문화를 대립적으로 보는 사람들의 안목에서처럼 인간 삶의 자연상태가 결코 미개未開 상태는 아닌 것이다. 우리 민족의 문화노선은 처음부터 이 자연에 대한 순응노선이었다. 이런 점에서 조선 후기 천기론은 우리 민족문화 심리의 일정한 특유성特有性이 경신적인 발현의 성격을 가지고 있다.

그런데 지금은 주지하듯이 자연에 대항하고 자연을 파괴하는 문화로 인한 재화災禍가 심각히 우려되는 시대다. 이런 점에서 천기론은 우리 민족의 전통문화에 대한 새로운 시각으로서 깊이 재음미해야 한다는 필요성을 스스로 함유하고 있다고 하겠다.

(《韓國漢文學硏究》 28집, 한국한문학회, 2001)

조선 후기 한시漢詩에서 민요취향民謠趣向의 대두

조선 후기 한문학의 역사적 변화의 한 국면

1. 머리말

한시와 우리나라의 민요는 거의 대립적이라 할 만큼 서로 이질적인 관계에 있는 문학양식이다. 그 생산과 향수의 사회 계층적 귀속성에서도 그러하고, 발생지가 다른 운문양식으로서의 상호 폐쇄성에서도 그러하다. 특히 정형시로서 한시의 견고한 틀은 더욱 폐쇄적이거니와 그 향유 계층의 의식을 반영하는 제재와 정신의 면에서도 완강하게 전통성을 고집하는 폐쇄적인 성향의 것이었다. 이러한 여러 기본적인 제약으로 하여 한시의 민요와의 교섭은 참으로 기대하기 어려운 일이었다. 어느 개인의 각별한 관심이나 한 시대의 비상한 동향이 있고서야 기대됨직한 일이다.

이런 점에서 조선 후기의 한시에서 일련의 민요취향시를 발견하게 됨은 참으로 흥미 있는 일이 아닐 수 없다. 한시의 전통적인 기성旣成 형태가 개변改變되기에까지 이르지는 못하고 그 제재와 정신의 측면에만 국한된 민요 세계와의 상통성을 가지는 변화이기는 하지만, 한시의 전통적인 폐쇄성이 일부 깨뜨려짐을 보여주고 있다는 점에서 주목할 만한 현상이다.

비슷한 유類의 한시가 그 이전에도 전혀 없었던 것은 물론 아니다. 고

려가요의 한역漢譯으로 여말麗末 이제현李齊賢·민사평閔思平의 〈소악부
小樂府〉도 있었고, 민요를 의식한 창작한시로 강희맹姜希孟의 〈농구農
謳〉1) 같은 작품도 있었다. 그런데 조선 후기에 이르면 한 왕조 시기에 걸
쳐 그 향수享受가 무르익었다는 점에서 보아 고려가요에 가늠될 시조의
한역은 거재두량車載斗量으로 많을 뿐만 아니라,2) 창작 한시로 민요와 기
식氣息을 통하고 있는 작품들도, 이 시대 한시 전체에서 차지하는 비중으
로는 제한적이기는 하지만, 질량적인 일정한 확충을 이룬 면모로 대두되
고 있어 이 시대 한문학의 역사적인 변화의 한 국면으로 파악할 만하다.

2. 대두의 배경과 연대聯帶

  민요취향 한시의 대두에는 조선 후기의 역사적, 문학사적 온갖 요소들
이 그 동인으로 얼크러져 있다. 그러나 그 요소들의 가장 기축적基軸的인
두 국면은 이 시기에 역사의 새로운 지평으로 대두된, 민족에 대한 자각
과 민중에 대한 새로운 인식이다. 조선 후기 민족에 대한 자각과 민중에
대한 새 인식, 이것은 우리가 이미 알고 있는 사실이므로 이 자체를 새삼
스럽게 증명할 필요는 없을 것이다. 다만 이 기축적인 요소에 관련이 있
으면서 특히 민요취향 한시의 산출을 자극·고무했을 배경과 연대 관계
에 놓여 있었던 문학사적 현상들을 검토해 봄으로써 문제에 대한 이해를
깊이려고 한다.

---

1) 姜希孟의 〈農謳〉는 그의 《衿陽雜錄》 구성의 일부로 지어져 있는데, 조선 전기에서
   민요취향 한시 창작 의도의 객관적 증거를 가진 유일한 작품이나, 정작 그 의식이나 시풍
   에서는 민요취향과 거리가 있다.
2) 沈載完의 《歷代時調全書》 부록에 실린 〈時調漢譯一覽〉에 따르면 한역시가 대략 600
   수 안팎으로 추산되는데, 이 가운데 대부분이 조선 후기에 이루어진 것으로 보인다.

1) '조선풍朝鮮風', '조선시朝鮮詩'에 대한 자각

민요취향 한시는 기본적으로 민족에 대한 자각적인 의식이 한문학으로 실현된 한 형태다. 그러므로 이 시기 한시의 새로운 방향 모색으로서 '조선풍', '조선시' 즉, 한시의 자국적 특수성에 대한 자각이라는 시사적詩史的인 신기류新氣流를 타고 있으며, 바로 그 구체적인 내용의 하나로 파악될 성질의 것이다.

'조선풍', '조선시'에 대한 자각이 이론적인 형태로 표출되기는 박지원朴趾源·이옥李鈺·정약용丁若鏞 등에 이르러서였다.

박지원은 이덕무李德懋의 시집《영처고嬰處稿》의 서序에서 다음과 같이 '조선지풍朝鮮之風'을 제기했다.

> 지금 무관懋官(이덕무)은 조선 사람이다. 산천과 풍기風氣로는 지리가 중국과 다르고, 언어와 풍속으로는 시대가 한·당이 아니다. 만약 중국의 문장법을 본받고 한·당의 문체를 도습蹈襲한다면 우리는 한갓 문장법이 고상하면 할수록 뜻은 기실 비루하게 되고, 문체가 한·당과 근사하면 할수록 말은 더욱 거짓이 되는 현상만 볼 뿐이다. 우리나라가 비록 치우쳐 있기는 하나 나라가 그래도 천승국千乘國이며, 신라와 고려가 비록 검박하기는 하나 민간에는 좋은 풍속이 많다. 그래서 국어를 한문으로 쓰고 민요를 운율로 하면 자연스럽게 문장이 이루어지고 진실이 발현될 것이다. 이전 것의 도습을 일삼지 않고 남의 것을 빌려 쓰지 않고서 현재現在하는 것들을 조용히 접하고 눈앞에 쫙 벌여 있는 사물들에 대해 시를 지을 것이다. 오직 이덕무의 시가 그러하다. (중략) 이를 '조선의 국풍國風'이라 해도 될 것이다.[3]

---

3) 朴趾源, 〈嬰處稿序〉, 《燕巖集》 권 7, "今懋官, 朝鮮人也. 山川風氣, 地異中華 ; 言語謠俗, 世非漢唐. 若乃效法於中華, 襲體於漢唐, 則吾徒見其法益高而意實卑, 體益似而言益僞耳. 左海雖僻, 國亦千乘 ; 羅麗雖儉, 民多美俗, 則字其方言, 韻其民謠, 自然成章, 眞機發現. 不事沿襲, 無相假貸, 從容現在, 卽事森羅, 惟此詩爲然. (중략) 雖謂朝鮮之風, 可矣."

자연풍토와 생활풍속이 중국과는 다르므로 조선 시인이 중국의 문학적 전범을 일방적으로 따를 경우 그것을 닮으면 닮을수록 거짓 허울만 남게 될 뿐이다. 우리나라는 국가규모가 그리 작지 않고 생활전통에도 좋은 점이 많다. 이 우리 자신의 삶을 우리 감각을 살려 표현하면 저절로 진기眞機가 발현될 것이다. 옛것을 도습하지 말고 남의 것을 빌려올 것이 없이 지금 우리의 목전에 벌여 있는 일체의 사물 그대로에 즉卽하여 표현할 것이다. 대략 이런 내용이다. 특히 '국어를 한문으로 쓰고 민요를 운율로 하다(字其方言, 韻其民謠)'의 대목은 시의 제재를 요리하는 사고와 감각이 '조선적'이어야 함을 지적한 것으로 그 의미를 좁혀 놓고 보면 바로 민요취향의 한시에 직결된다. 중국의 문학전범에 추수하는 구체적인 기도企圖는 결국 제재를 요리하는 사고와 감각에서 바로 전범이 가진 것들에 접근하려는 것이고, 이를 위해 우리의 고유 명칭이나 토속까지도 중국의 그것들에 의사화擬似化시켰던 것이고 보면, '국어를 한문으로 쓰고 민요를 운율로 하다'는 바로 '조선의 국풍', 곧 조선풍의 구현 요체要諦로 제시된 셈이다. 요컨대 중국의 고전적 모델에 대한 복고적 지향 자세를 반성하고 조선의 풍토·역사·현실의 삶을 문학의 확실한 기초로 삼아 조선적인 사고와 감각에 충실하도록 표현함으로써 한시 문학의 자국적 진실과 개성을 드러내야 한다는 주장이고, 그렇게 된 시가 바로 '조선풍'이라는 것이다. '나라가 그래도 천승(國亦千乘)'이라는 말에 아직도 중국 중심의 질서의식의 잔재가 남아 있기는 하나 한시 문학의 자국적 독자성에 대한 일정한 각성을 명확히 보여주고 있다.

다음의 이옥의 주장도 박지원과 같은 논조다.

> 역대 왕조에는 하·은·주가 있고 한나라·진晉나라가 있고 송·제· 양·진陳·수나라가 있고 당나라가 있고 송나라가 있고 원나라가 있었다. 한 조대朝代는 다른 한 조대와 같지 않아서 각각 스스로의 한 조대의 시가

있었다. 열국列國으로는 주남周南·소남召南이 있고 패邶·용鄘·위衛·정
鄭이 있고 제齊가 있고 위魏가 있고 당이 있고 진秦이 있고 진陳이 있었다.
한 나라는 다른 한 나라와 같지 않아서 별도로 한 나라의 시가 있었다. 30년
이면 세상이 변하고 백 리면 풍속이 같지 않다. 어찌하여 청나라 건륭乾隆
연간에 태어나 조선의 한양성에 살면서 오히려 짧은 목을 곧추 빼고 작은
눈을 크게 부릅뜨며 망령되이 국풍·악부·사곡의 창작을 이야기하고자
한단 말인가.[4]

중국의 역대歷代는 각 시대 특유의 시가 있었고, 고대 각 지역의 국가
들에는 각 국가 나름의 시가 있었으니, 이것은 역사는 끊임없이 변천하
고 지역마다의 생활풍토가 서로 다르기 때문이다. 그러므로 당대 조선사
회에 살면서 중국의 국풍國風·악부樂府·사곡詞曲을 흉내 내려 든다는
것은 망령된 짓이라는 내용이다. '조선풍'이라는 술어述語만 사용하지 않
았을 뿐이지 내용은 그대로 '조선풍'의 개념에 포함될 성질의 것으로, 역
시 문학의 시대적 변화성과 아울러 자국적 독자성에 대한 인식의, 종전
에는 상도想到하기 어려웠던, 국면에의 도달을 보여주고 있다. 이옥의 이
논술은 그의 민요풍만으로 이루어진 시집인 《이언俚諺》 제작의 이론적
배경으로 제시된 긴 논설의 한 대목으로 본고의 관점에서는 특히 주목되
는 바이다.

정약용은 다음과 같이 '조선시'를 내세웠다.

늙은이의 한 가지 통쾌한 일은 / 붓 가는 대로 마음껏 시 짓는 것 // 험벽
한 운자 구애받지 않고 / 퇴고함에 더딜 필요 없다네 // 흥이 이르면 뜻을

---

4) 李鈺,〈俚諺引·一難〉,《藝林雜佩》(筆寫本), "歷代而夏殷周也漢也晉也宋齊梁陳隋
也唐也宋也元也, 一代不如一代, 各自有一代之詩焉. 列國而周召也邶鄘衛鄭也齊也魏
也唐也秦也陳也, 一國不如一國, 另自有一國之詩焉. 三十年而世變矣, 百里而風不同
矣. 奈之何生於大淸乾隆之年, 居於朝鮮漢陽之城, 而乃敢伸長短頸, 瞋大細目, 妄欲談
國風樂府詞曲之作者乎."

부리고 / 뜻이 이르면 곧 쓴다네 // 나는 조선 사람이니 / 달게 조선시를 지으리 // 그대들은 마땅히 그대들 법을 쓰시게 / 우원迂遠하다 그 누가 의논하랴 // 구구한 격식과 운율 / 먼 나라 사람이 어찌 다 알랴 // 능릉凌凌한 이반룡은 / 우리를 동쪽 오랑캐라 비웃네 // (중략) 배와 귤은 저마다 그 맛이 다르니 / 오직 기호대로 취함이 마땅하네.5)

박지원이 이덕무가 '조선 사람'임을 강한 의도로 내세웠듯이, 정약용 또한 자기가 '조선 사람'임을 특히 언표했다. 그래서 자기는 중국식의 까다로운 격식과 운율에 얽매이지 않고 자기 방식대로 따라 중국 사람이야 무어라 하든 조선 사람 나름의 시를 쓰겠다고 하고, 배와 귤의 맛이 서로 다르듯이 중국시와 조선시는 주종主從·우열優劣의 관계가 아니라 대등한 상대관계로 존재하는 것임을 주장했다. 정약용의 '조선시'가 특히 한시의 격식과 운율 문제를 통해 제시되어 있어 박지원의 '조선풍'이나 여기에 포함되는 이옥의 논술의 포괄적인 제시와는 그 풍기는 인상은 다소 달라도, 중국의 시를 전범으로 절대시하지 않는 관점에서 조선 시인으로서의 사고와 감각에 맡겨 조선인의 삶을 중국적 의사화擬似化를 배제하고 진실하게 표현하려는 것이라는 논리적 귀결에서는 같다.

위의 주장들은 이덕무의 《영처고》, 이옥의 《이언》, 그리고 정약용 작품의 '조선시'적 실천6)에 연결되어 있는 점에 이미 드러나 있듯이 작품 실제의 기반이 없는 한갓 당위로서가 아니라, 선행된 작품 실제상의 변화추세를 받아들이고 실천하면서 이를 반영, 규정하는 동시에 그 방향을 더욱 촉구한 것이라고 보아야 할 것이다. 그렇다면 우리는 위의 검토로

---

5) 丁若鏞, 〈老人一快事六首〉, 《與猶堂全書》 第一集, 권 6, "老人一快事, 縱筆寫狂詞. 競病不必拘, 推敲不必遲. 興到卽運意, 意到卽寫之. 我是朝鮮人, 甘作朝鮮詩. 卿當用卿法, 迂哉議者誰. 區區格與律, 遠人何得知. 凌凌李攀龍, 嘲我爲東夷. (중략) 梨橘各殊味, 嗜好唯其宜."

6) 宋載邵, 〈茶山의 '朝鮮詩'에 대하여〉, 《韓國漢文學研究》 第2집 참조.

그 개념의 추상적인 인식에만 도달되어 있는 '조선풍', '조선시'의 구체
적인 내용을 조선 후기의 작품 실제에서 파악함으로써 이에 대한 이해를
더 확실하게 할 필요가 있을 것이다. 이에 앞서 우리는 '조선풍', '조선시'
가 대두하지 않을 수 없었던 한시사 자체의 맥락부터 짚어볼 필요가 있
을 것 같다. 김창협金昌協의 다음과 같은 논술을 참고한다.

> 세상 사람들은 본조本朝의 시가 목릉지세穆陵之世(선조시대)에 가장 성했
> 다 하나 나는 시도詩道의 쇠퇴가 여기서부터 시작되었다고 본다. 대개 선조
> 이전의 시 짓는 사람들은 거의 송풍宋風을 본받았기에 격조에 전아·순정
> 하지 않은 면이 많고 음률도 때로 어우러지지 않았지만, 요컨대 엉성하면서
> 질실質實하고 중후하면서 군세어 겉만 반드르르하게 꾸미지는 않아 저마다
> 일가一家의 말을 이루었다. 선조 때 이르러 문사들이 많이 배출되어 당풍을
> 배우는 자가 차츰 많았다. 게다가 중국의 왕세정王世貞·이반룡李攀龍의 시
> 도 차츰 전해지니 사람들이 비로소 흠모하고 흉내 내어 정치하고 공교롭게
> 단련하였다. 이때부터 시 짓는 방식이 하나같고 음조가 비슷하여 저마다의
> 개성적 자질이 다시는 있지 않게 되었다. 때문에 선조 이전의 시를 읽으면
> 그 사람을 오히려 볼 수 있지만 선조 이후의 시를 읽으면 그 사람을 거의
> 볼 수가 없다. 이것이 시도가 성하고 쇠한 나뉨이다.7)

문면만으로 보아서는 당시唐詩나 명시明詩를 배우기보다는 송시宋詩를
배우는 것이 더 개성적이고 건강한 시를 쓸 수 있다는 논리이나, 실은 당
시든 송시든 중국의 고전적 모델에 대한 지향이 누적되어 하나의 시사적

---

7) 金昌協, 〈雜識·外篇〉,《農巖集》권 34, "世稱本朝詩莫盛於穆廟之世, 余謂詩道之
衰, 實自此始. 蓋穆廟以前爲詩者, 大抵皆學宋, 故格調多不雅馴, 音律或未諧適, 而要亦
疎鹵質實, 沈厚老健, 不爲塗澤艶冶, 而各自成其爲一家言. 至穆廟之世, 文士蔚興, 學唐
者寖多. 中廟王李之詩, 又稍稍東來, 人始希慕倣效, 鍛鍊精工. 自是以後, 軌轍如一, 音
調相似, 而天質不復存矣. 是以讀穆陵以前詩, 則其人猶可見, 而讀穆廟以後詩, 其人殆
不可見, 此詩道盛衰之辨也."

詩史的인 인습이 되면서 마침내 드러내게 된 그 한계로서의 매너리즘, 17세기 후반 시단詩壇의 그 심화된 정황을 반영한 것이라고 보아야 할 것이다. 생생하게 전개되는 현재의 삶을 문학의 확고한 기초로 삼아 역사의 진행과 더불어 변화·발전의 길을 지향하지 않는, 즉 일정한 모델의 그늘을 떠나지 않는 자리에서 문학의 창의적 주출做出에는 한계가 자재自在할 수밖에 없는데, 이 한계의 시사적詩史的 노정露呈이, 위 김창협의 논술에 근거하면, 바로 16세기(목릉지세)의 극점을 넘어서고 난 뒤인 17세기 후반인 셈이다. '본조本朝의 시가 목릉지세에 가장 성했다 하나 시도詩道의 쇠퇴가 여기서부터 시작되었다'고 했는데, 가장 성할 때가 바로 쇠퇴의 시작인 것이다. 어쨌든 '정치하고 공교롭게 단련했다' 하고 '방식이 하나같고 음조가 비슷하여 저마다의 개성적 자질이 다시는 있지 않게 되었다'고 했다. 개성적 생기가 상실된 채 기교적인 세련미洗鍊美만 닦아져 천편일률이 된, 바로 매너리즘의 전형적인 모습을 지적한 것이다. 김창협은 이것을 특히 명明의 왕세정·이반룡의 시를 배운 탓으로 돌리고 있으나, 시대 거리가 아주 가까운 왕·이를 새로 수용하는 것 자체가 이미 당·송 고전시와 가진 관계에서 한계를 느꼈기 때문이었을 터인데, 여기에 새로 수용한 왕·이도 복고파였기 때문에 결국 그 매너리즘이 재빨리 노출되고 만 셈이다.

여기서 우리는 16세기 전성기를 넘어선 뒤 지리멸렬支離滅裂한 비생산적인 국세局勢로 들어간 같은 시기 주자학朱子學의 형편을 상기하게 되는데, 고려 말에 시작된 사대부 문화가 17세기에 들어와 일단 침체에 빠지게 된 셈이다. 사대부 문화의 침체는 실학을 탄생시켜 18세기에 들어와 새로운 활력, 새로운 차원으로 전개되었음은 주지하는 바이거니와 시사詩史의 전개도 이와 궤를 같이하고 있다.

그러니까 18세기에 들어와 대두된 '조선풍', '조선시'에 대한 자각은 바로 이 17세기 후반의 심각한 매너리즘의 타개라는 절실한 시사적 요구의 충동이 저간這間의 역사 변동—대륙에서 만주족의 등장과 국내에서 임란壬亂에 이은 병란丙亂의 충격으로 형성되기 시작한 동아시아적 보편주의의 균열, 주자학적 세계관·가치관이 발휘했던 응집력의 이완, 기층사회의 역사적 역량의 현저한 증대 등과 같은—을 타고 종래의 '인습'에 대한 반동으로 일어났던 것이고, 나아가 역사 변동의 기류에 합세하여 오히려 그 첨단적인 표징이 되기도 했던 것이다. 김택영金澤榮은 "영조英祖 이후에 시의 풍기風氣가 일변했다"[8]고 한 바 있는데, 김택영 자신은 그 일변된 시풍을 반드시 긍정적으로 보려 한 것은 아니나 17세기 매너리즘의 극복으로서 18세기 이래 새로운 시풍의 대두를 인정한 사실은 취할 만하다.

작품들이나 시인들에 대한 세밀한 검토 끝에 논정論定되어야 마땅하지만 이제 잠정적으로 '조선풍', '조선시'의 내용으로 편입됨 직한 작품군의 개략을 제시해 본다.

첫째, 그 작품군을 뭐라고 묶어 이름 지을 수는 없지만, 가령 정약용의 〈봉지염찰도적성촌사작奉旨廉察到積城村舍作〉과 같은 현실 고발시에서부터 박지원이 '조선풍'이라고 했던 이덕무의 《영처고》에 나오는 대부분의 작품들처럼 시인 개인의 자질구레한 일상들을 새로운 시풍으로 다룬 작품까지다. 김택영은 영조 이후 일변한 시풍의 특색을 '기궤奇詭'와 '첨신尖新' 두 가지로 지적한 바 있는데,[9] '기궤'와 '첨신'은 조선 후기와 같은 역사 변동기에 대응됨직한 미학적 특색이란 점에서 이런 시풍의 시들이 대체로 여기에 해당될 가능성이 높다.

둘째, '영사악부詠史樂府'와 '죽지竹枝'류. 시의 소재를 우리나라의 역

---

8) 金澤榮, 〈申紫霞詩集序〉, 《韶濩堂集》 권 7, "本朝宣仁之間, 繼而作者最盛, 大抵皆主豊雄高華之趣. 自英廟以下, 則風氣一變, 如李惠寶錦帶父子李炯菴柳冷齋朴楚亭李薑山諸家, 或主奇詭, 或主尖新."

9) 위와 같은 곳.

사·풍물·민속 등에서 취한 작품군으로, 15세기 김종직金宗直의 〈동도
악부東都樂府〉가 효시嚆矢가 되고, 17세기 초에 심광세沈光世의 《해동악부
海東樂府》가 나왔으나 역사적 현상으로 볼 수는 없고, 특히 18세기 이후에
이익李瀷의 《해동악부海東樂府》를 비롯하여 대량 출현함으로써[10] 마침내
새로운 시사적詩史的 현상으로 드러나게 된 것이다. 이 부류의 작품들 가
운데에는 사고나 감각에서 중국취中國趣가 짙은 것도 많으나 이런 경우에
도 소재의 강한 자국성自國性으로 그런 약점이 어느 정도 상쇄된다.

셋째, 우리나라 시가의 한역시. 역시譯詩이며 게다가 중국취가 풍기는
것도 없지 않지만, 우리나라 시가와 한시와의 만남이란 점에서 일정한
의의가 인정된다. 시조가 압도적으로 많고, 약간의 민요도 포함되어 있
다. 판소리계 소설 《춘향전》을 한역한 《만화본晚華本 춘향전》과 《광한
루廣寒樓 악부》도 여기에 포함된다. 시조의 한역은 조선 전기에 극히 드
물게 있었으나 역시 후기에 와서 양적인 팽창이 이루어졌을 뿐 아니라
질적으로도 민요에 접근된 시조가 특히 두드러져 이 논문의 관점에서는
특히 주목되는바, 다음 절에서 별도로 다룰 예정이다.

넷째, 바로 여기서 문제 삼고 있는 민요취향의 한시들.

다섯째, 김립시계金笠詩系의 희작한시戲作漢詩들. 양적으로는 얼마 되지
않으나 명색 한시로서 그 됨됨이나 서민사회에서 유행폭流行幅으로 보아
문학사나 의식사意識史에서 갖는 의미는 강하다.

현존 작품의 양적인 비중을 고려하여 위와 같은 순서로 배열해 보았는
데 일차적으로는 민요취향 한시 대두의 문학사적 배경이나 문학사적 연
대를 이해하려고 제시한 것이나, 이러한 파악이 조선 후기 한문학의 역
사적 전개 양상을 인식하기 위해서도 필요하리라고 믿는다. 요컨대 민요
취향 한시는 위의 나머지 네 가지 계열 한시들과 같은 역사적 모티브에

---

10) 대략 20여 종에 가까운 수로 조사되고 있다.

충동되어 횡적인 연접聯接으로 같은 호흡 공간 속에 존재했던 것이다.

2) 시조 한역의 성격

'조선풍', '조선시' 내용의 하나로 들었던 '우리나라 시가의 한역' 가운데 특히 시조의 한역은 민요취향 한시의 산출과 동시적으로 진행되면서 이를 직접 유도했던 요인의 하나로 보이므로 여기서 따로 검토해 볼 필요가 있다.

이 점은 한역 시조 가운데 광의로 보아 민요화한 평시조가 만만찮은 비중으로 들어 있기 때문이다. 흔히 우리는 그 양식의 소종래所從來만을 가지고 '평시조는 양반층, 사설시조는 평민층' 하는 기계적 이분二分 인식을 하고 있으나 이것이 시조사時調史, 특히 조선 후기 시조사의 현장과는 다소 어긋남이 있을 것으로 보인다. 설령 그것이 양반사회의 소산이라 하더라도 사랑이라든가, 이별, 늙음, 유흥 기분 등과 같은 인간의 보편적인 욕망이나 정서를 표출한 시조 작품들은 매우 용이하게 서민사회로 흡수되어 들어가 본래의 민요와 동서同棲하게 되었던 것으로 보인다. 이것은 말할 것도 없이 시조가 기본적으로 읽고 감상하기 위한 형시形詩로서가 아니라 가창되는 음악으로 존재해 왔기 때문에 가능했다. 가령 다음과 같은 경우는 매우 흥미있는 현상이 아닐 수 없다.

<blockquote>
青石嶺頭玉河畔,　　　　胡風慘憺雨聲寒.
誰能畵出此行色,　　　　寄與閨人仔細看.11)
</blockquote>

이 한역은 권용정權用正이 한 것으로 원작은 알다시피 다음 시조이다.

---

11) 權用正, 〈東謳〉, 권용정은 생몰년은 미상이나 조선 후기 사람임에는 틀림없다.

청석령靑石嶺 지나거냐 초하구草河口ㅣ 어듸메오
호풍胡風도 춤도 출샤 구즌 비는 무슴일고
뉘라셔 내 행색行色 그려내여 님 겨신듸 드릴고[12]

　이 시조의 작자는 《청구영언靑丘永言》을 비롯한 모든 시조 문헌에서 명백히 '효종대왕'이라 밝혀져 있다. 그리고 이 시조의 지어진 유래가 효종이 왕자일 때 병자호란으로 청에 인질로 잡혀가던 때 지은 것이란 주석도 문헌들에는 있다. 따라서 위 시조에서 '님'은 그 부왕 인조仁祖를 가리키리란 것은 상식이다. 그런데 권용정의 한역에는 그것이 '규인閨人'으로 번역되어 있다. 양반이 지은 시조에서 순전히 남녀의 애정을 주제로 한 작품은 본래도 극히 드물거니와 이른바 '연주지정戀主之情'을 남녀 사이의 상황으로 의설擬設하여 표현한 작품들도 서민사회에서는 위의 예에서 보는 바와 같은 감각으로 받아들여 자기 체질화했던 것이다. 그러니까 권용정의 한역은 시조의 문헌을 펼쳐 놓고 한 것이 아니라 여항閭巷 남녀들이 부르는 소리를 귀로 듣고 한 것이었던 셈이다. 더구나 그는 30수의 시조를 한역해 놓고 거기에다 〈동구東謳〉라는 제목을 달아 놓기까지 하였다. 한자의 용법으로는 '구謳'는 좁은 뜻의 민요에만 국한해서 쓰는 말이다. '가歌'나 '곡曲'도 아니고 '구'라고 부를 정도라면 그 시조들은 이미 민요권 깊숙이 포용되어 있었음을 뜻한다. 시조가 이렇게 여항의 민가에서 채취되어 한역된 경우는 물론 권용정에게만 국한되지 않는다. 신흠申欽처럼 자작 시조를 자역自譯하거나[13] 선배나 조상의 시조를 문집편찬의 필요상, 또는 후생들에게 널리 알리기 위한 의도에서 하는 한역을 제외하고는 거의 대부분의 시조 한역은 현실로 민간에서 불려지고 있는 노래 그 자체로서 채취하여 이루어진 것이다. 다른 한 예

---

12) 沈載完, 《歷代時調全書》, 1053쪽.
13) 鄭炳昱, 《한국고전시가론》, 154~155쪽 참조.

로, 18세기 전반기에 살았던 임정任珽은 두 차례에 걸쳐 주로 단형시조로 보이는 23수의 작품들을 한역했는데, 그 제목을 〈야문가만필번록夜聞歌漫筆翻錄〉과 〈번방곡翻方曲〉이라 달고, 전자는 종성鍾城에서, 후자는 평산平山에서 했음을 밝혀 놓았다.14) 민가로서 시조의 지방적 확산과 그 한역이 이루어진 사정을 짐작할 만하다. 요컨대 문헌에 남아 있는 시조와 민간에서 노래로 불려진 시조 두 부류로 나뉘어 있었던 셈이고 조선 후기의 한역은 주로 후자가 대상이 되었던 것이다.

그런데 실은 그 후자 부류의 상당 부분은 작자를 알 수 없다. 그리고 그 주제나 정조情調 성향에서도 위에서 열거한 대로 사랑·이별 따위의 기본적인 욕망이나 정서에 관련된 것이 많고 그 감각이 다분히 서민적이어서 좁게 보는 민요의 세계와 유착되어 있음을 본다. 일례로 작자를 알 수 없는 다음 시조의 경우, 입수 가능한 현존 문헌에서만도 7편의 다른 한역이 조사될 정도다.

몰은 가쟈 울고 님은 잡고 울고,
석양은 재을 넘고 갈 길은 천리로다.
져 님아 가는 날 잡지 말고 지는 히를 줍아라.15)

한역 가운데 2편만 보이면 다음과 같다.

征馬臨去嘶,　　　情人摻袂啼.
夕陽度西嶺,　　　歸路千里餘.
憑君莫挽我,　　　且駐咸池暉.16)

---

14) 任珽, 《厄齋遺稿》.
15) 沈載完, 앞의 책, 359쪽.
16) 任珽, 앞의 책.

> 欲去長嘶郎馬白,　　　　挽衫惜別小娥靑.
> 夕陽冉冉銜西嶺,　　　　去路長亭復短亭.[17]

　　앞의 것은 임정의 번역이고, 뒤의 것은 그로부터 약 1세기가 지난 뒤 신위申緯의 번역이다. 그리고 이로부터 반세기 뒤 이유원李裕元이 번역한 적이 있다. 그러니까 이 시조의 경우는 그 유행에서 꽤 오래도록 인기가 높았던 민간 가요인 셈인데,

> 말은 가자고 네 굽을 치는데,
> 정든 님 붙잡고 만단정화하네.[18]

라고 변형되어 최근까지 이어지고 있었다. 민요권에 들어온 작자 불명의 이런 부류의 시조는 주로 기녀사회를 그 온상으로 하여 발아發芽된 것이 아닌가 생각된다.

　　단형시조가 민요권에 흡수되기는 이미 오래전부터였던 것으로 드러난다. 유몽인柳夢寅의 《어우야담於于野談》에서 확인되는바, "옛적의 이러ᄒ면 이 형용形容이 나마실가 / 수심愁心이 실이 되야 구뷔구뷔 미쳐이셔/아므리 푸로려 ᄒ되 긋 간듸를 몰래라" 하는 단형시조를 임란 당시 서울 근교 청파리靑坡里 들판에서 남녀 농군들이 김을 매면서 부르고 있었다는 사실로 알 수 있다. 전문 가객이 아닌 남녀 농군들이 들판에서 김을 매면서 도가徒歌로 부름으로써 노동요의 대역代役을 한 노래라면, 그 형식이야 어떻든 민요권에 깊숙이 들어와 있었음이 명백하다. 이와 같이 평민사회가 자기들 구미에 맞게 단형시조를 자기들의 소유로 삼아 익히 향수하는 바탕 위에서 순수 민요와의 결합에 눈을 떠 사설시조가 발생할

---

17) 申緯, 〈小樂府〉, 《申紫霞詩集》 권 5.
18) 任東權, 《韓國民謠史》, 139쪽.

수 있었던 것이다.

끝으로 사설시조 한역 한 편을 들겠다.

ㅂ롬도 쉬여 넘는 고기 구름이라도 쉬여 넘는 고기 산山진이 수水진이 해
동청海東靑 보리미 쉬에 넘는 고봉장성령高峰長城嶺고기 그 너머 님이 왔다
ᄒ면 나는 아니 ᄒ번도 쉬여 넘어 가리라[19]

風停雲歇海靑休,　　　天牛高峰嶺上頭.
若道情人那邊在,　　　我行應不少遲留.[20]

기존 한시의 형식의식을 떠나지 않는 한 사설시조는 그 양식적 특성이
받아들이기가 워낙 거북스럽다. 그래서 그런지 현존 한역의 수는 단형시
조에 비해 극히 미약하여 손으로 꼽을 정도에 그치고 있다. 그러나 그 거
북스러움에도 한역 시도의 흔적을[21] 남기고 있는 데서 당시 문인들의 민
간가요에 대한 시적 관심의 정도를 짐작할 수 있다.

결론적으로 말하면, 서민사회의 기호에 맞춰 흡수되어 이미 서민화하
거나 또는 그 과정에 있었던 일정한 성질의 단형시조를 역사적, 문학사
적 여건에 따라 한문학층이 재발견, 한시로 담게 되었고, 이 과정이 민요
취향의 창작을 고무하는 배후세背後勢의 하나로, 또는 촉매재의 하나로
존재하게 된 것이다. 따라서 조선 후기의 시조 한역은 적어도 민요권에
들어온 시조에 한해서는 양반에 의한 양반문학의 재탕이 아니라 한문학
의 민요권에 대한 접근이라는 성격과 의의를 가지고 있다.

---

19) 沈載完, 앞의 책, 400쪽.
20) 權用正, 앞의 번역시.
21) 洪良浩의 〈靑丘短曲〉(《耳溪集》 권 2) 가운데도 原歌를 확인할 길은 없으나 사설시조
　　로 보이는 작품이 한두 편 있다.

284

3) 기타 배경적 요인들

먼저 '시경국풍관詩經國風觀'이 문인 지식인들의 민요에 대한 관심을 환기시킬 수 있는 잠재요인으로 상존해 왔음을 들 수 있다.

즉, 왕정王政의 득실과 풍속의 융체隆替는 민요에 잘 반영되어 있다는 근거에서 유교국가의 지배계급은 민요를 중시해 온 전통이 있었다. 이것은 물론 정치적 효용 때문이나, 여기에 또 다른 긍정적인 여건이나 계기가 더해진다면 적어도 지배계급의 문학에 연결될 수 있는 잠재요인은 된다. 그런데 조선 후기에는 그럴 수 있는 긍정적인 여건이 조성되어 있었다. 가장 기본적인 것은 이 시기 지배계급의 분화로 새로이 형성된 '사士'의 사회적 처지와 의식이다. 이들은 지배계급의 변두리에 처함으로써 서민사회에 접근해 있었고, 서민의 의식세계에 기식氣息을 통하고 있었다.22) 민요취향 한시는 주로 이 '사'계층의 시인들에게서 나온 것으로 파악된다.

다음으로는 가령 박지원·이옥·정약용 등의 작품 실제의 일부가 잘 말해 주듯이 '사리부재詞俚不載'의 고정관념이 크게 완화되어 있었다. 이것과 관련하여 다음과·같은 박제가朴齊家의 민간가요관은 특히 중요한 의미를 갖는다.

무릇 지금의 이른바 무당들이 부르는 가사나 배우들이 웃었다가 꾸짖었다가 하는 말들(판소리를 가리킴), 그리고 저 저자나 민간의 천근淺近한 말들(민간의 속담 등 일상의 비근한 말을 가리킴)은 또한 족히 사람을 감발感發케 하고 징창懲創케 한다. 옛날 시들(《시경》의 시들을 가리킴)이 남긴 뜻과 거의 가깝다 할 것이다. 그러나 붓을 잡아 (한문으로) 번역하고 보면 말은 비슷하지 않음이 없으나 삭막하여 그 감정을 얻을 수 없는 것은 말소리와 문자가 크게 다르기 때문인 것이다.23)

---

22) 李佑成, 〈實學硏究 序說〉, 《문화비평》 제2권, 3·4합집 참조.

무가巫歌·판소리·민간의 일반 가요나 속담 등 서민의 비근한 말들을 종전의 정치적 효용의 관점과는 다른 차원에서 《시경》에 연결시켜 평가하고 있다. '족히 사람을 감발케 하고 징창케 한다'고 적극적으로 긍정했는데, 이 말은 주자가 〈시전서詩傳序〉에서 쓴 말이다. 더구나 박제가는 그 자신이 그런 노래들의 정조情調를 한시로 옮겨 보려는 노력까지 한 것으로 자술되어 있는데, 유감스럽게도 현존하는 그의 문집에는 전해 오지 않고 있다. 김만중金萬重이 우리나라 학사대부學士大夫들의 한시부漢詩賦가 앵무언鸚鵡言임에 대하여 나무하는 아이나 물 긷는 아낙들의 노래가 진짜라고 한 점에서 놀라운 자각을 보여주었지만, 그러나 거기에는 아직 초동樵童·급부汲負들의 노래에 대해 '비록 비리하나(雖曰鄙俚)'라는 유보가 있었다.24) 그러나 박제가의 경우는 하층의 노래들에 대해 거의 《시경》의 시들과 동격으로 여긴다. 말하자면 논리적인 인식의 차원을 넘어 더욱더 정의적情意的인 공감대를 가지기에 이른 셈이다.

여기에 덧붙여 우리나라의 속담·은어와 같은 민간전승과 서민구기庶民口氣의 생활어가 별도로 한역되거나25) 한문문장에 섭취·구사되고 있어, 한시에 민요취향을 수용하도록 하는 유인誘因으로 작용할 수 있었음을 지적해 둔다.

끝으로 주목할 만한 사실은 영조 40년(1764)에 문신 지방관들에게 그 지방의 요속謠俗과 민간의 질고疾苦를 채집하여 시경체의 시로 지어 바치게 하여26) 이것이 실현되었다는 점이다. 홍양호洪良浩의 〈홍주풍요시洪

---

23) 朴齊家, 〈柳惠風詩集序〉, 《貞蕤文集》 권 1, "夫今之所謂巫覡之歌詞, 倡優之笑罵, 與夫市井閭巷之邇言, 亦足以感發焉懲創焉已矣, 庶幾猶有古詩遺意歟. 然而執筆而譯之, 言無不似也, 索然不得其情者, 聲與字殊途也."

24) 金萬重, 《西浦漫筆》 下 참조.

25) 漢譯 俗談集으로 洪萬宗의 《旬五志》에 실린 것을 비롯하여 이덕무의 《洌上方言》, 정약용의 《耳談續纂》 등이 있다. 우리나라의 '隱語'는 특히 박지원이 그의 문장에서 구사한 바 있다.

26) 《英祖實錄》 권 104, 40年 甲申 11月條, "上因豳風七月章, 命諸道採其民風, 察其民隱,

州風謠詩〉 10장이 그 증좌證左로 남아 있다.[27] 조선 초기에 구악舊樂을 정비할 필요에서, 또 정치적 효용에서 몇 차례 민요 채집의 논의가 있었으나 실질적인 성과가 없었던 경우와는 대조적인데, 이런 움직임이 민요에 대한 의식을 특히 제고시키는 계기가 되었음직하다.

이상의 여러 요인들이 상승·총화되어 한시의 민요 섭취에 일정한 몫을 담당했을 것으로 추측된다.

3. 작품 양상

민요취향으로 창작한 시의 작품적인 여러 양상을, 민요와 가진 교섭방식의 각도와 교섭에서 특질 선택 경향의 각도로 나누어 검토하기로 한다.

1) 민요와의 교섭방식

민요와의 교섭방식 문제는 시의 모티브, 구현 형태와 구현 시점 등의 측면에서 접근될 수 있다.

(1) 모티브 수용 경로 문제

민요취향으로 창작한 시의 모티브 수용 경로는 다음 두 가지로 생각할 수 있다. 첫째로는 특정 민요 자체에서 모티브를 얻는 경우이고, 둘째로는 특히 민요 향유층의 삶에서 모티브를 얻되 민요적인 감각으로 표출하

倣毛詩例, 爲詩而進之."

27) 洪良浩, 〈洪州風謠詩(十章)〉, 《耳溪集》 권 3, "甲申陽至之月, 上御經筵, 講毛詩, 至七月章, 感周人之重穡, 憫諸路之荐飢, 乃命八道兩都大小文吏, 各述其職方謠俗, 巷間幽隱, 以比古之陳詩觀風. 甚盛擧也. 臣于時待罪於洪, 謹撰四言十章, 章各致意, 隨驛以進."

落亦桃花.40)　　　　　진다고 해도 복사꽃이 아니랴.

三月淸明楊李花,　　　삼월이라 청명절淸明節에 버들 오얏꽃 필 적에,
新裁白袷剪輕紗.　　　얇은 깁 마라 내어 흰 저고리 지어 입고.
郞君住近同江上,　　　강가에 집들은 천 채 만 챈데,
江上千家復萬家.41)　　낭군님 계신 집은 이 강가에 가깝다오.

　　시의 구체적인 제재가 향랑의 생애적 사실의 테두리를42) 벗어나지 않
았다는 점에서 〈메나리곡〉 자체를 모티브로 받아들인 것이 아니라 향랑
의 생애에서 모티브를 얻은 것이라는 반론도 있을 수 있으나, 향랑의 생
애 핵심은 유교적 정절의 윤리임에도 시의 주제 또는 시의 의경意境은 반
드시 그것이 아니라(인용 시의 후자와 같은 경우) 오히려 낭만풍이 강한
서정시이고, 또 시제를 한결같이 〈산유화·곡·가〉로 붙이고 있는 점으
로 보아 민요 〈메나리곡〉 자체가 시의 모티브로 수용된 것임은 의심할
나위가 없을 것 같다. 심지어는 제재가 향랑의 생애적 사실과는 거의 무
관한, 원초의 '남녀상열지사'에 들어간 경우들도 실은 있다는 점43)에서
더욱 그러하다. 요컨대 먼저 〈메나리곡〉이 가진 감정, 즉 '곡의曲意'를
나름대로 해석하고 거기에 맞는 시적 상황을 설정함으로써 마치 중국의
사詞에서 '전사塡詞'와 같은 국면을 보여주었다. 아닌게 아니라 향랑 고사
가 발생하기 6년 전에 작고한 임영林泳은 〈메나리곡〉의 발원지로 알려

---

40) 주 35) 참조.

41) 주 35) 참조.

42) 香娘故事는 거의 說話化하여 그녀의 生涯的 사실은 李光庭의 實傳과는 많이 달라지기
　　도 했다. 가령 李安中의 〈香娘傳〉의 경우는 香娘이 善山 농민의 딸에서 부유한 집의
　　아리따운 딸로 같은 고장의 巨商 집에 시집간 것으로, 그리고 남편의 구박으로 쫓겨나
　　주위의 改嫁 强勸을 거부하고 죽은 그녀의 자살 동기가 시어머니의 不貞을 알고 간하자
　　약점이 잡힌 시어머니가 그녀까지를 부정에 끌어들이려는 것이 계기가 된 것으로 달라
　　져 있다. 例詩 전자는 이 후자의 내용에 따른 것이다.

43) 가령 李友信의 〈山有花〉 "珠勒金鞭白鼻騧, 憶郞三夜宿儂家. 儂家六尺珊瑚樹, 苦畏
　　春寒不作花" 같은 것이 그것이다.

진 부여扶餘를 여행하면서 중국의 사詞 〈억진아憶秦娥〉체를 모방하여 '전사'한 일이 있기도 했다.[44)]

　다른 한 가지 사례는 최성대의 다음 작품을 들 수 있다.

初月上中閨,	규중에 초승달 뜨자,
女兒連袂出.	계집아이들 어울려 나와.
擧頭數天星,	하늘 보고 별을 세는데,
星七儂亦七.[45)]	별 일곱 나 일곱.

　동요 '별 하나 나 하나 운운'에서 모티브를 얻은 작품임이 틀림없다. 시의 의경意境도 여리고 맑은 정감을 가진 그 동요의 곡의에 접근해 있다.

　그런데 이러한 특정 민요와 가진 교섭 사례가 설령 허다하게 실재했다 하더라도 그것을 일일이 확인하는 것은 다음 두 가지 점에서 불가능하다.

　첫째는 조선 후기 민요의 전모를 알 수가 없고, 둘째는 현재 채집되어 있는 민요의 대부분이 가진 것으로 보이는 조선 후기까지의 소급성에 대해 신뢰한다 하더라도 교섭으로 이루어진 한시가 그 교섭의 객관적인 흔적을 남김이 없이 작품화했을 경우가 얼마든지 있을 수 있기 때문이다. 이 둘째의 경우를 우리는 앞의 예시例詩 이노원의 〈산유화곡〉에서 볼 수가 있다. 이노원의 이 시에 만약 〈산유화곡〉이라는 제목이 없었던들 우리는 이 시가 적어도 민요적 취향이 있는 것까지는 알 수 있지만 이 시의 특정 민요 〈메나리곡〉과 가진 교섭 여부를 객관적으로 확인할 길은 없다. 그러니까 이 두 사례의 확인은 일종의 요행에 속한다고 할 만하다.

　특정 민요와 가진 교섭 사례가 대량으로 확인된다면 이 논문을 위해 틀림없이 유리할 것이지만, 그러나 그렇지 않다고 해서 이 논문의 논지

---

44) 주 28) ② 참조.
45) 崔成大, 〈古雜曲〉, 앞의 책.

가 결코 흔들리는 것은 아니다. 시적 모티브의 소종래가 어디이든 작품
으로의 구현 방향이 문제인 것이다. 아무리 특정 민요에서 모티브를 취
해 왔다고 해도 구현 방향이 민요적이 아니면 이 논문의 관점에서는 별
의미가 없다.

　민요취향 한시의 대부분은 그 모티브의 수용경로에서 앞에서 제시한
둘째의 경우, 즉 민요 향유층의 삶에서 모티브를 얻되 민요적인 감각으
로 표출하는 경우에 해당한다고 생각하는 것이 안전할 것이다. 이 경우
는 반드시 특정 민요에 대한 개별적이고 매우 의도적인 인식은 아니라고
하더라도 당대에 유행하는 민요 일반에 대한 일종의 '카오스적 인식'으
로 말미암은 교섭이다. 고대 중국에서 민요를 '풍風'이라고 했듯이, 전통
사회에서 언제 어디서나 바람처럼 떠도는 민요의 세력이 계층이 다르다
해서 그 감관感官에 전달되지 않는 것은 아니다. 즉 민요에 대한 선험先驗
은 일상 속에서 끊임없이 이루어지고 있었던 것이다. 이것은 물론 조선
후기 한시인들에게만 그러했던 것도 아니요, 민요풍의 시를 남긴 시인들
에게만 유독 그러했던 것도 아니다. 다만 많은 경우 다른 시인들이 민요
의 정취를 저급한 것으로 비하했음에 대하여 민요풍의 시를 남긴 일군의
시인들은 그것을 긍정하고 자기들의 시작詩作 속으로 끌어들이려 한 데
서 서로 다를 뿐이다.

　민요의 세계에 대한 태도의 달라짐, 바로 여기에 문학사적 전기轉機의
하나가 놓여 있는 것이다.

　현실적으로 시작詩作에 임해 민요취의 구현에 어느 정도 의도적이었나
하는 것을 우리는 신광수申光洙와 이옥의 경우를 통해 웅변적으로 확인
할 수 있다.

　신광수는 1760년에 〈금마별가金馬別歌〉라는 5언 4구 32수의 연작체 시
를 민요풍으로 짓고 나서(작품의 예시는 다음 장에서 있을 것임) 다음과 같
은 내용의 짤막한 경위를 앞머리에 붙여 놓았다.

292

　　사또(남태보南泰輔)의 다스림은 이 양호兩湖에서 으뜸이셨습니다. 이제 떠
나가시매 금마金馬의 백성들이 수레를 부여잡으며 눈물 흘릴 이들이 반드시
있을 것입니다. 제가 그들 대신 노래하여 그 뜻을 말해 백성들에게 남깁니
다. 그래서 한 나라의 풍요風謠의 지음에 대비할 것을 생각했습니다. 거칠게
나마 악부樂府가 남긴 의취를 얻었다고 스스로 생각하여 이따금 여항의 말
투가 있게 된 것입니다. 만일 뒷날 사관史官이 시를 채집할 경우 취할 바가
있기를 은근히 바랍니다.46)

　　임기를 마치고 돌아가는 양심적인 한 지방관의 선정을 그 지방민의 처
지에서 영가詠歌하되 우리나라 민요를 의식하고 했음을 밝혀 놓은 것이
다. 그는 나아가 자기의 그런 시도가 어느 정도 성공했음을 자부하기까
지 했다. '대충이나마 악부의 유의遺意를 얻었다고 본다'라고 했는데, 여
기서 '악부'는 물론 중국 한대漢代 이후 악부체의 원류가 되었던 민가를
가리키는 말이거니와, 자기의 시詩가 중국의 악부와 닮았음을 자랑하는
말이 아니라 소박한 민가로서 악부의 성격과 마찬가지로 자기의 시도 우
리나라의 소박한 민요적 풍취를 어느 정도 살려내게 되었다는 뜻이다.
그러기 위해서 그는 우리나라 '여항의 말투'도 끌어넣었다고 했다.
　　앞에서 한 차례 거론된 바 있었지만 신광수에게서 40, 50년 뒤로 추측
되는 이옥은 《이언俚諺》이란 이름 아래 단독으로 거의 작은 하나의 작품
집이 될 정도인 4편의 연작—5언 4구 66수의 시를 창작하고(이 작품도 뒤
에서 논의될 것임) 자신의 그런 시작詩作에 대한 당당한 이론적 근거까지
마련해 두었는데, 장문의 이 논설에서 필요한 부분만 간략히 적취摘取해
보면 다음과 같다.

---

46) 申光洙, 〈金馬別歌〉, 《石北先生文集》 권 4, "使君(南泰普)治行, 爲兩湖最. 於其歸, 金
　　馬之民, 必有攀轅涕泣者. 僕爲歌, 道其意, 以遺其民, 思備一邦風謠之作. 而自以爲麤得
　　樂府遺意, 往往有閭巷聲口. 有如異日太史氏採詩, 庶幾有取焉云."

혹자가 물었다. "그대의 《이언》은 어째서 지은 것인가? 그대는 어찌하여 국풍·악부·사곡詞曲을 짓지 않고 이러한 《이언》이라 하는 작품을 지었는가?" 내가 대답하였다. (중략) "국풍이 국풍이 되고 악부가 악부가 되며 사곡이 국풍이나 악부가 되지 않고 사곡이 된 것을 살펴본다면 내가 《이언》을 지은 까닭을 알게 될 거요."[47]

이옥이 자기의 이른바 《이언》을, 가령 중국의 육조六朝 고시古詩나 당시唐詩에 상대시키지 않고, 하필이면 국풍·악부·사곡에다 대응시키고 있음에서 그 민요취에 대한 의도성이 명백하게 드러나 있다. 후자들은 중국의 민간 가요계 운문 양식이기 때문이다. 뿐만 아니라 그는 《이언》을 〈아조雅調〉, 〈비조俳調〉 등으로 나누어 놓고 "조란 곡이다(調者, 曲也)"라고 자주自注까지 해 두었다. 신광수가 '여항의 말투'를 끌어넣었다고 했거니와, 이 문제에 관해서도 이옥 또한 매우 적극적이어서 일장의 논설을 편 바 있는데, 요지는 한시라고 해서 우리나라 민간의 생활어, 특히 우리나라 고유의 사물 명칭을 한문식으로 부회傅會·아화雅化시켜 표현할 것까진 없다는 것이다. 그러고는 자기의 이 시에서 '사나희'를 '사나해似羅海'로, '깨끼적삼'을 '각기삼角歧衫' 식으로 쓰기까지도 하였던 것이다.[48] 요컨대 그가 중국의 국풍 등에 대응하여 한문으로 우리나라 민간 가요풍의 시를 제작하겠다는 주도한 용의 아래 《이언》을 이루어 놓았음은 의심할 나위가 없다.

(2) 구현 형태·구현 시점視點과 한계

민요를 의식하고 민요풍으로 의도했으면서도 그 형태적인 구현 방식

---

47) 李鈺, 앞과 같은 곳, "或問曰, '子之俚諺, 何爲而作也? 子何不爲國風爲樂府爲詞曲, 而必爲是俚諺也歟?' 余對曰, (중략) '觀乎國風之爲國風, 樂府之爲樂府, 詞曲之不爲國風樂府而爲詞曲也, 則我之爲俚諺也, 亦可知矣.'"
48) 李鈺, 앞의 글, 〈三難〉 참조.

을 한시의 기존 형태에 그대로 기댔다는 데 근원적인 한계가 있다. 물론 더 근원적인 제약은 한문이라는 언어적 조건에 있지만 이것은 이미 접어 두기로 묵계가 되어 출발했으니까 거론할 여지도 없다. 적어도 민요의 절반은 '가락'이고 가락은 형태에 따라 규정된다. 그리고 우리나라 민요의 지배적인 형태는 4·4조다. 이 밖에 5·5조와 같은 한시의 5언에 상통함 직한 형태도 있으나 그 세력이 4·4조에는 견줄 바가 못 된다.49) 그런데 이 방면의 한시 작품들은 5언 고체가 우세한 편이고 그 밖에 근체절구, 장단구長短句, 4언체 등을 채택하고 있다.

특히 4언체는 그 음보율音步律에 실리는 사설辭說 내용의 중량은 다르다 하더라도 외적인 음수율만으로는 바로 우리 민요의 지배적인 형태인 4·4조와 일치되어 있고—우리 고유의 음조는 3음인데 이것이 중국문화·한문의 수용으로 4음으로 바뀌었다는 설이 있기까지도 한다50)—더구나 한시 자체의 전통에서도 《시경》의 선례가 있음에도 이 형태를 취한 경우가 매우 드물다는 점이 인습에 대한 제약성을 무엇보다 잘 보여준다. 다시 말하면 《시경》 이후의 지배적이고 인습적인 형태인 5·7언에서 벗어나, 가령 민요의 4언 기조에 맞추어 《시경》 4언체의 새로운 의미로의 채택이라도 이 방면의 시에 일반화될 정도로 형태개변에 대한 의욕까지 수반되지 않았던 데에 민요취향 한시의 한계가 있다는 것이다.

그러나 당시로서는 더 인습적이었고 그 형태가 더욱 견고하고 까다로운 근체보다는 장단구를 포함하는 고체를 주로 채택하고 있었다는 점에서 민요취향을 살리기 위한 형태적인 고려가 전혀 없었다고 할 수는 없을 것 같다. 나아가 다음 예시에서 보듯이 한시의 전통적인 미학인 해조諧調나 정제整齊의 미에 구애 없이 민요 사설투의 시어와 그 조사방식措辭

---

49) 高晶玉, 《조선민요연구》, 54~64쪽 참조.
50) 위와 같은 곳.

方式의 대담한 도입으로 정통 한시의 형식 요소 일부가 파격되고 있음을 감지할 수 있다.

可憐乙丙年,	가련하다 을해·병자년에,
斗米錢二百.	쌀 한 말에 이백 냥이라.
天遣活佛來,	하느님 산 부처 보내시어,
百姓衣天德.51)	백성들은 하늘 덕을 입었네.
謂君似羅海,	당신이 그래도 사내라고,
女子是托身.	여자가 몸을 맡겼는데.
縱不可憐我,	날 어여삐 보진 못할망정,
如何虐我頻.52)	어쩌자고 날 구박이란 말요.

예시 전자의 '可憐乙丙年'은 통상적으로는 가령 '憶昔乙丙年', '百姓衣天德'은 '民實(또는 乃)蒙(또는 荷, 衣)其德' 따위로 표현됨 직한 것인데 민요 취향을 살리기 위해 보는 바와 같이 민간의 구어투 그대로 조사措辭함으로써 한시의 정통적 격식으로부터 파탈擺脫의 움직임을 보여주고 있다. 후자에서는 '似羅海'라는 파격의 시어를 씀으로써 역시 전자와 같은 현상을 보여준다. 비록 기존 정형의 인습을 대폭 파괴하는 데까지는 이르지 못했다 하더라도 이 정도의 파격도 당시의 형편으로는 기성 인습에 대한 하나의 도전이 아닐 수 없다.

민요의 형태적 세력과 대폭적인 교섭이 없다고 해서 민요의 '가락의 감각'과 아주 격절되었다고 할 수는 없다. 즉 외적인 형태가 우리 민요의 4·4조와 일치되는 4언의 경우는 '가락의 감각'을 살리기가 상대적으로 용이해서 그만두거니와,53) 4·4조와는 서로 다른 5·7언시의 경우에도

---

51) 申光洙, 〈金馬別歌〉, 앞의 시.

52) 李鈺, 앞의 책.

53) 4言이라고 해도 반드시 民謠趣의 보장은 없다. 《詩經》에 닮은 擬古體로는 역시 우리

민요적 제재와 이것의 민요적 요리로 베풀어지는 시적 정황에 따라서 민요의 '가락의 감각'이 '연상聯想'으로 되살아난다는 말이다. 박지원이 '조선풍' 논의에서 '운기민요韻其民謠'라고 한 것도 바로 이런 가능성을 두고 서일 것이다. 이 점은 위의 예시를 음미해 보아도 납득될 것이다. 특히 후자에서는 우리 민요에 흔한 여탄요女歎謠의 가락이 쉽게 환기됨을 느낄 것이다. 이러한 '가락의 내적 환기'가 있음으로써 형태의 외적 제약이 어느 정도 극복을 보게 된다.

　다음, 민요풍의 구현 시점視點에 관해서인데, 위의 예시에서 보는 바와 같은, 시인의 처지를 민요 창자唱者의 주체적인 자리, 즉 시인의 자의식이 노출되지 않는 자리로 전이시켜 제재를 처리하는 시점이 유일한 방식은 아니다. 시인이 자기의 자리를 떠나지 않고 객관적 시점으로 제재에 접근, 민요풍을 의도하는 경우도 적지 않다.

〈拜新月〉

千葉桃紅月影迷,	천엽도千葉桃는 붉은데 달빛이 희부연,
蘄州竹簟設花西.	담양 대자리 꽃 곁에 펴 두고.
芳年二八太羞澁,	나이는 열여섯 하도 수줍어,
拜祝宜男聲却低.54)	달 보고 절하며 아주 나직이 '좋은 신랑 점지해 주소서.'

　* 기주蘄州는 중국 지명으로 고래로 대자리로 유명함. 역시譯詩에는 편의상 '담양'이라 해 두었음.

〈眈津農歌〉

秧雇家家婦女狂,	집집마다 부녀들 모품에 미쳐,
不曾刈麥助盤床.	반상을 거들어 보리베긴 안 하고.

　민요의 감각이 살아나기 어려움을 '倣毛詩例'의 王命에 따라 쓴 洪良浩의 〈洪州風謠〉 가운데 일부에서 본다.

54) 李德懋, 〈拜新月〉, 《靑莊館全書》, 《嬰處詩稿》.

輕違李約趣張召,   이 집 언약 버리고 저 집으로 불려 가니,

自是錢秧勝飯秧.55)   이때부터 돈모가 밥모보다 나아졌네.

* 반상(盤床) : '남편'을 뜻하는 강진 지방의 토속어
* 돈모[錢秧] : 품삯을 순전히 돈만으로 지급하는 모내기품
* 밥모[飯秧] : 밥을 제공해 품삯을 감하는 모내기품

그런데 이 시점에 따를 경우 작자의 의도와는 상관없이 작품 실제에서 민요취가 반드시 보장되어 있지 않는 수가 많다. 시인의 자의식이 우세하면 다른 어떤 서정시나 일종의 민속시로 넘어가 버리게 되는데, 위의 예시 경우에서도 그런 아슬아슬한 고비를 느끼게 한다. 자의식의 개입으로 '가락의 내적 환기'가 그만큼 약화된 탓일 것이다. 여기서도 한시의 민요적 창작 한계가 드러난다. 시인의 자의식을 민요적 집단정서에 동화시키는 태도를 취하지 않고 양자의 이른바 변증법적 지양止揚에 따른 새로운 차원의 시적 경지의 구현에서는 우리 민요적 특색 그 자체는 한시의 본래적인 다른 요소들에 압도되어 지탱할 수 없게 될 가능성이 많기 때문이다.

2) 시 세계–취향의 특질

막연히 민요취향이라 불러왔지만 이 취향의 구체적인 특질이 문제될 것이다. 바꾸어 말하면 민요 세계의 여러 특질들 가운데 어떤 곳에 소식消息·기맥氣脈을 통하고 있느냐 하는 일종의 선택 경향의 문제이기도 하다. 우리나라 민요의 특질을 11가지로 규정한 학자가 있었지만56) 이 방면의 한시가 이것들과 전면적인 대응 양상을 보이고 있는 것은 물론 아

---

55) 丁若鏞, 〈耽津農歌〉, 《與猶堂全書》第一集 권 4.
56) 高晶玉, 앞의 책, 497~505쪽 참조.

니다. 다음에 그 두드러진 특질 몇 가지를 작품을 통해 살펴본다. 이것은
곧 민요취향 한시 자체의 시세계이자 민요취향시의 대두에 의한 한시사
상漢詩史上 변모의 한 양상이기도 한 것이다.

(1) 여류정감의 수용과 야취野趣의 감각
─부요적婦謠的 세계와 정요적情謠的 세계의 상통

먼저 여류정감의 다소 민감한 수용과 그 감각의 야취성野趣性을 들 수
있겠다.

우리나라에서 남성 한시인이 여류정감을 수용하여, 다시 말하면 여성
화자를 내세워 한시를 지은 경우는 조선 후기 이전에는 매우 드물게 있어
왔다. 그것은 '아녀지정兒女之情'이라는 한마디로 묵살 또는 간과해 버리는
유교적 통상 관념이 배후에 도사리고 있었던 데서 주로 기인할 것이다.

그런데 이 후기에 이르러서는 시적 모티브로 여류정감을 다소 민감하
게 수용하면서 그 가운데 상당 부분이 그 구체적인 제재를 주로 서민사
회 여인들의 생활감정에서 취하여 시의 감각을 '민요풍의 서민적 야취'
를 구현하는 방향으로 기도企圖함으로써 지금 우리가 문제 삼고 있는 일
련의 작품을 이루어놓았던 것이다. 따라서 이들 작품은, 그 제재를 주로
서민사회의 여인들에게서 취하여 '서민적 야취'를 구현하는 쪽으로 나아
갔다는 점에서 다 같이 여류감정을 다룬 한시라 하더라도 제재를 주로
상류층의 생활 테두리 안에서 취하여 '상류적인 품위와 격조'를 지향했
던 이전의 대부분 작품들과는 분명히 그 방향을 달리하고 있다.

이런 방향으로의 시작은 이옥의 경우가 아주 웅변적으로 보여주고 있
다. 66수로 된 그의 《이언》은 오로지 여류정감의 추구를 위해 씌어진 것
이다. 여류정감은 그에게 시의 야심적 과제였다. 그는 서울의 도회적 분
위기를 배경으로 한 서민사회 여인들의 생활감정을 제재로 취해 〈아조
雅調〉(17수), 〈염조艷調〉(18수), 〈탕조宕調〉(15수), 〈비조悱調〉(16수) 4편의

연작으로 엮어 놓았다.

〈雅調一〉

郎執木雕雁,	서방님은 나무기러기 들고,
妾捧合乾雉.	이 몸은 말린 꿩합 받들었네.
雉鳴雁高飛,	그 꿩이 울고 그 기러기 날도록,
兩情猶未已.	두 사람 정 그지 없고지고.

*木雕雁 : 혼례 때 신랑이 신부 집에 들여 놓는 나무로 만든 기러기.
*合乾雉 : 서울의 혼례 풍속에 신부는 신랑에게 말린 꿩고기를 바치는데 그것을
　　　　　 합에 담아 바치므로 쓴 말임.

〈雅調六〉

早習宮體書,	일찍이 궁체 글씨를 익힌 덕에,
異凝微有角.	이응(ㅇ)자에 뿔이 삐죽 나오네.
舅姑見書喜,	글씨 보고 시어른들은,
諺文女提學.	언문 여제학女提學이라 기뻐하시네.

〈雅調七〉

四更起梳頭,	사경엔 일어나 머리 빗고,
五更候公姥.	오경엔 어른께 문안하니.
誓將歸家後,	친정에 돌아가선,
不食眠日午.	먹지도 말고 한낮토록 잠자리.

〈艶調二〉

歡言自酒家,	자기는 술집에서 왔다지만,
儂言自倡家.	창녀집에서 왔잖아요.
如何汗衫上,	어찌하여 한삼 위에,
臙脂染作花.	연지가 찍혀 있어요.

〈艶調十五〉

細梳銀魚鬢,　　은어 같은 살쩍을 빗고 또 빗어,

千回石鏡裏.　　천 번이고 만 번이고 거울을 들여다보네.

還嫌齒太白,　　희디 흰 이빨이 되려 싫어서,

忙嗽淡墨水.　　총총히 묽은 먹물을 머금어 보네.

〈艶調十六〉

暫被阿郎罵,　　시어머니께 꾸중 좀 듣고선,

三日不肯飱.　　사흘을 밥을 굶었지.

儂佩靑玒刀,　　내가 장도粧刀를 찼으니까,

誰復嗔儂言.　　누가 다시 날 성내게 할라고.

〈宕調一〉

歡莫當儂鬢,　　자기는 내 머리에 대지 말아요,

衣沾冬柏油.　　동백기름이 옷에 묻어요.

歡莫近儂脣,　　자기는 내 입술에 가까이 말아요,

紅脂軟欲流.　　입술의 연지 흐를 듯해요.

〈悱調四〉

寧爲譯官婦,　　역관의 아내가 될망정,

莫作商賈妻.　　장사꾼의 아내는 되지 마오.

半載湖南歸,　　반년을 호남 땅에 있다 오더니,

今朝又關西.　　오늘 아침엔 또 관서 땅으로 갔다오.

〈悱調五〉

寧爲商賈妻,　　장사꾼의 아내가 될망정,

莫作蕩子婦.　　난봉꾼의 아내는 되지 마오.

夜每何處去,　　밤마다 어딜 가는지,

今朝又使酒.　　오늘 아침 또 술행패라.

〈悱調十〉

巡邏今未散,　　　지금쯤 순라꾼들 흩어지지 않았나,
郎歸月落時.　　　원수의 저 서방 달이 질 때야 돌아오니.
先睡必生怒,　　　졸고 있으면 성을 벌컥,
不寐亦有疑.　　　안 자고 있어도 의심을 두네.

　다소 번거로움을 무릅쓰고 몰아서 인용해 보았으나 연작 각 편의 몇 편씩을 가려온 터라 장편 민요를 닮은 호흡의 연속성은 아무래도 잘 옮기지 못한 것 같다.

　사설시조를 설명하는 말에 '비시적非詩的 사물의 무사려無思慮한 시화기도詩化企圖'57)라 한 것이 있지만 '무사려'란 조건을 빼고는 이 작품에도 적용될 법한 말이다. 적어도 종래 한시의 관점에서 본다면 거의 그런 편이다. 여기 인용되지 않은 부분까지를 포함한 전체가 우선 종래의 한시에서는 시적인 제재—제재를 다루는 방식은 그만두고라도—로 생각되어 본 적이 거의 없는 파격적인 것들이다. 종래 한시의 제재는 앞에서도 언급한 바 있는 여류정감을 다룬 작품을 포함하여 주로 상류층의 생활 테두리 안에서 취해졌다면, 이 작품의 제재는—민요풍의 여타 작품들도 마찬가지지만—주로 서민사회의 그야말로 형이하적인 일상의 삶에서 취해졌다. 이와 같은 취재取材의 시각에서 작자의 의식 방향은 이미 드러나는 셈이다.

　이 제재의 발견에는 방향을 달리한 작자의 의식이 기본적으로 문제되겠지만 이 의식에 부딪혀온 부요婦謠·정요情謠의 세력에도 크게 힘입었다고 보아야 할 것이다. 가령 탕자蕩子 아내의 심적 동태를 포착한 〈비조〉의 작품들은 어떤 부요의 다음 한 대목을 방불케 한다.

---

57) 高晶玉,《古長時調選註》.

> (전략) 이내 팔즈 어이홀고 / 쟝탄식이 무슴 일고 / 독수공방 과부인들 / 이에셔 더 홀손가 / (중략) 쟝안셩즁 빅만가에 / 영웅호걸 만컨만은 / 괴이 혼 뎌 창녀는 / 늠의 쟝부 유혹ᄒ니 / 젼셩에 무슴 죄로 / 몹슬 인싱 되단 말가 / 늠의 님 아ᄉ다가 / 졔품안에 기리 두니 / 초싱에 무슴 죄로 / 몹슬 죄를 짓단 말가 (후략)58)

그러나 전래 부요의 제재 양상과도 꼭 일치하는 것은 아니다. 전래의 부요는 주로 향촌사회를 배경으로 한 가정 안 여인들의 생활이 제재가 된 데 대하여, 이 작품은 화류계花柳界 여인까지를 포함하는 도회 서민 여성들의 생활이 제재가 되어 있으니까 그럴 수밖에 없다. 아마도 부요의 세력뿐 아니라 사설시조의 유행도 촉매력觸媒力으로 가담했을 듯하다. 제재가 도회 성향이 강한 만큼 그 전체적인 감각도 향촌사회의 부요와는 편차가 있을 수밖에 없다.

서울을 무대로 한 도회적 부요의 존재 여부에 대해 까마득히 알 길이 없는 지금으로서는 전래의 향촌 사회적 부요와 대비해서 생각해 볼 수밖에 없었는데, 제재와 감각에서 일정한 편차가 있음에도 구체성이나 '조선적' 집단체험성이 강한 의미의 어휘들(예 : 목조안木雕雁 · 건치乾雉 · 궁체서宮體書 · 언문諺文 · 제학提學 · 한삼汗衫 · 연지臙脂 · 동백유冬栢油 · 순라巡邏 등)의 구사, 표현수법의 몰기교적 소박성, 민요 향유층 생활의 대량 노출 등에서 전래의 부요—민요에 접근되어 있음은 인정하지 않을 수 없다. 비속鄙俗을 마다않는 이러한 표현 자세가 제재에 이어 종래의 한시에 대한 또 하나의 파격이다. 덧붙여 둘 것은 민요취향의 창작 한시는 그것이 창작인 만큼 기존 민요 형세의 면면에 다 일치되기를 기대할 수도 없고, 기대할 필요도 없다.

---

58) 〈陳情篇〉, 《樂府》 上, 같은 내용의 대목이 같은 책 下券의 〈閨怨嘆〉에도 나온다. 流行勢가 비교적 컸던 婦謠임을 알 수 있다.

작품에서 보듯이 작자는 여인들의 생활 구석구석을 찾아 시적 정황으로 드러내면서 그 미묘한 심적 기복을 포착하고 있다. 혼례청에서 갖는 부부애에 소망(아雅 1)을 비롯하여, 언문글씨라는 문화적 능력에 대한 소박하고 해학적인 자긍(아 6), 고된 시집살이로 말미암은 인간의 본능 일부인 수면욕의 불만감(아 7), 남녀애 독점욕의 표현으로서 질투(염艶 2), 신체적 아름다움에 대한 가없는 욕구와 자기애의 감정(염 15), 고부姑婦 사이의 마찰과 당돌한 저항 심리(염 16), 관능적 감각의 발산(탕宕 1), 그리고 애정의 갈등으로서 공규空閨에 대한 원망(비悱 4), 난봉꾼 남편에 대한 혐오(비 5), 남편의 트집에 따른 시달림의 고달픔(비 10) 등 여인들의 온갖 정감의 움직임들을 섬세하게 포착해 놓았다. 〈아조〉를 제외하고는 대체로 유가적 가정 규범으로부터는 비켜 서 있는 자리에서 전개되는 생활감정을 다루어 놓았는데, 특히 장도칼을 매개로 한 당돌한 저항 심리의 표현에서는 유가적 가정 윤리에 대한 날카로운 도전을 느끼게 한다('장도칼'은 우리나라 부녀자의 자살의 상징이다). 〈아조〉 가운데서도 가령 '언문여제학諺文女提學'이라 부추기는 해학의 감각은 유가적 가정 규범과는 또한 거리가 있는 것이다. 그리고 한삼 위에 찍힌 연지 자국과 여인의 짙은 동백기름 머릿내와 입술의 연지로 그 색정성의 표현효과를 높인 것 같은 것은 조선사회의 한 금기에 대한 대담한 고의적 저촉을 감행한 측면을 단적으로 보여주고 있다. 여류정감을 다룬 민요풍 한시의 의식의 소재를 특히 날카롭게 시사해 주는 대목들이다.

아래에 다른 시인의 작품 두 편을 더 살펴보고 나서 논의를 더 진행시키기로 한다.

이옥만큼의 집중성을 보여주는 시인으로 최성대가 있으며 그의 작품으로는 〈고잡곡古雜曲〉(앞에 예시), 〈송경사松京詞〉, 〈고염잡곡십삼편古艶雜曲十三篇〉 등이 있다. 그 밖에 손에 잡히는 대로 이덕무李德懋의 〈강곡江曲〉, 〈배신월拜新月〉(앞에 예시), 정상관鄭象觀의 〈과부곡寡婦哭〉, 이양연

304

李亮淵의 〈촌부村婦〉, 황오黃五의 〈원산별곡元山別曲〉, 그리고 앞에서 열
거한 바 있는 〈산유화〉계 여러 작품들 가운데 대부분을 들 수 있다. 〈고
염잡곡십삼편〉 가운데 한 편과 〈촌부〉를 소개한다.

<blockquote>

〈古艶雜曲〉

昨日澣裙去,	어제 '치마를 빨러(澣裙)'가서,
冒闇歸暫遲.	밤길이라 돌아오기 조금 늦었지요.
上堂執華燈,	대청에 올라 등불을 켜는데,
郎遽已生疑.	서방님이 벌써 의심 두는 눈치더군요.

* 치마를 빨러(澣裙) : 재액災厄을 물리치는 놀이의 하나로 정월달에 물가에 나가
땅에 술을 붓고 치마를 빠는 풍속으로, 중국의 고속古俗이다. 비록 중국의 옛 민
속을 시의 제재 일부로 썼음에도 뚜렷이 우리의 민요취향의 한시다. 〈고염잡곡
십삼편〉의 거개가 이와 같이 우리의 민요취향의 시다.

</blockquote>

　여인 스스로가 의사擬似로 상념하는 삼각관계 속의 심적 긴장을 포착
한 것이다. 이런 주제를 일호一毫도 유가 윤리의 그림자를 드리움이 없이
매우 사랑스러운 인간 상황으로 받아들이는 시인의 자세가 또한 흥미롭
다. 유가적 윤리 의식의 변화를 보여주는 서정시의 하나다.
　다음 작품은 부요 가운데 〈시집살이요〉의 어떤 작품을 방불케 한다.

<blockquote>

〈村婦〉

問君母年幾,	댁네 어마님은 연세가 얼마라요,
我母常多病.	우리 어마님은 병환이 많으시다오.
了鋤合一歸,	김매기 마치고는 다녀올 생각이지만,
舅嚴不敢請.	시아버님 무서워 말을 못 하오.
君家遠還好,	댁네 친정은 멀어서 되려 좋겠소,
未歸猶有說.	친정에 못 가도 할 말이라도 있으니.
而我嫁同鄕,	하지만 난 한 고을에 시집와서도,

</blockquote>

慈母三年別.59)　　　　　어마님 얼굴 못 뵌 지 석삼년이라오.

　전래의 향촌 사회적 부요의 취향을 어지간히 살려낸 작품이다. '시아버님 무서워 말을 못 하오(舅嚴不敢請)', '어마님 얼굴 못 뵌 지 석삼년이라오(慈母三年別)' 같은 대목에서 〈시집살이요〉와 비슷한 모티브를 볼 수 있다.

　이제 우리는 위와 같은 작품들의 문학사상적 향방이나 의식사적 연관을 생각해 볼 차례다. 민요 가운데 부요·정요적情謠的 세계와 기식의 상통을 가지게 되었다면, 이는 그렇게 된 근원적인 여러 동기의 문제에 해당된다.

　위와 같은 작품들의 특성을 이루고 있는 요소들을 정리하면, 여류정감, 제재의 서민사회성, 감각의 야취성, 그리고 개별 작품의 내용이 함유하고 있는 의식 등이 된다. 이들 요소를 근거로 생각해 보기로 하자.

　먼저 시의 모티브로서 여류정감의 수용에 대해서다. 이것은 조선사회를 지배해 온 유교, 즉 도학道學 문화의 철저한 남성적 체질에 대한 반작용으로서 여성적 정서에 대한 욕구의 한 표현으로 볼 수 있을 것 같다. 여류정감이라고 해서 그 구체적인 개인성에 나아가서는 다 '여성적'이라는 보장은 물론 없다. 그러나 여류정감의 생리를 떠나서 여성적 정서의 본질이 성립되어 올 데가 달리 있는 것이 아니므로 여류정감은 여성적 정서의 바탕이 되는 셈이다.

　도학의 체질은 그 '성정性情'의 개념에서부터 일상의 규범에 이르기까지 경화硬化되기 쉬운 남성 성향의 것이고, 특히 조선사회에서 그 운용은 더욱 그러한 방향이어서 여성적 정서에 대해서는 사뭇 거부적이었다. 여성적 정서도 인간 삶의 당연하고 자연스러운 요구 영역의 하나라면 조선사회의 도학문화는 인간의 삶의 전폭을 포용하려는 개방적인 지향이 아

---

59) 李亮淵, 〈村婦〉 2수, 張志淵, 《大東詩選》 권 8.

니라 남성적 체질을 강조함으로써 그 구심권으로 끊임없는 응집을 지향하는 폐쇄적인 경향의 것이었다. 이에 대한 반작용으로서 여성적 정서에 대한 문화적 욕구는 도학문화 상승기에도 그 담당계층 안에 미약하나마 있어 왔는데, 최소한 이 점에서는 그 이전의 여류정감을 다룬 시詩도 여기서 문제 삼고 있는 작품들과 다를 바 없다. 후기에 이르러 도학문화의 한계가 드러나고 그 응집력이 이완되면서 도학문화의 체질에 대한 저항 성향의 문화적 욕구 표현이 다소 활발하게 되었던 것인데, 여기 여류정감을 다룬 민요풍의 한시는 바로 그 일환인 셈이다.

이 점은 이옥이 《이언》을 쓰고서, '어떤 사람이 말하기를 "어찌하여 당신의 《이언》은 단지 여자에 관한 일만을 다루었느냐? 옛사람은 예禮가 아니면 듣지 말고, 예가 아니면 보지 말고, 예가 아니면 말하지 말라고 했는데 그것이 또한 이렇게도 너그럽단 말이냐?"라고 했다. 내가 벌떡 일어나 얼굴빛을 고치고 꿇어앉아 사과하고 말하기를 운운[60]'의 요지를 말하여, 자신의 그런 시작詩作이 특히 유교의 예교와 날카로운 대립을 가지는 것으로 의식하고 길게 변명을 늘어놓은 점에도 잘 시사되어 있다. 뿐만 아니라 작품 내용이 내비치는 의식의 성향도 유교의 요구와는 다른 방향으로 빗나가려는 것이었음을 우리는 이미 보았다.

앞에서 살펴보았던 〈산유화곡〉이 곁들인 '향랑 고사'에 대한 문인사회의 비상한 반응도, 그리고 민요권에 들어온 시조의 한역에 그 주제가 남녀의 애정에 관련된, 여성적 정서성향의 작품이 특히 높은 비중을 보인 것—당초 시조를 민요권으로 받아들일 때 이미 그런 경향이었지만—도 모두 여성적 정서에 대한 욕구의 표현이란 성격을 갖는데, 그런 성향의 시조를 한역함에 따라 얻게 되는 그 욕구의 일정한 해소는, 상대적으로 그런 성향의 창작 한시의 양적 폭을 좁히는 결과를 가져온 원인의 일

---

60) 李鈺, 앞의 글 〈二難〉.

부가 되기도 했던 것 같다.

　여류정감을 받아들이되 굳이 주로 서민사회의 여인에게서 제재를 찾은 까닭이, 양반층 여인의 그것이 아무래도 도학적 규범에 절어 있어 그 욕구를 충족시킬 수 있는 발랄하고 자유스러운 모습을 발견하기 어려웠던 데에 있었음을 짐작하기 어렵지 않다. 이점 또한 이옥의 《이언》 제작 배경 설명에서 시사를 얻을 수 있는데, 그는 여성 감정을 '남녀지정男女之情'으로 집약하여 다음과 같이 말하였다.

　　무릇 천지만물을 관찰하는 데 사람을 관찰하는 것보다 큰 것이 없고, 사람을 관찰하는 데는 감정을 관찰하는 것보다 미묘한 것이 없으며, 감정을 관찰하는 데는 남녀 사이의 정을 관찰하는 것보다 진실한 것이 없다. (중략) 대개 감정에서 사람들은 때로 기뻐할 바가 아니면서 거짓 기뻐하기도 하고, 또는 노여워할 바가 아니면서 거짓 노여워하기도 하며, 또는 슬퍼할 바가 아니면서 거짓 슬퍼하기도 한다. 즐겁지 않고 사랑하지 않으며 미워하지 않고 욕망하지 않으면서도 때로 거짓으로 즐거워하고 슬퍼하고 미워하고 욕망하는 경우가 있으니, 어느 것이 진짜고 어느 것이 가짜인가? 모두 그 감정의 진실성을 제대로 살필 수 없는 것들이지만, 유독 남녀의 경우만은 사람이 태어나면서 본디 그러한 일이며, 하늘의 도가 저절로 그러한 이치인 것이다.61)

　'기뻐할 바가 아니면서 거짓 기뻐하기도 하고 운운'한 것은 작자 자기 주변 양반층의 감정적 삶의 작위성·인위성의 인식을 반영한 말이다. 이에 대해 자기가 관찰하고 작품으로 다룬 서민사회 여인들의 감정, 특히 그 연애감정(男女之情)은 가장 참다운 것이라 여겨 그것을 '사람이 태어나

---

61) 李鈺, 같은 글, "夫天地萬物之觀, 莫大於觀於人. 人之觀, 莫妙乎觀於情. 情之觀, 莫眞乎觀於男女之情. (중략) 蓋人之於情也, 或非所喜而假喜焉 ; 或非所怒而假怒焉 ; 或非所哀而假哀焉. 非樂非愛非惡非欲, 而或有假而樂而愛而惡而欲者焉, 孰眞孰假? 皆不得有以觀乎其情之眞, 而獨於男女之情也, 則卽人生固然之事, 亦天道自然之理也."

면서 본디 그러한 일(人生固然之事)’ 또는 ‘하늘의 도가 저절로 그러한 이치(天道自然之理)’라고 하여, 일종의 감정 해방을 선언했다.

이옥의 이 도저함을 다른 시인들에게도 그대로 두루 적용해도 좋을 보장은 없어 그렇게 할 수는 없지만, 따라서 정도의 차이는 있지만, 적어도 작품에서 서민사회의 감정적 삶을 긍정의 방향으로 받아들인 것은 엄연한 사실이므로 그것을 ‘비루하다’, ‘천속하다’고 도외시해 왔던 종래의 일반적인 태도와는 그 인식방향을 달리하고 있다는 점에서는 일치하고 있는 셈이다. 즉 서민사회의 거칠지만 생기 있고 자연스러운 삶에서 진실을 발견하고 이를 긍정하려는 시인의식의 표현으로 위와 같은 작품들이 있게 된 것이다. 이것은 조선사회의 다른 하나의 폐쇄, 즉 봉건적封建的 계층의 폐쇄를 헤치려는 시각이다.

야취의 감각은 제재의 서민 사회성에 따라 다소 선보장先保障은 된다. 그러나 제재를 서민사회의 여인에게서 취해 왔다 하더라도 가령 중국의 악부나 사詞의 감각으로 요리할 수도 있다. 흔히 중국의 〈채련곡採蓮曲〉을 모방, 중국적 이국취가 풍기게 써 놓은 작품들이 그 단적인 예가 될 것이다. 또 굳이 악부나 사의 감각이 아니더라도 일반 한시의 전통적인, 또는 정통적인 품격을 떨어뜨리지 않으려는 방향으로 요리할 수도 얼마든지 있다. 가령, 앞에서 예로 든 ‘물은 가쟈 울고 운운’ 시조의 신위申緯 한역의 경우를 다시 보자.

欲去長嘶郎馬白,　　　挽衫惜別小娥靑.
夕陽冉冉銜西嶺,　　　去路長亭復短亭.

이 시의 경우 바로 서민 사회의 가요 자체를 번역한 것임에도 한시 정통의 기교를 구사하여 세련된 품위를 유지하려는 흔적이 뚜렷함을 볼 수 있다. 가령 첫 연은 같은 자리에서 인용했던 임정任珽의 ‘征馬臨去嘶, 情人

摻袂嗜’의 경우와는 매우 대조적인 표현을 보여주고 있으며, 원가原歌 ‘재을 넘고’는 ‘度西嶺’이라 해도 좋을 것을—정통적인 한시의 평측법平仄法으로는 평성인 ‘銜’자가 타당하겠으나 민요취향을 드러내는 데 치중할 의도였다면 측성인 ‘度’자를 놓아도 무방한 자리임— 굳이 ‘銜西嶺’으로, ‘갈 길은 천리로다’를 굳이 ‘去路長亭復短亭’으로 표현한 것 등이 그것이다. 그래서 원가의 서민적 정취가 오히려 상류사회적 감각으로 변질되어 있음을 보게 된다. 어쨌든 제재가 아무리 서민 사회성을 띤 것이라 하더라도 이와 같이 그 다루는 각도에 따라서는 제재 본래의 서민적 야취의 감각이 그 반대의 방향으로 변질되어 구현될 수도 얼마든지 있다는 말이다. 그럼에도 이런 방향을 취하지 않은 그 점에 문제성이 있다. 작품 자체의 문예적 우열을 서로 비교해 평가하는 문제와는 별도의 관점에서 말이다.

요컨대 민요풍의 야취 채택은 서민 사회의 삶을 상류사회의 안목으로 분식粉飾·아화雅化하지 않고 되도록 그 참모습을 생생하게 표현하려는, 즉 서민 사회적 리얼리티의 획득을 위한 기도다. 그러기 위해서는 한시 정통의 품격에 도전하는 ‘비속鄙俗’도 서슴치 않았다. 물론 민요풍의 한시라고 해서 한시 정통의 관점에서 보아 다 비속하게만 되어 있다는 말도 아니고, 꼭 비속해야 민요풍이라는 뜻도 아니다. 적어도 한시의 기성 평가기준에 영합하기 위하여 소재 본래의 감각을 희생시키기를 택하지는 않았다는 말이다. 이것은 곧 계층적으로 위에 속해 있는 시인이 서민의 삶을 자기 의식화했거나 하려 했음을 의미한다.

이상의 논의를 총괄하여 규정하면, 서민사회의 여류정감을 그 본래의 감각을 살려 구현한 위와 같은 작품들은, 삶의 유교적 체질의 폐쇄와 봉건적 계층의 폐쇄를 헤치고 현실로 요구되거나 존재하는 삶의 전폭을 향해 나아가는, 일정한 정도에 이른 개방적인 세계관의 소산이라고 하겠다.

이러한 규정은 부분적으로 다음에 살펴볼 작품들에도 적용된다.

(2) 민중의 삶의 현장 표출

민요취향 한시의 다른 한 가지 특질은 민중의 살아가는 현장이 사실풍의 감각으로 생생하게 표출되어 있다는 점이다.

민중의 삶의 현장 표출이란 점에서는 위에서 다룬 작품들도 여기에 해당되겠거니와, 이 자리에서는 그 시대 민중의 삶의 가장 두드러진 면모라고 할 수 있는, 생산을 위한 노동의 현장, 그리고 그 생산물과 밀접히 관련되어 있는, 봉건적인 사회경제적 조건에서 그들의 삶의 현장을 다룬 작품들을 살펴보기로 한다.

〈北塞雜謠〉

叱牛上山去,	소를 몰아 산으로 올라가니,
山高逕仄牛喘息..	높은 산 비탈길에 소가 헐떡이네.
把犁將撥土,	보습을 잡고 땅을 갈려 드니,
土硬人汗犁不入.	땅은 단단 땀만 흐르고 보습이 들어가질 않네.
牛兮努力莫退怯,	소야 힘을 내고 물러서질 말아라,
爾喘我汗亦奈何,	너는 헐떡이고 나는 땀 흘려도 어찌 하랴,
今也不畊時不及.62)	지금에 갈지 않으면 철이 늦으리.

어느 산간 지방의 농경을 취재한 작품이다. 그것이 멀리서 조망하는 목가적 전원풍경의 일부로 소묘素描되지 않고 소의 헐떡임과 사람의 땀이 점철되는 노동의 현장으로 클로즈업된 데에 한시의 사고의 일대 전환을 볼 수 있다. 그 속에서 '소요음영逍遙吟詠'하며 정치적 패배를 위안받으려는 산수시山水詩의 대상으로나, 또는 그 속에서 '한중진미閒中眞味'를 음미하며 학문적 탐색 속에서 철학적, 신앙적인 관계로 파악되던 '처사적處士的 자연관'에 대하여 사람이 삶을 위하여 그것과 투쟁하는 현장이

---

62) 洪良浩, 〈叱牛〉, 〈北塞雜謠〉, 앞의 책 권2.

라는 새로운 자연관에 대한 눈뜸이요, 이에 따른 한시의 전환이다. 즉 자연을 보는 눈이나 그것을 시로 구현하는 방향의 '정태靜態'에서 '동태動態'로의 바꿈이다. 이러한 전환은 민중의 삶에 대한 새로운 인식으로 가능했다.

그것은 시詩이기보다 농민들의 생활 언어 그 자체다. 이 생활 언어를 생생한 감각으로 옮기려는 시인의 열의는 마침내 한시의 통상적인 형식인 절구나 율시의 형식을 젖혀 놓고 장단구를 채택함으로써 일종의 파격에까지 이르고 있다. 시인의 의식이 농민들의 삶의 체험을 자기화하는 데서만이 가능한 작품이다.

위의 작품이 노동의 고됨을 보여주는 것이라면 보리타작을 소재로 한 다음의 작품은 노동의 즐거움을 구가한 경우다.

〈打麥行〉

新篘濁酒如湩白,	가주 거른 탁주는 젖처럼 흰빛인데,
大碗麥飯高一尺.	큰 사발에 보리밥은 한 자로 높구나.
飯罷取耞登場立,	밥 먹고 도리깨 잡고 타작마당에 서니,
雙肩漆澤翻日赤.	구리빛 두 어깨가 햇빛에 번들거리네.
呼邪作聲擧趾齊,	옹헤야 소리 내어 손발이 맞아,
須臾麥穗都狼藉.	어느새 보리 이삭 낭자하게 바숴졌네.
雜歌互答聲轉高,	타작노래 주고받아 소리 더욱 높아지는데,
但見屋角紛飛麥.(63)	지붕 위로 어지러이 보리낟알 날아 튀누나.

......

'옹헤야'라는 간투어間投語를 넣어 가며 엮어 나가는 〈타맥요打麥謠〉는 우리 민요 가운데서도 가장 힘차고 즐거운 가락의 노동요다. 이 노동요

---

63) 丁若鏞, 〈打麥行〉, 앞의 책, 권 4.

는 한시의 형식을 아무리 개변시킨다 해도 그 호흡의 반분이라도 살려내기를 기대할 수 없는 그런 가락이다. 이 점을 너무도 잘 알았을 작자 정약용은, 그러나 그 소재에 대해 자기가 보는 바에서 애착은 떨칠 수 없었을 터이어서, 마침내 한시의 통상 형식을 빌려서라도 이 노동요가 불려지며 노동이 힘차고 즐겁게 벌어지는 보리타작 마당을 사실적으로 그려놓은 작품이라면 지나친 추측일까. 특히 〈타맥요〉의 가락이 높아가고 낭자한 보리낟알이 높이 날아 튀는 타작마당의 긴박한 분위기를 형상화해 놓은 후반부에서는 한시의 형식을 넘어 〈타맥요〉의 가락이 되살아남을 보게 된다. 단순히 시적 기교의 조탁만으로는 가능하지 않는, 민중의 소박하고 건강한 삶을 함께 공감하는 데서만 전달해 줄 수 있는 생생함이다. 그러면서도 가령 도연명류陶淵明類의 농경 찬미 시에서 보는 목가적인 분위기와는 감각을 아주 달리하고 있다. 역시 정태에서 동태로의 전환이다. 저류로 숨겨져 흐르는 민중의 에너지의 한 구비 융기隆起가 상징적으로 포착된 작품이라고나 할까.

민중의 노동을 소재로 한 위의 두 작품을 다루면서 우리는 김홍도金弘道의 〈경전도耕田圖〉, 〈대장간도〉를 비롯하여 같은 시대에 나온, 노동을 소재로 한 일련의 회화작품을 떠올리게 된다. 역시 개인의 우연의 소산이 아닌, 역사적인 한 전환의 표징임을 더욱 절감하게 된다.

다음으로 우리는 이 시대의 모순의 격화 속에 고난을 겪고 있었던 민중의 삶을 다룬 민요풍의 작품을 살펴볼 차례다.

생산은 민중이 하지만 그 생산물이 결코 민중 자신을 위해서 소비되지 않도록 조건 지어진 것이 바로 봉건적 사회경제 관계다. 이념적으로 반드시 그렇다고 할 수는 없지만 현실적으로는 민民은 관官의 수탈의 밭으로 줄곧 놓여 왔다. 수탈에 따른 허덕임, 이것이 전통사회 민중의 삶의 일반적인 정형情形이었다. 그러나 양심적인 관료에 의해 정책적인 대안 제시는 흔히 있어 왔으나 그들의 그런 삶이 지배층의 문학적 관심의, 특히 시적 관심의 대상이 되어 본 적은 그리 많지 않았다. 민중의 그런 삶이 단순한 객관적 관찰을 넘어 시인 자신의 의식으로 소화가 되어야 가능할 터인데, 지배층이 피지배층의 삶에 의식상으로라도 일정하게나마 동질적 유대紐帶를 갖는다는 것이 참으로 어려운 일이기 때문일 것이다.

그런데 사회적 모순이 격화되고 새로이 '사士'계층이 형성된 조선 후기에 이르면 사정은 달라져서, 이러한 역사변동에 여건與件이 지어지면서 기왕의 이규보李奎報 · 김시습金時習 · 어무적魚無迹 · 김성일金誠一 등의 이 방면의 시적 관심을[64] 문학사적 전제로 접수, 봉건적 사회경제 관계 아래에서 민중의 삶의 정형情形을 취재한 사실풍의 시작이 일정한 폭의 시사적詩史的 흐름으로 형성되었는데, 민요와 방향을 같이하는 작품들이 특히 그 현장 감각을 돋보이게 하고 있다.

〈流民怨〉
……

我本內浦人,	나는 본디 내포 사람,
三世爲農夫.	삼대가 농부로 살아.
夫耕婦織布,	지아비는 밭 갈고 지어미는 길쌈해도,
生理一何艱.	살림살이가 어찌 그리 쪼들리는가.
晝夜勤作息,	밤낮으로 부지런히 일하여,
十指無暫閒.	열 손가락 잠시도 쉴 새 없이.
祁寒與暑雨,	겨울이나 여름이나 비가 오나 눈이 오나,
靡日不苦辛.	어느 하루 애 쓰고 고생 않는 날이 없건만.
重以水旱災,	게다가 홍수라 가뭄이라,
所獲能幾許.	수확이 얼마나 되랴.
稼成不入口,	농사지어 입에 들어갈 새도 없이,
火急供常賦.	전세田稅 독촉 성화같네.

---

64) 李奎報의 〈代農夫吟〉을 비롯한 일련의 작품, 金時習의 〈記農夫語〉를 비롯한 일련의 작품, 그리고 魚無迹의 〈流民歎〉, 金誠一의 〈母別子〉 등을 두고 한 말이다.

縣吏日至門,	아전들 날마다 집에 들이닥쳐,
叫呶何太恣.	호통치고 딱딱거리기 어찌 그리 방자하냐.
奔走備酒食,	분주히 술이라 음식이라 차려 내어도,
徵責殊未已.	긁어내기 그칠 줄 몰라.
乳下數歲兒,	젖먹이 두어 살짜리마저,
又充閒丁籍.	또 군적軍籍에 올렸구나.
家中無所有,	집 안엔 있는 것이라곤 없고,
廐上一黃犢.	외양간의 송아지 한 마리뿐.
將犢之東市,	송아지마저 끌어다 팔아,
輸官有餘逋.	몽땅 바치고도 환자還子는 다 못 갚네.
機中斷幾疋,	베틀의 베를 잘라 내어,
盡作京軍袍.	경군포京軍袍 짓고 나니.
寧留尺寸布,	내 넓적살 가릴 베가,
可以掩吾髀.	한 자 한 치인들 남았을라구.
無衣復無食,	입을 것도 없고 먹을 것도 없으니,
何以卒此歲.	이 해를 어떻게 보낸다니.
寒風凍裂肌,	찬바람에 살은 얼어 터지고,
兒啼不可聽.	밥 달라 우는 애 소리 차마 못 듣겠네.
人生誰云樂,	인생이 즐겁다고 누가 말했나,
不如棄野坰.	들판에 죽어 버려짐이 차라리 낫지.
携妻復抱子,	아내를 끌고 자식을 안고,
東西與北南.	동으로 서로 떠돌아 보아도.
所向無樂土,	어디를 가도 낙토樂土는 없어,
旬日食纔三.	열흘에 세 끼 밥이 고작이라.
太守尙不知,	원님도 모르는데,
君王豈盡聞.	임금님이 어찌 들어 아시랴.
竊聞廊廟上,	듣자 하니 고관님들은,
僕妾厭稻紈.	종놈도 첩년도 이밥에 비단옷에 물리고.
朱門列鐘鼎,	솟을대문 집에는 진수성찬 벌여 놓고,

歌吹日呶喧.	풍악소리 날마다 뚱땅거린다니.
昊天子萬物,	하느님이 만물을 돌보심에,
厚薄一何偏.	후박厚薄이 어찌 이리도 판이하냐.
頹仰終漠漠,	굽어보아도 우러러보아도 종시 막막하구나,
疾痛向誰愬.65)	이 고통 누굴 향해 하소하랴.
……	

홍양호洪良浩의 〈유민원流民怨〉이다. 한 농부를 전형으로 내세워 조선 후기 농민 일반에 광범한 현상이었던 유민화 과정을 담가譚歌 형식으로 그려 놓은 작품이다. 이 시대 대다수 민중의 삶의 고통스러운 양상, 즉 사회적인 온갖 모순들이 농민의 입을 통해 사설辭說되어 있다. 인용 부분은 내용에 따라 대체로 5개 단락('我本~幾許', '稼成~吾髀', '無衣~盡聞', '竊聞~呶喧', '昊天~誰愬')으로 나누어 볼 수 있다.

첫 단락은 이 시대 농민 일반이 처해 있었던 기본적 악조건의 반영이다. 남녀가 여름 겨울 없이 밤낮으로 근고勤苦해도 끝내 쪼들리게 살 수밖에 없는 일차적인 원인은 생산의 기초로서 토지 소유의 영세성에 있었다. 이 시대에 광범하게 진행되고 있었던 토지겸병土地兼倂이 대다수 농민을 몰락케 하고 토지로부터 농민들의 이탈을 강요했던 것은 실학자들의 토지문제에 관한 논의의 도처에 드러나 있다. 일례로 정약용은 〈전론田論〉에서 당시 전국의 인구에 토지면적을 평분平分해 보고 나서 "지금 문무귀신文武貴臣과 여항부인閭巷富人들은 1호戶에 추수를 수천 석씩 하는 자들이 매우 많은데, 그 소유 토지를 계산하면 100결結을 밑돌지 않으니 이것은 990인의 목숨을 잔상殘傷시켜 1호를 살찌게 하는 것이다"66)라고 갈파했다. 이런 심각한 상황이 이 시 첫 단락의 한탄으로 반영되어 나온

---

65) 洪良浩, 〈流民怨〉, 앞의 책, 권3.

66) 丁若鏞, 〈田論一〉, 앞의 책, 권 11, "今文武貴臣, 及閭巷富人, 一戶粟數千石者甚衆. 計其田, 不下百結, 則殘九百九十人之命, 以肥一戶者也."

것이다. 이런 소농小農의 잔약한 생활토대는 이 시기의 이른바 '삼정三政의 문란'에 따른 가중된 수탈의 반복으로 쉽사리 무너지고 마는데, 둘째 단락에서, 추수하기 바쁘게 닥치는 전세田稅 독촉, 촌락에 나온 아전들의 횡포와 토색, 군포軍布를 강징强徵하기 위한 이른바 '황구첨정黃口簽丁', 강제로 떠맡겨진 환자還子의 힘겨운 상환 등이 차례로 사설되고 있는 것이 그것이다. 마침내 벌거벗겨지고 굶주려 땅으로부터 뿌리 뽑혀 유리流離해 가는 상황을 넋두리한 것이 셋째 단락이다. '어디를 가도 낙토는 없어(所向無樂土)'라는 구절에 소농들이 광범하게 몰락해 가는 이 시대 기층 사회 전반의 암담한 삶의 현실이 집약되어 있다.

사설은 마침내 수탈로 살찐 층의 호사생활로 옮아가 넷째 단락을 이루고 있다. 앞서의 '찬바람에 살은 얼어 터지고 / 밥 달라 우는 애 소리 차마 못 듣겠네(寒風凍裂肌, 兒啼不可聽)'에 대조되어 표현된 '종놈도 첩년도 이밥에 비단옷에 물리고 / 솟을대문 집에는 진수성찬 벌여 놓고(僕妾厭稻紈, 朱門列鐘鼎)'에서 이 시대 모순의 양상이 아주 뚜렷하게 부각되고 있다. 위의 정약용의 말에 지적된 990인의 희생의 대가로 그 1호가 살찐 문무귀신, 바로 당시의 집권층이었던 '벌열閥閱'들의 생활 모습이다.

그런데 시의 이 단계에서 민중 자신들의 상황을 극복하고 시대의 모순에 대결하려는 의지의 뻗침이 기대됨직하나 '하느님이 만물을 돌보심에/ 후박厚薄이 어찌 이리도 판이하냐(昊天子萬物, 厚薄一何偏)'[67]라는 숙명관으로 수그러들고 마는 것은 실제의 민요를 닮아서인가, 작자 또는 역사의 한계인가. 고정옥高晶玉은 그의 민요 연구서 가운데서, "양반 선망요羨望謠—부러워하고 순종하고 팔자로 돌리는 노래니, 이 편이 비방하고 반항하고 싸우는 노래보다 엄청나게 많다. 역사에는 홍경래洪景來의 난도 있고 동학란東學亂도 있고 진주晉州 우통도 있다. 그러나 민중은 뿌리 깊은

---

67) 여기서의 '昊天'은 '君王'으로 해석될 법도 하나 '君王'은 내용으로 보나, 앞에서 '君王'이 이미 등장된 점으로 보나 말 그대로 '하늘', '하느님'으로 보아 마땅하다.

무기력한 체관諦觀과 숙명관에 사로잡혀 있었다. (중략) 상민常民 계급의 암담한 일생이야말로, 팔자타령 밖에 몇 구절의 속 시원한 노래쯤 토해 냈어야 할 것이라고 생각하나, 그렇질 못하다"[68]라고 했는데 이 말은 이 담가의 끝 부분에도 적용됨 직하다. 그러나 '어디를 가도 낙토는 없어(所向無樂土)'라 하고, '내려다보아도 올려다보아도 종시 막막하구나 / 이 고통 누굴 향해 하소하랴(頫仰終漠漠, 疾痛向誰愬)'라고, 삶이 방황할 지평조차 잃어버린 유민의 기막힌 상황을 특히 고조시켜 놓은 곳에 섣부른 방향 제시로 긴장을 해소시켜 버리는 것보다 지배층에 속해 있었던 작자의 양심이 오히려 더욱 더 가열하게 도사리고 있다고 보아야 할 듯하다.

여기서 우리는 다음 민요를 참고할 필요를 느낀다.

여윈 몸 부여잡고 / 호미질 하느라니 // 한낮이 돌아오매 / 땀만 몹시 듣는구나 // 아무리 고생한들 / 가슬할 바람 없네 // 온손배미 다 거두어도 / 한 솥이 못 차누나 // 관청의 세금 재촉 / 갈수록 심하여서 // 동네의 구실아치 / 문 앞에 와 고함친다(禮山地方)[69]

이리저리 흩어질세 / 처자를 돌볼소냐 // 어제 한 집 없어지고 / 오늘 한 집 또 나간다 // 남쪽으로 운력 가고 / 북쪽으로 징병 가네 // 이내몸 생겨난 뒤 / 이 어인 고생인가 // 잘 먹고 잘 입는 / 돈 잘 쓰는 양반님네 // 우리네 고생살이 / 그들은 못 보는가(禮山地方)[70]

우연일지 모르나 앞의 한시는 작자가 호서·호남 방면으로 여행하다가 취재한 것이고,[71] 작중인물도 내포內浦(한산·서천·남포 일대를 가리

---

68) 高晶玉, 앞의 책, 170~171쪽.

69) 任東權, 앞의 책, 21쪽.

70) 이 민요는 고스란히 林悌 〈田家怨〉(《林白湖集》 권 3)의 일부로 되어 있다. "流離不復顧妻孥, 昨一戶亡今一戶. 南州轉運北徵兵. 我生之後何愁苦. 朱門酒肉日萬錢, 君不見田家苦."

71) 詩의 첫머리에 '孟冬霜雪繁, 我行湖之湑'이라 되어 있다. '湖之湑'은 湖西·湖南의 연해지역을 가리킨다.

318

킴) 사람인데 이 민요의 채집지가 예산禮山 지방이어서 삼자가 지역적인 상관성을 보여준다. 그러나 이 문제는 그렇게 중요한 것은 아니다. 우리의 관심은 양자 의식의 정도에 있다.

사회적인 모순·사회적인 부조리로 핍박 받는 것은 민중 자신임에도 여기에 대한 의식의 강도는 민요 쪽보다 같은 계열의 민요풍 한시가 높게 나타나 있음을 위 양자의 대조에서도 보게 된다. 다시 말하면 민중의 아픈 곳, 가려운 곳을 민요보다 한시가 더 시원하게 터뜨려 낸다는 말이다.

부분적으로는 가령 '수확이 얼마나 되랴(所獲能幾許)'보다 '온손배미 다 거두어도 / 한 솥이 못 차누나'가 더 절실한 경우도 없지 않으나, 전체적으로 그 주도周到함이나 의식의 고양된 정도에서는 위 양자의 대조에서도 한시 쪽이 더욱 우세하다. 특히 의식의 고양된 정도에서는 정약용의 다음 시는 가위 절정을 보여준다.

〈豺狼〉

豺兮狼兮,	승냥이여 이리여,
旣取我犢,	우리 송아지 잡아 갔거든,
毋噬我羊.	우리 양을 물지 마라.
笥旣無襦,	상자엔 저고리 한 벌 안 남아 있고,
椸旣無裳.	횃대엔 치마 한 벌 안 남아 있네.
甕無餘鹽,	항아리엔 소금 한 줌 안 남아 있고,
甁無餘糧.	쌀독에는 쌀 한 톨 안 남아 있네.
錡釜旣奪,	솥을 뺏어 가고,
匕筯旣攘.	수저도 뺏어 가니.
匪盜匪寇,	도둑도 아니고 강도도 아니면서,
何爲不臧.	어찌 그리 못 되냐.
殺人者死,	살인한 사람은 죽었는데,
又誰戕兮.72)	또 누굴 해치려 드냐.

관의 횡포에 시달리는 민중의 고통에 찬 목소리를 어떤 민요보다 강도 높게 대변하고 있다. 사회적 모순·사회적 부조리를 고발하고 여기에 저항하는 의식의 표출에서 한시 쪽이 민요보다 그 주도함이 우세한 것은 민요가 자연발생임에 대하여 한시는 의도적인 제작이란 점 때문이지만 그 고양의 정도가 현저히 낮은, 고정옥의 말대로 '몇 구절의 속 시원한 노래쯤 토해 냈어야 할 터인데도 그렇질 못한' 이유는 무엇일까? 이는 물론 민중의 실제 의식 자체가 약해서라고 볼 수는 없고, 봉건적 통제 아래 피지배층이 갖는 외축畏縮밖에 달리 이유가 없을 것이다. 이 외축 속에 바로 표출될 길이 없는, 내면으로 응집되는 의식이 단순한 생활고의 한숨으로 저하低下되어 표현되거나, 해학이나 무상취락적無常醉樂的 기분으로 굴절되어 표현하니 우리나라 민요의 두드러진 색조를 이루었던 셈이다. 그런데 이 바로 표출되지 못한, 그래서 자칫 잦아들어가는 민중의 내면의식을 고양된 목소리로 터뜨려 대변해 주는 여기에 이 계열 민요풍 한시의 존재의의가 있다. 이런 점에서 이 계열의 민요풍 한시는 민중의 의식을 자기화한, 조선 후기 양심적인 문인 지식인의 사회적 양심의 가장 높은 곳을 징표하는 문학이다.

4. 맺는 말 — 그 성격과 의미

앞의 검토 과정에서 작자들의 계층적 성분을 일일이 거론할 겨를은 없었지만 민요취향의 한시는 기본적으로 조선 후기 '사士'계층에 태반胎盤

---

72) 丁若鏞, 〈豺狼〉, 앞의 책 권 5, 〈田間紀事〉. 〈田間紀事〉는 작자가 귀양지 康津에서 目睹한 당시 농촌의 慘狀을 다룬 작품으로, 〈採蒿〉 3장, 〈拔苗〉 4장, 〈蕎麥〉 1장, 〈熬麩〉 3장, 〈豺狼〉 3장, 〈有兒〉 1장으로 구성되어 있는 큰 규모의 작품이다. 引用分은 해당 항 3장 가운데 1장일 뿐이다.

을 둔 문학이다. 다시 말하면 서민사회에 근접한 처지에 있었거나, 적어도 의식에서 접근하려는 자세를 가졌던 지배계급의 일부가 서민의 의식을 민요를 매개로 한시에 끌어들임으로써 성립된 문학이다. 이런 점에서 민요취향의 한시는 실학파 문학의 일환에 위치하게 되며 그 사상적 측면에서는 바로 실학사상에 연결되어 있다.

실학사상의 세계관적 뒷받침은 개방지향의 그것이다.73) 앞서의 검토 과정에서도 언급한 바 있지만 민요취향의 한시도 일정한 한계가 있기는 하나 개방지향이기 때문에 존립한다. 의식의 상통으로 계층적 폐쇄를 일정하게 헤친 자리에 성립된 원초적 성격에서 이미 그러하거니와 한시의 전형에 대한 구심적 접근보다는 개성 추구로의 방산放散을, 모티브의 집중보다는 확산을, 정서의 절제보다는 정서의 풍성함을 보여주고 있다는 점에서도 그러하다. 앞에서 열거했던 '조선풍', '조선시' 계열이 대체로 이러한 성향이거니와 민요취향의 한시는 김립시계金笠詩系와 함께 그 가장 두드러진 면모를 보여준다.

그러나 형태개변을 위한 약간의 도전이 있었기는 하지만, 민요의 형태적 세력과 대폭적인 교섭으로 아주 새로운 한국적 한시 형태를 탄생시키지 못하고, 한시의 기존 형태 안에 민요적 제재와 정신만을 일정하게 섭취하고 그친 데서 민요취향 한시의 개방지향의 한계가 명확히 드러난다. 결국 봉건적 보수 체제의 엄존이라는 역사 조건에서 일부 지배계층의 선진의식의 태동과 일정 정도 성장과정을 그대로 반영해 주는 문학인 셈이다.

한계는 형태에만 있는 것이 아니라 그 양적 확산에도 있다. 즉 문학사위에 하나의 '조류潮流'로 뚜렷하게 전개하는 데로까지 발전하지는 못하고, 문학사의 표피表皮가 터지는 초기 단계의 '균열' 정도로 그치고 말았

---

73) 李東歡, 이 책 〈연암사상의 이념적 범주와 반주자주의성〉 참조.

다. 민요풍을 그 문학적 얼굴로 내세워도 좋을 시인은 현재로서는 이옥·최성대만이 확실할 뿐이다.

한시의 기존 형식에 대폭적인 파괴가 일어나고, 이것이 하나의 커다란 조류로 전개될 정도로 이런 방향의 문학의식이 발전되는 단계라면 바로 한문학 자체를 버리게 되는 단계가 될 것이다.

형태적 양적 한계가 있음에도 민요취향의 한시는 자기 경신更新의 기도企圖 방향을 중국적 문화전통으로부터 한국적 문화전통과 생활현실로의 전환 움직임을 보여주는 전형으로서, 지배계급이 기층사회 의식과 만나는 첨단적인 사례로서, 유교문화 담당층의 세계관·가치관의 일정한 변환을 징표하는 정신사적 이정표의 하나로서 결코 가볍잖은 의미를 띠고 있다고 하겠다.

민요취향 한시와 마찬가지로 민간전승을 받아들였다는 점에서 같은 성격의 것으로 설화를 한문학화한 소설이나 서사시가 있다. 그러나 설화가 사회계층을 넘어 민족 전체가 공유해 온 문학이고, 이것을 받아들이는 한문학 쪽의 산문·서사양식과 함께 그 양식성이 단순하고 개방적이다. 이에 대하여, 이 글의 첫머리에서 지적했듯이, 한시와 민요는 그 생산·향수의 사회계층적 귀속성에 서나, 발생지가 각기 다른 운문 양식이란 점에서나, 특히 상호 매우 이질적이고 폐쇄적이라는 점에서 생각하면 민간전승을 받아들였다는 바로 그 점에서는 민요취향의 한시가 갖는 성격과 의미가 훨씬 더 악센트가 강하다. 조선 후기 한문학의 역사적 변화의 한 국면으로 파악해 마땅할 것이다. 서민이 양반의 형식을 가져다가 자기들의 내용을 담은, 같은 시기에 나온 사설시조와 질량적으로 아주 적합한 대응을 보여주고 있다. (《韓國漢文學硏究》 3)

찾아보기

1. 작품(집)

2. 용어 · 인명